阿呆的世界 之

未起航的空贼

黄宇晨 ◎著

当代世界出版社
THE CONTEMPORARY WORLD PRESS

图书在版编目（CIP）数据

阿呆的世界：未起航的空贼 / 黄宇晨著. —北京：当代世界出版社，2017.6

ISBN 978-7-5090-1209-3

Ⅰ.①阿… Ⅱ.①黄… Ⅲ.①长篇小说—中国—当代 Ⅳ.①I247.5

中国版本图书馆CIP数据核字（2017）第113438号

书　　名：	阿呆的世界：未起航的空贼
出版发行：	当代世界出版社
地　　址：	北京市复兴路4号（100860）
网　　址：	http://www.worldpress.org.cn
编务电话：	（010）83908456
发行电话：	（010）83908409
	（010）83908455
	（010）83908377
	（010）83908423（邮购）
	（010）83908410（传真）
经　　销：	全国新华书店
印　　刷：	北京天宇万达印刷有限公司
开　　本：	710毫米×1000毫米　1/16
印　　张：	24
字　　数：	386千字
版　　次：	2017年6月第1版
印　　次：	2017年6月第1次
书　　号：	ISBN 978-7-5090-1209-3
定　　价：	49.00元

如发现印装质量问题，请与承印厂联系调换。
版权所有，翻印必究；未经许可，不得转载！

| 阿呆的世界 |
CONTENTS
目 录

楔子	001
第一章　怪咖同桌	003
第二章　自讨没趣	007
第三章　调查对象，阿呆同学	014
第四章　绝对禁区	019
第五章　阿呆的书包	025
第六章　阿呆的手稿	030
第七章　空着的椅子	035
第八章　逃避现实的少年	040
第九章　外号的由来	044
第十章　沃克兰多世界的入口	051
第十一章　异世界的钥匙	054
第十二章　现实世界的荣耀之剑	059
第十三章　最后一个谜题	062
第十四章　沃克兰多大陆，我来了！	070
第十五章　机灵的小鬼	077
第十六章　沃克兰多的第一个夜晚	082
第十七章　经纪人？！	090
第十八章　班花的绝密资料	097
第十九章　初夏的野心	101
第二十章　期中考前的周末	108
第二十一章　奇妙的梦！	115

第二十二章 连表哥也沦陷了	121	
第二十三章 被误解的女儿	126	
第二十四章 期中考的作文	131	
第二十五章 深不可测	136	
第二十六章 竞选二人组	144	
第二十七章 忙碌的小妮子	148	
第二十八章 麻烦真的来了!	153	
第二十九章 应变措施	161	第四十四章 选择困难症 241
第三十章 竞争对手	166	第四十五章 认定的礼物 246
第三十一章 静好的舞姿	172	第四十六章 破财之后 251
第三十二章 静好的绝密资料	178	第四十七章 初夏的惊喜 257
第三十三章 认真起来的小妮子	183	第四十八章 莫名其妙 265
第三十四章 习 惯	189	第四十九章 新头衔 269
第三十五章 阿呆的困惑	194	第五十章 闺蜜的秘密 274
第三十六章 陌生人的信息	197	第五十一章 忙里偷闲 282
第三十七章 管家的邀请	204	第五十二章 战前特训 290
第三十八章 初夏的古怪	207	第五十三章 竞技游戏"Ruse"的规则 296
第三十九章 第二次邀请	214	第五十四章 无眠之夜 300
第四十章 阿呆的过去	218	第五十五章 大战在即 305
第四十一章 纪念日	223	第五十六章 First blood 310
第四十二章 无辜的阿呆	229	第五十七章 精彩绝伦的战斗 317
第四十三章 资料汇总	236	第五十八章 直面错误的代价 323
		第五十九章 面对自我 330
		第六十章 闺 蜜 336
		第六十一章 回归正常 339
		第六十二章 期待与不安 345
		第六十三章 阿呆的生日 353
		第六十四章 不一样的同桌 357
		第六十五章 交换的礼物 362
		第六十六章 琥珀里的秘密 368

阿呆的世界

楔子

我的改变发生在初中二年级下半学期。具体的日期很容易记,因为是4月1日,也就是愚人节。

那一天,这匪夷所思的故事有了一个荒诞的开头。

但不可否认的是,那一天,我第一次走进了尘封着的、原本只属于他自己的世界。

在那个世界的大门刚开启的一刻,我却觉得这是我活到十四岁以来遇到的最糟糕的事。

好吧,我承认,那一天的前半部分还算挺正常的。

什么叫正常?

当然是循规蹈矩的学生生活:早上天还没亮就起床,穿上校服,背上书包赶去教室上课;因为我是学习委员,每天早晨还得帮各小组长收作业或带班上同学早读;除了认真听每一节课和仔细地整理课堂笔记外,我也习惯在每节课的课间把老师布置的作业提前完成一部分;如果还能够挤出一些时间,我还能背一背单词或者解几道难题。

以上种种就是我所谓的正常。

这对于一个上进而努力的初中生来说,可真是再正常不过的事情了。

可是我根本没意识到,这种正常的生活会在那天下午最后一节班会课,和我彻底告别。

在我的初中生活正好度过一半之际,我那原本无比正常的世界即将和一个,或者说无数个完全不正常的世界重叠在一起。

而这一切的一切,缘起那节班会课上,我的一个荒唐而愚蠢的决定。

那年的4月1日愚人节,我和自己开了一个玩笑。然后,一个光怪陆离的世界缓缓拉开帷幕,展现在我的面前。

第一章

怪咖同桌

4月1日，愚人节，故事开始的地方是我初中就读的江南市师范附属中学。

我们初二七班的班主任名叫张子谦。他是一名大学刚毕业的年轻教师，除了担任我们班主任外，还负责我们班和隔壁八班的数学教学工作。

最后一节课原本是老班的数学课。可是他突然通知班长，临时将这节课改成了班会。

这个莫名其妙的改动对我们来说，虽然谈不上欢天喜地，但也算得上难得放松了。我偷偷拿出作业本，准备在老班扯废话的时候全部完成。如此一来，晚上就能缠着老爸带我出去打羽毛球了。

这一次班会课因为是临时通知，所以不是由班长谢强组织，而是由老班亲自主持。老班先从班里的一些不良习气说起，批评班级中最近出现的一些迟到早退或者是逃课的同学；继而反复强调上课该有的严谨秩序。接着，通知我们这学期的班级篮球赛可能取消，原因是年级上有许多班主任认为，这种活动除了耽误学生的学习外没有什么好处，可是老班却表态说他挺支持这次比赛的，还是让大家好好准备……

总之，这次的班会和我预料的一样，就是扯废话。还好本小姐有先知先觉的本领，在老班唠叨的这半小时中，我在自己精心搭建的两摞课本战壕的掩护下奋笔疾书，转眼间快将今天的作业搞定了。

除了英语的一篇课文背诵和语文的古诗词背诵，其他都完成了。我心里盘算着，慢慢地将桌上的作业一本本地偷偷放回书包里。

为什么要偷偷的呢？当然要小心。如果让老班知道，作为学习委员的我在开班会的时候不认真领会他的会议精神而在赶作业的话，本小姐苦心经营多年的优秀形象不是要有瑕疵了嘛。

将所有的课本都收拾整理完毕后,我不由轻松地呼了口气,看了看时间,离放学还有不到十分钟。这忙碌又有些无聊的一天即将结束,只希望晚上能够有些不一样的惊喜吧!

我挺直腰杆等待放学的钟声响起。随即我又开始畅想晚上和老爸激战完羽毛球后,应该赖着他带我去吃冷饮和烧烤。

可是,老班在这场班会中要讨论的最后一件事情却让全班同学那疲惫的脸上涌现出了莫名的恐惧。

老班见全班都在小声地嘀咕,便故意咳嗽了一声说:"关于福小萌同学的座位问题,我再重复一遍我的立场,在我的眼中,我们的班集体就是一家人,而每一位同学都应当得到大家的尊重……无论……"

老班还没有把他的慷慨之言给说完,班里面的同学已经按捺不住亢奋地炸开了锅。

"哇靠,难道连赵彪都耐不住那个怪咖?"

"又要换座位!我才不要和那个怪胎当同桌呢!想都别想!"

"谁愿意和那种人做同桌呀,光想想就觉得恶心得要死。"

"是啊,他就是一具僵尸,还是只会流鼻涕的僵尸,和那种怪物当同桌还不如一个人坐呢!"

"是啊,他真的是无聊死了!"

面对着同学们的滔天怨言,老班语重心长的教导之语自然没法说下去了。

这也不能怪老班,毕竟只要提到有关福小萌调换同桌的事情,班上的同学便会群情激愤。此刻,大家都很是焦躁不安,人人自危。

班里的噪音节奏开始由小声的嘀咕变成了叽叽喳喳的大声讨论,我看着老班那无奈的苦瓜脸,心里突然涌起了一丝同情。

这位总是戴着黑框眼镜、一脸秀才相的老师嘴角抽动了一下,而从那整张已经开始发黑的脸上也不难看出,老班的心里已经相当不爽了。好在一向以温文儒雅著称的老班还是努力地克制着自己的情绪,他只是用手指顶了顶自己眼镜,然后大声说:"安静!安静!大家安静,你们不想放学了吗?"

我环顾了下四周的同学,面对老班提出的最后一件事情——福小萌的同桌赵彪提出申请调换座位一事，看来已经是人心惶惶，也都决定要拉下脸皮来与这个可能会降临到自己头上的祸患全力抗争。

谁和福小萌坐同桌？这的确是个问题。哦，不！应该说是个超级超级大的难题！而且这个难题从我们七班组建后就一直存在。

关于福小萌这个人，我的确不是很了解，甚至于我认真地回想了许久也没有办法想起和他说过的任何一句话。

天啊，在这瞬间我突然发现一件离奇的事情，作为同班同学的我竟然没有和福小萌说过一句话，的确是这样！想到这里，我自己都觉得这很不可思议，便不由自主地拍了一下桌子，而我的这个举动明显惹来了同桌李胖子的不解。

"季节？怎么了？难道阿呆那个白痴什么时候招惹你了，要是的话，放学了我好好教训他一顿给你出气！"

我装作没听见他说的话，也不想理会李胖子这无聊的猜测。我当然了解自己这位同桌的德行，这胖子已经暗恋我快一年了，作为同桌来说若不是他经常帮我一些小忙（比如经常帮我去便利店跑腿，或者如我之前在班会课上做作业的时候帮我放哨把风之类的），我甚至懒得和他说话。

好吧，说实话，我最讨厌的就是李胖子上课时总会时不时地偷瞟我这一点！

时间一分一秒地过去，关于谁和福小萌坐同桌的讨论还在继续。而他的现任同桌赵彪，那可是校篮球队队长，人长得五大三粗，难道连这个只对体育运动感兴趣的单纯硬汉都无法和福小萌相处了吗？

老班站在讲台上看着班级的讨论，自己也拿不定主意，而赵彪的脸上更是虚汗直冒，他知道，如果没有人愿意接他的班，那么无疑他必须要继续和福小萌同学同桌下去！

同桌，这个概念对于我来说其实很简单，无非就是坐在一起上课而已，在这个班里想要和我坐同桌的人多了去了，再加上我的成绩优秀，老师也喜欢拿我当个带头榜样，经常轮换着安排其他同学坐我身边，希望我能够对他们产生影响，让他们的成绩提高。

不错，本小姐就是那家长口中的"别人家的孩子"！

说起来，面对其他家长羡慕嫉妒的赞美和夸奖，我可是习以为常了。当然，焦急的家长们也往往会问我同样一个问题——为什么我的成绩那么好，可是他们家的孩子怎么学就是不行呢?

我的回答很简单,甚至是千篇一律:某某同学他真的很聪明,只是学习上不努力,否则一定比我好(这种说辞似乎也是老师们的口头禅呢)。

结果可想而知,这可怜娃回到家一定被他父母给狠狠收拾一顿,还美其名曰:连第一名都这样说你,你这不争气的东西,就不能够再努力一点吗?

嘻嘻,其实这就是本姑娘故意做的,不这样说难道要说出最残酷的事实真相吗?其实面对这些问题我真心的答案就一句:主要是这智商差得太远了!

回过神来,我注意到老班看了看表,接着转过头又看了一眼赵彪,稍稍耸了耸肩膀。这个微妙的动作再加上那无奈的眼神仿佛是说:你看吧,我已经尽力帮你了,可是没有人愿意接替你那尊位,你就在那儿继续坐着吧。

教室里突然没有了声音,大家都在凝神屏气,仿佛一只只面对捕食者而躲在树林中的猎物,谁都害怕有那么一丝一毫的异动会显露自己,顿时这紧张的气氛似乎让周遭的空气都凝固了。

可也就在这个时候,我的大脑在如电闪雷鸣般的化学反应下,做出了一个只有我自己能够权衡理解的选择——我"唰"地站起了身,深深地吸了一口气,接着在众人惊讶万分的目光中,大义凛然地说:"张老师,我愿意和福小萌同学成为同桌。"

仿佛是条件反射般的短暂沉默后,整个班级对于我这个惊天的决定再次炸开了锅,初二七班此时此刻因为本小姐燃烧起来了!

"有没有搞错,班花竟然会想和他坐同桌?"

"喂喂,女神你是不是疯了!"

"啊,我们班是要沦陷的节奏吗?"

"季节竟然愿意和那种人坐,她是不是脑子不正常了?"

"太可怕了……这个世界没有希望了,她竟然愿意和那呆瓜坐!"

说实话吧,我当时的考虑其实挺简单的,也就想到了三点:其一,觉得帮助一下不受欢迎的福小萌同学也蛮好,那样的话在老师心目中的完美优等生形象定能够添砖加瓦;其二,我实在不想再和现任同桌李胖子坐了;最后,我们班里唯一没有给我写过情书或者是显露好感的男生正好只有怪咖福小萌和篮球帅哥赵彪,我这样的举动不正好是一箭双雕增加人气的好方法吗?

当我看见赵彪那一脸感激的表情和真诚的目光后,微微颔首,用最清澈的眼神给了他一个回应,心里却坏坏地想,目标已经达成一半了。

难道是我心里有些喜欢这个所谓的篮球王子吗?开玩笑,这怎么可能!本姑娘在初中这种重要的时间段怎么可能会选择早恋呢!哼哼,我的目标很简单霸道——我必须是男生们都想追求的完美女神,也要成为女生们羡慕的对象,更要是老师心目中的第一优等生。

一直优秀下去,这就是我季节存在于这个世界上的理由。

面对着全班同学那一张张如被电击般的惊讶表情,我高傲地抬起下巴环视了一圈,我季节出马,难道还有摆不平的事情吗?可是就在我洋洋得意的这一刻,我突然反应过来什么,接着定睛一看,整个班级中只有一个人——作为当事人的他,竟然连动作都没有一丝的改变,或者说就好像是块石头一般没有任何的反应。

这人是谁?还用说嘛,就是此刻都还趴在课桌上呼呼大睡、外号"阿呆"的福小萌同学,一个连和班花成为同桌都无动于衷没有反应的笨蛋!

第二章

自讨没趣

我和阿呆成为同桌的第一日,主题就两个字:沉默。

在学校的一整天中,阿呆都如一只吃饱了没事干的树袋熊。这位班里的超级差生,竟敢在我这个学习委员的眼皮底下,非常熟练地将他的校服外衣折叠成最舒适的软枕,然后倒在上面呼呼大睡!

哼,对于这种货色,我才懒得管呢!我只要做好自己就可以——好好听课,记笔记,做作业,然后就是舒舒服服地享受着周围数不完的表扬之词。

说实话,和阿呆这位新同桌的生活,在刚开始的时候,我还挺享受这种各不相关的状态的。和其他男生同桌的时候，他们要么想尽方法找一些话题或笑话来取悦于我，要么就是买一些小东小西的零嘴来讨好我，有时候还真挺心烦的；可若是和女生同桌，还更麻烦一些，若是性格不错能相处好则已，若是遇上一个脾气不好，小心眼，嫉妒心重的，估计还得闹矛盾。最怕的就是被那些女生小团体嘀咕，在背后说你多少坏话都不知道呢！

所以，像现在这样和阿呆这个闷瓜当同桌，一整天我俩都默默无言，反倒是一种享受。

三天以后，和阿呆同桌的第四日，主题就换成了两个字：抓狂！

在我和阿呆成为同桌之后的第三天，我已经能够深刻地理解为什么阿呆会成为班里同学所厌恶和远离的对象。

毫不夸张地说，三天以来，我身旁的这位两眼空洞，整个白天不是在流着口水发呆，就是在呼呼大睡，没有和我说过一句话，甚至应该这样说，我们两人就没有过任何交流，对，无论是语言还是肢体，甚至连眼神交流都没有！

最初那种耳根清净的享受，正在慢慢蜕变为一种沉闷的煎熬！

天啊！一个活生生的人就坐在你身旁，可是除了他的呼吸和他身上的那股子如同庙里特有的檀香味外，福小萌整个人就像一具尸体！讨厌，我怎么会想到尸体这个恐怖的词呢？可是在学校里的福小萌，他真的就是这样，不会说话，不跟任何人交流，甚至那仿佛连眨眼都懒得动一下的双眼也没有任何的神采！

于是在第四天，我开始理所当然地试图和他沟通。

真不敢相信，平常尽显女王范儿的我竟然会思考如何跟这个笨阿呆说上第一句话，而为了这一句话我就想了整整一个早上。可恶，为了思考打开这个僵局的方法，弄得我早上的两节重要的物理课也没有好好听。

突然间，我想起了赵彪和我换座位时的那个眼神。天啊，那个眼神我当时将其理解为感激，现在想想，除了感激外还似乎暗藏着另外两种感情，那就是同情和内疚。

我琢磨如何和阿呆沟通的问题一直到放学，而就在放学的时候，我竟然又有些不自然地扭捏起来。再三权衡之后，我还是在收拾书包的时候，假装不经意地问了阿呆一句话："福小萌同学，你知不知道今天的作业？你这几天都没有交作业了哦，要不我和你对对记作业的本子吧？"

夕阳的余晖透过教室的窗户洒在地板上,可是在这绯红的日色之中我却感觉到一种寒冬般的冰冷。

阿呆径直地从我身前走了过去。对,那个家伙就这样从我面前走了过去,如同我是空气一般!

对于我的话语,福小萌以那浑浑噩噩的态度和那副讨厌的样子,表达出的就是赤裸裸的两个字:无视!

不错!是无视!是无视!这个呆瓜竟然无视本小姐的存在!我的内心在瞬间被他留给我的冷漠背影和上课时呼呼睡觉的姿态给刺伤了!要知道,这可是本姑娘这辈子第一次被人给无视啊!

当天晚上,我照常将作业完成,收好书包后,接着便木讷地对着书桌前墙壁上的一个小黑点发起呆来。

福小萌,那个笨蛋!我心中那团莫名恼火已经越烧越旺——想到阿呆那个白痴的样子,无神的眼睛,身上那股臭臭的香火味,还有那种令人厌恶到极点的态度。如此种种,使我的内心无比纠结:阿呆,我们这个梁子是结下了!不,不是一个梁子,而是无数个梁子!

想到这里,我站起身对着我公主床上的毛绒大熊就是一顿暴打,发泄完这股子火后,我气嘟嘟地仰倒在床上,眼睛死死地盯着天花板。

我不禁自嘲,怎么自己的气量如此狭小,竟然因为一个男生不理自己就生起这么大的气来,更何况这个男生还是如同空气般没有存在感的阿呆!可恶,就是这个呆瓜今天把我的存在也当成空气了!

不对,我摇了摇头,不对,我这样想没有错,我并不是小心眼,本小姐怎么就小心眼了呢?这一切的一切都因为他是阿呆,如果换作别人,说不定我还能够忍下这口恶气,但恰恰对于阿呆这家伙不行,他这种笨蛋怎么有资格来无视和嘲笑本小姐呢!

天啊,其实一直以来,我都不知道自己是这样讨厌被忽略,对于同桌的那个白痴,我当然不会轻易就认输,哼!想就这样藐视本姑娘,阿呆,我一定要好好教教你什么叫作尊重同学,特别是美女同学!

于是,我的脑海中开始浮现出了一个全新的方案,这一次我要让他付出代价!

我静下心，随即脑海中开始仔细分析起阿呆的情况来。思考了片刻后，我认为复仇计划的切入点就是，要针对阿呆那长期得不到别人关心的心理防线着手！一瞬间，邪恶的想法真可谓才思泉涌般从我脑中流出：哼哼，首先，我得要好好体贴体贴阿呆同学，多多地关心他，让他感受到我这班花女神给予的温暖；接着嘛，哼哼，当他的心灵中那扇封闭之门被我的温柔善良给打开后，我就狠狠地将这扇门猛地关闭，对他冷漠，对他冷漠，对他用零下一万度的冷漠……哼哼！让他尝尝敢忽略，敢无视本小姐的下场！

想到当计划成功的那一天，阿呆那张衰脸哭着哀求本小姐垂怜时的模样，我就不自觉地笑出声来。

这个时候，门外传来了母亲的声音："宝贝，作业做完了吗？什么事笑得这么开心啊？"

我打开门对正坐在客厅沙发上看书的妈妈坏坏一笑说："妈咪，我遇到一个超级麻烦的同桌，不过我已经知道怎么和他相处了！"

和阿呆同桌第五日，这次的主题还是两个字：可恶！

翌日早晨，我下定了对阿呆实施复仇计划的决心！

阿呆今天来得还算早，竟然没有迟到。注意，这里说的没有迟到是指第一节课而不是早自习。我印象中，阿呆同学就没有在早自习的教室中出现过。我轻轻地放下书包，接着对正在一如既往发呆的阿呆展露了一个灿烂而温馨微笑，还露出自己可爱的虎牙。

我对我的微笑一向非常自信，在我接触和认识的男生中，至今无一个男生不被我的微笑所倾倒！

说起来，我突然发现阿呆除了那仿佛永远都处于极度疲倦状态的困眼和那头如鸟巢般的乱毛外，还有一个最大的特点——他的衣服永远都是校服里面套一件普通的白色衬衣。此刻，我看着阿呆的冷漠背影，心里燃起的那个邪恶计划促使我的嘴角不由从微笑化作了冷笑，而这个冷笑正好被身后的一位同学看见，我连忙收起笑容，再次露出了那一贯小清新的甜美微笑。

就这样决定了：从今天早上开始，我就对阿呆展开殷勤的温柔攻势！

阿呆正吸着浓浓的鼻涕准备趴倒在桌上，我立即对他嘘寒问暖起来，虽然这个呆瓜没有任何反应，但是本小姐早就已经做好厚脸皮的准备了。第一节课的上课铃还没有响,我想要帮阿呆从他的书包中将这节课要上的课本拿出来,但是无奈这家伙一直趴在课桌上睡觉,而他那脏兮兮的书包则被这个家伙给塞在课桌抽屉里了,我只得放弃了这个行动。还好我之前专门为他买了新的笔记本,所以就把这本子和一支水性笔放在他脑袋旁边。要知道,阿呆从前可是光桌党,无论老师怎么处罚责骂他,他的桌上就连支笔都没有!

在上课期间,我像个老妈子管家一样地为阿呆抄写笔记。每节课下课后我就对着他那昏昏欲睡的熊样耐心地讲解上节课的习题,虽然我看他那副呆呆兽的样子和那空洞的瞳孔里似乎根本就没有我的影子。但是,我还是接着对牛弹琴,心想,就算对块石头念经也会有点反应吧。

就在这样忙活的一天之后,我突然有种心力交瘁的感觉,在放学之前,阿呆还是没有对我这般殷勤的举动有丝毫的反应。哦!不,如果说有那么一丁点反应的话,就是在他离开座位准备回家前说了一句话,准确地说应该是一个字,一个语气助词:喔。

"喔。"阿呆那个该死的笨蛋当时就这样说了一句,接着似乎是嫌弃我挡住了他的路……就这样,讨厌的阿呆就在面前咽了一口口水,接着缓缓从我身旁离开了。

我筋疲力尽地瘫倒在座位上,蜷缩着身子无力地将两手扑在课桌上,心里的委屈无从发泄,一种莫名的挫败感从心中油然而生!

如果说昨天还只是被这个呆瓜无视的话也就罢了,可是今天的我却又做出了自己都看不起自己的事情,这又让我领略到了另外一种我从生下来就没有体会过的感情,比无视更伤人自尊的还能是什么?当然就是被人嫌弃啦!阿呆那副呆河马的样子——他刚刚的那副表情明明就是对本小姐写满了嫌弃!

也就在我准备独自安静地缓口气的时候,班里的同学刘子墨拿着一张草稿纸悻悻地朝我这边走了过来。

这种时候,本小姐可没空理你这只四眼田鸡。我故意将头扭过去藏在了手臂间,整个人都扑倒在桌子上,装作没有看见他。可是刘子墨这小矮子竟然不识相地拍了拍我的肩膀,如果他知道此刻我那埋在臂弯中的恐怖表情,我估计他早就吓跑了。可是,本小姐的完美形象难道是白维护了这一年半吗?所以,当我抬起头望着刘子墨同学的时候,我的脸上应该是有些困倦,但是却挂着亲切微笑的表情吧。

"有什么事情吗？"我柔声地问站在我面前红着脸的内向小男生。

"季……季……季节同学，请问……"一边说着，刘子墨颤抖的手递过来了一张草稿纸，"你能教我怎么解这一道数学题吗？"

看着刘子墨这副扭捏样，我心里突然觉得好笑，可是随即一想，这家伙和阿呆那笨蛋相比真是太低级，完全没有挑战性，就不是一个级别的。

我顺手接过那张草稿纸，眼睛随意瞟了一眼，估计这家伙的问题也应该小儿科吧……可是在我看完草稿纸上那一串串繁杂的代数式变形后，在心里狠狠地骂了两个字，坑爹！这道题目一看就是初二年级中高难度的压轴题目啊！

我抬起头看了看正充满期待的刘子墨同学，心里涌起了无尽的厌恶之情。

"季节同学，你会做吗？"

我无奈地撇了撇嘴，接着从书包里拿出了草稿纸和文具盒说："试一试吧，我尽力。"

刘子墨在本校也算是有名号的人物，人称校园江湖百晓生，人脉极广，但是因为他的个子矮小，再加上有些先天性的驼背，所以人赐外号，刘乌龟，可是我倒觉得他戴着那副厚厚的眼镜更像是一只田鸡。

面对这道我现在明显处于状态不佳的情况下根本无法解出的题目，这一尽力就尽了整整二十分钟，接着也只能无助地对刘子墨说"我真的是力尽了"。其实在我的心里，我早就把这只刘乌龟的祖宗十八代都数了一遍，一只乌龟，两只乌龟，三只乌龟……

谁知那刘子墨看着我的眼突然泛起了贼光，他阴沉地一笑说："学习委员也解不出来吗？"

面对这有些不怀好意的提问，我愣了一下，耸了耸肩膀依旧克制着怒火，保持着礼貌说："要不这样吧，刘同学，我回去算一下，明天再和你交流怎么样？"

刘子墨自信地一笑说："不用了，真不用这么麻烦，我现在就教你这道题怎么做，好吗？"

"你说什么？不好意思，再说一遍，我没听懂你的意思？"我茫然不解地望着他。

刘子墨不知道从哪里来了自信，竟然一瞬间自信满血，原地复活，他重复了一遍："我教你做这道难题吧，季节同学！其实你的思考方向是对的，可是你没有注意到这个式子在这里还可以这样进行因式分解……"

我承认，刘乌龟的这一举动的确是触及我的底线了，他是搞什么鬼，什么叫作教我做？你既然知道怎么做，那你丫的还来问我，你丫的是逗老娘我玩呢！你这和女生搭讪的技术也算是烂到极点了吧？

刘子墨自己在那儿讲得那是超级嗨，不知道的人还以为他是高斯附身了呢！一直叽叽喳喳地说一堆，根本就没有注意到我身体周边的杀气已经开始聚集。说实话吧，我已经克制不住自己想要如马里奥那般一脚踢跑这只臭乌龟的冲动了！

"闭嘴！"我咆哮着打断了刘乌龟正在滔滔不绝讲题的节奏，心里又数了他家祖上几只乌龟一遍。

刘子墨被我这一喝吓傻了，我愤怒地收起文具盒，背起书包就准备离开，今天真是邪了门了，旁边坐了个呆子不说，现在还遇上一个傻子，老天啊，我究竟是造了什么孽？背运背运，不行，今晚得研究下星座去。

"季节……请你听我解释……"

刘子墨在我身后哀求着，我根本就不理会他，可是这只老乌龟还成了厚脸皮，竟然跟在了我身后。

"季节，你看我多聪明呢，你看阿呆那个白痴，你为什么要选择和他做同桌呢？要不这样……喂喂……季节，你走慢点好吗？……我没有你高，腿没有你长，实在是跟不上你啊……季节，要不我去和张老师说，咱俩坐同桌可好？这样的话，我们两个学霸联手，成绩一定能够提升更快的。"

就在刘乌龟在我身后喋喋不休死缠烂打的时候，我突然心生一计，不由得停下了脚步，脸上露出了一个深邃的笑容，我的心里盘算了一下，哼哼，要不就来一个将计就计。

"刘子墨，我问你，既然你号称校园百晓生，那么是不是说你的消息很灵通？"我背对着刘子墨没有转过身，我不希望这只乌龟看见此刻我脸上那贼贼的坏笑。

刘子墨愣了几秒忙回答："当然，我的情报可不是盖的，我告诉你，在这校园内，我敢说，绝对没有我刘子墨刘先知不知道的事情。"

我转过身冷冷地对他说:"那就好,你帮我办件事,待事成之后,本姑娘可以答应和你坐同桌的要求。"

"真的?"刘子墨的两眼突然泛光,我看着他这激动的样子,估计再过几秒口水都要流出来了!

"当然,本姑娘向来说一不二。"

刘子墨忙说:"班花大人发话,在下一定办好!"

"我要你帮我查一个人,彻底地查一个人,把他的老底,把他的祖宗十八代都给我挖出来!"

"敢问班花,你想要我调查谁呢?"

"阿呆!"我斩钉截铁地回道。

"阿呆……又是那个福小萌?"

"嗯,就是他!"

刘子墨皱了皱眉头,声音有些颤抖地问:"你究竟为什么对那个白痴这么感兴趣呢?"

我冷冷地一笑,顺口回了句话:"因为我要彻底搞定这个家伙!"

我看着刘子墨虔诚而又不解的样子,心里想着阿呆那副讨厌的表情,内心再次澎湃无比,阿呆啊阿呆,俗话说,知己知彼,百战不殆,臭阿呆,看你这次怎么逃得出老娘的掌心,我一定要让你为那白痴般的傲慢付出代价!

第三章

调查对象,阿呆同学

第二天,我刚到学校,早自习还没有开始,刘子墨就神神秘秘地溜到我桌前。这只行动猥琐的老乌龟将头缩藏在校服的竖领间向周围打量了一番,接着便飞快地将一张打印纸鬼鬼祟祟地塞进了我的教科书里。

"季节，阿呆那家伙的信息还真是难查，我这校园江湖百晓生混了这么多年，还真没有见过比他更难搞定的对象！"

我瞟了那张纸一眼，没有急着打开看，只是低声说："既然难办，怎么结果出来的这么快，我昨天才交代给你，你今早就给我答复，我对你完成工作的质量表示绝对的质疑。"

听我这么一说，刘子墨一脸焦急无奈起来，喉咙忍不住上下颤动了几下，解释说："班花大人，这样和你说吧，虽然对于阿呆那个家伙的调查很困难，但却也是信息提交方面最简单的一位主了。"

我见他故作神秘，便来了些兴致，但还是装作不在意地问："你这话什么意思？"

刘子墨撇了撇嘴无奈地耸了耸肩膀说："就是因为他实在是太简单……嗯，可以这样说，他是我调查过最简单……抑或是最复杂的人……"

最简单又最复杂？我不由得瞪大了双眼，在脑海中细细地咀嚼了"复杂"这个词一番道："你所谓的最复杂是什么意思？"

刘子墨叹了口气说："这个不好说，因为我觉得在这个世界留下信息这么少的人，要么就是一个白痴，要么难说就是一个思想极其复杂的人，不是有句话说得好嘛，……是怎么说的？好像是……"

"叮叮叮——"

就在这个时候，早自习的第一道预备铃声响起了，而刘子墨那句没有说完的话也没能想出来。我心不在焉地带完班里的早读后匆忙地回到自己的座位上，我要趁着阿呆那家伙还没有来的时候，赶快研究下那张刘子墨的"调查报告"。

这份报告的信封上写着：福小萌的绝密档案，星级：0星。报告大部分都是用电脑字体打印的，内容如下：

姓名：福小萌；外号：阿呆；性别：从外表看来应该是男的，但是没有人见过他在学校厕所出没，无法给出证据，粗略统计，他从不在学校和校园周边的任何公厕上厕所；籍贯：江南（猜测）；年龄：十四岁；生日：多方打听，无法获知；爱好：好像没有，因为他除了睡觉外的其余时间都在发呆；特长：没有丝毫现象表明有任何的特长；性格：他是所有校园八卦资料中唯一一个没有任何记录的人，也就是没有任何的性格分析，因为他基本不说话，连那淡漠的表情都少有改变；家庭信息：在他的小学同学之中有人曾见过他的母亲，传说长得挺漂亮；朋友：无，至少在本校中没有；恋爱史：这种人我打包票不可能有异性缘的；说过的话（这几个字是手写）：这一项是我加上去的，因为阿呆的信息实在是太少了，我打听了三百多个在学校的线报，最终竟然发现，听过阿呆这个家伙说话的人只有两人，他们回忆说，阿呆的声音很沉闷，而说的话也非常的奇怪，这里也都记录了下来。第一句话：龙剑到底在哪里？第二句话有些不好理解，我直接把线人的话翻译过来：圣迪亚历王国的使臣希望国王能够接见身在布迪旅馆中的兽族特使嘉尔那西。是的，大概意思是这样吧，虽然信息不多，但是可以看得出，这个家伙的大脑可能真的有问题。备注：有线报称阿呆经常出没于武帝巷的一家从不开门的怪异店铺，因为那一家店铺从不开门，所以那里面的情况还无从得知。

　　我一边紧盯着这张纸上的信息，一边不禁冷冷一笑，这个刘子墨还真是把狗仔八卦做成了专业活计啊，竟然连表格都如此规范，还用word做好然后打印出来，就像电影里的私家侦探一般，如果不是阿呆那少得可怜的信息让我有些失望的话，这些调查内容还当真是全面无比……

　　等等！我突然觉得什么地方有些不对，看着上面这些内容，我不禁有些冷汗直冒，如果刘子墨那个家伙也在私下把我的资料给调查得一清二楚怎么办，会不会在他这种恶心的八卦资料中有我的一张呢？真是的，想想就来气。但是，其实不得不说的是，这只刘乌龟的工作效率的确高，看来他为了完成和我的约定也算是拼了。

　　不过这些关于阿呆的信息也真是太少了，或者说的确和我预料中一样，阿呆根本就和我们这些同学没有任何的交流。还有，阿呆这怪胎说过的话就只有两句被别人听到吗？这种人还会说话？我就一直怀疑他是个哑巴呢！不过想到这儿，我还真的有些好奇阿呆的声音了，这家伙的声音究竟是怎样的？哎呀！就算是哑巴也会叫唤两声的吧，可是这个呆瓜竟然到现在都还没有跟大家说过话呢！再说了，他被记录下来的那两句话究竟是什么意思呢？怎么都感觉有点中二的味道。

　　就在我手里捏着阿呆的调查报告陷入沉思的时候，我不由得越来越对这个白痴同桌产生了兴趣，这个世界竟然还有这么无聊无趣的人，还真是一种可悲的存在啊。

突然间，我那特有的第六感来了，我突然感觉到一道怪异的目光正看着我，抬头一看，竟然就是那一张永远不变的面瘫脸——阿呆！

"啊！阿呆！"

面对冷不丁出现在我面前的阿呆，尴尬的我在瞬间就僵住了！

我下意识地将手里的纸揉成一团，然后在心里默默祈求这个白痴没有看见纸上的内容。

阿呆还是那副呆滞的表情，不过我发誓，我感觉到一些他与平常不同的微妙改变——比如说呼吸频率加快了一些，或者是他的眉毛似乎在我看着他的一瞬间挑动了一下，再比如他现在的脸色怎么突然有些红红的感觉……呵呵，难道是他知道我在调查他而开心，而感到有些不好意思吗？

"扑哧——"

伴随着这声气响，我看见阿呆的脸突然由白变红，继而变成通红，接着他的眉头一紧，继而在他臀部又接连地发出了一连串的气爆声。

我的嗅觉在瞬间爆发了高度预警，果不其然，一股包含了苞谷韭菜大蒜等的屁臭味已经席卷了我面前的空气！

阿呆这家伙虽瘦，但是个子却不矮，才初二就已经一米七五了，只不过实在让人想不通他那孱弱清瘦的身体中竟然藏有如此威力的屁臭！

阿呆，你这个屁蛋，恶心鬼！

阿呆的表情在这一生理反应之后，瞬间就舒展成了一种相当满意的状态，接着从我身后的空隙中挤了过去，坐回到他自己的座位上。

好吧，我现在心里对阿呆的恶心和讨厌再次超过了对他的好奇。

就这样，第一节课，第二节课，阿呆都和之前一样，只是趴在课桌上睡觉，好像没有什么其他的反应，我在心里安慰自己，阿呆这头脑简单的家伙刚才一定什么都没有看见。

虽然这样想，但是心里多少还是有些做贼心虚的过意不去。

就在我认为相安无事之后，第二节课刚打完下课铃，阿呆却说话了。

对，那惜字如金，沉默是金……我想不出更多成语了，反正那只阿呆竟然说话了！

阿呆的确是说话了，而且就是用那种非常低沉而空洞的声音第一次对我说话了，回想到阿呆那家伙没有聚焦的眼睛里突然闪过一丝亮光，我此刻都还心跳加速！

"你们……无论是谁，都别想从我这里拿走龙剑！"

阿呆说完这句话后就再次扑倒在桌上呼呼大睡起来！

这家伙刚才都说了些什么呀，坑爹的！我使劲地摇晃了下身旁这个神经病说："喂，喂！你什么意思？龙剑是什么东西？"

直到放学，阿呆都没有再理我。

可是就在下午最后一节体育课下课之后，我回到教室准备收好书包回家，却收到闺蜜初夏带来的一个让我难以理解的消息——阿呆出事了！

说出上面几个字的时候，初夏正躲躲藏藏地玩着手机，但是她脸上的表情却显得漫不经心。显然，她并不在意这位同班怪咖同学的事情。

"什么？阿呆出什么事啦？"我的心里有些不安起来。

初夏以一种落井下石的口吻说："刚才一群高年级的男生把阿呆拉到厕所后面的那条小巷里了！"

我大吃一惊，忙问："是那条男生们经常打架抽烟的小巷吗？"

初夏点了点头，眨巴着眼睛说："当然了，还能有哪里！"

"也就是说，他得罪了什么人，别人要收拾他？"

初夏幸灾乐祸地笑了笑说："我说大小姐，女神大人，你是真傻还是装傻，他得罪的人若不是你还能是谁？"

"得罪我？"我反问初夏，要知道，我小心眼生阿呆气的事情，可是包括初夏在内谁都没有告诉过啊，"不可能啊，阿呆同学并没有得罪过我啊！"

初夏冷冷一笑，这个笑容让我觉得多少有些不舒服，她接着说："我说大小姐，你这计谋可真是伤人于无形啊，试问，学校里面暗恋你的男生这么多，而你是又帮阿呆买本子，又帮他抄笔记，还让刘子墨那张大嘴在下面拼了命地打听关于阿呆的事情。就你这大美女校花级别的料儿，对阿呆比对男朋友还上心，难道你以为阿呆还能够像原来一样快活地睡觉，一样继续潇洒地发呆？"

经初夏阴阳怪气地这么一说，我如同被一口大钟狠狠地砸在耳边，整个人彻底蒙了。

初夏走过来将嘴凑到了我的耳旁说："这一招还真是狠，杀人于无形啊！小妹佩服！你是不是从宫斗剧上学来的，话说你不是从来都不看电视剧的吗？"

"不是这样的……绝对不是这样的！初夏，你怎么能这么想我？"我徒自摇着头，推开初夏就朝教室的大门跑去。不行，一定要在那些无聊男生欺负阿呆前阻止他们！

第四章

绝对禁区

当我气喘吁吁地跑到学校西北角那幢老砖砌成的厕所前时，已经听见那恶臭巷子里面传出的骚动起哄声。

我的内心第一次有了极度的不安和恐惧感，而面对着厕所背后那条阴冷的、仿佛没有尽头的小巷，我的脚步再也无法向前迈出一步。

这间厕所恐怕是江南市师范附属中学里最老旧的建筑，当年在扩建校园的时候，可能因为这老家伙所在的位置无关紧要，故而才得以留存下来。而在这间厕所背后是一块预留出来的空地，这片空地连接着学校老宿舍区的过道，曾经是给住在里面的职工晾衣服用的。而现在，因为这个地方在校园最不显眼的角落，算得上是极为隐蔽的地点，久而久之成了学校中的不良分子抽烟打架的聚集地。对于诸如我一样过着正常学习生活的学生，这里是绝对的禁区！

我从未想过自己有一天会踏进这里一步，更不会想到，此刻自己是为了一个曾那么厌恶和不屑的人而来。

进去，还是不进？我站在巷子口犹豫不决，而就在巷子不深的地方，有两个将校服反扎在腰间的男生，正时不时地向我瞟来，眼神似乎是不屑却又有些欣喜。我知道，这两个男生肯定是站在小巷的入口帮里面的人放哨。

阿呆那家伙在里面吗？我到底要不要进去呀？哎呀！我管这个呆瓜做什么，反正我又没有做错什么，难道真的……真的因为我的缘故连累了阿呆同学吗？但是，我真的没有做过什么啊……可是……可是阿呆他又做错了什么呢？要知道，阿呆就是一个智商可能都达不到五十的笨蛋啊，他不就喜欢睡觉和发呆吗？看看，我都干了些什么，如果说此刻阿呆真的被里面的那群人欺负，难道不是因为我这两天发神经无理取闹的缘故吗？

我深深地吸了一口气，心中下了决定——好吧，就这样啦，不管前面究竟是龙潭还是虎穴，本小姐都要闯上一闯！

我径直走进那条仿佛是被诅咒的过道，路过那俩放哨的学生时，我对他们露出虚假的微笑问道："阿呆那家伙是不是在里面？"

这两个男生见我对他们说话，脸突然红成了苹果，另外一个有些慌张地忙将那原本藏在身后的烟头给丢在了地上。

"那个白痴就在里面，季节同学，"其中一个男生有些唯唯诺诺地说，"你不应该来这里的……被老师看见的话，我担心会对你有影响。"

我撇了撇嘴，脸上那已经成了习惯的伪装——温暖微笑变为了冷冷一笑说："作为学生会的副会长，我的确是不应该来你们的地盘，但是你们将我的同班同学拉进去难道就可以吗？请你们让开！"

其实连我自己也不知道哪里来的勇气，可是看着眼前这两个男生，他们就是我们年级其他班的学生，我还真搞不懂这些男生究竟每天在想什么，为什么放着原本单纯美好的学生生活不去过，非要去学这些个抽烟打架的，非要把自己的生活搞得乌烟瘴气的一团糟呢？

就在这个时候，巷子里又传出了一阵杂乱和起哄的声音，我知道，现在可没有时间再想那些个乱七八糟的事情，必须赶快进去。我心一横，推开挡在我面前的两个男生就往里面跑去。

伴随着我奔跑的喘息声，我的视线不时停留在地上一些绿色的空啤酒瓶上，或者是各种牌子的烟头上，而越往里面走，越发感觉到一种莫名的躁动和不安。

就在我喘着粗气站在巷子尽头时，看见了一幅让我无法想象的画面。

阿呆被一个男生给按倒在地上，而从他那流满了鼻血和青一块紫一块的脸上，不难看出不久之前遭遇了什么。站在周围的男生们不时发出欢呼般的嘲笑声，中间的几个主谋已经开始撕扯阿呆的衣服，而这些冷血围观的不良学生还在起哄地大叫道："脱！脱！把这个白痴脱个精光！"

我甚至看见了几个学生还拿出了手机准备拍照和录视频。

见到此情此景，先前我内心中那未知的恐惧早就一扫而空，取而代之的是一种对人性的失望和无比的愤怒，在原本阳光灿烂的校园内，竟然存在这样一个混乱而垃圾的角落！我冲上前将那几个拿着手机准备拍照的学生的手给打了下去，又拨开人群，在这些惊讶的目光中冲向了被包围在最里面的阿呆。

其中几个主谋还没有发现我，他们叫嚣着，捏着手中的拳头一边捶打阿呆的背部，一边撕扯他的裤子和衣服，直到阿呆的校服被完全扯坏，就连裤子也被脱了一半，露出了里面的内裤。

"啊哈！红色的！这个白痴的内裤是红色的耶！"

"哈哈！这个白痴还以为自己很性感呢！"

一阵嘲笑声再次响起，其中一个男生对着阿呆骂道："就你这癞蛤蟆也想要吃天鹅肉！老子警告你，现在只是扒你衣服，如果下次你还敢接近她，老子就剥了你的皮！"

这个时候，我才好不容易挤进了人群之中，也不知道哪里来的力气，我一把拽开了那个说话的男生，接着伸开双臂挡在了阿呆的面前，我此刻的目光和动作无不显露出一种愤怒和无声的控诉！

"你们要剥谁的皮，试试，有种来剥我的！"我对着这几个男生大吼了起来。

现场的气氛突然变得很尴尬，我发现他们见到我的到来，表情都大变，而我也认出，就在这正中的几个男生都或多或少曾经对我表示过好感，只是让我万万没想到的是，这些原本在我心目中腼腆单纯的男生竟然会干出这么过分的事！

"你们好过分！怎么可以这样欺负同学，他到底哪里得罪你们了？"我缓了缓神，那股冲动开始慢慢退却，理智又重新回到我的脑海中，现在重要的是怎么带着阿呆脱身，毕竟现在眼前的这些不良学生人数比我们多，否则这些叛逆的家伙如果真想搞出什么乱子的话，本小姐也自身难保了。

我用目光扫视面前的人，竟然发现其中除了男生外还有几个女生，而她们的打扮也非常的另类，其中一个竟然还叼着烟头，用一种非常厌恶的眼神盯着我。

"哈哈，你们这些怂蛋！"不出我所料，刚才那个叼着烟头的女生发话了，"这就是你们所谓的梦中情人，所谓的女神？你们瞧瞧她那样子，她宁肯喜欢这个白痴呆瓜也不正眼看你们！"

在这句极具杀伤力的话的作用下，周围的学生再次骚动起来，我越发觉得事情有些不妙，继而转过头，蹲下身对倒在地上低着头的阿呆说："喂喂，我说你到底愣着干什么？还不快走！"

我发现此时此刻，在场的所有人都看着阿呆，而阿呆的动作没有丝毫的改变，依旧是沉默地坐在那里，低着头，没有人看得见这个男孩此时此刻的表情。

"哈哈——哈哈——"

就在这个时候，阿呆竟然发出了一阵令人匪夷所思的怪笑，这种怪笑透过他那被鼻血掩盖了一半的嘴皮发出来，空洞而木讷，一种毛骨悚然的感觉瞬间凝结了周围的空气。

包括我在内的所有人都呆住了，没有人知道这个阿呆现在这种怪异举动究竟是为了什么。

"阿呆！你别笑了，是不是被打傻了啊？"我用力摇晃着阿呆的肩膀！

阿呆突然抬起头，盯着在场的所有人，接着那颤抖的嘴开始自言自语起来，而一只无力的手也缓缓地指向了前方，指向那些刚才欺负他的学生。

阿呆冷笑数声之后说："你们以为这样做就可以阻止灭世文章的降临吗？"

阿呆的这句话说完，现场在一阵短暂的沉默后竟然再次爆发出轰然的嘲笑声，而一种莫名的喜感瞬间在先前紧张的氛围中被点燃了，只有我一个人觉得阿呆说的话有些奇怪，或许他们都不会知道，想要听见阿呆说一句话是多么困难。

"阿呆，什么是灭世文章？"我有些奇怪地问他。

可是阿呆再次低下了头，而其他学生在嘲笑之后便是冷嘲热讽。

"真是白痴，我看他真是被打傻了！"

"怪胎，还灭世呢！我看他是漫画看多了，游戏玩多了，哦，还玩傻了，真是个傻子！"

"这个白痴，还有这个过来自以为是英雄的小妞，我看他们都是神经病，都脑子有问题！"

就在这些语言暴力越来越过分的时候，巷子口突然传来了一声喊叫："快点跑，政教处的来了！"

我猛地抬起头，这个声音非常熟悉，我马上反应过来，是初夏！这个时候，我竟然觉得这闺蜜的声音如天籁。

而在场的不良学生被这突如其来的喊声吓住了，他们瞬间纷纷丢下烟头和手里的东西作鸟兽散。我前面挤在人群中的几个女生都跳起来拼命地向外逃窜，另外几个男生一看就是经验丰富，直接翻过厕所的围墙跑了。不到两分钟，此地竟然就只剩下我和倒在地上的阿呆。

当初夏小心翼翼地从巷子的口探出头来的时候，我看得出她的表情和先前的我一般紧张兮兮的。

"都跑了吗？"初夏有些神经质地环顾四周，而我对着她缓缓地点点头。

"老师呢？他们来了吗？"我期待地看着她身后。

初夏连忙跑到我面前悄悄说："你是真傻呀，哪里有什么老师，我刚才那是吓唬他们的，如果真惊动了那些老师，就算他们惩处这些学生，最后我们的结果只会更惨，那些家伙能够放过我们吗？"

这一瞬间，我看着初夏的样子，没有想到这个流着清爽干净的短发，小鼻子上架着厚厚镜片的女孩竟然如此聪敏，考虑问题还这么周全，看来和她这两年的闺蜜生涯我是白过了，我竟是今天才发现初夏有这么多的优点。

初夏伸手拉起我说："大小姐，你这次闹得真是过分了……"

谁知初夏这句话还没有说完，原本倒在地上的阿呆已经自己慢慢站起身，跌跌撞撞地朝巷子口走去了。

"阿呆！喂喂，阿呆！"我大声在他身后喊了几次。可是他根本就不回应我，依然扶着破旧的砖墙蹒跚向前。

"阿呆！福小萌！喂喂，等一下！"在我的视线中，阿呆直到走出这条巷子都没有回头。

初夏叹了口气说："我真想不通这个白痴有什么值得你在乎的。你知不知道，今天你可能闯大祸了！"

"哎呀！"我没有回答初夏，只是慌忙向巷子口追赶，"阿呆！"

初夏一脸嫌弃地说："喂喂，大小姐，人家根本就不理你，你别这么掉价好不好？"

"可是，他的书包没有拿呀，还丢在那里呢！"

"管他的，这种人，书包对于他来说有用处吗？你见过他拿出书包里的东西吗?"初夏不在乎地说。

我叹了口气看了一眼初夏,心里真的有一种想要哭的冲动,而眼眶里也真的盈满泪水。

初夏拍了拍我的肩膀说:"我看你还是算了吧,明天自己找老班去要求换座位啦,阿呆那个家伙本来就和我们不一样,完全就不是一个世界的,和你成为同桌反倒是害了他。"

"完全……就不是一个世界的……"我不禁迟疑地重复着初夏的这句话,接着抬起头看了她一眼,淡淡地说:"你也这样认为,你也认为阿呆这个家伙有问题,你也觉得他就应该这样孤独,活该没有一个朋友吗?"

"不是我认为,这个是事实,是他自找的!"

"可是他没有做错什么?难道不是每个人都有选择自己生活方式的权利吗?"

"我说大小姐,对那个白痴你别这么纠结认真好不好,你以为自己是天使,是救世主啊?你就担心下自己吧,真不知道今天这件事会被那些个流氓传出什么版本,我担心你那女神的名声恐怕要保不住了,现在赶快回家,上学校贴吧里去辟谣吧!"

"这有什么!我本来就不是什么女神,原来……初夏你和那些人想的都一样!"有生以来我第一次觉得自己曾经维护的那种形象开始模糊起来,如果说我想做一个完美的女孩,那么我究竟是在做给谁看呢?是做给刚才那些欺负阿呆的不良少年看吗?是为了要赢取那些人的尊重和好感吗?

"季节……季节……你听我说,我不是那个意思!"

初夏看我急了,再次拉住了我的手欲言又止。

"初夏,说实话,或许你觉得我很傻,但是……我认为人与人之间不应该是这样相处的……可能你现在不会懂我的感受,说实话吧,我自己现在也不是完全知道自己在说什么……所以……所以,我只能谢谢你……还是谢谢你刚才那么机智聪明地救了我……"

初夏还想和我解释什么,可是我已经甩开了她的手,自顾自地提起阿呆那掉在地上布满了脚印的脏书包。

我就这样,抿了一下嘴角的泪水,丢下了身后看着我发愣的初夏,头也不回地走出了这条肮脏的小巷。

第五章

阿呆的书包

浑浑噩噩地回到家，浑浑噩噩地吃过晚饭，浑浑噩噩地回到房间准备如往常那样完成作业，复习功课。我的这种浑浑噩噩被妈妈和爸爸发觉了，但是出于对从小到大的乖女儿的信任，他们并没有太多的根究我，而我只是敷衍说最近功课太多有些疲惫而已。

进房间前，我为自己冲了一杯苹果汁。每当有迷茫的时候，我总是喜欢喝一杯甜甜的果汁，似乎这样做可以让我稍微忘记一些烦恼。

看着阿呆那个丢在我卧室门背后的旧书包，我的脑海中不禁又将今天发生的事情重演了一遍。

我的天啊，我今天真是中邪了，都搞不懂自己是怎么想的，阿呆这一次虽然是受了皮肉之苦，但我也好不到哪里去，估计现在学校的贴吧和Q群都已经炸开锅了吧，而我苦心经营的良好淑女形象也完蛋了！七班的那个美女班花竟然喜欢上了全校最奇葩、最怪异、最白痴的阿呆，为了救他还深入厕所巷里。天啊……传言还可能比这些更可怕更夸张呢！比如，季节原本也就是和阿呆是一样的人！啊！天知道学校里面的那些个八卦会传出些什么消息……想到这些，我不禁再次猛地站起身，对着床头上的毛绒大熊就是一阵拳打脚踢。

捶打完这可怜的大熊，我累倒在床上，而眼睛不自觉地再次看到了阿呆的那个脏兮兮的书包。

混蛋！我猛地从床上起身，将那个书包给放到我的书桌上，一把就拉开了拉链。哼，本姑娘当然知道随意翻别人的书包偷窥隐私不好，可是现在我也管不了许多了，我倒真想看看阿呆这个家伙整天背着这个破包，又不拿出一本书来，究竟是为什么？

我怀着一种猎奇般的好奇心对着阿呆这个有些发臭的书包恶心地咽了下口水，接着捏着鼻子，慢慢地拨开书包的里层准备一窥究竟。

首先是教科书，我将所有的教科书都拿出来放在一堆，接着发现这些书本上根本就没有任何的笔迹，甚至连名字都没有写，完全就是新书，哦，不对……我突然发现了两本似乎显得旧一些的书，那两本书是语文和历史，我随手翻开看了看，竟然注写了一些密密麻麻的笔记。接着我又从阿呆的书包里拿出了几本似乎是听说过书名的书，分别是《苏菲的世界》《战争论》《大国的崛起》和《飘》，难怪这个书包这么重，这个家伙竟然带了这么多课外书。可是，从来没有见他在学校里面读过啊。

就在我思索的同时，我竟然发现在这个书包夹层中有一匝厚厚的信签纸！

对，就是一沓信签纸。这下子，我可真是找到新大陆了！

我像发现了地下宝藏的海盗，一把就将所有的信纸都拿了出来，一种史无前例的强烈好奇心驱使着我细细读起来。天啊，阿呆这家伙到底是在写什么乱七八糟的东西，竟然写了这么多，而断断续续，破破烂烂的信纸上，每一行都密密麻麻地爬满了阿呆那还算是清秀的笔记，虽然有部分涂改的痕迹，但是大体上也还能够勉强看懂。

我快速将他的教科书和课外书全部都放回书包，抿了一口已经完全冲泡开的苹果汁，便急不可耐地从信纸开头的地方读了起来，心里之前的焦虑和不安此刻竟然全无，只是一颗心"扑通扑通"地直跳，我还真要看看阿呆那家伙写这么多东西究竟是在写些什么。

以下是阿呆书包里的信纸：

《沃克兰多大陆——未起航的空贼》第一卷 序章

沃克兰多大陆——这个被各种族所充斥的世界之中，平静的生活，燃起的战火和散发着诱惑的谜团都能成为构成这个舞台的剧本，生活在这里的人们也注定要面对各自不同的命运。

当然，如果你出生就是一个精灵，那么你就真的是含着金汤匙了；而你是人类的话依旧可以凭借自身的努力来谋求权贵；身强力壮的兽人或者肌肉发达的矮人。嗯，那样的话你不难谋到一份体力活；如果不幸你的身世只是个可怜的亚海人种，那么你也许就只有祈祷奴隶主的鞭子不要再抽打在你的背脊上……总之一句话，在这个黑暗和光明共存的时代里面，你出生也许就决定了一切，地位、财富、痛苦和欢乐……所以，祈祷吧，这可能是唯一能做的，高等的种族有着先祖们奠定的高尚血统，而低劣的种族就只能自求多福了。

正如《旧约·依亚托圣典》的开头所说——这是一个神存在的世界。

每个生活在这个世界的种族都相信着，甚至欺骗自己坚信这样的启示：神在这个世界开始的时候就已经将秩序赋予了这个世界，所以，每个旅行者都必须信奉自身的命运。所以说，也许这共同的信仰就是沃克兰多世界各种族唯一相同的交点。

命运在让你开始旅途之前就已经为你画好了地图，而你所做的只是按照神的意志无可选择地走下去。

从天空之城萨兰多瓦俯视依亚托大陆，地势多变的陆地和蜿蜒流淌的河流是那样壮丽，而绿色的森林和连成片的草原是如此美丽，那曾经遭受的残酷战火的洗礼总是会被这些平淡无奇的风景所遮掩。大陆中的各个地域，以及上面的国家和势力却赋予了这个原本简单的自然系统全然不同的复杂灵魂——战争、争夺、抢掠、正义、邪恶。这样来说，其实不管怎样，所有生命都只是为了自己的使命而活着——为了权利而活着的国王，为了荣誉而活着的士兵，为了家人而活着的农夫，而了金钱而活着的赏金猎人，为了获得力量而活着的魔法师以及为了知识和禁锢之术而活着的炼金士。

但是终有一点不会改变，那就是任何种族都要在命运的终点接受神的审判！

在地图上，克兰多斯城位于一片低矮的森林腹地，那里终年被泉水所温养的树木使整个地区的空气都充满了湿气，随意的呼吸就能够感受到清新和怡人，而你甚至在习惯了它之后会上瘾地爱上这里。当然，克兰多斯城的主题远远不是空气清爽这么简单，如果想要准确地形容它的外表，那真是太复杂困难了。

毫不夸张都说，克兰多斯就是整个依亚托大陆世界的缩影。整个城市分为若干的区域，而每一个区域都被分配给一个种族居住，每个区域的建筑特色就是各种族特有的风格。你大可以在早晨太阳出来的时候就第一个等在护城河前，伴随着沉沉的锁链声，吊桥大门都会在那个时候开启。当然，如果你不幸遇到了尸魔龙迁徙路过这里，那天的城门是不会打开的。而且所有的法师都会施放防护罩，连一只苍蝇都出入，而你……有经验的猎人说装死会是躲过尸魔龙的一个办法，但是真是如此吗？恕我直言，见过那怪物的人没一个能活着告诉我们答案。

城门口的雕像是布鲁士二世的雕像，因为这位英雄曾经牺牲了自己来捍卫这座城的荣誉，而他的故事我们以后不可能会错过。城门的第一个分叉口就是荣耀广场，这里是整个城市中唯一连通着各个区域的黄金位置，所以这里街面上的店铺总是被炒到天价。现在，假设你已经站在了那个被厚重石板所铺盖的广场之上，而身旁都是熙熙攘攘的人群，巨大而臃肿的啮犀拖着沉重的货车，它的经过甚至可以让你感受到地面在震动。

也许你不想步行，在这个时候，聪明的马夫们总会看穿你的心思而邀请你乘坐他们用身材高大俊朗的克莱夕种马兽拉乘的车轿，或者运气好的话还能够坐上纯棕色毛的多兰皇家种马车。当然，当这些马夫和你友好交谈的时候你可得多个心眼，他们能很容易地看穿你是不是外地人，从而在你身上大捞一笔。所以，请不要和克兰多斯城里的陌生人过多交谈，这是每个旅行者都会从朋友那儿得到的忠告。

顺利的话，你可以舒服地坐着马车（当然，也有些贫穷的车夫只能用蹄子低劣的山羊，不过现在城里为了石板路的使用寿命已经杜绝了这种行为）先穿过低矮却别致的矮人区，那里的每一个地方都像小果园，而且弯弯的拱桥被这些只有七尺左右的种族修得到处都是。然后你可以去人类居住的区域参观有名的红饼干博物馆，据说那里收藏的收藏品价值甚至可以再建造十座克兰多斯城还绰绰有余，当然，盯着这座建筑的目光可是世界上最有名的盗贼和世界上最有名的骑士团。

我建议你，午餐或晚餐可以去享负盛名的古拿拉族地区享用。这个种族对于食物的研究可谓是无人能及，光是看着他们天生就生长在外面的大舌头和大大的孢子眼睛就不难想象其族人个个都是美食爱好者。不过有学者研究过，尽管是古拿族，可是这个种族仍然有患厌食症的情况。

要是想瞻仰伟大的建筑那绝对不能错过精灵族的地区。那里耸立着一座白色的高塔，塔的顶层有法师们聚集起的魔光罩，而这个用来防御王都的魔法正对着天上的两个太阳，强烈的光线通过魔法壁会精确地反射到中央广场上那柄传说神用过的巨剑上，这神圣的光芒就算是在白天也耀眼万丈，若不能亲眼所见，任何的语言和辞藻都无力描写这壮观的景象。

也许你已经注意到了道路旁边的水路，上面的船只来往频繁，水路通向城市底下的下水道区，那里是划分给亚鱼人种族的居住区，不过向导是不会带你前往的，毕竟恶心的鱼腥味和脏乱的景象会给你留下不好的印象。虽然国王对外界宣称已经在统治区域杜绝了亚鱼人和奴隶的交易现象，可是我敢打赌这个区域里的黑市奴隶交易绝对比任何地方都猖狂。总之，城里的种族区域已经扩展到了二十多个，而如果你想全部都走一遍的话，可是真要花上些时间呢！当然，最终你会回到荣耀广场，然后会对广场上那句名扬全世界的话产生新的认识——荣耀之剑所照耀的地方没有任何战争，所有种族都享受着平等的待遇！

克兰多斯，这座城市是整个大陆世界上唯一标榜着维护和平和种族平等的地方。

读到这里，我不觉地失了神，看着阿呆这描写得乱七八糟的一大堆文字，细细地想了想，突然间觉得似乎他写得还蛮像那么回事。对于一个才初二的学生，他对这个幻想世界里的描写就像是自己曾经亲身经历过一般。看来阿呆这个家伙果然不像别人认为的那样是一个没头脑的白痴！

在阿呆信纸上的那一行行文字之间，我似乎感受到了那个整天只会呼呼大睡的男孩真正用心的地方，我继续扫视着信纸接下来已经为数不多的内容。天啊！我突然觉得有些不可思议，阿呆那个家伙，他竟然在创造一个世界！

第六章

阿呆的手稿

一晃眼,不知不觉中窗外的夕阳已经被一片淡蓝色的星海给淹没了,我努力回忆着阿呆那副懒洋洋的呆瓜样,怎么也无法将那只呆河马与一个充满幻想的小说家形象给结合在一起。

小说家?未免也太高估那个家伙了吧,可是这些手稿似乎又真是出自于这个沉默寡言的男孩之手,虽然粗看之下,这些文章的笔墨还透露着稚嫩,可是内容上来说的确还有那么点意思。哎呀,不行,我得快一点看完他的这些东西,然后开始做作业,否则如果熬了夜,本小姐第二天可是会有黑眼圈的!

我接着翻开阿呆这些手稿的下半部分——

《沃克兰多大陆——未起航的空贼》第二卷　克比隆酒屋

巨大的荣耀之剑雕塑就矗立在荣耀广场的正中间,而正对着它的就是那家有名的克比隆酒屋。

故事就从这间有着蘑菇般圆顶的老旧木屋说起。

正如酒屋老板,那个总留着小胡子的中年男人乌比森尼比托拉斯所说的:"在这个混杂着机器和炼金术的时代,没有什么比来杯香醇的咔咔啤酒更混乱的了。"

咔咔啤酒,喝了绝对能让你的身体像扭了发条一样咔咔乱转——这是那些崇尚机器的乌比森人的口头禅。所以说,对于这些喜欢玩弄齿轮的高山居民来说,这个酒就对味了:"总有一天,总有一天你的身体都会充满着齿轮,不信走着瞧！"

而说起因为信奉机器而走出原本低劣人种范围的乌比森族群，秉持着魔法和炼金术至上的精灵族们却依旧排斥着这些"异教徒"。什么？你要提起《沃克兰多种族平等条例》还有《沃克兰多大陆世界和平条款》什么的，得了吧，没有任何在中古时期就自视甚高的高等精灵愿意承认这些，在他们看来这些写在亚麻纸上的条约一文不值，不过是他们能力低劣的现任国王所做出的权宜之计。

国王，对于权力和荣誉最为重视的肯定是人类，虽然在龙族的字典里，人类被解释成了虚伪外表而活的可悲种族，但是人类似乎认为外在的荣誉便是一切，内心的种种邪恶以及懦弱都可以将其抵消，于是他们这样教导着自己的下一代，努力为了荣誉而战，那样可以使你避免沉沦于自己的其他缺陷里而不可自拔。

生活在沃克兰多大陆其他国家的人们根本无法想象到，当看到上述种族的人都出现在同一个酒屋时的情形会是怎样，可是就在这个神奇的王国里，这样的事情每天都在发生。

酒馆里并非是酒气冲天，倒是塔塔花被太阳照射后特有的香味更浓烈些，而音乐，如果可以将周围居民认为是噪音的鼓声称之为音乐的话，那么毫无规律的鼓声和滴滴的树笛声就是酒屋里不变的音调。而舞女那曼妙的身姿才是这些醉酒男人眼中的焦点。哦，抱歉，如果你身上带的金币不够，那你得祈求有人愿意出钱请漂亮姑娘们来跳舞，如果是人类的话还得祈祷那个舞娘不要是兽人或者翼人之类的，当然，除非你的口味很重。

酒屋老板尼比托拉斯总是喜欢用他正调酒的手将飞溅出木杯的酒滴捋到胡须上，原因很简单，这样他能够更近地闻到那酒的香气。在屋子里的客人大多都挤成一堆堆地叫喊起哄玩着战魂牌，而就在这位老板面前的老榉木柜台上也总是坐满了人，那些已经习惯了被他用带着怀疑和鄙夷眼神打量的"熟人"。

坐在靠边的精灵布尔丹就是他的"熟人"，而这个熟人的"老样子"就是最普通的苦酸梅酒。

"我说老伙计，你知道吗？我上次遇到一个和你长得一个样的矮人，他是个地道的矿工，胳膊可是你的三倍粗，我敢打赌，他冲的杨梅酒一定不会有你那么多的残渣！"布尔丹抿了口酒用他那一贯挑衅的口吻说道，然后呷摸着薄薄的嘴唇。

尼比托拉斯继续擦着酒杯不理会布尔丹，他知道这个家伙的措辞总是这样的，不在乎，不当回事就是在这里生存的准则，否则，出了城门决斗随时都会发生。

在这个时候，一定会有好事的家伙出现的，因为克比隆酒馆就是这样，而基尔夫伯爵就是这种好事的家伙，他总会挤进热闹的人堆里，然后像只好斗的公鸡一样对别人挑衅。

"精灵小子，如果你再把你的长耳朵上打几个眼的话，我觉得你的耳朵会肿得像尼比托拉斯的肚子一样粗，想要吃嫩的酒？为什么不学学那边笼子里的兔子，嚼碎掉不就可以了嘛！哈哈哈哈！"

基尔夫伯爵的话引得酒馆里一片笑声。

精灵的表情显得有些古怪，可是面对这样的挑衅，他好像并没有生气，只是淡淡地说："如果你也是高贵的精灵族人，当你看见我耳朵上有四颗精灵耳戒，我打赌你会立即跪下并请求我的饶恕。"

"哈哈，可惜这个酒鬼不是什么精灵族啊，他这个样子像个娘们，整天就只会叽叽歪歪。"一个角落里的乌比森人冷冷地说。

基尔夫伯爵猛地回过头，打量着眼前这个乌比森人，而周围的人也开始嘲笑着起哄。

基尔夫伯爵轻蔑地眯起眼睛："我说矮子，你就那么了不起？你们种族不就是我们人类和矮人偷情的产物嘛，就是个野种嘛！"

乌比森人的个头比矮人稍微高点，但是没有哪个正常的乌比森人的身高能高过人类，所以，他们总是被流氓骂成是人类和矮人的杂交品种，而这个也是他们最忌讳的。

乌比森人是不喜欢吃亏的："瞧瞧吧！尼比托拉斯，这个混蛋竟敢侮辱我们的祖先，而且是在你的酒馆里！"尼比托拉斯没有理会这个同族人的叫嚣，他转过身继续去摆弄酒柜里的杯子，而这个没有得到支持的乌比森人只得结结巴巴地继续辩解道，"好吧……我知道你已经习惯了这种随意的侮辱，但是我却要警告他们，在这里只有愚蠢无知的家伙才不知道乌比森人的祖先是伟大的高山族英雄，而我的名字叫作希尔山，不是矮子！而你们卑微的人类，除了会从我们那里偷取精密机器的制造方法外还能有什么？靠你们那转得连齿轮都不如的破脑袋？还有难道你不知道规矩，看看你旁边吧，你这个新来的！"

基尔夫伯爵瞟了眼墙上挂着的牌子——不允许在言谈中侮辱对方的种族。

随后这位人类伯爵把酒杯里剩下的酒泼到了牌子上说道："让这种东西见鬼去吧，我看你就是亚鱼种的儿子。当年要不是你们靠着欺骗合约将卖给我们的军备动了手脚，否则雷洛平原的那场战役，我们怎么可能会让地灵攻取了凡拉尔城堡！"

"哼哼，那是你们这些智障不懂得如何去使用那些高端的设备！"希尔山的口吻依旧冷酷。

布尔丹向地上吐了口唾沫，大声说："那场战争当年如果不是你们人类先违背了与精灵的合约而放弃抵抗，以至于轻松地让地灵攻破了艾文泊森林，否则怎么可能会发生屠城的惨剧？说到底就是你们人类两面三刀！"

"可……可……"基尔夫伯爵打了个酒嗝，继续嚷嚷道，"那可是兽人先放弃抵抗的啊！兽人先撕毁的合约，是兽人先撤兵的，难道我们也等死？"

这时酒吧里的三个兽人将酒杯重重地砸在了桌上，发出了几声怪吼："陌生人，你的骨头是不是痒了？"

"我随时愿意在你们身上刺几个洞，獠牙猩猩！"

"兽人最讨厌别人这样说！"一个兽人已经站了起来，眼睛瞪得大大的，盯着正在玩弄手中剑的基尔夫伯爵。

……

整个酒店的气氛突然变得充满火药味，而酒精的趋引就像是浇在燃烧的火焰上的汽油，怒火往往也就意味着有人得流点血了。

但是好在这里是克兰多斯，那么就不用担心了。老实说吧，酒馆里的这些家伙可都是不会动手的——因为《克兰多斯城法典》的第一条就是，在城中斗殴者将失去在克兰多斯城的居住资格。

而在这时候，早已经见惯了这种场面的老板尼比托拉斯根本就不做理会，但是他很清楚要如何化解这种麻烦事情，毕竟他已经轻车熟路了。尼比托拉斯很确定一点，当眼前这些看似怒火中烧的家伙离开的时候，还是会说着酒话互相道别，又或者会厚脸皮地坐在同一张木桌子上再玩上一局战魂牌。但是为了避免这些家伙的口水战影响到自己酒屋的生意，尼比托拉斯总会在差不多的时候转移下他们的注意力，而机会正好来了。

两个披着黑色布兜披风的陌生年轻人推开了木门，径直走到尼比托拉斯的吧台前。

"朋友，你们需要什么？"尼比托拉斯故意提起了声调，这样就让周围的人都注意到了眼前这两个年轻的人类男孩，当然也包括刚才正吵得热火朝天的人们。

"我们发布的委托完成了吗？"其中一个个头高点偏瘦的男孩问道。

"您的委托是？"尼比托拉斯从柜台下面拿出了一本残破得一碰就要碎掉的本子，开始小心地翻找起来，"呃……我看看，您叫克莱亚是吗？"

"是的，先生。我是十天前发布的委托，需要一个火山龙王完整的胃。"男孩的声调简单而清晰。

尼比托拉斯拿出了眼镜戴上，看着本子说："您要的是火山龙王那个可以储存热量的胃吧，不是消化食物的那个……我没猜错的话，你是想要那个胃里面的宝贝吧，传说那里面有一颗火焰石呢！"说完，尼比托拉斯认真地看着男孩。

男孩没有回答他，只是用一种极为傲慢的眼神打量着面前这位酒屋老板。

"火山龙王可不太好对付，你得给那些家伙多点时间，况且从空贼岛到摩卡里火山也至少要两个星期呢！"

高个子男孩再次沉默了，他身旁那个胖胖的男孩轻声说："殿下，我们可能太急了吧，应该等两天再来的。"

男孩咬着嘴唇沉默了片刻便转身离开了酒屋，而他的随从也急急忙忙地跟了出去。

"真是奇怪的委托……这年头，什么人都有。"

"我看那小子的样子跟火山龙一样都要冒火了，你瞅瞅那个眼神，简直就是急不可耐啊，我猜他一定是个瘾食者（对某种魔法上瘾的人）！"

"话说，这个家伙要飞龙的胃到底要做什么，莫非他是学习火术的法师还是召唤师？"

"哦，如果是那样的话，那个东西可能真的会派上用场，用它当媒介的话应该会大大增加火焰的威力！"

"哈哈,你个笨蛋,我看你把它放在内裤里倒是可能增加下你的威力……"

听着酒店里的议论虽然已经转移了话题,从刚才的火药味变成了一种友善而好奇的调侃,可尼比托拉斯的表情却显得比之前更加严肃了,他看着本子上的委托合约和墙上委托版上那张火山龙王的黑白相片,不由得自言自语道:"那些家伙这次不会有问题吧……别为了酬金把命都丢了。"

而墙上那张照片里的怪物长相却异常骇人。虽然照片是黑白的,可是那条龙张开的双翼和正从嘴中冒出黑烟的样子,真能让人感受到熊熊燃烧的火焰。而它眼神中释放的杀气比火还要烈。此刻的它是否还在摩卡里火山上空盘旋呢?

阿呆的手稿到了这里就莫名其妙地中断了。

我虽然觉得有些遗憾,但是看了看放在书桌上的闹钟,天啊!竟然已经九点了,我必须马上开始做作业,否则今晚别想在十点以前睡觉了。要知道,本姑娘可从来没有在十点之后还醒着的时候呢!我一边飞快地完成着单词的抄写,脑海中却不时想起阿呆那个所谓的沃克兰多大陆,这家伙整天发呆难道就是在想这些乱七八糟的东西吗?而且这个故事才刚刚开始就没有了后续,他写完了没有?还是说就正好写了这些呢?还有一点,如果我明天见到阿呆,要怎么和他解释……是啊,我要以怎样的态度去面对那个笨蛋啊?这才是我现在应该关心的事情吧。

第七章

空着的椅子

第二天一早,我强撑着疲倦的身体将班里的早读课组织完,在短暂的课间时间,我实在无法忍受排山倒海般的困意,不知不觉地倒在桌上睡着了。

这一下可不得了,就连班主任张子谦都被我这瞌睡给搞得大惊小怪。我这位负责任的老班第一节课下课后就请我到了办公室,在给我倒了杯热水后,他担心地问我是不是生病了，身体不舒服。老班见我沉默不语，便执意要亲自带我去医务室看校医。盛情难却，或者说是为了伪装昨晚熬夜的事实，我便默默地跟着他去了医务室。

医务室的校医先为我量体温，接着问长问短一阵，得出的结论是因为休息时间不够。面对老班迷惑的目光，我只得淡淡地对他说："昨夜我没有睡好。"

其实，昨夜我何止是没有睡好，可以说我根本就没有睡觉！阿呆那家伙的虚幻世界一直盘旋在我的脑海中，一整晚我躺在床上就在思索，真的有那样的一个世界吗？真的存在一个充满了各种种族，各种思想和矛盾的世界吗？阿呆那个家伙是怎么想出这些东西的？

因为从小我的家庭就家教很严，自从上了小学之后，父母几乎就不允许我看小说，而动漫和游戏之类的娱乐活动就更不用说了。记得有一次，我偷偷地翻看一本名叫《机器猫》的漫画，被正好路过房间的父亲看见之后，他苦口婆心地教育了我整整半个小时："季节，你不要看一些乱七八糟的书，要把心思放在正处，阅读是一种习惯，现阶段你最好就看一些和你学科相关的书籍，就算要看小说的话也得等中考完了以后再看，而且只能看名著，别看那些杂七杂八不入流的书……"

年幼的我根本就不敢忤逆这样严肃的爸爸。所以，虽然我的成绩一直名列前茅，但是与同龄人相比，总觉得缺了点什么。就算是在各学科上我懂得比别人多些，但是别的同学也有许多见识是我永远没法和他们交流的。举个例子，初中的我甚至不知道机器猫其实名叫哆啦A梦，而且他还有一个名叫大雄的主人，又或者是名侦探柯南原来是一个高中生……云云。

从校医务室走出来后，我的心不在焉还是让老班担心了，但是我也不愿意和他多解释什么。当我低着头跟着老班回到教室门口的时候，我犹豫了一下，这个时间点了，阿呆那个家伙应该已经来上课了吧？昨天的经历一定够他受的，只是，他会不会埋怨我这个扫把星打乱了他原本平静的生活。

"你看季节多做作，没什么事还装模作样地让老班陪她去医务室！"

"人家班花的待遇就是不一样，怎么能够和我们这些普通人比呢？"

"只是可怜了阿呆同学，人家好好待着，虽然呆一点，可是就因为得罪了班花女神，连发呆的资格都没有了！"

……

还没有进教室，我就已经听见班里同学的冷嘲热讽了。哎，真是人心不古，墙倒众人推，落井下石啊！算了，不管了，课还是总得要接着上吧！阿呆，阿呆，本姑娘这一次的形象可真的因你而全毁了，不过，其实也不能怪你，我也算是自作自受。

可是就在我走进教室的那一瞬间，我发现我座位旁边的那把椅子上，除了今早我带来的阿呆的那个旧书包外依旧是空空如也。我快步回到座位前，抬头向周围打量了一圈，发现除了各种鄙视，看笑话的眼神外，唯独没有阿呆空洞的眼神在其中！

阿呆今天没有来学校，他竟然翘课了！

说实话，面对这个结果我的心里突然有些难过，这种难过比刚才的那些挖苦打击更加刺痛我。我知道自己欠阿呆一个道歉，我甚至为了思考怎么给他道歉的台词都想了很长时间。我原本准备无论他是否接受我的道歉，我都会去和老班申请调换座位，从此之后不再去影响他原本孤独却安静的生活。

但是，他今天偏偏就没有来！这个家伙难道连个道歉的机会都不愿给我吗？

第二天，阿呆的座位依旧是空的。

第三天，依旧如此……少了那只呆河马我竟然开始有些害怕起来，阿呆，他会不会再也不来学校了？

整整一个星期过去了，阿呆这个家伙都没有来学校上课。自从那天他被校内的不良分子欺负之后，班里的同学就没有见过福小萌同学了。

晃眼又到了周五，算到今天下午为止，阿呆已经整整消失八天了！

在这八天中，我的生活也发生了微妙的变化，一种令人窒息般的气压环绕在我身边，众人原本友善和羡慕的目光渐渐变为一种疏远和冷淡。面对这突如其来的风暴，我脑海中充满了不解和疑惑，甚至这样说，我都不记得这难熬的一个星期中，我除了和初夏说过话外还和谁说过话。

最让人可气的是，就连之前那个嬉皮笑脸的刘子墨都对我敬而远之！而班上的其他同学不知道是听了什么风言风语，说只要和我沾上关系就会被学校里的不良少年盯上，更有甚者还传闻说我是某某学校不良社团的一员，和谁谁谁又是什么乱七八糟的关系！

好吧，我承认，我原本简单快乐的生活在对阿呆进行了一场荒谬绝伦的调查之后，彻底地崩溃了！曾经的完美女生季节同学已经不复存在，取而代之的是一个完全颠覆了以往的形象，一个只要和任何人说一句话都会给他人带来不幸和噩梦的人！

初夏放学的时候还是挤到了我的身边，这段时间里她已经说了太多安慰我的话，以至于现在她只要轻轻地牵起我的手，就足以让我那颗已经千疮百孔的心得到些许的慰藉。

可是当我说出心里的打算之后，初夏还是投来了不理解的眼神。

面对初夏的迷惑，我点了点头说："嗯，我决定了，等一会儿我就去老班办公室找他要一下福小萌家的地址，这个周末我就去找他，就算他不愿意见我，至少我也得把他的书包还给他嘛！"

初夏甩开我的手说："季节，你是不是疯了？你看看阿呆都已经把你害成什么样了，你还想要找他！大小姐，你就别闹了，我说你应该马上找老班，管他三七二十一的，先把座位换了再说，你相信我，一切都会好起来的……但是前提是别再和那个臭阿呆有关系！不对，是半点关系都不能有！"

我知道，现在的初夏是无法理解我的，阿呆当时被欺负的样子一直盘旋在我的脑海中。这种感觉就像一根鱼刺卡在喉咙一般，如果我不能够化解这件事情，我就无法说服我自己，不错，现在的我才知道，自己其实是一个很较真的人，还是一个固执到无可救药的人！

不顾初夏的反复劝阻，我找到了老班，老班告诉我福小萌的家人已经为他请了长假，理由是受伤住院了。而老班在将福小萌家的地址告诉我的那一瞬间，我看见他脸上挂着一种意味深长的微笑，临走前他只是淡淡地说："好吧，你去看看他也好。"

阿呆家的地址就在江南市海滨西区，靠着海边的码头，距离我家还不算太远，坐地铁的话二十分钟就能够到。

初夏这家伙说什么都要和我一起去，拗不过她，所以第二天一早，我俩就在地铁站碰了头。

目的地，福小萌同学的家。

从地铁站出来，拿出手机调出定位，一路上跟着定位，我们很快就找到了福小萌家所在的小区。

当我站在这小区大门口的一瞬间，甚至有些怀疑自己是不是找错了地方。小区的名字叫作黄金海角十号，而从小区那修建得非常奢华的景观和欧式城堡建筑的值班室不难看出应该算一个高档小区。我在门卫那里做了简单的登记后便按照门牌号开始寻找阿呆家的位置。

这小区内的环境非常好，迎合着海风那淡淡的咸味，再加上里面的热带椰树和一处靠近海边的人工沙滩，若不是我们已经知道这里是住宅区，肯定会认为是一个度假胜地或旅游景点了。

初夏的表情明显很吃惊，她激动地拉着我指这指那，全然一副来观光旅游的欣喜模样。

可我们在这豪华的小区里面绕了几圈都没能够找到阿呆家的门牌，但是至少我能够肯定，这里面的房子全部都是独栋别墅！

好吧，我承认我是路痴，而初夏也没好到哪里去。不过我俩倒也不是很心急，反正就当来玩吧，辛苦了一星期也该放松下，反正慢慢找一定能找到，用初夏的话来说，面对这么美的风景为什么不放慢脚步去好好欣赏呢？

可是我的闲情逸致很快就被一个涌上心头的疑惑给打乱了——阿呆的家真的在这里吗？这个家伙填写的地址是正确的吗？可是他平时那副呆瓜样，每天的装扮都是校服加一双帆布鞋，头也不洗，身上还有异味，这种人像是个住在这种别墅区的富二代吗？我们班里的那些个富二代可都是成群结党在一起不是比吃就是比穿，不是比名牌就是比手机啊！

在这贵族小区里绕了快半小时，我和初夏总算是找到了阿呆家的那个门牌号。

可就在我们还没来得及按门铃的时候，我们却提前见到了这次要拜访的对象。

不远处，一只黄色的狗狗飞快地从一幢别墅的院子里冲出来，它的脖子上面戴着一块大红色的方巾，奔跑姿势显得飘逸而敏捷。初夏叹了口气说："住别墅的狗就是不一样啊，就算是土狗也带上口水巾了！"

我定睛一看，初夏说得不错，这只狗的确就是一只不折不扣的中华田园犬，也就是我们俗称的土狗，它的嘴巴很长且全部都是黑色。而此时此刻，这条狗正撅起屁股打着转，似乎是准备找个地方拉屎。

而阿呆，也在这个时候从院中冲了出来，相比之前他在学校中的那种呆气，现在的他却如变了一个人，身手敏捷，速度极快。我看见他冲上前，蹲在了那只土狗面前，眼神专注地盯着那土狗刚拉下的屎严肃地说："龙兽基尔，你的诅咒还没有解除吗？"

随即，阿呆拍了拍那土狗的脑袋。我清楚地看到，这只土狗因主人打扰它拉屎而非常嫌弃地瞟了主人一眼。紧接着，这一人一犬的奇葩组合同时一跃而起。阿呆口中念了句什么后，朝另外一个方向跑远了。

我和初夏面对这一幕都有些目瞪口呆。初夏那瞪得大大的眼睛似乎在说，这人已经不是呆了，而是疯了。她那僵硬的表情还保持着这份惊讶，但手却轻轻地拽了拽我说："喂，大小姐，你确定还要和这家伙道歉吗？"

第八章

逃避现实的少年

看着对面那个如同神经病一样的男孩，不止初夏，就连我也不禁在心里泛起了嘀咕，难道眼前这个疯疯癫癫的男生真的就是我那个平日里没心没肺沉默寡言的同桌？

阿呆就算在学校里面懒散一些，可是我不曾怀疑过他的精神有问题。但是刚才阿呆那种怪异无比的举动分明就不是一个正常人的行为——口念咒语加上幼稚搞笑的动作，天啊！这个今年已经读初二的男生心里到底在想些什么呀？

"少爷！你慢一点，当心摔跤！"

就在我和初夏目瞪口呆的时候，一个穿着黑色礼服的白发老人从屋子里快步追了出来。

"少爷？"初夏那已经瞪得很大的眼睛便瞪得更大了一些，"他不会在叫阿呆吧？他竟然把阿呆叫什么少爷？"

不错，这位老人的确叫的是阿呆，他虽然年岁不低，但是腿脚却很敏捷，不一会儿就已经到了阿呆的身边。

不远处，阿呆仍旧是一副恍恍惚惚的样子，而老者不由分说就牵起了他的手朝门口走了过来。就在他们路过我面前的时候，我发现阿呆那空洞的瞳孔中竟然没有我和初夏一丝一毫的影子，他面对同班同学就如同陌生人一样。

"福小萌！"我大声叫了他一声。

阿呆并没有回头，可是老人却停下脚步，他转过头打量了我们一番。

"请问两位小姐，您认识我们家少爷？"

我点了点头，对他说："我们是他的同班同学，他好久没有去上课了，所以今天我们来看看他……"

阿呆依旧没有回头，反倒是跟随在他身旁的那只土狗对我们似乎有敌意，嘴里不时地发出呜呜的叫声。

老人忙将门打开，客气地对我们说："你们是少爷的朋友啊，这样的话请进屋吧。"

我和初夏相视一眼，点了点头，跟随着老人和阿呆走进了别墅的大门。

一进屋子，我和初夏都不禁被里面那精美豪华的装修给镇住了，简直不敢相信阿呆这家伙竟然住着这么华丽考究的房子！

老人礼貌地请我们坐在沙发上，问我们需要喝点什么，我和初夏都客气地说不需要，但是老人还是对着我们眨了眨眼睛说："既然这样的话，就喝点新鲜的果汁吧，你们和小少爷聊着，我去为你们准备，哦，对了，再来点曲奇饼会更棒……还有，想不想现在就为你们办一个露天烧烤派对，就在我们家院子里办怎么样？如果你们还有时间的话，还可以用后院的泳池办一个比基尼party，需要的话我就立刻打电话叫人来布置！"

老人滔滔不绝地开始了热情的邀请，而他这种极其热情的举动让我和初夏都觉得有些诧异和不自在，我们忙摇手拒绝，老人最后叹了口气说："不好意思，让你们笑话了……你们不知道，我今天真的很开心……抱歉，抱歉……这是少爷回国后第一次有同学来家里找他，而且还是像二位这么可爱的女孩子。"

这位情绪莫名激动的老人越说越语无伦次，我和初夏都觉得惊讶万分，可是细细一想，阿呆这德行，在学校连个能说说话的人都没有，所以从没有过朋友来访倒也正常。

在老人离开去厨房之后，我、初夏和阿呆就陷入一种无比尴尬的沉默之中。阿呆一个人抱着他那只土狗嘀嘀咕咕地说着什么，而我和初夏也无言以对。

终于，我无法再忍受这种难熬而怪异的氛围，猛地站起身大步走到阿呆面前，将手里的书包丢到他旁边的沙发上说："阿呆，你根本就没有事，为什么不去上学？"

阿呆的反应我早就预料到了，依旧是当我是空气，完全不理会，而他怀中的那只黄色土狗却对着我龇起了牙齿，一副要保护主人的样子。

初夏对我摇了摇头，示意我说："走吧，季节，别闹了，和这种白痴有什么可说的。"

我看着他这副呆瓜样，不自觉地皱了皱眉头说："难道你想要这样一直逃避下去？逃避到连学也不上，也不想要毕业了吗？"

阿呆依旧不理会我，当我就像是空气，哦不，就算是空气他还要吸两口，可是我甚至在他眼中连空气都不如！

我看着他这熊样，气就不打一处来，或许是一直以来那种骄傲和上进心在作祟，我的口吻竟然开始变得严厉，不自觉地狠狠教训阿呆道："你以为你可以这样躲在这里一辈子，你以为你家有几个钱就能够这样混日子！你真是失败，哦不，是超级失败！"

初夏发觉我情绪变得开始不对劲，忙站起身轻轻地拉了我一下说："季节，好了，别说了，书包已经还给他了，我们快走吧！"

阿呆依旧还是那个阿呆，他完全无视了我和初夏的存在，继续沉浸在他的世界中。

我叹了口气，对着初夏摇了摇头，然后我们俩朝大门口走去。可恶！我心里不自觉地想，这个男生的世界终究和我们不同，可是他究竟是活在哪一个世界呢？对于这个真实的世界他就真的没有一丝在意或者是眷恋吗？

想到这些，我停下了脚步，转过身，看着阿呆那单薄的背影说："哼，你所沉迷和幻想的地方是叫沃克兰多大陆吧……像你这种人就算是真的生活在沃克兰多，也一样会是个失败者！"

说完这句话，我突然有一些后悔，因为这句话直接暴露了我是一个偷窥别人隐私的人。但是这句话，却让阿呆产生了一些奇妙的反应，虽然初夏可能无法发觉，但是我能够感受到。阿呆的肩膀不自觉地抖动了一下，接着呼吸似乎有些局促。

初夏有些迷惑地看了我一眼，嘴里小声地问："喂喂，大小姐，沃克兰多大陆？是什么东西？"

我没有当场和季节解释，而阿呆竟然破天荒地转过了头，他的眼神中有些疑惑，但是更多的却是一种说不清楚是愤怒又或者是兴奋的感情。

"你是怎么知道沃克兰多的？"阿呆竟然说话了，这个呆瓜加哑巴竟然第一次说出了一句和人类互动的话，可是随即他瞟了一眼自己的书包，接着自己给出了答案，"好吧，你不用回答这个问题了。"

但是面对阿呆这句话，我却无言以对。

阿呆和我就这样对视着，接着，我实在想不出该说些什么，抑或者是怎么面对眼前这个被自己偷窥了隐私的人。情急之下，我决定展开反击，也用一个充满着挖苦意味的问题来回答他："福小萌，你知道别人为什么叫你阿呆吗？"

阿呆低下头用一种很做作很深沉的语调说："你不会知道这个名字对我的意义。"

面对他这般恬不知耻的回答，我将原本准备了无数种继续数落阿呆的回复，硬生生地憋回了肚子里，而内心中却不禁对他的这个名字开始好奇起来。

"阿呆？就这种名字还能有什么意义？"

"这是一位德高望重的长老赐予我的名字。"阿呆的话语平静，但是口气却像一个饱经风霜的老人。

但是阿呆这句自以为意味深长的话才说完，初夏就忍不住"扑哧"一声笑了起来。

我埋怨地看了初夏一眼，初夏忙用手遮住了嘴，阿呆意味深长地叹了一口气，接着说："那位长老曾经说过，呆者，智也。呆者，繁也。呆者，变也。若能呆一世，便是梦一世！"

初夏不自觉地嘲笑道："哇，我还真没想到阿呆竟然还记得当年那个胖校长胡诌的这句鬼话，这家伙还真的以为自己那外号挺玄妙，呵呵，他看来的确不是一个呆瓜，而是一个神经病，走啦，季节，和一个神经病有什么好说的！"

我低着头将阿呆这句貌似有些玄妙的话语在脑袋里过了一道，短暂的思考后，我依旧用一种认真的眼神盯着阿呆那有些闪烁的瞳孔说道："无论怎样，懦弱就是懦弱……虽然我对沃克兰多非常感兴趣，可是对你却失望无比。"说完这句话，我拉上初夏的手，准备离开。

"两位同学，这么急着就要走吗？我的果汁可是最新鲜的哦！"这个时候，老人正好从厨房出来，手里拿着餐盘。

我和初夏忙躬身道歉说："谢谢您的招待，我们还有事……所以，不好意思了……"

在离开的一瞬间，我看见老人的脸上有一种失望和落寞的神情。而阿呆背对着我，我无法知道他的表情。不过就算用脚趾头也能够想得出来，他肯定还是那一副呆瓜样。

第九章

外号的由来

走在回家的路上，初夏已经把阿呆的事情忘到九霄云外了，她一直在我耳边叽叽喳喳地说个不停。话题这种东西对于初夏来说完全就不是回事，从班里的八卦到娱乐圈的八卦，再到近期的动漫新番和一个叫什么Ruse的游戏，我微笑地看着她这般侃侃而谈的样子，而初夏竟然有些不好意思地脸红了。

"你这样看着人家做什么？你是不是嫌我吵到你了，说，大小姐，你是不是嫌弃我啦？"估计初夏这个时候才发现我离开阿呆的家之后就没有再说过一句话。

此时已经是日落时分，我们坐上赶往市区的空轨，初夏和我坐在一排，而夕阳的余晖洒在这个女孩的脸上，似乎是镀了一层淡淡的金色。面对她刚才有些不自信的问题，我还是淡淡地笑了笑回道："没有，真没有，怎么会呢……我只是觉得初夏你知道的事情好多哦，如果以后谁娶了你一定不会无聊的！"

初夏有一个毛病，那就是夸奖不得，属于那种给点颜色就开染坊，给点海水就泛滥的女孩。一听我捧了这一句，尾巴马上就翘上天了，她狂妄地笑了笑说："那当然，谁有幸能够娶到本小姐，那么一定是这个世界上最幸运的人！"

看着初夏这有些滑稽而不顾任何淑女形象的表情，我不禁"扑哧"捂着嘴笑了起来，而也就在这个时候，我回想起初夏似乎之前有一个和我相同的举动，便问："初夏，之前我们在阿呆家，当时我说起阿呆的外号你忍不住大笑，你还记得吗？"

初夏被我这莫名其妙的转折问题给问蒙了，只能有些木讷地点了点头说："是啊，怎么啦？"

"阿呆对于他这种白痴的外号竟然还有些自恋，你说会不会真如他所说，是什么长老赐给他的？你看，他还说得好像有什么玄机似的。"

"得了吧，就这丢人现眼的名字，他还什么长老赐给他的名号。"初夏挖苦地回道，"别人不了解他，我可是知道他老底的人！"

"知道他老底？"我眨巴着眼睛看着初夏，"什么意思？"

"我和他是小学同学啊！"

"小学同学？真的吗？怎么从来没有听你提起过呢！"

"哦，估计因为阿呆这人存在感实在太低了，所以我都一直忘了告诉你。"

初夏和阿呆竟然是小学同学！对我来说这真是大新闻，之前那么努力想要调查阿呆的老底，竟没想到这个秘密就藏在我的身边，有趣，真有趣。

我突然来了兴趣忙问："那也就是说，你真的知道阿呆这个外号的由来啰？"

初夏见我有了兴致，便故弄玄虚地吹了起来："那可不，阿呆那个白痴当年在小学的时候还闹过许多笑话呢！这样说吧，那个时候的福小萌和现在的阿呆比，还是有点区别的！"

"怎么回事啊，快点和我说说！"

"哎呀，季节，我怎么发现你最近怪怪的呀，好像只要是关于阿呆的事情你都特别上心……你……你该不会？"

"该不会什么啊？"

"我说你该不会是暗恋上那个白痴了吧？"

我看着初夏那认真的样子，不禁哑然笑道："喂，你不会是认真的吧？"

初夏口气很坚决地说："我当然是很认真地问你哦！"

我无奈地摇了摇头说："你个白痴，我怎么可能会暗恋他啊……"

"还好，"初夏不自觉地叹了口气接着说，"你要知道，现在在论坛上，关于校花的得票率你可是高高在上哦，如果你被阿呆那家伙给攻陷了，那可不仅仅是你一个人的事情了。"

我看着初夏这一脸正经的样子，突然觉得有些好笑："你倒说说看，怎么不是我一个人的事情了？还有，什么校花得票率？"

"哦……没，没什么。"初夏支支吾吾地打岔，看她这一脸诡秘相，我隐约觉得她对我隐瞒了什么事情。

"初夏，你是不是有什么事情没有告诉我？"

"哪里有啊，我的意思是，你总是和阿呆混在一起，这样做不是丢了我们江南实验学校的脸了嘛！一个成绩优秀、才艺超群、又天生丽质的校花竟然喜欢上了一个怪胎，你可是学校里的偶像呢！"

"得了！"我摆了摆手，神情有些黯淡地说，"其实我没有你们想得那样优秀啦……"

初夏是我初中最要好的朋友，她一定能够看出，在我眼中有一个角落涌现出的一种莫名的苍白和失落。

初夏拉起了我的手说："好啦，我们的季节同学什么时候变得这么没自信啦？好啦，好啦，为了安慰你一下，我就给你说点阿呆那个白痴在小学时候的事情，就当解解闷吧。"

"真的？"我突然充满了期待，"其实你不知道，说句不怕你笑话的话，我觉得阿呆这个家伙挺有意思的。"

"嗯！什么？有意思？"

"你不要这样看着我，我刚才都说了，我对他没有那种意思……因为我觉得阿呆，他好像和我们不同……"

在我说完这句话后，初夏竟然若有所思地安静下来了，而轻轨列车外闪过的电杆影子以非常均匀的速度投射到车厢中，伴随着轨道低沉地音调，整个车厢里面似乎成了一个立体音箱，一轮轮、一道道的回忆开始慢慢在这些光怪嶙峋的影子中显现出来。

初夏发了一会儿愣，便说道："我们小学的班主任名叫吴晓燕，嗯，对，就是我和阿呆的小学班主任……"

听着初夏讲着几年前的故事，我的脑海中开始对小学时候的阿呆有了一个新的认识，原来那个简单而充满鄙视味道的外号是这样来的——

那件事情发生在六年前江南市的一个下午。

当吴晓燕在黑板上用那截已经磨得只有小指盖般的粉笔写完"呆"这个字的最后一个笔画"捺"的时候，她条件反射般捏紧了大拇指和食指，而那可怜的粉笔头，在瞬间就在这位女教师的爆发之下碎成了粉末。

江南市第一小学二年级四班的课堂上鸦雀无声……在场的所有孩子都知道吴老师这个动作意味着什么。

"这个字读作dai，d-ai——dai。"吴晓燕指着黑板上的"呆"字对着全班学生读道。

"d-ai——dai——"

在座的学生们都条件反射地回应班主任的教学，可是每一颗小心脏中都"扑通扑通"地加快了跳速，一种莫名的疑惑在这些小脑瓜里飞速地传递着。

原本这一幕发生在一节二年级的课堂上应该是很正常的事情，但是此时此刻，对于二（四）班的学生来说绝对是突如其来的古怪。没有同学知道吴老师突然打断了课文阅读而开始教"呆"这个生字的真正用意。

吴晓燕面对自己学生那一双双有些惊恐的小眼神，撇了撇嘴，眼皮的肌肉抖动了一下，便眯起了她那本来就细小的眼睛。

学生们都知道，当吴老师的眼睛眯成一条缝的时候，就是有人要遭殃了。只不过，学生们永远都不会知道，现在的状态是吴晓燕自己最享受的。让这些孩子感到恐惧，这可是吴老师最擅长的事情。

在二年级四班班主任、语文老师吴晓燕看来，恐惧这种感情就是一种力量，一种能够让学生害怕而不敢不用心学习的力量！一种能够保证她班级教学成绩的力量！也是帮助她评选上三次优秀班主任的力量！

吴晓燕对于现在课堂上的这种紧张气氛很满意，但是因为她所要警告的主角似乎还是没有反应过来，所以她内心中的怒火越发的咆哮起来。

"同学们，大家仔细观察这个'呆'字，"吴晓燕的眉毛因为怒气而频繁地抖动着，她边说边缓缓地走下了讲台，"上面是一个'口'字，下面是一个'木'字，大家动脑筋想想，为什么组合在一起就读作呆呢？"

"不知道——"学生们用一种中国式孩子回答问题的那种统一的、拖长调的语气回应着自己的老师，可是一双双灵敏的眼却不约而同地盯住了左下角最后一排那个即将遭殃的可怜虫。

吴晓燕踩着"恨天高"的高跟鞋扭着肥胖的臀，从摆放整齐的课桌间过道一路走到底。吴晓燕的身材很匀称，不过这种匀称是因为她从上到下都是肥肉，故而也可谓是匀称。她走路的样子也并非故意要扭捏得像一只喝醉了酒的企鹅，这种姿势主要还是因为吨位和高跟鞋的关系，如若不然，恐怕这只庞然大物会把课桌给一路撞翻在地。

坐在第一组最后一排的学生就是吴晓燕那双眯缝眼中锁定的猎物，这只可怜虫的名字叫福小萌。

福小萌这个名字中间的"小"字和他的班主任吴晓燕中间的那个"晓"字读音一样，貌似还是有些冥冥之中的缘分，可是这两师徒的相遇从开始就注定是一场悲剧，不过还好应了小的这个音，这些悲剧也都还只是些小小的悲剧。

此时此刻，坐在最后一排的福小萌同学正眼神空洞，张着大嘴，而吴晓燕的眼睛虽然小但是却将福小萌的正面特写给看得真真切切。

客观地说，这位小男生的眼神已经不是"空洞"这个词能够形容的了。因为这双眼眶中的眸子完全就没有一丝光泽，甚至连眨眼的动作都省略了，而那因为感冒而显得红彤彤的小鼻子下面正流淌出绿胆汁似的浓浓鼻涕，这些鼻涕稀稀疏疏地滴在那半张的小嘴中……混合着这一管子清鼻涕所产生的复合而恶心的口水，正顺着这小男生嘴巴的一侧缓缓地浇灌在课桌上。

福小萌这种如雕塑般的奇特的画面，不难想象有多么恶心，而对于这些，吴晓燕早已是习以为常了。

吴晓燕不由得冷笑一声走到福小萌的座位旁，接着她指着福小萌边笔画边对着全班的学生说："'呆'这个字就是一个白痴张着大嘴，两眼木讷无神，像一棵木头一样。诺，瞧瞧，就像眼前这种样子！这个就叫作呆！这就是为什么呆字是一个口字加一个木字的原因！"

全班学生先是愣了几秒，接着隐约地开始出现了笑声。吴晓燕的确是一位经验丰富的教师，如此形象的解释让全班的学生都永远地记住了这个汉字。

吴晓燕见福小萌还是对自己所说的话没有反应，不由得更加火冒三丈起来，接着怒气冲冲地继续打击道："而呆字的含义就是，没有思想，头脑迟钝，脸上表情死板，发愣，诺，就像眼前的这个傻蛋，呆头呆脑的！"

全班"哗"地一下爆笑起来，这一阵笑声如同一颗被引爆的炸弹，很难想象这种尖锐且刻薄的声调竟然是从这些稚嫩的嗓音中发出的。

"哐！"

吴晓燕手起书落，福小萌那本已经被自己口水淹没了一半的书，此刻已经被他的老师变为了武器，而这一脑震荡攻击才稍微地让这个孩子回过一些神来。

面对着班主任那燃烧着怒火的眼神，福小萌的第一个动作是微微扭动了大概五度的脖子，而后看着吴晓燕又愣了几秒钟，接着喉咙移动，回气一吸，"唰"的一声将那混合着鼻涕的口水吸了一半回到嘴中，在这一连串的反应中，福小萌的最后一个动作是说话，准确地说是发出了一个语气助词："喔……"

吴晓燕的精神已经崩溃了，如果是在古代的话，这位教书匠估计会用戒尺狠狠地伺候这不长进的学生一顿，可是如今这位愤怒的女老师除了能用"提书震头"这招外，她还真不太敢有其他的连招了。

这师徒俩的一双怒眼和一双无辜单纯的困眼就这样僵持了几十秒钟，吴晓燕叹了口气转讨身愤愤地骂了句："你这阿呆！你真就是个阿呆。今天放学我就把你爸妈都叫来，看看他们是怎么养出你这呆瓜的！"

也就是从这一刻开始，福小萌得到了一个伴随自己一生的外号——阿呆。而这个名字就是他的老师——小学班主任吴老师赐予他日后行走江湖的名号。在此之前，虽然福小萌也有诸如小萌妹这种基情无限的小可爱外号，又或者是"盟主"这等霸气侧漏的外号，但是就此都不再有人提起，因为他的全新外号已经被这位班主任给刻在了他的灵魂上，这就是——阿呆。

在这之后，阿呆的妈妈被吴晓燕给请到了学校，家长和班主任之间还因为关于阿呆的教育问题大吵了起来，最后甚至闹到了校长室。

阿呆的妈妈对于吴晓燕给自己儿子起外号感到异常愤怒，她希望校长对于教师这种不尊重学生的做法给一个解释。

而当时校长微笑着这样回答了阿呆的母亲。

"其实，对于呆字的解释，吴晓燕老师只说对了一半，因为除了没有思想这一点外，呆也会有另外一种状态。正如阴阳变换，否极泰来之意，这个呆，恰恰是和没有思想完全相反，而是充满了思想，发呆着或许是在思索，或许是在想象，或许是在创造，总之，人类那颗神秘的大脑或许将会在发呆中创造出无限复杂之物。正所谓，呆者，智也。呆者，繁也。呆者，变也。若能呆一世，便是梦一世！家长，您也消消气，对于吴老师的投诉我可以受理，但是——"说到这里，校长站起身，走到了福小萌的身前，接着蹲下身，意味深长地说，"孩子，我希望你不要让这个名字影响到你接下来的生活，这才是最重要的，所以，请记住我的话……"

故事讲到这里，初夏看着我满脸惊讶的表情故弄玄虚地笑了笑，接着说："当然，对于校长这强词夺理的解释，福小萌的母亲当然不会接受，依旧是投诉了吴晓燕，可是阿呆当时竟然对着校长点了点头，也欣然接受了这个外号。从此之后，那个白痴竟然连自己作业本上的名字也直接写成了阿呆，你说他是不是脑子有毛病呢……好啦，你现在知道我刚才为什么会笑了，就阿呆刚才那傻样，还真的以为自己这个名字多光彩似的！"

听完了初夏说完的故事，我却陷入了沉思，阿呆这个家伙的外号竟然是他小学老师给取的。

呆，要么是白痴，没有任何思想，要么是沉思，想得太多。我突然联想到了当时刘子墨说的一句话，这个家伙要么就是太简单，要么就是太复杂……可是，阿呆——福小萌同学，他究竟是前者还是后者呢？

第十章

沃克兰多世界的入口

星期一的早晨,一件匪夷所思的事情发生了——阿呆竟然在早自习还没有开始之前,就已经坐在了教室中。

天啊!这可是阿呆这两年来第一次到校这么早,第一次上早自习。

我放下书包,然后照例准备好英语书,接着翻到单词的页,准备去讲台上带同学们早读。我瞟了一眼身旁打着呼噜的阿呆,心里竟然有些小激动。莫非这个家伙是因为昨天我和初夏去探望他而感动,此刻,被我感化后的阿呆准备要一雪前耻,好好学习了吗?

"喂,喂!"我推了推阿呆,"起床了,既然都来了的话,就和大家一起早读嘛!"

结果不出我所料,阿呆的态度和之前一样,完全不理会我。果然,因为受到同学关心而感动得要好好学习这样的故事只会发生在小学生作文里面吧。

没办法,我只能告诉自己,这家伙本来就是死猪不怕开水烫,狗改不了吃屎……再加一条,烂泥巴……哦,不说了,自习课的铃响了!

带班上的同学念完早读后,我的生活似乎又回到了两个星期前,看着身旁那只呼呼大睡的阿呆,我竟然有想要狠狠踢他两脚的冲动。

冷静,冷静,季节,反正这家伙的蠢样你也不是第一次见了,我对自己一遍一遍地说着,但是,为什么这一次我会如此讨厌他这种完全无视人的态度呢?

就这样,和这个透明人同桌到了中午放学,学校里的放学铃声似乎就是阿呆的闹钟,也只有这个声音能够唤醒熟睡中的阿呆。

阿呆,本小姐真心是佩服你,竟然可以在课桌上都睡得这么舒服!

可也就在阿呆临走前,竟然破天荒地问了我一个问题。

"喂……你对沃克兰多感兴趣吗？"

面对阿呆这个突如其来的问题，我瞬间蒙住了，脑海中飞快地闪过阿呆稿纸上的那些只言片语，一块魔幻神奇的大陆，里面有爱喝酒的矮人以及高傲的精灵。

看着阿呆那双依旧空洞无神的眼睛，我犹豫了一下。这个家伙有没有问题啊，一个早上都在睡觉，临走了想到这儿？如果我表示肯定，那不是说我自己是彻底承认了曾经偷窥他书包的事情吗？这可是本小姐最难启齿的事啊！可是如果我拒绝他，那么以后都无法打破这种尴尬的局面了。

就在我踌躇之际，阿呆的眼中竟然闪出了一丝失落，我吸了一口气，之后默默点了点头。

阿呆笑了。

阿呆这个家伙竟然灿烂地笑了！

的确是这样。阿呆——福小萌竟然真的笑了，而且这种笑是脸上在笑，心里也在笑的一种极其单纯的笑容，一种只会出现在幼儿园小朋友脸上的笑容。

我不解地看着阿呆，接着阿呆从他的书包里掏出了一个亚麻色的布袋递给我，说道："这个是沃克兰多世界的大门和开启它的钥匙，如果你能够找到并破解其中谜题的话，那就能进入沃克兰多！"

我伸手接过这个布袋，正准备再问问阿呆，但是那个家伙已经从我面前走过，头也不回地出了教室。

望着阿呆离开的背影，我的内心有些迷茫，低头看了看手中这个旧旧的亚麻布袋默默地自言自语道："那个世界对阿呆来说，真的这么重要吗？似乎在现实中，他和我的交流也只能和那个沃克兰多世界有关。"

打开了布袋后，里面的东西很简单，就一张写了几行字的纸条。

第一张纸条上写着：沃克兰多世界入口要经过企鹅的王国，在里面找到第55456XXXX号记录者，他会告诉你钥匙在哪里。

我默默地看了两遍上面的内容，思考着企鹅王国是什么东西，还有后面这一串数字是怎么回事。突然间，我恍然大悟过来，阿呆啊阿呆，你不就是告诉我个QQ号嘛，这么简单的事情你有必要搞得这么神神秘秘呢？也就在这个时候一双手拍了拍我的肩膀。

"啊!"

我条件反射般收起了阿呆的纸条,而身后和我恶作剧的初夏却也想来抢去看。

"什么东西这么神神秘秘的,是不是又是哪个男生写给你的情书啊?"初夏一边奋力地想从我手中夺过那个亚麻布袋,但是好在我一直死死地拽着这东西。

"初夏,别闹了,这东西没有意思,就是个无聊男生……"

初夏还想不依不饶,但是我很快用她最喜欢的东西转移了话题,初夏最喜欢什么?那当然就是吃了啊!

终于,在答应了请初夏吃一碗大碗拉面后,她才稍稍放下了她那如猫咪般的好奇心。

一整个下午,阿呆都没有和我说一句话,无论我如何利用他对沃克兰多的好奇心去引诱他,最终得到的回应都是沉默。

我放学回家后的第一件事就是打开了电脑。

因为父母管教严格,在学校的时间我基本都不会带手机,所以并不像同龄人那般已经习惯了用手机操作各种社交软件的生活。现在想来,或许就是因为在这种学术型家庭中和妈妈爸爸的严格管理下,我竟然对于幻想的世界有着如此强烈的好奇,更让我觉得不可思议的是,旁边那个浑浑噩噩地人似乎就是活在那样的一个奇妙的世界中。

打开电脑上的QQ,我输入了自己的QQ号和密码,点击登录。

可能是因为太过于急躁的缘故,我竟然忘记了最重要的一件事,隐身!

就在我的QQ上线的那一刻,瞬间就有七八个人Q了我。

"女神,今天怎么有空上线?吃饭了没?"

"哇,真的是季节同学吗?是本人操作吗?"

"季节同学,你也玩QQ吗?想要会员和钻吗?我都可以给你充哦。"

"听说你都敢自称校花?你有那种实力吗?敢不敢在空间里晒两张照,别P啊!"

"女神,真的是你吗?"

"……"

"……"

"滴滴，滴滴"的声音和邀请加好友的无限咳嗽声瞬间淹没了我家电脑的音响，接着便是一个个的对话框如中病毒般在电脑屏幕上爆炸开来。

真令人讨厌！我随后在下角标处点了一个忽略全部，接着更新了一条说说，本号被盗，非本人操作。

处理完上面的那些麻烦事后，我打开搜索框，输入了阿呆给我的那个QQ号，果然，搜索显示，这个QQ号的名字就叫阿呆。

点击添加好友后，我输入这条信息：我是季节，福小萌同学加下我吧。

当输入完这一串字符之后，我才突然反应过来什么，这好像是我第一次主动加男生的QQ，阿呆那家伙竟然真的让本小姐有了一种被吊着走的感觉。

不一会儿，阿呆就验证了我，接着给了我一条信息：沃克兰多世界的入口就在这个网页链接中。

我随即点击进入了这个超链接，网页打开后我发现这应该是阿呆自己的一个博客主页。可是，就在阿呆的这个主页面上却弹出了一条莫名其妙的信息。

天啊！进一个空间有必要搞得这么复杂吗？我盯着屏幕上面这句话深深地陷入了沉思。

第十一章

异世界的钥匙

在短暂的思考中，我甚至能够听见自己的呼吸声，而盯着屏幕的眼睛也开始有些发酸发痒。在我用力揉了揉太阳穴后再次默读了一遍进入阿呆主页上的这条信息——沃克兰多是一个被诅咒的世界，汝确定愿意前往？此路不可回头，确认的话请坚定信念，告知汝名。

我撇了撇嘴，心里骂了"阿呆这个无聊的家伙"一千遍后，还是不情愿地将自己的名字输入进了信息下方的对话框里。

接着，主页上又弹出了一个新的提示窗口，上面显示：凡人季节确认登录，你现在已经获得了沃克兰多公民权的试炼机会，请询问记录者关于试炼的具体内容，之后在输入框中输入打开沃克兰多大门的最终钥匙。

我靠！我看着第二条信息下面的密码输入框，在心里又将阿呆的祖宗十八代问候了一遍，看你个臭阿呆写的小说有必要这么麻烦吗？这不明摆着坑爹嘛！他以为自己是谁？鲁迅，金庸，还是巴金？

但是一不做二不休，既然我已经决定开始第一步，那么就一定要进去看看这个白痴的空间！

我在QQ好友列表中找到了阿呆的头像。说起阿呆的头像嘛，我扁着嘴仔细地考量了一番，头像是一只背着宝剑的卡通浣熊，看着浣熊那痴呆的样子，别说，还真有那么几分像阿呆。

我点开阿呆的对话框，发了一堆愤怒的表情后，干脆写道：阿呆，速把密码说来！写完这些之后，我狠狠地给了他一个弹屏。

一会儿之后，阿呆回复了过来这样一段信息：

①钥匙的第一个数字是沃克兰多世界中的塔塔花的花瓣数量，这种花虽然盛开在沃克兰多，但是它的叶子却生长在这个地球上，而花瓣数量是这最幸运之叶子数目的一半。②提示二：克比隆酒屋的老板想为自己弄个新颖的酒壶，而他要的那种酒壶必须是完全对称的。③钥匙的第三部分隐藏在正午过后校园的喷泉前，在那期间，荣耀之剑的光芒会投射到这个世界之中，它将为你指明方向！④最后一个提示——沃克兰多的入口就在启明星出现的学校正门，在恰当的时机通过月相花后面的台柱，就能够看见不属于这个世界的月亮。沃克兰多大陆世界有两个月亮，而其中一个就是入口！进入入口后，你会看见守护世界入口的看门人，而他会告诉你钥匙的最后一个数字。

看着上面这些乱七八糟的提示信息，我第N次有种想要暴揍阿呆一顿的冲动！这家伙该不会脑子真的有病吧，进一个博客主页有必要费这么大功夫吗？真把本小姐我逼急了，我还不待见呢！

我打开阿呆的对话框写道：阿呆，别废话，快快告诉我密码，我没时间陪你玩过解谜游戏！

也就在我准备再次弹框阿呆的时候，我发现阿呆的头像已经变成了灰色。

这个家伙下线了？哼，别以为本姑娘好骗，他现在一定在潜水，然后在屏幕的对面嘲笑着本姑娘呢！阿呆，你竟敢无视我，接着我又发了一大串表情给阿呆……可是就在我无奈刷屏了阿呆整整五分钟后，我知道，对面那个白痴是不可能再回复我一个字了。

阿呆这个家伙，还是和原来一样，一样的没心没肺，一样的不近人情，一样的过分！

一怒之下，我再次打开阿呆的博客，面对着刚才的那一系列问题，我随手输入了几个数字进去。

屏幕上马上显示了一行信息——密码输入错误，你还有三次机会，失败的话你将永远失去进入沃克兰多大陆的机会。

哼！我看着屏幕上的字冷冷一笑，还搞得蛮像那么回事，接着我调出了阿呆的QQ信息，想要看看这家伙的生日是多少，把生日输入进去看看。结果我发现，阿呆的QQ信息异常的诡异，QQ等级有三颗太阳；QQ信息竟然全部空白；而"你们的共同好友"这一栏显示的是"0"。

也就是说，阿呆这个家伙在网络上根本就没有留下任何的信息，但是他的QQ却挂到了很高的等级。可是这个家伙一整个白天都是在睡觉啊，他哪里来的时间去挂自己的QQ？

想着再碰一次运气，我把我们班级的班号和阿呆的学号"28"给输入进提示框中，页面刷新后，屏幕上再次显示了一行信息——密码输入错误，你还有两次机会，失败的话，你将永远失去进入沃克兰多大陆的机会。

哼，其实我心里知道，密码绝对不会这么简单的。算了，别在阿呆这个白痴身上浪费时间了，我现在必须要马上完成作业，而关于这个密码，不如明天好好拷问阿呆一下，说不定当场就能够拨云见日了！这小子，敢和本姑娘装神秘是吧！

但是，刚才那四个问题，却如一道让我解不开的数学难题，着迷般地旋转在我的脑海中，直到我上床睡觉的那一刻，我告诉自己，或许我真的能够解开这个密码呢？

第二天，果然不出我所料，阿呆那个家伙还是一整天都在睡觉和发呆，而对于我的追问，无论是好言相劝，还是献殷勤的零食，抑或者是我武力威胁，阿呆都没有和我说过一句话，完全就像是不知道发生了什么一般。看着他那副事不关己的无赖像，难道昨晚不是他引诱我去找那个所谓的沃克兰多大陆吗？！

看来这个呆瓜是不会再给我任何提示了，而所谓的钥匙则必须由本小姐亲自去寻找。

英语课上，我的脑海中翻滚地想着第一个谜题：沃克兰多世界中的塔塔花的花瓣数量，这种花虽然盛开在沃克兰多，但是它的叶子却生长在这个地球上，而花瓣数量是最幸运的叶子数的一半。

塔塔花，这究竟是一种什么样的植物呢？再说了，什么样的植物会在两个世界上叶子和花分开生长呢？难道说真有这样的怪事吗？如果有的话，那可真是神奇了呢。这种花莫非可以连接两个不同的世界吗？好啦，好啦，可是这个不是关键，关键在于它的花瓣，我需要知道它有几片花瓣！它的花瓣比最幸运的叶子少一半……最幸运的叶子？有这种东西吗？

可也就在我陷入思考之时，突然发现全班的气氛有些不对劲……在我晃过神来之后，我惊恐地发现大家都在看着我。

"喂喂！"初夏在我身后很努力地低声对我说，"季节，你搞什么？英语老师点了你两次名啦！"

可是就在我努力听清初夏话的时候，英语老师那躲在眼镜背后的眉毛已经气愤地抖动起来，她严厉地以一种近乎咆哮的声音大叫："季节，让你回答个问题有这么难吗！叫你两遍了，难不成要我下来请你？你到底在发什么呆！"

"啊！"我忙站起身，接着有些迷茫地看着老师，说真的，我刚才完全就没有在听课！天啊，我竟然忘记了自己在上课！

"季节同学，你以为自己的成绩好就不用听课了吗？骄傲是不行的……"就在英语老师开始苦口婆心地教导我时，我听见了周围同学们低声的议论声。

"季节竟然也会有不听课的时候。"

"她最近不在状态呀，曾经的学霸肯定不会这样的！"

"哈哈，我看啊，是因为旁边坐着个白痴，和白痴坐的时间长了会被传染哦，也会变成白痴！"

……

听着这些冷嘲热讽，我只能对老师说声抱歉，接着憋着通红的脸坐了下来。

下课后，初夏找到我，她很关心地问我为什么没有好好听课啦、状态不好啦什么的，可是我的脑海中现在却还是装满了之前那些关于沃克兰多乱七八糟的问题。

"大小姐，你到底有没有好好听人家说话！"初夏用力拍了拍我的肩膀，我猛然晃过神来。

初夏的样子是真的担心起来了："喂喂……你知不知道，你刚才的样子……真的有些像……"

"像什么？"我没好气地回道。

"像阿呆。"初夏严肃认真地说，"嗯，那副表情简直就是一模一样！"

"你别闹了！"我无精打采地撇了撇嘴，无奈地回道，"我只是在想一个问题。"

初夏忙问："什么问题，说来我听听，学霸还有什么想不通的问题？"

"初夏，"我认真地看着初夏的眼睛，接着一个字一个字地说，"你知道这个世界上有一种最幸运的叶子吗？"

初夏见我这般认真，"扑哧"一笑，又是她那招牌的笑容："这种东西当然有啦！"

"真的吗？你知道这种叶子？"我急忙问道。

初夏点了点头说："大小姐，你刚才上课的时候不会真的在思考这么简单的问题吧，我觉得这个问题只要是个地球人都应该知道啊！"

"你别卖关子了，快点告诉人家啦！"我甩着初夏的手央求道。

初夏对我眨了眨眼睛说："你还真是笨耶，最幸运的叶子，那么当然只有可能是四叶草啊！"

"四叶草！"我捏着指甲想了想，"就是生物老师说过的，变异概率很低的三叶草的变种？"

"嗯，当然了！"初夏有些惊讶，"难道你没有听过四叶草的传说吗？"

我摇了摇头，眨巴着大眼睛用一种求助的表情一脸无辜地看着初夏。

初夏无奈地叹了口气说："传说中，十万株三叶草中才会有一棵四叶草，谁如果找到了四叶草就能够得到好运啊！我说大小姐，拜托你，以后除了看讲座节目外也看点肥皂剧吧，这是作为地球人的常识啊！"

我皱着眉头想了想，自言自语道："原来还有这种传说啊！"

初夏再次叹了口气说："大小姐，我再重复一遍，拜托你在努力学习之余也看点言情啊，或者电视剧之类的好不好？要不别人真的会认为你不是地球人的！"

"地球人啊，"我对着初夏笑了笑说，"那初夏，你知道吗？其实四叶草这么少的原因很简单。"

初夏疑惑地看着问："这问题难道还有什么其他生物学上的解释，科学怪人？"

"那倒不是，因为，四叶草的花是生长在另外一个世界上哦，而第一个谜底我知道答案了！"说完这句话，我对着初夏神秘地眨了眨眼睛，露出了一个让初夏也摸不着头脑的微笑！

第十二章

现实世界的荣耀之剑

第一个谜题的答案，四叶草的一半，那就是2。

如果说进入沃克兰多大陆的第一个谜题被初夏帮我不经意间就轻松破解的话，那么第二个谜题却让我觉得阿呆简直就是在侮辱本小姐的智商，为克比隆酒屋的老班弄一个酒壶，酒壶是用来干什么的？那一定就是用来装酒的嘛，第二个谜题本姑娘轻松攻破，答案一定是"9"。

那么，现在就去攻略第三个谜题了——隐藏在午后校园喷泉前的线索，正午期间，荣耀之剑的光芒会投射到这个世界之中，它将为你指明方向！

盘算着时间，我有生以来第一次这般急切地希望上午的最后一堂课能够早点结束。

下课铃才响起，我就迫不及待地收拾了书包，丢下还在睡梦中的阿呆匆匆地跑出教室。初夏这只充满好奇心的跟屁虫果然兴冲冲地跟了过来，这馋猫一路上催促着我请她吃拉面。

"拉面嘛，当然可以，但是你必须得要帮我一个忙。"我对初夏神秘地笑了笑。

初夏若有所思地看着我，她咬着食指的样子突然间让我有一种想要掐她脸的冲动，不过，这种冲动随即就变成了行动。

"哎呀，"初夏被我这恶作剧给弄得鬼叫一声，"你干吗掐人家！"

我嘻嘻一笑答道："也不是啦，我只是想要确认下自己到底是不是睡着了。"

"可是你应该掐你自己啊，哪里有人为验证自己是否睡着而去掐别人的！"初夏一边揉着脸一边嘟着小嘴抱怨着。

我没有再回应初夏，只是拉起了她的手朝着学校喷泉那里跑去。

"喂喂，这么匆匆忙忙的究竟要去干什么！"初夏一路小跑地跟在我身后，满脸的不高兴。

"我们必须快点，否则正午一过就看不到荣耀之剑了！"

"荣耀之剑？"初夏的语气已经有些迷惑，"我说大小姐，你该不会和阿呆一样脑子不正常了吧。"

"先别说了，待会再跟你解释。"

当我们俩气喘吁吁地来到学校后院喷泉处的时候，中午的太阳也已经将我们快烤熟了。

"初夏，你现在帮我找一样东西，只要找到了，我就请你吃拉面，好不好？"

初夏贼模贼样地打量了我一番回道："这样当然好，可是我真的有些搞不懂你耶，你到底是着魔了还是发神经？"

"你到底是愿意还是不愿意？"

"好啦，败给你啦，说吧，找什么东西？该不会是什么寻宝之类的无聊游戏吧，拜托，我们又不是小学生！"

"是一把剑，初夏，我们在这里要找一把剑！"

"神经病，这里是学校，怎么可能会有那种东西。"

我已经撇下初夏开始在四周寻找谜题中所谓的那把荣耀之剑："不试试怎么知道，你快点帮忙过来找吧！"

可是就在我们忙得满头大汗而毫无发现的时候，初夏已经彻底放弃了这个无聊且对于她而言除了一碗拉面外没有丝毫意义的游戏。此刻，这个女孩像一个泄了气的皮球，卷起校裤坐在喷泉前，而也就在我们俩四处寻找那把所谓的荣耀之剑的同时，许多殷勤的男生也凑了过来。

当然，他们都以为我是不是在喷泉附近掉了什么贵重的东西，全都好心地想要帮我找。

有人帮忙当然好，我灵机一动，人多力量大嘛，不如让他们一起，便对他们卖关子说："我的一个像宝剑形状的装饰品掉这附近了，请大家一起帮忙。就这样，在十几分钟内，我和初夏的寻剑小组就增加到了十几个人。"

但是，时间一分一秒地过去，没有人发现那把所谓的荣耀之剑，而我在失望之余也不禁对阿呆那个白痴的问题产生了埋怨之情。

算了，本姑娘不干了！这样想着，我也坐到了初夏的身边，虽然心里想要放弃，但是脑海中却总是浮现这个谜题，是啊，我似乎是漏掉了一个关键的信息——正午，题目里为什么要提到正午呢？为什么一定要是正午呢？

对啊，为什么是正午，难道说谜题和正午时分什么特有的事物有关！想到这里，我不自觉地抬起头看了看挂在天上的那个刺眼的太阳，正午……呜……会是什么东西一定要正午出现呢……

莫非就是那个东西！

我的脑海中突然闪现了一个奇妙的想法，我猛地跳下喷泉的台阶接着开始向四周目光能够企及的地方扫视起来，接着又跳上喷泉的台阶，觉得高度还是不够，又踩着喷泉里细细的水流，爬到了层阶喷泉的第三层。

我知道，初夏这个时候看我的眼神除了无比的惊讶和不理解外，就是在对我说两个字——疯了！

哼哼！果然被我发现了！一种近乎找到宝藏般惊喜的快感在我血液中沸腾，这种感觉我已经忘记了有多久没有出现在心里了，对！这是一种探索冒险的乐趣，而这种乐趣只有在我已经快要遗忘的童年中偶然出现过！

我知道答案了。这道谜题的关键就是影子！只有正午才会出现的影子！

我盯着地上一道长长的黑影,形成这道影子的主人是学校之中的一棵高大挺拔的老松树和校园钟楼的那顶大铜钟。

我的眼睛盯着地上这由两个物体重合而组成的影子,哇,这个图形真的是太像了!校钟的影子是剑柄,松树的影子是剑锋,此刻地上的黑影完全就是一把完整的锋利宝剑,而顺着宝剑的剑锋,我看见了它所指的方向——学校后门上面刻着的三号门的"三"字——第三个谜题的正解,一定是三!

阿呆,你这只呆河马竟然还能够发现这么有意思的事情,想到这里,我的嘴角不自觉地上翘,而眼睛中的那把荣耀之剑的影子,似乎又让我回想起了阿呆手稿中的那座位于神秘大陆上的克兰多斯城,里面住着沃克兰多世界中几乎所有的种族,而那是一座自由之城,一座充满了荣耀的城市。

天啊,我竟然有一种欣喜若狂的感觉,原来,我们一直习以为常的校园还隐藏着这么多的秘密,竟然现实世界和沃克兰多大陆真的存在这样神奇的连接点。

"白痴!不要这样傻笑了!"初夏对着我做了一个鬼脸,"快点下来吧,大小姐,要不过一会儿纪律委员那边一定会来找麻烦的!"

我对初夏眨了眨眼睛,俏皮地笑了笑说:"走吧,咱们吃拉面去!我只差最后一个谜题了!"

初夏无奈地叹了口气说:"疯了,疯了……你真的疯了!"

第十三章

最后一个谜题

哼哼,现在我离进入沃克兰多大陆只差最后一个谜题了,我自信满满地瞟了一眼同桌那只依旧沉浸在酣睡中的阿呆,接着用力推了推他的肩膀说:"喂喂,谜题的前三个数字是不是2、9、3啊?"

我当然知道,旁边的这头死猪是不会怕开水烫的,而得到的回应除了呼噜声外没有任何的其他信息。

好吧,最后一个谜题还得要靠本姑娘亲自解决。

第四个谜题——沃克兰多的入口就在启明星出现的学校正门,在恰当的时机通过月相花后面的台柱,就能够看见不属于这个世界的月亮。沃克兰多大陆世界有两个月亮,而其中一个就是入口!进入入口后,你会看见守护大陆入口的看门人,而他会告诉你钥匙的最后一个数字。

谜题的信息一遍又一遍地出现在我的脑海中,我试图将每一个字都进行整理分析,而经过我缜密的思考,大致的解题方向我已经有了。不知不觉中,下午的最后一节语文课已经进入了尾声,而语文王老师却准备在放学后留大家下来背诵文言文。

老师,不要啊!我在内心深处绝望地大叫一声,亲爱的老王,您能别选在今天好吗?

可惜的是,就算深受同学们爱戴的老王,也绝对不会有读心术能听得见我心中的那份悲鸣的,而我也知道,就算我能够尽早背完书,但是作为学习委员,也得要留下来辅助老师帮同学背诵。即使不算上那个睡觉睡到连头也不会抬起来的阿呆,今天我至少要天黑才能回家了。

"咚——咚——咚——"

也就在老王宣布完她的背诵计划后,放学的钟声就响起了。我必须要赶快,解开第四个谜题的关键就在启明星下面的学校大门。不出意外的话,启明星会在三十分钟内出现。

突然,我身旁的阿呆站了起来,这个呆瓜已经背上书包准备回家了。

阿呆啊阿呆,果然这个世界能够唤醒你的只有放学的铃声了。

"你就老老实实地坐下吧,老王说让大家背书,《晏子春秋》,背一个走一个。"我没好气地对着阿呆说,嗯,看见他这副没出息的样子,我心里还真是来气。

阿呆本来就把我当成了空气,所以,我说的话于他而言连阵风都算不上。阿呆依旧背上了他那个黑色的旧书包,缓缓地朝教室门口走去。

看着阿呆那个猥琐的背影,又看了看周围同学们和我同样习以为常的目光,我才有了一些心理安慰,阿呆,他不仅仅是将我当成了空气,他将所有人都当成了空气。

老王会有怎样的反应？那很简单，老王任凭阿呆离开了教室，连看都没有看他一眼。

我立刻意识到这个问题的反论，老王也将阿呆当成了空气，也就是说，就在阿呆把这个世界当成空气的时候，这个世界其实也将阿呆当成了空气。

不到五分钟的时间，我用自己最快的速度完成了课文《晏子春秋》的背诵，也就在老王开口准备给我布置工作任务的时候，我忙讨好地对老王说："老师，我今天能不能回去早一些，家里面还有些事情。"

老王看了我一眼，点点头说："好的，那你就回去吧，记得晚上再自己温习两遍，否则背这么快会很快忘记的。"

"好的老师，老师再见！"

搞定老王的背诵任务后，我背上书包就朝学校大门口快速走去。我一边走一边朝天上望去，还好，晴空万里，连启明星的影子都还没有出现呢。

接近学校的大门口，我放缓了脚步，开始留意周围的线索，我自言自语地低语道："究竟月相花后面的台柱指的是什么地方？如果按照谜题的提示，只要找到这个地方，应该就能够看到谜题的答案了。"

可是，失望却在五分钟后降临了。

我无奈地发现，学校大门口的确有一些花台，里面也种着花，但是根本就找不到那种所谓的月相花。看来，这最后一道题目的确是有一些难度。

思考着，我不自觉地坐在了校园前花园中的一把木椅上，抬起头仰望着已经不太刺眼的蓝天。

臭阿呆，这算是哪门子的谜题啊，什么月相花，这个世界上有这种花吗？月相花？如果将这两个字拆开来看呢？可是什么叫作月相呢？不对，谜题上面说过，沃克兰多有两个月亮，会不会和这个月相有什么关系呢？

"季节姐姐。"

也就在这个时候，耳边一阵轻声地呼唤将我的思绪拉回到了现实中。

我低下头，看见自己对面站着一个肤色白皙而有些腼腆的男生。

"我们认识吗？"我有些疑惑地打量着这个男生——从他矮小的身高以及脖子上还戴着的红领巾不难看出，这个孩子应该是名小学生。

"你和我哥哥是一个班的,他也在二年七班。"

我点了点头,示意他继续说下去。

可是这个男生却低下了头。

"你哥哥是谁?小弟弟,你找我有什么事情吗?"

男生抬起头,微微一笑说:"你别看我戴着红领巾,可是我只比你小一年级,我也已经念初一了哦。"

"你哥哥是谁?"说实话,不管这个男生现在是几岁,但是我现在真的不关心他,我只希望他能够快点离开,好让我能够再次专注地思考阿呆的谜题。

"哥哥让我保密,因为他说这个是秘密。"

"哦!"面对这种已经让我习以为常的理由,我不想多发表任何议论,况且暗恋本姑娘的人多了去呢,哪有心情去一个个地问名字,这种秘密也就是男生暗恋女生的那点事。

"我知道了……现在还有什么事情吗?"我见这个男生还站在我对面不想离开的样子,便有些不耐烦地问道。

"我哥哥说,他发现你最近开始蜕变了……所以想知道你是不是有什么事情需要我的帮助?"

我不屑地撇了撇嘴,心想,面前这男孩到底是班里哪个男生的弟弟,他还真是有够鸡婆,烦人,什么嘛,竟然把蜕变这种用来形容虫子或者怪物的词用在本姑娘身上!

"你告诉你哥哥,如果他想知道的话,就让他亲自来问吧。"

"可是我也想知道。"男生的脸稍稍有些红了,而看着他这副样子,不得不说我的母爱是有些要泛滥的味道。

"你也想知道?为什么?"

"因为……因为……我也有一点点喜欢你这个漂亮姐姐。"

"你也有一点喜欢姐姐?"的确,这个孩子的这句话的确是惊到了老衲,哦不,是贫尼啊!就这种年纪小鬼竟然就知道喜欢。

"小P孩,我劝你好好回去上课吧,别学大人,喜欢这个喜欢那个的,你应该去好好喜欢学习!"

我虽然挖苦了他,但是男孩依旧站在原地,头也不抬,但是脸已经红成了猴子屁股。

忍了半天，男生憋憋屈屈地说了句："我知道的，你现在被你的那个连话都不会说的同桌给弄得整天头发昏。"

"喂喂，你哥哥告诉你的，哦不，是你哥哥这样对你说？"

男孩点了点头："当然，而且那个人不只是不会说话，好像就连字也不会写哦！"

对着这个表情天真的孩子，我一直强忍着心中的怒气，但是口风之中已然开始有了愠味："小鬼，你听好了，第一，不要在我面前提阿呆那个白痴，哦不……那就第二吧，第二，阿呆他也不是白痴，第三，虽然阿呆不经常说话，但是他挺会写东西，虽然写的错别字多到让人想哭……"

错别字……错别字……这样说来的话就多了一种可能！

当说到这里的时候，我发现男孩被我醍醐灌顶般恍悟的样子给吓到了。我猛地站起身，眼睛直勾勾地盯着学校大门进入后的一面玄关上的图画。

这是一副还算是有些气势的大理石壁画，上面的内容是明日下的江海，我觉得，这幅画的主题便是学海无涯，希望之子的意思。

我心里不禁对阿呆的祖宗又问候了无数遍，阿呆，你还真是白痴，连给个提示信息都会弄出个错别字。他要传递的不是月相花，而是月相画！那个白痴一定是自己把字打错了。这么重要的信息他竟然给老娘弄了个错别字！这个白痴！

不过顺着这个方向回想来的话，所谓的月相，虽然画里的是太阳，但是也不过是个球形，个人观感不一样，再加上是大理石的艺术作品，所以怎么不能够看作是夜下的江河呢？而我的这个疑问在之后得到了阿呆的回答，我才知道，他当时不是将此画看成江河，而是将其看作了宇宙中的银河。

我快步朝那幅画走去，而身后那讨厌地小鬼也追了上来，我转过头，脸上的怒气在一瞬间变成了笑脸说："小弟弟，如果你再跟着我，那么……漂亮姐姐可就要……生气啦！"

估计被我阴森的表情给吓到了，那个男孩退缩了几步，停在了我身后。

我不理会他，径直走到了那幅画下面，接着抬头看了看天空，嗯，时机正好！启明星已经在我的头顶了！

第二步，找到月相画，接下来就是台柱。我向四周张望了一下，很快就在不远处发现了一根包了瓷砖的柱子，而不多不少，这根稳定房梁结构的水泥柱正对着那幅画中的"月亮"。

我走到柱子旁边，抬头一看，整个人在瞬间被震撼到了极致，心里不自觉地想，阿呆那个白痴是怎么发现这个奇妙的景象的？

"哇！有两个太阳！"这个时候，不知道刚才那个小鬼是什么时候悄悄地偷溜到了我身边，也同样和我一样抬起头看见了一个我在这个学校待了一年多都没有发现的奇观。

在我们的头顶是那个正在西下的落日，而学校的主教学楼是一座仿欧式建筑，上面的圆顶是由一种暗色的遮阳玻璃制作而成。此时此刻，那燃烧着暗红色之火的落日正被投影到了主教学楼那暗色的玻璃中，而在这由镜面介质组成的另一个世界中，太阳在一瞬间就成了一个安静的月亮，也就是这个时候，那一轮明月在淡淡的云层之中开始显现出来，也就是说，在这个角度，正好可以从那块圆顶玻璃中同时看见落日和升月！

"太不可思议了……漂亮姐姐！你快看！太阳变成了月亮，现在变成有两个月亮了！"小鬼激动地有些话语不清，甚至还拍起了手来。

可是接下来，更不可思议的一幕发生了——随着月亮的颜色越发地透亮，而太阳缓缓降落，他们在现实世界中已经离得越来越远，但是，主教楼圆顶上的那块如被血色鲜红颜料所染成的玻璃中，这两个"月亮"却越靠越近了。转眼之间，它们已经融作了一块不可思议的宝石。对，在这个神奇的镜面世界里，发出着同样光芒的月亮和太阳彻底地重合在了一起。也就是说，因为玻璃反射角度的原因，镜中的世界竟然和现实的世界出现了相反的结果。

就是现在！我立刻从书包里拿出了本子，将镜中太阳和月亮合体的那个地方给标注了出来，我的脸上在这一瞬间，露出了一种胜利者的微笑，不会错了，我破解了阿呆那个最后的谜题，在教学楼的那个地方，就是沃克兰多大门入口，而我，天才的季节，会在那里得到最后一个密码！

我重新背好书包，快步朝教学楼走去，而一路上，我的脑海中只回旋着一个问题，阿呆这家伙是怎么发现这么有意思的事情的？难道，这就是阿呆和我们的区别？而在他的眼中，这个世界和我们所看到的景象是如此的不同，平凡之中藏匿着如此多的惊喜，难道，他真的能够看到这个世界之外的景象吗？

带着这个疑问，我加快了脚步，直接就转上了教学楼的楼梯，一路直奔楼顶。

可能我走得太急，又或者是脑子里思考的事情太多，竟然到了五楼的时候，才发现刚才的那个小鬼竟然一直悄悄跟在我身后。

"喂喂！你不要像狗尾巴一样跟着我好不好，快点回家去！"我厌恶地朝他晃了晃手。

"姐姐，你是要去哪里？难道你想要去找那两个月亮吗？"

看着这个男孩天真的样子，我不禁感到有些好笑："拜托，你怎么说也是初一的学生了，难道你真的觉得这个世界会有这么白痴的事情吗？"

"姐姐，虽然我读初一，但是，我的年龄却要比你们小很多哦？"

"什么意思？"我凝视了他几秒，发现，这个男孩的确是太小了。虽然他穿着和我一样的校服，但是脸上的那一股子稚气的确不像是一个初中生该有的样子。

"那你几岁了？"

"我今年刚满七岁，如果按照正常的年龄，我应该是上二年级。"

"那小鬼，你是怎么溜进我们学校来的！"我看着眼前这个拖着长长校服衣袖的"小学生"，不禁双手叉着腰质问，心里却对他的这个哥产生了无限的鄙视，这种男生也真是的，追女孩子，竟然还需要让自己上小学的弟弟冒充初中生出马，真是有够失败的。

男孩子微微一笑说："不过，姐姐你可别吓到哦，我再重复一遍，虽然我年龄小，但是我真的是和你一样是初中的学生哦，不过只比你小一年级罢了！"

他的这句话真的让我震惊了，应该说是再次彻底惊到本姑娘了。

"你的意思是，"我还是有些狐疑，"你真的是才七岁就来念初中了？"

男孩点了点头，接着对我眨了眨那双天真的眼睛说："姐姐，不好意思，我刚才打搅到你了……我想，你之前一定是在破解什么谜题，看来，现在你已经找到了谜底了，是吗？"

我看着眼前这个小鬼，心里突然有种恐惧的感觉，不禁想到，他是怎么知道？

"我懒得管你了！姐姐还有事情，不管你是天才也好、无聊的小学生也罢，姐姐现在有事要忙哦！"说完，我转身继续朝着最后一层楼爬去。

可是就在我站到了教学楼顶层，那扇圆弧形的玻璃顶下的时候，心里却突然凉了半截。

这里，除了一间锁了门的形体教室外什么都没有，哪里来的沃克兰多的世界入口，又哪里有什么看门人。我心里突然感受到了一种巨大的失落感，这种失落似乎要把已经筋疲力尽的我给彻底地压垮，而内心中的一个声音也在大声地嘲笑我——季节啊季节，你个白痴，难道你真的以为这里会是另外一个世界的入口吗？难道你已经变成了和阿呆一样的傻瓜吗？

我站在这冰冷的走道中，内心自嘲了千百遍，失落委屈的眼泪已经浸湿了眼眶，就在这时，身后那个稚嫩的声音再次响起了。

"七——你要的最后一个答案是七，因为哥哥的幸运数字就是七。"

我面对这紧闭的教室大门，双手无力地捶在冰冷的铁门上，对于身后那个男孩的话语我再次有一种被玩弄后还惊喜的快感！

我缓缓地转过身，接着，窗外的一抹夕阳正好射在了那孩子的眼睛中，让他那双明亮的眼睛成了一颗橘黄色光洁的琥珀。

"你说什么？"

"季节姐姐，恭喜你找到了最后一个谜题的答案，而我，也就是沃克兰多大陆在这个世界的看门人。"

"你？！"我目瞪口呆地看着这个刚才我还为之不屑的小屁孩，"你到底是谁？"

小男孩对我微微一笑说："我刚才不是说了吗？我是你同班同学的弟弟。"

我恍惚地想了想，说："不可能……你所说的哥哥难道是阿呆？"

"正解！"男孩微微一笑说，"我哥哥就是你们口中的阿呆。"

"为什么会是你？"我有些不解，而这个问题不单单是指为什么这个孩子会是告诉我谜底的人，更是因为他的出现太怪异！

男孩轻松地说："沃克兰多是我们的世界，所以如果姐姐你想要进来的话，也必须要获得我的认可呢！"

说完这句话后，男孩转过身，只留下了那一抹在夕阳下的微笑。

"小鬼，你至少告诉我你叫什么名字！"我在她身后呼喊了一声。

男孩停下了脚步说:"在这个世界,我的名字不重要,等你到了沃克兰多就知道我在那个世界的名字呢。"

"为什么,为什么不敢告诉我你的名字呢?"

"因为,哥哥说了,这个是秘密!"没有一人的走廊中只回响着男孩清脆的声音。

今天遇到的种种事情真是邪门了。一路上,我的大脑都在飞快地运转,好不容易,终于回到了家,而在妈妈爸爸面前将饭菜胡乱吞咽了一番之后,就借口要上网查资料坐到了电脑旁边。

妈妈走过来给我递上了一盘水果,我随口吃了几块苹果,便迫不及待地点开了阿呆那家伙的网页博客。

看着空间密码的对话框,我毫不犹豫地输入了:2、9、3、7这四个数字,接着期待地点击了确定按键。

可是,接下来,电脑上的一串信息却把我气得差点吐血——密码输入错误,你还有一次尝试机会,失败的话你将永远失去进入沃克兰多大陆的机会。

第十四章

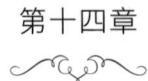

沃克兰多大陆,我来了!

我盯着屏幕上那一行讨厌的文字看了足足五分钟,内心深处只有一个想法,真想一口盐汽水喷死阿呆那家伙。

不行,不行,我得要冷静,一定要冷静!问题到底出在哪里?我开始重新思考每一个谜题的信息,试图从中发现究竟是哪一个环节出了问题。第一个谜题,幸运的四叶草的一半,不会有问题,而第三、四个谜题也都是得到了确切的答案,也就是说,问题应该出在第二号谜题上面。原本我认为最简单的谜题难道我想错了吗?思考到这里,我再次点开了阿呆的QQ对话框,找到第二个谜题重新好好阅读起来——提示二：克比隆酒屋的老板想为自己弄个新颖的酒壶，而他要的那种酒壶必须是完全对称的。

咦？难道不是酒对着"9"吗？还是说这条信息还有其他含义？我咬着指头在脑海中拼命地思索着答案。

"宝贝？你在猜谜语吗？"

"啊！"听见了妈妈的这句话，我慌张地有些手忙脚乱，"妈，你怎么突然从后面冒出来，吓死人家啦！"

妈妈抱怨道说："有这么夸张吗？我只是来看看我宝贝女儿在干什么，这么聚精会神，连平常最爱的水果沙拉都没吃一口。"

我无力地叹了口气说："好啦，我把这里弄完就去做作业了……只是有些不甘心。"

"挺有意思的吗？这些谜题是你的朋友发给你的？"

"是同桌啦，一个整天只会睡觉的非常无聊的人……"

"哦……不管怎样，妈妈可是最爱解谜语了，"妈妈很快地阅读了一下阿呆对话框里的信息，接着说，"不过这几个谜语，我只会第二个，其他的我都看不懂。"

"什么！"我惊讶地看着妈妈，忙说，"老妈，你真的知道这第二个谜语吗？"

妈妈皱了皱眉头说："这有什么大惊小怪的！谜底是'8'啊！"

"8？为什么？"

"左右对称的酒壶，那不就只有葫芦长这样嘛，不是8还能是几？"

"哇靠！"我有些气愤地抓起了头发说，"竟然这么简单，我真是笨到家了！"

"好啦，好啦，你弄完就快去做作业吧，妈妈还有事要出去一趟，我告诉你啊，一会儿你爸就回来了，可别让他看见你在玩什么猜谜游戏，否则他可又要教育你了。"妈妈说完轻轻地捏了捏我的脸。

"好嘞！老妈，唔唔，来亲亲，你真厉害！"我狠命地抱着老妈的脸啄了几口。

待老妈离开书房之后，我重新期待地点开了阿呆的博客主页，将新的密码

2，8，3，7输入了对话框，可是就在点击确认的那一刻，我的手指却犹豫了。

如果真如系统提示所说，这将是我最后一次尝试的机会，如果失败的话，是不是就意味着我将永远失去进入沃克兰多世界的机会了……也就是说，这一次我只能成功不许失败！

深深吸了一口气后，我紧闭眼睛闭着呼吸点击了鼠标。过了几秒后，我听见音响里传来了刷新页面的"磁咔"声，忍住了一种狂喜之情，我睁眼一看，整个屏幕都刷新了！密码成功，我终于进入了阿呆的博客！

不知为何，这么多年以来，我从来没有像此时此刻这般惊喜过，一种好似真的发现了一个世界一般的惊喜！

阿呆的个人主页显示在屏幕上面，里面的主题色调是一幅五彩斑斓的油画，油画的内容是一块辽阔的大陆，在一旁的显示栏里面有几张卷在一起的古旧手卷的图标。

阿呆这家伙，博客的页面做得不错嘛，难说他还是个电脑高手呢。

我注意到，阿呆的空间访问量真是少得可怜，竟然只有五个。本小姐每天的空间访问量可都不低于两百啊！不管了，我继续将目光集中在阿呆空间的主页上，发现上面非常的简洁，而内容也都是一张张手卷样的图标，将鼠标放在上面可以看出，都是小说的章节题目。

我扫视了下小说的条目，哇靠，关于沃克兰多大陆的故事，阿呆竟然已经写了这么多？整整八页显示之后都还有省略号（意味着日志的篇数不止八页）。

好了，费了这么大功夫我才进来，本姑娘现在就要开始看了！我将鼠标移动到日志的开头，接着从我之前看到的第三卷开始，点击打开了日志——

《沃克兰多大陆——未起航的空贼》第三卷　雨中的伏击

时间：月编年178年，用地球的时代特征来形容的话，那是个类似于中世纪过渡到蒸汽机的时代。

在沃克兰多大陆南端的天空中，恒久以来就悬浮着一颗极为特殊的小岛。这个岛屿和鼎鼎有名的天空之城萨兰多瓦不同，其不仅是面积小到连萨兰多瓦的十分之一都没有，更因为它所在的位置靠近大陆的边界，故而，往来贸易的人异常稀少。但是，虽然此地人气不旺，但是并不代表它没有名声。而名声这东西有好有坏，但是若是知道了这座岛的名字便会让人不难分辨，其属于后者。

空贼岛，便是这座浮空小岛的名字。

夜色中，这漂浮在天空上的岛屿没有一丝颜色和生机，就好比一颗大大的肿瘤被栽到了这个世界上，而这颗肿瘤也是沃克兰多大陆所有种族都头疼的肿瘤。

这一日，原本就漆黑的夜空中还挂着厚厚的云层，卷动着暗色云雾的天空挤压着小小的浮岛，以至于让这一幅景象显得分外阴沉。浓密的黑云压在了浮岛中间的那座最高的山峰之上，暴雨欲来。

这些天，天气像谁招惹了它，整天板着个脸。电闪雷鸣，猛烈的狂风夹杂着雷霆闪电在天空呼啸而过，不一会儿大滴大滴的雨点就袭来了。

没有人愿在这样的天气中出门，可偏偏在不远处却有一个人就在这浮岛上的森林小路中披着斗笠赶着路。

在这滂沱大雨中，这个孤独的身影走在泥土潮湿的小路上。夜晚已经把原本充满绿色的森林衬托成了可怕的黑色，现在又加上这暴风雨的洗礼，就更令人感到毛骨悚然了。那人的脚步急促，像风一样吹过，而那一道道诡异的风景都很快消失在他身后。

突然，他猛地停了下来。四周除了雨点滚落在森林植物上的声音和风吹过树洞或其他风口那咆哮的声音外没有一点杂音。他还是一动不动，好像在等待什么，或者是在聆听感受着什么。

那一顶茅草斗笠下有一双细长而光亮的小眼睛，瞬间扫过侧面的树丛，随即，这人右手一晃，动作迅速，而他身后的几把飞刀却已然飞出，刀速极快地脱离了右手，紧接着那树丛背后便发出了犹如野兽受伤后的惨叫声。

又是一阵叫声，而这一声是怒吼，这怒吼响彻了整个岛屿的夜空。

刚才那丛草木被一股力量给野蛮地破坏了，而从里面跳出七八个长得黑乎乎的怪物。它们步子略显蹒跚，两只眼睛闪着血光，这种怪物在《沃克兰多物种圣典》中被命名了个很确切也很符合的名字——嗜血咒人，但人们往往简称这种骇人的魔法生命体为魔物。这些怪物拖着还流着残血的白色双爪指向那披斗笠之人，随即潜伏着身体小心翼翼地接近过来。

双方在雨中僵持着，可就在这短暂的时间里，这种令人窒息的诡异还没有持续多久，怪物们就已经按捺不住血腥味的吸引，一哄而上地开始了进攻。

这些怪兽吼叫着朝猎物冲了上去，可那人却依旧站立于原地稳如泰山。面对着怪兽那锋利的爪牙，披斗笠之人不慌不忙，先向后闪过了几只魔物那速度极快的爪子，几个回合下来竟然毫发无损。就在魔物这一轮攻势结束之时，披斗笠之人在悠闲地闪躲之余缓缓落下身形，接着，他从容地将捆绑在背上的一条奇怪布袋取了出来。

此人将包裹的白色封布扯去，露出一根满是雕刻着奇异图腾的棍子。他将这根怪异的棍子用双手横抬在前方，闭眼聚气，棍棒的两头便形成了由暗绿色光组成的刀刃，这样，图腾短棍便瞬间化为了一把头尾都有二刃的战刀。

雨水淋漓在这绿刃之上瞬间就化为了几缕雾气，恰在这时，其中一只魔物不识时务地跳上前刺出血爪，只见那人刀口向下，跃起，绿色的刀刃在空中划过一条淡淡的弧线，那怪物便在刹那间被硬生生地劈为两半，倒在了地上。

借势，披斗笠之人一跃而起，棍刀立于身后，飞身向前，一边灵活地跳跃，一边不断地闪躲着怪物们的进攻。在打斗之中，此人的速度越来越快，周围幻化出了好几个形似自身的影子。

看着披斗笠之人的幻影突然多出了四五个，怪物全都不知所措，也只能盲目地用它们的爪子在空中挥舞着，在几声惨叫声后，这四个怪物却已倒在地上僵硬地抽动着，而令人惊讶的是，它们的身上竟然在这一刻才爆炸般地喷射出绿色的鲜血。

剩下的魔物见势不妙，朝后退了几步，不敢再贸然进攻。

那人持刀向下一划，雨帘之中再次勾勒出一道绿色的弧线，披斗笠之人再次一跃而上，棍刀在头上旋转着和魔物拼打起来，眨眼间，这些魔物都在那人极快的刀法下被削去了脑袋。

可就在这时，树林的另一头闪过一个恍惚的黑影，这道影子在瞬间就闪现进了众人的视线之内。

一股异常强大的波动袭面而来，让披斗笠之人不得不抬刀一挡，但因为对手力量很大，还是不住地后退了几步。

在这巨雷咆哮的大雨作为背景的夜空中，一个银发人飘然落在地上。

此人一落地便迎面扑来一股很香的味道，甚至于把周围那浓浓的雨水味都盖了过去，他撩了撩银发，优雅地拍了拍身上的积水。

"不愧是龙族的第二百零八位持刀使者。"说着他那白皙的脸慢慢地抬了起来，眼中那种犀利的目光透出藐视和轻蔑，"我没有记错的话，你的名字是叫费其拉吧？"此人的声音好像水滴落在水面上那般轻灵悦耳。

"你到底是什么人？"

银发人淡淡一笑，再次妖娆地用手撩了撩头发上的水说："我是谁你还不配知道，你只要把龙刀交出来，我很乐意让你死得舒服一些。"

费其拉冷冷地回道："没想阁下口气蛮大的，龙刀在此，有本事自己来拿。"

说罢，费其拉一跃而起，施展身法，挥动手中的双刃战刀向银发人砍去。

只见银发人双手紧闭念起魔咒，随着一阵嘶哑的尖叫声，无数只魔爪向费其拉抓去，费其拉只得收住力量，向后闪躲，转起战刀朝那些虚幻的魔爪砍去，一只只由咒语形成的魔爪在龙刀的光刃下被击得粉碎。

银发人乘势再次念起魔咒，随即身体慢慢悬浮在空中，他一只手举过头顶，在天空中出现了被黑色闪电包围的火球。费其拉也念起了魔咒，在龙刀的刀刃下行成了一道防御壁，银发人向下挥手，火球向费其拉射来，随之而来是一声巨响，激起了泥土和水花。烟雾过后费其拉已经受伤倒地。

的确，刚才的那一击，力量实在太强了，没有人能够顶得住，就算是龙族的持刀者也不可能。

银发人撩了撩头发，带着一丝可怕的阴笑向费其拉走来。费其拉视线早已模糊，摸索着收起了龙刀，向后退缩。可银发人瞬间便把费其拉举了起来。费其拉还在挣扎。银发人的手越捏越紧，咬着牙齿说："知道吗？你抢走了原本应该属于我的东西。现在，该是物归原主的时候了！"银发人说完这句话，不自然地大笑起来，声音极其尖锐。

费其拉见势不妙，心想，死也不能交出龙刀，只有同归于尽了。这位持刀者紧紧地闭上眼睛，毫不犹豫地聚集起身体中最后的力量。

这个举动让银发人似乎察觉到了异常，或者说那双无比妖媚的眼睛识破了费其拉的意图。

银发人一阵狂笑之后，猛地将费其拉狠狠甩了出去。

费其拉本已受了重伤，被这一甩，重重地落在了一堆草丛后面，只感觉眼前晕眩，一口鲜血喷吐而出。

银发人的脸上挂着诡异的阴笑，他撩了撩自己长长的银发缓缓走了过来，在雨中他那苗条的身材和婀娜的姿势衬托着这样的环境倒是有一种别扭的美感。他轻蔑地说：“你这废物，还想和我同归于尽，就凭你也配吗？快交出龙刀，我可以让你像一个持刀者应有的样子——站着死。”

没有回应……

草丛后面完全没有一点声音……银发人迈着妖媚的步伐慢慢朝那边走去。

最终，银发人的脸上却出现无比惊异之色——当他扒开那草丛看到的竟然是一个悬崖，而悬崖之下就是大陆世界里波涛汹涌的大海。

在这暴风雨的天里，海里风浪极大，就好像是在对着他嘲笑……这样的嘲笑对他来说又有一种熟悉的讽刺感，为什么命运总是让他和那把刀擦肩而过？银发人不甘心地朝悬崖下望去，恍惚间他看见在这深蓝的海水中，一件斗笠正被海浪推过来打过去，那分明就是费其拉的尸体。

眼看就要到手的龙刀，就要这样永远地沉入大海，银发人那闪着血色的眼眸中充满了怒火，他向天狂啸，手一抬，整座天空浮岛开始剧烈地震动起来。

就在我看完第三个章节的时候，我下意识地瞟了一眼电脑左下角的时间，哇，已经快九点了。我仅有的理智将我拖回到现实之中，不得已，或者说不情愿地，我必须从沃克兰多的世界中短暂地离开。

我必须要马上去写作业，背单词。

还好，老爸在我关了电脑五分钟后才进了家门。他害怕打搅我做功课，悄悄地回到自己的书房。我在房间里紧张地喘了口气，心想：还好老爸没有发现，否则他今晚又要和我谈人生了。

我拿出数学练习册准备开始动工，但是脑子却总是无法集中精力。不知为何，自从和阿呆成为同桌之后，真的有一些事情开始慢慢改变了我，改变了我原本习以为常的正常生活……

第十五章

机灵的小鬼

我用最快的速度将学校老师布置的作业完成,接着胡乱地将明天要听写的英语单词记了几遍,赶在妈妈还没有回到家之前,收好了书包。

将明天上课需准备的东西一件都不落地收好,我走进浴室冲了个热水澡,舒舒服服地穿着软软的睡衣。我又到书房里和老爸撒娇了几句,道了晚安,接着就回到自己的卧室一头扎进了被子里,或者说,再次一头扎进了沃克兰多的世界中。

我有生以来第一次躲在被窝里面开始用手机看小说,如果按照父亲对我的要求,他最多只能够允许我在学生时代阅读一些不是很浪费时间的短篇名著,而母亲也不支持我将时间过多地花在学业书籍以外的领域。

可是,就算他们在小时候能够阻止我读《哈利波特》,现在也不能阻止我看同班同学的"作文"吧……不管怎样,只要不被他们知道就好了。

在温暖的被窝中,我的指头慢慢滑动手机的屏幕,而阿呆的沃克兰多世界再次缓缓出现在我眼前——

《沃克兰多大陆——未起航的空贼》第四卷　巧妙的救援

"喂,快醒醒,快醒醒……这个家伙该不会已经死了吧?"

费其拉因为刚才所受的伤,头脑还处于昏昏沉沉的状态,但是他在隐约之中似乎听见一个声音,而这个呼唤自己的声音明显带着一丝稚嫩。

费其拉迷迷糊糊地睁开眼睛。

晃过神来后，这位罕见的龙族战士发现自己身在一个山洞里，而自己眼前逐渐清晰的是一张玩世不恭的淘气笑脸。

这是一个满头金黄头发，此刻正在对着自己做鬼脸的小男孩。

费其拉忍住疼痛用手撑住受伤的身体，缓缓地坐起身来，环视洞穴的四周，问道："我这是在哪儿？"

"在我的秘密基地里。"小男孩见他已经醒过来，便走到一旁的篝火前，往火堆里加了几根干柴。

"喂喂，是本盗救了你耶！"小孩加完柴禾后再次走到虚弱的费其拉面前坐下身，他用手指揉了揉鼻子傲慢地说道："你这家伙既然醒了，谢谢总会说吧！"

费其拉摸了摸背后发现龙刀还在，心里松了口气，接着便细细地打量起面前的这个小鬼。

首先，吸引费其拉的是拖在男孩屁股后面的那一条如野狼一般的金黄色毛绒尾巴，尾巴的颜色和男孩的发色以一种极其相似的感觉搭配在一起。

可是费其拉还是觉得有些奇怪，便提出了自己的疑问："小孩，你有着兽族的尾巴，为什么却长了一副人类的面孔？"

小孩在篝火上烘烤着自己的衣服，随口答道："人类和兽族的血统各占一半吧。"

费其拉当然明白这句话的含义，从男孩那张清秀的人类特有的脸上不难想象，这孩子的血统一定有些复杂，否则兽人种族中的那种动物才有的脸庞一定不会长成这样，它们或者像棕熊，又或者像狗，抑或是猫，总之，纯种的兽人是不会长一张人类的脸的。

"也就是说，你是半兽人。"

"我不喜欢别人这样叫我。"男孩将已经烤暖和的靴子重新穿在脚上，"你能说这么多的废话看来你应该没有什么事情了，那么，现在该你告诉我关于你的事情了。"

费其拉没有直接回答男孩的话，而是以一种带有感谢的语气反问道："刚才是你救了我吗？"

"废话，否则你以为你还能有命在这里烤火吗？"

"你是怎么做到的,你一个小鬼怎么可能有本事打得过那些家伙!"

"我没有和那些人动手,"小孩对着费其拉撇了撇嘴,调皮地指了指自己的脑袋说,"我只是和他们动了下脑子,玩了局捉迷藏而已。"

费其拉突然有些紧迫起来,忙问道:"快点说,到底是怎么回事?你知不知道,那些家伙会给这里带来灾难的。"

"你真的想知道?"

"当然,一五一十地告诉我。"

"好吧,那本盗就给你详细地说说,你听完后可得好好想想应该怎么报答我。"

男孩夹起自己粗壮的尾巴,淘气地蹦跳到费其拉旁说道:"这次还真算你运气好,本盗今天在学校的考试考砸了,怕回家早了老妈唠叨我,便躲在自己的秘密山洞里睡大觉,可就在我梦见了我最爱吃的山鼠肉排的时候,却听见山洞外传来了打斗的声音,本盗呢是最喜欢凑热闹啦。所以,当时我悄悄地潜伏到你们打斗的地方,躲在一旁的草丛里……其实你还蛮厉害的,杀了好几只魔物,还有一只就掉在我旁边……可后来的那个不男不女的家伙可比你厉害多了,他打败了你,接着还将你正好扔在了我藏身的草丛里。我想吧,既然你在这里被我撞见了,那便是缘分,所以我就顺手救了你一命……好了,你别这样用不可思议的眼神看着我……我接着跟你说啊,当时呢,我快速地脱下你的斗笠,接着将那斗笠给被你杀死的一个魔物穿上,最后把这只魔物给丢到了浮岛下方的大海里了……那个不男不女的还真是白痴,他走过来看的时候,其实我们俩就在他脚旁边的树丛中,还好没有被发现,不过这种天气,相信他们在大海里根本就不可能找得到那具魔物的尸体。"

男孩一口气把事情的全过程都说完了,好像早就知道费其拉会问什么,所有的话语就像事先准备好了一样。

听男孩绘声绘色地说完以上的那番话后,费其拉再次打量起眼前的这个孩子。他的个子不高,年龄的话应该还小,可是心智竟然这般机智。

"小鬼,如果真像你之前所说,那么我可真要感谢你了。"

男孩装成了大人的模样说:"这还差不多,不过你应该知道这里是什么地方吧。"

"当然知道,这里是空贼岛。"

"所以说,"男孩的脸上突然露出了狡猾的笑容,"在我们这里,谢谢这两个字是不值钱的,而我帮了你,你就必须要支付佣金给我。"

费其拉见眼前孩子这人小鬼大的模样,心头涌起了一种莫名的好感,便说:"嗯,拿钱办事倒是爽快,付钱之后我就和你两不相欠了,说吧,你想要多少佣金?"

"不用那么麻烦了,"男孩说着话,笑嘻嘻地从身上的包里掏出一个皮夹说,"我已经自己取了,救你一条命嘛,把你身上的钱都花完也不吃亏。"

费其拉这才忙在自己身上翻找了一番,最后只能确认,自己的钱夹已经在男孩手里了。不过好在这个孩子没有动龙刀的主意,否则的话,就算是孩子,费其拉为了守护龙刀也不会心慈手软的。

费其拉这个时候已经差不多恢复了一些体力,他将自己的身体向篝火靠近了一些,接着拍了拍自己身上的雨水说:"空贼岛果然名不虚传,连你这么大的小鬼也都是些贪财货!"

男孩冷冷一笑说:"本盗舍身救你,难道还不值几个钱?"

费其拉转念一想,眼前这孩子虽然刁钻古怪些,但是看起来却不像恶徒,再加上自己现在负伤在身,如果想要打探那个人的消息,还真需要有个照应,便问道:"小鬼,你还想要再赚些钱吗?"

男孩狐疑地看着他说:"你身上除了那根棍子外,其余的财物都在本盗这里了,你哪里还有钱给本盗赚?"

"我此刻身上虽没有,但是只要你帮我在岛上找到我要找的人,好处一定不会少了你的!"

男孩眼珠子刺溜刺溜地转了几圈,费其拉觉得他一定在动什么鬼脑筋。

"可以,不过我凭什么相信你?"

"我是龙族的人,而龙族是整个沃克兰多大陆最守信用的种族,我以种族之神伽马起誓,绝对遵守给你的承诺。"

"嗯……看你这副诚心的样子我就暂且相信你啦,一千个金币,这样的话,本盗可以考虑!"

费其拉被这个数字吓了一跳,一千个金币可不是小数目,差不多已经可以在这里买一艘小型的飞空艇了!

"你这个小鬼,你要这么多钱做什么?"

"不愿意?"男孩站起身,装作要离开的样子,"这么小气的话,生意是谈不下去了。"

费其拉看着小孩站起身,似乎是准备离开,心想,这孩子看来真是唯利是图,如果他把我到这里来的消息散播出去可就更麻烦了,便只得答应说:"好的,好的!一千个金币就一千个金币,成交!"

男孩这才带着狡猾的笑容重新走了回来。

"小鬼,你叫什么名字?"

"我叫捷度,而你的名字我知道,刚才那个人叫你费其拉。"

费其拉点了点头说:"既然如此,你现在总得要帮我找个地方住吧,算起来,你既然收了我的佣金就得要为我办事!"

捷度歪着嘴说:"话虽这么说,但是如果你以后要是敢反悔的话,我一定给你好看!"

"你就那么确定你能够完成我的任务?"

捷度的脸上立刻闪出一种骄傲的微笑,而这个微笑在费其拉看来却有种莫名的熟悉感:"当然,我是沃克兰多最聪明的人!"

费其拉支撑着身体,忍不住伸手摸了摸捷度的头说:"小鬼,你虽然救了我的命,但要知道,若是那些家伙找回来的话,可能会连累你的。"

捷度撇了撇嘴,淡淡的弧度划过他的脸,仿佛有一种与生俱来的自信:"没事,一般这样的情况他们绝对不会再找来了,况且就算那些家伙来,我也有法子对付他们!"

费其拉看着眼前这个自信的孩子,苦涩一笑,心想,是啊,我怎么连个孩子都不如了。

"走吧!"说着,捷度托起费其拉的胳膊,"这么长时间了,估计那些家伙已经离开了。"

"我们现在去哪里?"

"当然是去我家!"

"去你家?不用这么麻烦了,那样的话真的会连累你和你的家人的,你帮我去找一家旅店就好。"

捷度摇了摇头说:"你就别废话了,听本盗的话没错,在这个岛上,没有什么地方比我家更安全了!"

读完这个章节,我看了一眼时间,已经快十一点钟了,但是整个人却没有一丝睡意。想着故事里面的那个叫捷度的孩子,他年龄这么小,竟然有如此的勇气和智慧,阿呆那家伙是不是写得有些夸张了,不过这个设定倒挺有意思的,长着正太脸拖着一根毛茸茸的狼尾巴的兽族小孩,光是随便想想就觉得超级可爱啊!真想要狠狠地抱一抱那条尾巴。

不行,我还想要接着再看一个章节!

第十六章

沃克兰多的第一个夜晚

虽然我没有一丝倦意,但是在黑漆漆的被窝里看着手机屏幕还是让眼睛有些不舒服,我轻轻地揉了揉眼眶,下定决心再看一章就马上睡觉,绝对不拖延。

《沃克兰多大陆——未起航的空贼》第五卷　任务达成?!

当捷度和费其拉二人从山洞中出来的时候,先前那场急剧的暴风雨已经接近了尾声,天上只飘淋着如丝般的雨线了。

因为浮岛处在天空中的缘故,所以夜晚的星空离这里的感觉比起地面世界来说要更近一些,而暴雨过后,浮岛上空的乌云很快散尽,一颗颗明亮的星星再次布满了夜空,当然,还有那一红一蓝的两个圆圆的月亮。

漫步在雨后的空贼岛上，闻着空气中浮现着清新的青草香，费其拉抬起头，感觉遥远的星星都变成了一朵朵洁白的花。虽然脚下小路上的泥巴还是黏糊糊的，但是一种久违的宁静回到了他的心头，逃亡奔波了许久，今天的夜晚却让他感到一种舒适。

在这个熟悉而陌生夜晚，长途跋涉而来的龙族剑士仿佛有种重回到年轻时候的感觉。

绕过空贼岛的主路，捷度带着费其拉转进了一旁的小道中，他再次提出了之前的疑问："我的老师希尔顿先生也跟我们说过，你们这些龙族的人是最看重所谓名誉的了，那你为什么会来到我们这座臭名昭著的空贼岛呢？"

"找两个老朋友。"费其拉的回答很简单，他也的确不想和眼前这个孩子做过多的解释，就算他救过自己，可是不该说的话绝对不多说一句，这是费其拉的处事原则。

捷度心中依旧充满了疑惑，一路上他都在暗中仔细观察着这个叫费其拉的龙族人。

作为龙族，费其拉的身高不算太高，但是比起人类或者是兽人来说，那至少也要高出半个头。他的尾巴很长、很细，这种布满了鳞片的细尾是龙族人最基本的特征，而费其拉的那张酷似蜥蜴的长脸则一直躲在那顶红色的高角布帽的帽檐下面，这让捷度很难看到他的表情。

在这条小路上步行了约十几分钟后，捷度指着前面的一棵参天大树说道："前面就到我家了。"

费其拉看到，在捷度手指的不远处是一棵无比巨大的树。在广袤星空的衬托下这棵树好似被渲染得更加巨大，但是其周围却散发着幽暗的黄色光芒，以至于让它并没有和四周的黑暗合并在一起。

费其拉停下脚步站在原地，他在诧异之间再次回想起了过去的岁月，这棵树给人的感觉和过去一样，那样的神奇，依旧散发着可以让万物都感受到的神奇光芒，这是一种似乎在主宰着夜空的光芒。

费其拉抬头看着眼前的巨树，但在夜晚根本看不到树的顶头，树枝直通天际。

"萨美拉斯圣树……比当年更高大了。"

捷度一愣，有些迷惑地看着费其拉问道："你知道这棵树？"

"当然知道，当然知道……"

捷度看着费其拉那若有所思的样子和一种充满回忆的眼神，猜想道：这个人到底是谁，他似乎曾经来过这里，那么他现在来此的目的难道就是为了找两个人这么简单？他要找的人是谁呢？我到底该不该帮他？不过没关系，这家伙虽然厉害，但是只要在我家，妈妈就能够有本事让他服服帖帖的，而无论他的意图是好还是坏，在这里，我们都能够第一时间控制住他，再说，看这家伙的样子应该不像是坏人，正好找借口带个客人回家，妈妈也不至于在外人面前教训我那糟糕的炼金术考试了吧。

捷度再次打量了费其拉一番，用力拍了拍他说："走啦，别发呆了！"

捷度的家就在这个名叫萨美拉斯巨树的旁边，那是一间靠着巨大树干建造的小巧而不失精致的木屋，说它小巧是因为和它旁边的这棵不同寻常的巨树做对比，其实和大陆上的普通民房比起来，那可算得上是宽大舒适了。

捷度走上前，小心翼翼地半蹲在木屋窗子下面偷瞄了几眼，接着又看了看身后的费其拉，露出了一种让费其拉捉摸不透的意味深长的坏笑，接着，捷度才将费其拉带到了屋子的门口。

随着捷度扭动的钥匙，木门被打开了。

一进屋，屋里显得非常舒适，正前方的小圆桌铺上了台布，上面放着一瓶吐着幽香的塔塔花，显得整洁幽雅，桌旁放了几张古朴的牛皮凳。再环视一周，屋里的柜子满塞了东西却不显得杂乱，靠在屋子右边的火炉呼呼地冒着热气，把屋子烤得非常暖和。

"你先坐在这里休息下，"说着捷度把费其拉扶到了离暖炉最近的兽皮沙发上，"我去和妈妈打个招呼。"

这时从里屋中传来一个让费其拉突然颤抖起来的女声："捷度是你吗？你个混球！你别以为这么老晚回来老娘就不教训你了！"

话音刚落，房间里走出了一位身系围裙，手拿一根棍棒的女人。

见到这一幕，坐在沙发上的费其拉猛然站起身——这个陌生的龙族人用一种莫名激动的目光盯住了这个正要发怒的妇女，两人都在这一瞬间呆住了。

对费其拉而言，此刻站在自己面前的女人和记忆中的样子几乎没有任何变化，尤其那显眼的绿色长发依旧是蓬松而飘逸。只不过她那曾经纤细的身子如今变得匀称而饱满了，而那因为愤怒而显得有些弯曲的眉毛下，还是那一双秀美的眼睛，可惜的是那双美丽的眼睛周围已然有了几许岁月刻下的纹路。也就在两人眼神相交的一刻，那清澈的双眼也一动不动地看着他。

"萨拉美丝……我的老天……真的是你！"费其拉脱口而出，女人也呆住了。

"萨美拉斯？你在叫谁呢？"捷度疑惑地看着费其拉，接着有些狐疑地摸了摸脑袋。

捷度母亲的表情在瞬间闪现出了一种极度的惊讶和欣喜，她迟疑了片刻，忙将手中原本准备教训捷度用的棍棒藏到了身后，有些手忙脚乱地说："费其拉！真的是你吗……你怎么会……突然……"

见捷度的母亲激动得说不出话来，费其拉的喉结动了一下："真的好多年不见，请原谅我的冒昧来访……这些年你们过得还好吧？"

"嗯……是啊，的确好多年了……对了，在这里你还是叫我安娜吧，我已经用这个名字好多年了。"安娜说完这句话有意地用眼睛瞟了一眼旁边的捷度。

费其拉似乎马上明白了她的意思，微微点了点头说："嗯，是啊，当时见到你的时候，你就是这样介绍自己的，安娜，还真是令人怀念啊，这真是一个简单得不能再简单的名字了。"

"妈妈，你这话是什么意思啊？你什么时候改名字了？"捷度好奇地问道。

安娜故意装作没有听见捷度的话，她看见了费其拉背后的棍棒包裹，有些惊讶地问："你背上的该不会是龙刀吧？"

"是的。"关于龙刀的话题和问题，费其拉的回答都很简单。

安娜似乎突然回到了少女状态，她开心地拍了拍手说："这么说来，你终于成为持刀者了？"

"是啊，我已经是龙族第二百零八位持刀者了。"费其拉简单地回答。

"这可是你一直以来的梦想啊！"

费其拉没有回应，似乎是词穷，抑或是有太多的事情他无法在同一时间向眼前的这位老熟人吐露。

"你该不是受伤了吧？流了那么多血。"安娜这个时候突然发现费其拉的衣服上有一些血迹。

"些许小伤，没事的。"费其拉摇了摇手。

"这样怎么行，捷度，你快点跟我进来帮忙，我们得要弄些药给他敷上。"

捷度，面对刚才母亲和费其拉这些奇怪的对话早就已经疑惑不解了，这时候忙问道："这是怎么回事，你们认识？"

费其拉点了点头，接着对安娜说："这是你和加尔纳西的孩子？"

安娜点了点头，但是眼睛还是瞪了一眼捷度，仿佛是说，关于你考试的事情还没有结束呢！

"很机灵的孩子，真的，比加尔纳西那家伙聪明多了，一点都不像他的父亲。"费其拉看着捷度微微一笑。

捷度被这么一夸奖，马上拍起了自己的胸膛，接着又重重地随手拍了拍费其拉的肩膀说："废话，本盗可是你的救命恩人呢！"

"到底是怎么回事？"安娜不解地问。

费其拉正准备说，但是捷度刚才的那个开玩笑的举动让他的伤口再次疼痛起来，安娜见状忙扶住费其拉，又瞪了捷度一眼说："我说你没长眼睛吗？你费其拉叔叔现在受伤了还拍他，还不快点去拿药！"

捷度低头嘀咕了一句："这家伙怎么这么不经弄！这下惨了。"说罢，便只得老老实实地跟着母亲进去找药了。

安娜将费其拉扶着坐下，便带着儿子走进了里屋。他从圆木柜子中拿出了几片绿色的草药，接着一边磨碎一边加入了一些药水和姜片，她做这些事情的时候异常的熟练，而在此期间，捷度站在母亲身边已经添油加醋地将他怎么英勇地救下费其拉的事情经过给说完了。

"遇到这么大的事，以后不许你自己擅自行动。"安娜听完后严厉地对捷度说，可是说完后又有些歉意地看了费其拉一眼。

捷度哼了一声，对着母亲吐了吐舌头说："当时情况紧急，要不是我这沃克兰多第一聪明人，你这龙族朋友的命早就没了。"

"好了，跟你说了多少次别这么狂妄。"安娜将儿子拉到面前认真地说，"我问你，那些人真的认为费其拉死了吗？"

"当然啦，那个不男不女的笨蛋一定会认为他失足落海或者说被他给失手丢下大海了，说不定现在那个家伙还在懊悔呢！"捷度一边说着悄悄探出头看了看外面的费其拉接着问，"你和那个龙族人过去认识？"

"他是你父亲的好朋友，可以说是患难之交。"

"原来是这样，不过他的样子长得难看死了，一点都不像龙，倒是有点像老鼠……"

捷度的话还没有说完，安娜便抬手想教训他："不许乱说话！"

捷度淘气地躲开了母亲的手，安娜一肚子的气没处发，又不想动作太大让坐在外面的费其拉看笑话，便压低嗓门说："龙族的人都长那样，你不许再说不敬的话，他可是龙族的第一勇士，是持刀者。"

捷度立刻装作了大吃一惊的样子，接着挖苦地说："得了吧，你们一口一个持刀者的，我看啊也没什么了不起的，他也就那样，之前还被别人打得毫无还手之力呢！"

捷度的话还没有说完，安娜就用手捂住了他的嘴，对他摇了摇头让他闭嘴！

捷度见母亲的样子很认真，便不再多言，他伸出头，看着费其拉。在壁橱火光的衬托下，他总算看清了费其拉的样子。这位龙族持刀者有一张扁平而瘦削的脸，嘴巴凸起，鼻子就像是长在嘴唇上一样，身高在捷度看来也挺高，精瘦的爪子一直有力地踏在地上。

待草药弄好后，安娜便为费其拉的伤口涂抹了草药。

"谢谢。"安娜帮费其拉包扎好了伤口，他好像恢复了点精神。

安娜坐到了火炉旁的一把椅子上，捷度也蹦跳地搬起椅子撅着屁股扬着尾巴反坐在上面，这孩子将两脚伸长，前臂抱着椅子的靠背，这等坐像的确非常难看，和他母亲那般温文尔雅相比，简直是天壤之别。安娜用手敲了下捷度的脑袋，捷度只得立刻站起身，重新好好坐下。他知道，母亲现在可还拿着自己的把柄，暂时是惹不得的。

"这小鬼可不好带吧！"费其拉微笑地看着捷度。

"嗯，都是这里的空贼把孩子给教成这样的。"安娜叹了口气，"但是……你知道的，我们属于这里，我也没办法……"

"但我觉得这小子挺不错的，"费其拉摸了摸捷度的头，"反正我喜欢！"

安娜微微一笑说："这话等你过两天说也不迟，到时候只怕他闹得让你说不出喜欢这个词！"

"你说得夸张了吧，我觉得这孩子蛮聪明的。"费其拉笑了笑。

安娜无奈的摆摆手："净会耍些小聪明，总之就是不让我省心。"

正向暖炉加柴的捷度听见母亲的话不服气说："不对，我可是沃克兰多第一聪明人！妈妈，你不也这样对我说吗？"

安娜有些歉意地对费其拉笑了笑说："好了，好了，我当时就那么随口一说，你还当真了。你看看你现在，除了说大话还会什么，你丢不丢人……对了……不说倒还忘记了，你自己说说看，你那炼金术考试得了几分，考了几分？你还好意思说第一聪明人，第一聪明人难道考试还不及格，考试还全班最后一名……"

面对着母亲即将如滔滔江水而来的唠叨，捷度知道，这下可说中自己要害了，他忙诡辩道："那成绩不是还……还没公布嘛！"

面对儿子的狡辩，安娜狠狠瞪了一眼说："你还想骗我，之前魔迪已经来告诉我了，炼金术考试才二十分……才二十分！你说说看，你到底丢不丢人！"

捷度心想，又是魔迪那家伙出卖了我，自己真是眼瞎了把他当朋友，但是现在只能够借机脱逃了，他哀求地看了看费其拉，想要他看在自己今天救了他的分上帮自己求求情。

安娜的唠叨一旦开始，就如同泄了洪一般，"你说说看，你妈我每天伺候你，采草药，做药膏多不容易……我当年就算再不济，可也比你这个不争气的家伙强百倍……你说说看，你对不对得起我……"

捷度终于忍不住了，他躲到了费其拉的身后，拉出这道挡箭牌说："妈，今天有客人在这儿，就别说这些不开心的了，你老相识难得来，是吧？"

"安娜，我看这次就算了吧，以后让他好好努力就行了。"费其拉苦笑着配合捷度打圆场。

"不是这么简单，费其拉，你不知道……如果他现在不好好学习，以后就没有办法留在岛上做一些炼金术研究员的工作了，这样的话捷度就必须要加入那帮盗贼集团，有了任务就都必须要出港，那不和他父亲的下场一样了吗？"

说到这里，安娜突然收声，顿时，整个屋子都陷入了一种不自然的安静。

费其拉说道："对了……说起这个，加尔纳西呢，他不在家？"

安娜默默地低下头，眼泪开始在那大大的眼眶中打转。

捷度忙向费其拉摇手示意他不要再讲下去，费其拉知道捷度的意思，忙打岔说："那空贼岛现在怎样？"

安娜忍住泪水苦笑了下说："还不错，自从那次灾变之后，空贼岛比原来好了很多。"

费其拉点了点头，安娜接着说："捷度就在村里的空贼魔导学校上学，他在学校啊，一点也不为他的父亲争光。"

捷度知道，自己的母亲又把话题引到自己身上了，便说："你们慢慢聊，我先去睡觉了，明天还要上课呢。"

"你给我站住！"安娜刚站起身，费其拉朝她摆摆手制止了她。

临走前，捷度突然想到了什么，便停下脚步问费其拉说："费其拉叔叔，你之前说你要来这里找两个人，如果我没有猜错的话，你要找的人是否正好就是我母亲和父亲？"

费其拉点了点头说："不错，你果然聪明，我就是来看望这两位老友的。"

"那么说我的任务完成了？"捷度狡猾地笑了笑。

费其拉点了点头，看着捷度这孩子狡猾的笑容，想起了先前所提佣金一事，不禁心里暗自叫苦。

捷度坏坏地对费其拉笑了笑，极其淘气地说："那么我那一千个金币的佣金你准备什么时候支付？"

安娜这下可火大了，她怒气冲冲地站起身，一把就扭住了捷度的耳朵说："我告诉你，费其拉可是你爸爸的至交！你小子还想怎样，真是没大没小的！"

"哎哟！"捷度挣脱出了安娜的手甩下一句话，"不讲信义，不付佣金，我一定叫你好看！"

说完这句话，捷度就一瞬间跑向了自己房间了。

安娜对着捷度比了一个要揍他的手势，捷度只得愤愤地关上了自己的卧室门。按平常这种情况，捷度今晚是难睡个好觉了。他对炼金术是最不感兴趣的，学的也最差劲，但安娜却认为炼金术是将来最能够安稳赚钱的行业。

因此，固然捷度对费其拉的种种事情再好奇，也怕母亲没完没了的责难暂时忍耐了。

夜里，捷度躺在床上，隐约听见安娜和费其拉谈话时，从母亲的哭声中他知道，一定是安娜又提起父亲的事情了。

我打了一个大大的哈欠，小说看到这里，捷度这孩子还真是淘气，如果放到我们的学校中，也一定是个令人头疼的角色。不过这么轻松就能够赚到一千个金币的好事在我们这个世界有吗？还有，一个有那么多种族的世界，不是比我们这个只有人类的地球要有意思多了吗？不过，沃克兰多也有考试吗？那么炼金术的考试难吗？如果我也在那个空贼岛的学校里面，也能够这么优秀吗？最关键的是，捷度的父亲为什么没有出场，难道是发生了什么不幸吗？

我将手机关机，接着闭上眼睛，脑海中盘旋着无数个关于阿呆小说的问题。嗯，真希望今晚的梦能够让我亲自去沃克兰多看看。

第十七章

经纪人？！

现实中的学校生活和阿呆故事里的沃克兰多世界相比，真的是够乏味的，就算是对于幻想世界的创作者阿呆来说，他的表现也只是现实世界中一个可有可无的缩影。

我认真地记着笔记，讲台上的数学老师讲着一道关于四边形的证明问题，而我身旁的阿呆依旧是那一副树袋熊的样子，倒在桌子上呼呼大睡。

有时候我甚至在想，阿呆完全在学校里面就没有醒着的时候，那么他为什么还要来学校，又或者说，阿呆为什么还要出现在这个现实世界中？他对于现实世界来说就像是空气一样透明，没有人注意他，而他也用一种极端低调的做法企图消除自己在这个世界的存在感。

对，这个家伙无时无刻不在消除着自己在这个世界上留下的痕迹。

我看着周围的同学们，感受着他们熟悉的气息。

大家其实都一样……对，我们其实都是一样的——

一样在上课的时候会带起眼镜抄写笔记做计算习题；一样会在桌上支一本教科书作为掩护，然后偷偷在课桌的抽屉中看小说或者漫画；一样会在上课时候会互相发出"吱吱吱"的暗号，接着会心一笑。

想到这里的时候，我就感受到了后面有人用笔轻轻地顶了顶我的后背。

"把这张纸条传给前面的杨乐。"后排的同学凑近我的耳旁轻声说。

我熟练地接过纸条，然后也用相同的动作敲了敲前面的同学，也重复了那句话。

是啊，这是一种我曾经无比熟悉的校园生活，而周围的人虽然都觉得这样的学习生活无聊，无趣，枯燥万分，但是同样也希望在这一成不变的日子里能够挣脱出去。大家都这样觉得吧，就算挣脱不出命运，也要挣脱出一种个性。

对！我知道了，我们每一个人都在期望得到更多人的目光，得到更多的认可，得到更多能够证明自己存在的证据。

可是以上的种种却有一个例外，唯独一个人和别人不同，这个人对此毫无兴趣，他就是福小萌。

下课后，我坐在课桌上整理今天上课的笔记，而初夏来约我出去买零食吃，也就在我俩刚走出教室的时候，刘子墨从后面追上了我们。

"季节同学，我想问一下，之前的委托还生效吗？"刘子墨神神秘秘地对我使了一个眼色。

哼，这个家伙！前段时间因为阿呆的事情，本姑娘的人气的确是有下降的趋势，而刘子墨竟然对我采取远离的态度，可是现在风波已然过去，大家发现我竟然能够和阿呆那种空气般的人类相处融洽，所以我的人气反倒有了回升，在众多男生心目中的女神地位再次印证了善良这一属性，故而现在的人气方面也还不赖，所以刘子墨这家伙现在又来厚脸皮了，这种见风使舵的墙头草真是令人讨厌。

"什么委托？"我装作不知道，继续拉着初夏的手向前走。

刘子墨忙跟在身后说："当然是调查承诺啊，你忘记了啊，你当时让我帮你调查……"

趁着刘子墨的话才说了半截,我转过身狠狠地瞪了他一眼,把他吓得马上闭了嘴,而初夏站到我前面帮我训斥道:"你还好意思说,都怪你那个调查报告,不知道你这活是怎么干的,竟然给我的大小姐和阿呆惹了那么多麻烦。"

刘子墨忙歉意地笑了笑说:"实在不好意思,我也没有想到会发生这种事情,主要还是因为季节同学在学校太受欢迎了吧,这种受欢迎的程度还真是可怕呢!"

初夏拉了拉我,以一种挑衅的口吻说:"季节,最近听说一个互联网公司在做一期主题为留住青春最美的记忆,征集各校的校花校草评选活动,而你不知道吧?在贴吧里,投票选你当校花的呼声很高哦,所以嘛,有的人当然就像癞皮狗一样贴上来了……"

刘子墨忙义正词严地说:"季节同学,请你一定相信我,我没有丝毫敢吃癞蛤蟆肉的心……哦……不对,是想吃天鹅肉的心……哦……也不对……反正,我也只是尽到江湖百晓生应该有的职责,为你的支持者获得更多关于你的信息而已,况且……有我的帮忙你就更能够保证这校花的位置了……"

我已经不想再听刘子墨这家伙继续胡扯,拉起了初夏的手就准备走,而刘子墨依旧跟在后面不依不饶地说:"季节同学,你想一想,如果要是你成功当选,那么我是做你经纪人的第一人选啊,到时候你出名了,可以接拍广告,还可能挺进娱乐圈,就你的底子,比多少明星都强啊……你别走那么快啊,季节同学……哎呀……到时候我们可以大赚一笔!"

我和初夏一边走一边听着刘子墨在身后的胡言乱语,不禁笑了起来,随即加快了步伐,而刘子墨依旧跌跌撞撞地跟在后面。

"还有初夏,你别以为我不知道,季节的参选信息就是你发的吧!"

"喂喂,你可别乱说啊,"初夏忙狡辩,"我可不知道有这回事。"

"初夏?"我停下脚步看了看旁边紧张到涨红脸的初夏,"这到底是怎么回事!"

"大小姐,我这不正准备和你说嘛,我当时也就抱着试一试的想法把你的信息发上去了,但是你绝对想不到,你的人气可是超级高呢!"

"初夏!你怎么不和我商量就干这种事呢!"

"好啦好啦,人家错了嘛。"初夏拉着我的手央求道。

"好吧，"我无奈地瞪了初夏一眼，接着停下脚步转过头，心里却突然有了一种新的想法，"刘子墨，如果真像你说的那样我倒可以考虑考虑，但是我有一个要求！"

初夏有些迷惑地看着我，对我摇了摇头，意思是让我别和刘子墨这家伙多纠缠，但是我意已决！

"说吧，尽管开口，为了我们的合作，为了进入娱乐圈成为大明星！"刘子墨见我松口，以为自己的说服有了效果。

我撇了撇嘴吧，认真地说："在合作之前，我必须要看看你搜集到的关于我的资料。"

我这句话一说出口，不光刘子墨大吃一惊，连初夏也吓了一跳。

"你的意思是，你想要看自己的资料。"

我点了点头回道："怎么，不愿意？"

刘子墨迟疑了几秒，忙说："当然没有问题……虽然这不合规矩，但是作为你的经纪人，给你看看介绍材料也是应该的。"

"呸，"初夏对着刘子墨比了一个鬼脸，"人家还没有答应，你就经纪人经纪人地叫，真不知道脸红！"

我满意地点了点头，刘子墨接着说："班花大人，下午第一节课我就给您送过来。"

临走前，刘子墨再次叫住了我说道："季节，作为经纪人，我还有一个问题要问你。"

我心想，这人的脸皮能有多厚啊，便随口回了一句："说吧。"

初夏也跟着说："有话说，有屁放，我们还要去买零食呢！"

"其实也不光是我想问，更是你广大的粉丝希望知道……你究竟是不是真的喜欢阿呆那个家伙？"

听完刘子墨这句话后，本姑娘只留给他了一句话——

"滚！"

学校的时光就这样一天天流淌着，而在这期间，每天都发生着许多有趣的故事，遇到有趣的人，虽然生活的主调充满着枯燥和辛苦，但是我现在有了对于另外一个世界的期盼，那是一个和我现在生活完全不同的世界。

中午的时光总是很惬意。过去，我在吃完午饭后都会和初夏一起在操场上散步，或者去校外的小店逛逛；可是现在，我更喜欢坐在体育馆塑胶跑道边的看台上，一边用手机看着阿呆的小说，一边晒着暖洋洋的太阳，而初夏，则捧着手机继续刷手游。

《沃克兰多大陆——未起航的空贼》第六卷　淘气的小鬼

"捷度！你到底是起还是不起呀？在门外叫你多少次了，再不起床就要迟到了。"一大早安娜便如往常一般粗鲁地将捷度从被窝里给揪了起来。

完全没有睡够觉的捷度只得揉着眼睛困倦地走出卧室。

和往常不同，今天的早餐是费其拉从厨房中端出来的。

安娜倒是满脸歉意地对费其拉说："你是客人，还麻烦你。"

费其拉朝他摆了摆手道："我们曾经出生入死，现在我寄宿在你这里，你反倒还和我生分了。"

捷度很清楚因为昨晚跑去山洞玩的关系，今天学校要交的作业他是什么都没做，此刻正在想着鬼点子呢。

三人围着圆桌坐下开始进餐，而早餐非常的丰盛，竟然有两颗卜哒鸟的蛋和捷度最爱的考姜饼。

费其拉边吃边问捷度："捷度，昨天都忘了问，你今年几岁了？"

"正好十岁。"捷度把一块大蛋糕塞进了觜里。

"那么你在魔导学校念几年级？"

捷度大口大口地吃着姜饼，嘴里塞满了东西，根本就顾不上回答费其拉的问题："魔学二年。"

费其拉微微笑了笑："你在学校的许多事你母亲都告诉我了，你还真是一个难缠的家伙呢！"

捷度使劲把嘴里的东西咽了下去，想起自己在学校里那种种捣蛋的事情，一下子激动起来扬言说："但是你要知道，我在学校除了炼金术不行，其他的学科样样第一。"

费其拉好奇地问："其他是指什么啊？"

捷度可来劲了，丢下餐叉指手画脚地说了起来："比如物理攻击术，魔法攻击术，骗术，偷术，我称第二没人敢称第一的。"

费其拉吃了一惊，对于沃克兰多大陆上的魔导学校，费其拉几乎都非常了解，可是在空贼岛的这所学校，这些的确已经超乎了他对学校认知的底线。

"这里的学校竟然教学生什么？骗术？偷术？"

安娜看出了费其拉的茫然，便补充说："这里毕竟是空贼岛嘛……学这些也是必要的，因为和空贼订立了契约，所以，捷度以后必须服从空贼集团的安排，要么当空贼，要么负责后勤补给……我当然不希望捷度以后跟那群人一样在外面鬼混，干些偷鸡摸狗的勾当，所以才希望他的炼金术能够学好！"

捷度听母亲这样一说，便顶撞道："什么叫偷鸡摸狗，妈妈，你怎么能这样说我们空贼，我们空贼岛上的空贼，个个都是侠盗！再说了，以后我才不愿意当什么后勤人员，整天躲在岛上为别人配魔法，配草药的。我要当空贼，一个翱翔在天空中，最厉害的空贼！"

"你敢！"安娜大声喝止住了儿子，"只要老娘还活着，你就休想坐上那些人的飞空艇！你给我老老实实地学习炼金术，以后就留在岛上！"

捷度见母亲真发火了，便不敢再造次，只得低下头将手中的姜饼狠狠地一口咬下，似乎想以这个动作来彰显自己要实现先前话语的决心。

费其拉忙安慰了下安娜，接着打圆场地说："其实学校里面教孩子这些也不一定没用，像捷度这么聪明，加以点拨的话说不定真能成为一名有作为的空贼呢！当然，我说的是成为一名义盗，再说了，如果昨晚不是捷度急中生智，恐怕此刻我已经死了，而龙刀也将落入歹人之手。"

安娜沉默了，没有人知道她此刻在想什么，而整个饭桌上也沉默了。

就在这个时候，门外响起了短促的敲门声，捷度知道是魔迪来找他了。

捷度不愿意去为自己的伙伴开门，而安娜瞪了儿子一眼只得自己站起身去开门。

门外站着一个身高不到一米的小孩。他全身穿着一套布衣，上面用不同的布打了些补丁，头戴一顶长而弯的布帽。而在那一圈帽檐下是一长有细细纹路，憔悴而略显扁胖的脸，在这张奇怪的脸上嵌着两颗无神的黄眼睛，一个长而大的鹰钩鼻下长着一张扁平的嘴，看了就让人想笑，这便是炎魔导士魔迪。

捷度一看到魔迪，心中一阵气愤，想到昨天便是他将自己炼金术的分数告诉母亲的，便大嚷着："怎么，你今天还好意思来约我去上学？你真不够朋友，竟偷偷背着我把炼金术考试的分数告诉我妈，你想害死我啊！"

魔迪一听刚想解释什么，安娜便走到了捷度面前来了一个母子俩的招牌动作，她一把扭住捷度的耳朵，捷度这才明白刚才气糊涂了，竟当着母亲的面说了那些话，现在想来真是后悔莫及。

"魔迪，你先去上学，今天不用等他了，我会好好教训他！"说完，安娜把门一关，将捷度揪进屋，"好啊，你还不知错，敢威胁朋友，你这种不礼貌的态度是从哪里学来的！"

安娜的脸一下气青了，而不知不觉中她脚下地板上竟然慢慢生长出了一条条的藤蔓，而这位母亲想到儿子那可怜的分数，便要大发脾气了。

费其拉见这位老友的大地魔法果然比起当年是有过之而无不及，便忙站起身想要劝住安娜，而捷度也知道，如果这时候再不脱身，那么恐怕就不仅仅是挨母亲一顿臭骂，甚至就是藤鞭伺候了！

"我要迟到了！"捷度说完，一把拿起身旁的硬角龙皮做成的书包就逃出门。

见捷度钻出门后，费其拉忙跨步拦住了安娜，随即微微一笑道："安娜，你就休息下别老生气了，今天就由我去送捷度上学，在路上也和他聊聊，放心吧，我会教育他的。"

费其拉为了掩人耳目，离开前依旧带上了他的那顶红布长顶帽。

一路上，捷度先是夸费其拉如果戴上帽子的话，将他那张蜥蜴脸遮住还稍微好看一些，之后又想要和他扯昨晚上那一千金币佣金的事情，而费其拉根本就没有机会在叽叽喳喳地捷度面前插上话。

而关于佣金，费其拉向捷度保证，一定不会少了他的，只不过推脱说会在合适的时间才会支付给他。

二人穿过了几条浮岛上的街道，一路上，费其拉都在听捷度吹嘘自己在学校的捣蛋"传奇故事"，不一会儿就到了校门口。

空贼岛的魔导学校修建得非常华丽大气，它的外形是带有哥特风格的城堡，而宽敞的校园中漂浮着另外几块单独的浮空地块，而这些地块上面也都修建了不同科目的学院楼，费其拉数了数，光是这些建造在漂浮路块上的学院楼就至少有二十个。学校的大门下面漂浮着几个用魔法墨水写成的大字，"空贼岛陆亚帝斯魔导学院"，单看这碉堡般的校门便让人感到气势不俗。

整座学校现在已经进入了工作状态，而期间的学生只要走到各个浮岛下面的传送区域，就能够直接被传送到每一座学院楼浮岛之上。而此刻，操场里面已经没有了学生，很显然已经开始上课了。

捷度早就策划好了自己的鬼点子。他先假装进了学校，等费其拉已经离开校门后，便准备独自去自己那个"秘密基地"（那个他救费其拉的洞穴）赶作业去。

他心里比谁都清楚第一节是炼金术课，作业没有完成的话那可是要受到重罚的，接下来，不用想也知道，那可恶的炼金术老师倪卡尔一定会把安娜请到学校来告状，而安娜回家后定会数罪并罚，估计自己不光要吃皮肉之苦，就连下个月的零用钱也会被扣光。

如此一来，捷度决定，就算是逃课，也要先把作业给搞定，到时候无非就是多撒个谎给倪卡尔听也就完事了。

第十八章

班花的绝密资料

刘子墨这家伙虽说不讨人喜欢，但是对于他那消息百晓生的外号，他还是对得起的，而做事情也够专业，在下午第一节课前，他就将我要的资料送了过来。

面对着一份关于自己的八卦档案，说实话，我心里的确有些怪怪的，再加上刘子墨那一句让我有不好预感的话，我知道，这所谓的"资料"里面准有什么乱七八糟的说辞。

"给你看可以，但是看完后千万别来找我麻烦啊！"

在我点头答应后，刘子墨才松开了那紧握着牛皮信封的手。

对于白天的学校生活，我现在已经习惯了这种平静的状态，或者说是孤独会更准确些。身旁的阿呆万年不变，整天不是睡觉就是望着窗外发呆。而我也似乎成了独坐的一员，渐渐地反倒觉得耳根清净，少了许多人情事要应付。老班见我能够和阿呆和谐相处，好不容易解决了班里一个大麻烦，所以当然不会轻易调换我的座位了。

课间我推脱了初夏一同去厕所的盛情邀请，如同做贼一般偷偷地从抽屉里拿出了刘子墨"献"上的关于我的资料。

这份资料在我打开后就发觉有什么不对头的地方，因为之前刘子墨给我的关于阿呆的资料只有一张简单的A4打印纸，但是我的这一份却有两张。

季节资料第一版（绝密等级AAAAA，星级：5星）

姓名：季节；性别：女；称号：二年七班班花、学生会副会长；籍贯：江南；年龄：十四岁；生日：11月17日；

性格：温柔大方，时而又调皮活泼，善解人意；

爱好：相当广泛；

特长：学习成绩都保持在年级前五，钢琴顶级，绘画超棒，羽毛球女子校队队长，校游泳队队员；

朋友：交际圈广泛，但最好的朋友应该是同班的初夏。

家庭信息：母亲为江南市科技大学应用化学专业教授，父亲现任江南市第一附属医院外科主治医生兼副院长。

恋爱史：无，但追求者人数至少超过了一百人；备注：初步调查结果为无懈可击的完美女生。

看完这第一张调查资料，我会心一笑，想着本姑娘这么努力地保持形象，果然不失为明智之举，刘子墨这家伙整理得还算是蛮客观的。可是就在我看到第二张纸上的那"修订版"三个字的时候，心里有了一种不祥的预感。

季节补充资料：

作为校花有力候选人季节，经百晓生再次细致调查之后修订了一下资料：

季节资料第二版修订版（绝密等级AAAAA，星级：5星）

姓名：季节；

性别：女；

称号：二年七班班花、学生会副会长；

外号：大小姐；

新称号：喜欢发呆的萌女神；

籍贯：江南；

年龄：十四岁；

生日：11月17日；

性格：在那温柔大方时而调皮活泼，善解人意的背后，隐藏着极强的自尊心和表现欲望。

爱好：凡是能够惹人注目的都愿意参与；

特长：学习成绩都保持在年级前五，钢琴顶级，绘画超棒，羽毛球女子校队队长，校游泳队队员。

朋友：貌似交际圈广泛，其实不太愿意走近陌生人，不知道是自傲或是自卑，其实交际圈非常狭窄，但最好的朋友的确是同班的初夏和同桌阿呆。

特点：自从和同桌——外号叫作阿呆的福小萌同学接触后，整个人的智商似乎下降了许多，经常被线人观察到上课时候发呆，注意力不集中，而近期的作业和体育方面的表现也下降了，似乎有被福小萌给呆化的嫌疑。

家庭信息：母亲为江南市科技大学任应用化学专业教授，父亲现任江南市第一附属医院外科主治医生兼主任。

恋爱史：无，但追求人数已经大幅减少，估计应有五十人左右；

备注：心机婊的背后估计有中二和呆化的嫌疑。

在看这一份修订版资料的时候，我已经被刘子墨那只老乌龟给气得全身发抖了，而在看完最后一个字的一瞬间，我重重地将这张纸给拍到了桌子上。

这个举动产生的噪音估计是震到了一旁正在酣睡的阿呆，他缓慢地抬起头，眨巴着那困倦的眼睛朝我吐了口包含着酸爽的口气，发了声："喔？！"接着便再次睡去了。

可恶！我捏着鼻子躲开了阿呆的口臭攻击，接着将一种极度仇恨的目光射向了刘子墨那只老乌龟。

刘子墨见我怒气冲冲地瞪着他，他似乎是早有了准备，对着我微微耸了耸肩膀，从他那种极为讨厌的神情中，我似乎读出了一种阴谋的味道。

果不其然，放学后，刘子墨告诉我，这第二份修订版的资料他还没有发出去，而我自己就是第一个阅读的人。

我刚松一口气的时候，刘子墨突然露出了那副深藏了许久的阴险样，他压低声调对我说："季节，你现在的选择只有一个，要么和我合作，实现你之前的承诺成为我的同桌，而我呢，会尽全力帮你提升你在校的受欢迎程度，让我成为你的经纪人吧，我一定能够让你争得校花的位置，接下来我们就可以一起捞金……否则的话……"

"否则的话你会怎样？"我看着眼前这个卑鄙小人冷冷一笑。

刘子墨的态度已经变成了一种傲慢，他也还以冷笑道："否则，想要买班花资料的男生可是多得数也数不清哦，光这个我也能够大赚一笔的，而你这第二版的资料恐怕很快就要昭告天下了。"

"刘子墨，你这是在威胁我吗？"

"班花大人，我哪儿敢呢！"刘子墨贼贼一笑说，"我只是诚心诚意地想与你合作罢了！"

听完刘子墨这句话后，我心里把他吃了的心都有了，而面对这卑鄙之人，我捏着拳头，心中挣扎了一会儿，做出了一个可能会让我名誉扫地的决定。

"随你便吧，卑鄙小人！"

说完这句话后，我的心里竟然有了一种长久以来莫名的解脱感，或许刘子墨的报告里写的没错，我的确是个爱表现的心机婊，或许我真的太会伪装自己，太希望在别人眼中能够是一个完美的人。

但是，完美这种东西真的存在吗？

本姑娘已经决定了：我要脱去那些曾经捍卫的所谓的荣誉，脱去那一层层辛苦撑着的面具。我就是我，我就是我自己！

第十九章

初夏的野心

　　初夏和我从相识到成为好友似乎是一场注定的缘分，父亲为我取名为季节，意在希望我的人生如四季一般多彩多姿。妈妈后来告诉我，爷爷说我们孙子这一辈是凤字辈的，所以原本是要我取名为季凤仙的，知道这个名字之后，我真是由衷地感谢老爸英明的决定，若非如此，那我的人生就一定会多个和蟑螂小凤仙一般的外号了。

　　而初夏和我的相识正好就是初一开学的时候，嗯，就是那个夏天开始的地方。

　　初夏是我在初中的第一任同桌，所以，在这初夏的季节，我们两个似乎是注定要相识并成为朋友的。

　　作为闺蜜，我们几乎无话不说，好吧，那是在和阿呆成为同桌之前。

　　因为就连初夏也觉得，我变了。

　　最近几天，初夏的话题总是围绕着那个要举办校花校草选举的无聊网络社交公司，而这种商家玩的把戏似乎让我们这些初中生蛮买账的。

　　初夏虽然也不太喜欢刘子墨这卑鄙的家伙，但是对于他说的生意经却是初夏也很感兴趣的点。

　　初夏认为，这个网站通过拉动学生群体中受欢迎的人群来增加自己的点击量本就无可厚非，而我趁此机会如果能够增加自己的人气走红一把，说不定真能成个公众人物，接下来便有可能接到广告，或许还能被电视剧和电影邀请去演戏，最后甚至会成为光芒万丈的童星。

　　我的回答是，她想太多了，她想太多了。

　　虽然我一再地告诉初夏，她想太多了，但是初夏却回敬我说，我想的太少了。

初夏认为，人生是一定要有梦想的，就算梦想不能够实现，那么至少要有幻想！

所以，初夏现在和刘子墨一样，她要当我那所谓的经纪人，又或者说，她已经强迫我承认她的身份了。

说实话，刚开始的时候，我对于这什么校花选举真是一点兴趣也没有，但是看着这么有热情的初夏，我的脑海中突然涌现了一个不可思议的想法。

对！既然初夏能够帮我，那么我为什么不能帮她呢？如果真的能够成功，真的能够有更高的关注度，那么我也就一定能够帮到她！

有了这样一个秘密计划后，我开始全心全意地认真备战，目标，一定要成为我们学校最有影响力的校花！

每天中午，初夏都会和我探讨她的竞选策略，一方面，初夏收集了全校所有颜值高的男生女生的资料，另一方面，她开始为我设计各种适合我的衣着发型，还好，学校周一至周五只允许穿校服，否则初夏保不准要让我穿汉服或者是cos动漫人物出场也是有可能的。

说起这校服，我们学校的校服和其他学校的校服都一样，无非就是普通的运动服上加印了几个字，但是初夏这家伙的确有一些设计服装的天赋，她在校服外为我搭配了各式的T恤短裙之类的，反倒让这件校服显得不那么古板了。

当然，我和初夏之间怪异的举动也引起了老班的注意，但是作为女孩子，爱美一点，他也能够睁一只眼闭一只眼地过了，反正我们也没太过分。

时光就在平淡的学习和初夏那不切实际的幻想中缓缓流逝，而陪伴我的除了枯燥的课本、快乐的初夏外，还有无聊的阿呆以及他的那个有趣的故事。

《沃克兰多大陆——未起航的空贼》第七卷　龙族怪人

为了不被学院里面那些喜欢多管闲事的风纪委员给捉住，捷度熟练地从学院后山小心地绕出了学校。

穿过林间的小道，捷度正要进昨晚他的秘密基地山洞，却惊奇地发现有人先到了一步。

捷度虽说才是一个刚满十岁的孩子，但是谨慎和小心却似乎是这半兽人小孩血液中流淌的天性。他观察洞穴附近有第二次生火的痕迹，而且空气中还弥漫着一股烤肉的香味。

这个洞穴一直以来便被捷度小心地隐藏着，除了好友魔迪和昨晚自己救下的费其拉外，在岛上根本就不会有有人知道此地！

捷度小心翼翼地走近洞口，探了个头进去看了看，他惊讶地发现，在洞穴里有一堆已经熄灭了的篝火，旁边还有一个人正躺在那里打着呼噜睡觉呢。

捷度顿时大为奇怪，这地方很隐蔽，况且现在的时间魔迪一定在学校上课。那么里面的人会是谁呢？想到这儿，捷度再次探身，这一次，他看得更仔细了些。

洞中之人身材高大，绝不可能是魔迪，但捷度突然注意到那人的脚，不，应说是爪，这可不是兽族会有的脚爪，而是一种类似鸟类的爪子，这种爪子他好似在什么地方见过——捷度恍然大悟，这人的爪子和费其拉的一样。

捷度这才冷冷一笑，心想：费其拉，果然是你，本盗的秘密基地竟被你先占了地方。哼！你之前还欠着我佣金不想给，好吧，我捷度可不是好惹的，看来我得好好地教训你一下。

捷度随即念起魔咒，大地属性的魔法使得洞穴外面的绿色的藤蔓植物开始慢慢爬进了洞中，这些藤蔓像是忽然有了灵性，一个劲地把"费其拉"给缠裹住。

让人没想到的是，"费其拉"虽受到了这次低级别的魔法攻击，但是却依旧躺在地上随意地说："呵呵，你倒是继承了你母亲的血统，小小年纪就有如此的魔法能力，不错，不错，果然继承了一些大地之灵的力量。"

捷度似乎感觉到这人的声音有些怪异，似乎不像费其拉的语调，但听他这样一说还是觉得非常气愤，人没捉弄到，却被打击了一番，便从身上拿出打火石，瞬间点燃了火焰朝"费其拉"身上的那些藤蔓丢去。

"什么大地之灵的力量，我看你是睡糊涂了，那么就让我来给你醒醒瞌睡吧！"

刹那间，藤蔓在失去了魔法的作用下变得枯黄，而火焰也点燃了这些枯黄的藤蔓，接着跳动的火苗顺势烧到了"费其拉"身上。

"哎呀！小鬼，你竟然玩阴的！"

捷度见终于给了"费其拉"一个教训，便放声大笑起来。而可怜的"费其拉"像个被火球包围的猴子，烫得在洞中到处乱窜，忽地，只见他怒吼一声，身上的火全都被自身力量给逬开，朝着捷度飞来，在捷度的脚边引燃了。

这一突然爆发的力量让捷度来不及闪躲，而脚边的火焰也突地窜到了捷度的皮裤上，而自作自受的捷度也只得被这火焰烫烧得如在跳舞一般，滑稽地蹦跳着，可不一会儿，那火却烧上了身，捷度倒也机灵，在地上敏捷地一滚，"费其拉"抬起篝火旁的木桶将其中的脏水倒出，"哗"一下，捷度身上的火苗总算是熄灭了。

捷度这才看清，原来眼前的人并不是费其拉。虽然他也是龙族的人，但年龄却比费其拉要年长许多，而从那两鬓的白发和满脸的皱纹不难看出，此人年事已高。

两人看到了对方那落汤鸡的样子，刚才的火灾让这一老一小的脸和身上全都是被火烧得黑乎乎的痕迹，那怪人的胡子烧黑了，而捷度尾巴上的毛也烧焦了，于是二人都忍不住相视大笑起来。

这种放肆的笑声回荡在这山洞之中，不由得在彼此心里产生了一种奇妙的共鸣。

两人笑到没有力气了，捷度终于开口问："我叫捷度，你是谁？你也是龙族的人？"

那龙族老人笑着看着捷度说："我叫笨蛋捷度，想要作弄别人却作弄到了自己。"

捷度虽有点恼火，但想想，这人也蛮有意思的，都这般狼狈了还能开起玩笑，的确和自己是同类的人，便同样嘲笑说："好，你这个笨蛋捷度的名字中两个字和本盗的名字一样，倒是让你给沾光了。"这话刚说完，两人都相继大笑。

说着，笨蛋捷度用木桶中剩下的水洗了洗脸，指了指让捷度洗，没想到捷度却摇摇手说："多亏你帮我变成这样，洗掉了岂不浪费？"

笨蛋捷度不明白他说些什么也懒得问个究竟，只是躺了下来，学着同样躺在地上的捷度的动作，双手抱着后脑勺，一只脚搭在另一只脚上，捷度笑了笑问他："你到底是什么人，怎么会在这儿？"

哪知这笨蛋捷度也笑着问："你到底是什么人，你怎么会在这儿？"

捷度坐起身说："奇怪，这是我的山洞，我为什么不能来，我是在问你，你到底是什么人，为什么会在这里？"

"奇怪，这是我的山洞，我为什么不能来？我是在问你，你到底是什么人，为什么会在这里？"

不料这笨蛋捷度又重复了一便捷度的话，就连动作也一模一样。

捷度这下可急了："是我先问你的！"

那笨蛋捷度也急着说："是我先问你的！"

捷度想了想觉得这个怪老头蛮有意思的，便挑衅说："你是沃克兰多第一聪明人。"

笨蛋捷度却反应极快地回道："我是沃克兰多第一聪明人。"

捷度想也没想说："我是大笨蛋！"

笨蛋捷度却笑着说："你是大笨蛋！"

捷度无奈地叹了口气，想着自己竟然落了下风，心有不甘，只得叹气说："好好，算你厉害，不和你玩了。"

笨蛋捷度："好好，算我厉害！"

捷度："你还真……真是不知好歹！"

笨蛋捷度学着捷度的结巴样回道："你……你还真不知好歹！"

捷度坐起身挺直腰杆认真地说："你听好了，我才是沃克兰多第一聪明人，天底下最厉害的空贼，无人能敌，天不怕地不怕，当世无双……"

见捷度嘴巴如同念经一般，吧啦吧啦自大地说了一连串的话，笨蛋捷度微微一笑说："你这小鬼，还真啰唆！"

捷度是又气愤又无奈，想想被一个老头耍，真是咽不下这口气，但有无可奈何，只得用手指了指眼前这个怪人便再次有气无力地躺下了。

两人就这样默默无语了三五分钟。这一老一少又都是不能一分钟不说话的人，于是二人开始对峙起来。

又过了几分钟，看来捷度是死下心来绝对不和这怪人说一句话了。

终于，那个笨蛋捷度忍不住开口说："喂，小子。"

捷度这下可高兴，等了好久，终于抓住机会了，他要以其人之道还治其人之身，便也说："喂，小子。"

笨蛋捷度好像无心再闹："就你还小子,我比你老子还大不知道多少轮呢,算了,我不和你闹了。"

捷度说："我偏想和你闹。"

笨蛋捷度知道,这小鬼现在是想以其人之道还治其人之身,便说："好了,刚才算我不是。"

捷度："我可没什么不是的。"

这一次怪人没理他,接着说："我想向你打听个人。"

捷度反问说："你先说说你到底是谁?"

这个怪人笑了笑："不怕告诉你,我就是鼎鼎大名的龙族战士,名叫'龙'。"

捷度讽刺地笑了笑："还鼎鼎大名呢,我没听过,什么龙,是坐骑,还是可以烤来吃的龙肉?哪里会有人叫这种名字!"

"龙就是龙,我的名字就叫龙。"

捷度没有理会他,依旧是跷着腿一副吊儿郎当的样子。

这个怪人撇了撇嘴,又问："你们这儿来了个和我一族的人吗?"

其实捷度早料到他会这样问,他的样子虽然像什么都不在乎,但是内心里已经开始打起了小算盘。捷度早就想到了此人的出现定和费其拉有关,而费其拉的仇家满天,这才不得不来空贼岛躲避,眼前此人非常奇怪,不知他的目的,也不知是善是恶,先试试他再说。

捷度假装不在意地说："我怎么知道,不过像你这样难看的种族,我的确在岛上没有见过,要不你自己去找找吧。"

龙说："小鬼,你真不知道我的名号?我告诉你,老爷我名气太大,不能轻易露面的。"

捷度暗想："此人为何不敢露面?难道是怕什么人认出来,或者是说,他便是来追杀费其拉的,只怕费其拉听见风声逃跑,若真是这样,那么可能他晚上便会行动了,不行,我得探探他的口风。"

捷度突然满脸堆着笑容假装恭敬地说："那好吧,龙前辈,不如我们做个交易吧。"

龙好像非常吃惊,暗念："这小鬼还想和我做交易,看来他是真的没听说过我的名号,不知道我的身份,呵呵,这样正好。"

"好啊,你且说来听听?"龙插着双臂好奇地问道。

捷度从包里翻出些手卷朝龙丢去说:"这是我的作业,看看你懂不懂,会不会做,不懂就别谈了。"

龙随手翻了翻笑着说:"你小子怎么和我年轻时一样,都怕这些个东西,不过嘛,我看看……嗯,这些都是低级的炼金术问题嘛,你还不如我当年呢!"

"废话那么多,你到底会不会做?"

"这倒是简单,我可以帮你搞定这些作业,但是你呢?你交易的筹码是什么?"

捷度往前一凑狡猾地说:"老前辈,您想啊。我是空贼岛的原住民,又是沃克兰多第一聪明人,我去打听总比你容易吧,你呢?只用待在这里等我的消息就好了,当然,你得付我金币,因为这个山洞是我的地盘。"

龙拍了拍手说:"好,在你身上真有老爷我年轻时候的影子,帮你完成作业没问题,借住你这个山洞的钱我也可以给你,但你要保证帮我保守秘密!"

捷度点点头笑嘻嘻地说:"当然,当然,难得遇上你这么个有共同语言的朋友,保密是应该的。"

不一会儿,龙便帮捷度做起作业来,两人边做边聊,捷度突然想起了什么,吸了口气:"喂,刚才我记得你说过一句话,听起来你似乎是认识我的母亲?"

龙不在意地说:"那是当然,你母亲的名号可不小。"

捷度很吃惊:"那么你到底是谁?怎么会知道我母亲的事?"

捷度的话还没说完,龙便打断了他:"你别觉得奇怪,其实很简单,你年纪还小却会拥有很强的魔法能力,而你的魔法属性是'大地之土'吧,地之圣树的魔力对于我们龙族来说是能够分辨的,更重要的是,你身上有你妈妈那特殊的味道。"

"我妈妈的味道,还特殊?"

"对,圣树萨美拉斯的味道,我们龙族能够感觉到守护神树的力量!"

"你在说什么呀,萨美拉斯和我妈妈有什么关系,只不过我的家住在那棵树旁边而已!"捷度瞪大了眼睛,他怎么也无法理解为什么最近遇到的这些人老把母亲的事情和萨美拉斯圣树联系在一起。

"你难道不知道你母亲是萨美拉斯圣树现在的元根?"

此刻，捷度的嘴早就张得老大，露出无比惊讶之色："元根？什么意思啊？"

龙愣了几秒，随即好像突然反应过来似的，故作淡定地说："你个笨蛋，我的意思是原住民的意思，你不是说了嘛，你和你妈妈住在圣树旁边。"

捷度还是有些狐疑地看着他。

龙转过头自言自语地说："原来这小子都还不知道自己妈妈的事情啊。"

"喂喂，你在嘀咕什么呢？"捷度把自己的脑袋凑到龙旁边。

"哦哦！没什么，我是说你的妈妈可算是我的老熟人呢！"

捷度有些疑惑地看着龙，龙看着远方说默默地接着说道："我还认识你的父亲加尔纳西呢。"

这句话再次让捷度陷入了无比的震惊中，眼前的这个龙族怪人，他不仅声称认识母亲，甚至还能够说出父亲的名字，这到底是怎么回事？

第二十章

期中考前的周末

难得的周末，我却要为了准备期中考试而不得不早早起床。

在这场即将来临的考试中，如果我每一科目都能够正常发挥的话，应该能够保住现在年级前三的位置，但是因为最近读书都没有之前下苦功，所以，一些文科需要背诵的内容还是没有百分之百的把握。

我不能够接受自己不上进，不优秀，更不能够接受自己落后。

我把自己关在房间里看了一早上的历史书和复习材料，整个脑子就好像是被妈妈此刻手里拿着的电熨斗压了一遍，昏昏沉沉的。

"宝贝，你看了这么长时间的书了，要不下午就休息休息吧，你看看，外面的天气这么好，出去走走，散散心？"

母亲一遍又一遍地为父亲熨着那件他最爱的西装，而我呢，就对着她这般机械的动作发呆，直到好几十秒后，我竟然才想起来应该回答她。

最近的我是怎么了？为什么总是这样喜欢发呆呢？

"老妈，现在可是大中午耶，你知道外面的太阳有多大吗？"

妈妈停下了手里的活，对着我微微一笑说："当然知道啦，直径139.2万公里，这个数据可要记住了，地理考试可能会考到哦？"

"天啊！"我朝着天花板呼喊了一声，有个理工科的教授老妈还真是悲哀啊。

"对了宝贝，告诉你个好消息，今天下午你表哥要来哦。"

"真的！"听到这个消息，我的内心一阵惊喜。

"嗯，他昨晚就给我打电话了，说周末没什么事过来帮你复习下期中考。"

"太棒了！"我开心地拍了拍手，想着有表哥在，这个周末看来又会多出许多乐子了。

说起我表哥这个人，其实用两个词就能够恰当地将他给"修饰"出来，那就是学霸+无厘头。

首先，今年已经读高中二年级的表哥一直以来都是家人的骄傲，而我这个妹妹也沿着他的轨迹在战斗。他的目标不是清华，就是北大，反正傲上天了。

可是说起这无厘头却似乎和学霸对不上号，因为我这表哥是一个非常有幽默感的人，而这种幽默感也没有让他少吃苦头。

我记得舅妈就曾经告诉我许多表哥在上学时候的囧事，而令我印象最深的一件事是这样的——

一天上语文课，表哥的语文老师问学生投资和投机有什么区别？表哥当场就举手，并理直气壮地大声答道："一个是普通话，一个是广东话！"结果那老师狠狠白了他一眼，而表哥最后的下场是将这两个词整整抄了一本小楷本。

当然，我这奇葩表哥的想法也够奇葩的，还有次，做数学作业，题目是计算家里一个月的用水量，并设计节水方案。我的表哥为了省事，答案倒也简单，他是这样写的：一个月的用水量是五吨，节水方案是：去外面买水。

结果，他的下场没有比语文课的哗众取宠好多少。

想到这么有趣的表哥下午就要来了，我的心里真是充满了期待呢。不过，现在还早，我准备先回房间，看一篇阿呆写的故事，然后睡上一个舒服的午觉，等到下午表哥来，得让他好好教我解一些几何的复杂证明题。

08

《沃克兰多大陆——未起航的空贼》第八卷　朋友？

关于自己父亲的事情，母亲很少对捷度提起，就算是偶尔说起过，那也仅仅是只言片语的描述。捷度只知道，自己的父亲加尔纳西曾经是兽族的外使，在被流放之前曾经为了和平而在沃克兰多各个种族之间斡旋，母亲总是说父亲为整片大陆的每个种族都贡献过自己的力量。

而对于自己父母为何会来到空贼岛定居的原因，捷度不知道，母亲从不和他讨论这件事，甚至是闭口不言！也就是在捷度六岁那年，他人生中第一次深刻地体会到了人生离别苦难。那一年，父亲接到盗贼团一个任务，这一去便再也没有回来。最后，空贼团的牺牲者公告上出现了加尔纳西的名字。那一夜，安娜痛不欲生。丈夫的死，几乎摧毁了这个女人活下去的全部勇气。看着悲痛欲绝的母亲，捷度只得将父亲的牺牲以一滴滴的眼泪刻在那稚嫩而幼小的心里。

死因不明，或者说，空贼团的任务都是绝对保密的，在这种极为秘密的组织中，一个人的死活早已是家常便饭，没有人会太在意，因为，自从踏上空贼岛的那一刻，每个人都做好了随时为了佣金而付出生命的准备。

自从在牺牲榜上看见自己父亲名字的那一刻起，捷度就下定决心，他一定要快点长大，快点变得更强大，他一定要查明父亲的死因，为父亲报仇！好在虽然铭记着这份不知哪里是源头的仇恨，但是捷度依旧快乐而坚强地生活着，他虽然年小，但是他知道，只有自己能够快乐一些那么母亲的眼泪才能够少流一点。

而现在就坐在自己面前的怪人——龙却说认识父亲，捷度当然应该疑惑，而且在这些疑惑中还萌生了一丝惊喜，难道这么快就能够得到更多关于父亲的消息吗？

"小子，发什么呆呀，给你，作业帮你搞定了。"

龙把羊皮卷制成的作业本递给捷度，捷度接过来，将作业放回书包中，便坐到了龙的身旁问道："龙前辈，你和我爸是不是很熟？"

"不是很熟（捷度的脸色突然失望起来）……而是非常非常的熟！"龙有些

故意吊捷度胃口地说。

捷度一听，一脸惊喜地将身子向龙凑近了，更加客气地讨好说："太好了，龙前辈，那你告诉我一些我爸的事好吗？"

龙看着捷度这么期待的样子，有些试探性地问道："你父亲的事情还没有办完？"

"我父亲的事情……你不知道吧，我父亲在几年前就已经死了。"

"哦……看来这小鬼还不知道。"龙小声地嘀咕了几句。

"龙伯伯，你说什么，说大声点啊，什么我不知道？"

"不……不……你父亲不是已经死了嘛，死了的人还有什么好说的，不说啦，不说啦，否则勾起伤心事来让我这老人家又伤感！"

"你就告诉我一些父亲生前的事情吧。"

"不好……不好意思啦，我刚才突然全部都忘记了。"龙闭着眼睛故意打了一个大大的哈欠。

捷度急了："你这个骗子，你刚才不是明明说和他很熟的，怎么会忘记嘛！"

龙摸了摸捷度的头说："小鬼，有些事你不该知道的就别知道了，等你长大了就会懂的……好了，现在我要睡觉了……呼……你可别忘了兑现承诺，帮我打听在岛上的另外一个龙族的事情。"

说完，任凭捷度怎么闹腾，怎么纠缠，龙都只是躺在地上呼呼大睡，不再理他。万般无奈下，捷度只得先去上课。

当捷度回到学校时，已经上第二节课了。捷度到了魔咒教室门口，吸了口气一连做了十几个跳蹲。这样他便能够很自然地、气喘吁吁地走进教室。

"捷度，你今天又迟到了，我倒要看看你今天的理由是什么，别告诉我你又掉水里或者又被基姆校长安排秘密任务了。"屋里一老者怒视着大摇大摆走进来的捷度。

"维尔克门先生，今早真是危险，商业街那边发生了火灾，我正好路过，所以就去帮忙啦……你看，我现在好不容易才赶过来！"捷度夸张地张着嘴喘着粗气。

全班一阵哄笑，觉得捷度这次迟到的理由也太夸张了点。

老者凝视着捷度，看着他身上有被火烧的黑乎乎的痕迹，只得不满地点点头，示意捷度进去。

老者接着走到捷度座位前没好气地朝他要作业，捷度"嘿嘿"一笑爽快地给了他。

这位老者叫维尔克门，是学校魔咒课的老师。他鼻子上的那副不断变换的眼镜后面几乎没有人能够看见他那可以喷出火焰的眼睛。这位魔咒课的老资格教师喜欢留着长长的白胡子，或许这样更能够显出一副学识渊博的样子。在圣典里，魔咒有九个级别，其随着魔咒师等级的提升显示在手臂上的魔法纹章便会加深。如此一来，看维尔克门手臂上那浑厚的映迹最少也是第七等级魔咒师了。

"大家都知道每个人的魔法属性是与生俱有的。"维尔克门重新走回讲台，"请问谁能回答下现今世界中蕴藏着几种魔法属性？"

一个人类男孩举起手，维尔克门点头示意他回答，他站起身答道："沃克兰多世界现发现的自然属性共有七种，分别为火属性、水属性、风属性、冰属性、光属性、地属性、暗属性。"

维尔克门点点头，示意他坐下，接着说："希尔回答得很好，请课代表帮我给他加上五个平时分。好了，现在谁能告诉我，属性的决定因素有哪些，以及各属性的用处是什么？"

一个兽族女生站了起来。她长得像一只金丝鼠，毛茸茸的、垂下来的长耳朵遮住了一点眼睛。女生大声地说："属性的决定因素有很多，诸如根据自身种族而定，或者是所生长地方的魔石磁场也会对属性的生成产生影响，亦有可能是经过魔石爆炸产生波动而出现，但大多生物都只有一种属性，至于用处……那就……"

维尔克门抬起手打断女生的发言，对着教室的一角怒骂道："捷度同学，请你在我的课上至少学会闭上你的臭嘴。你能别再和旁边的比卡尔说话吗？还有，我说过多少次了，不要把你那双臭脚放到课桌上。你们两个人如果再在我的课上说一句废话，下课后都给我去刷厕所！"

"老师，请你说话文雅点行吗？这可不符合您博学者的身份。"捷度朝他翻了个白眼。

维尔克门再次瞪了捷度一眼，便转向那个女生，恢复了平常那和蔼的微笑，说："不好意思，安可妮，请继续。"

那女生也埋怨地看了捷度一眼，接着说："属性分布在世界的每个角落，我们可以利用各种自然属性的特点而发动魔咒，而在要发动魔咒的时候就要用自身的念毅力量来集中周围的属性元素，从而发动魔咒。"

"非常好，请坐，我们同样要记得属性的特点，具有相克性，如水克火，土克水，火克土等等，属性也具有相辅性，如风辅火，冰辅水等。好了今天的作业是……"

终于下课了，捷度感觉如果再听着维尔克门这老头念经一样的课程，他真的快要崩溃了，什么魔咒理论课嘛，这种东西直接实战就好了啊！

捷度舒服地在自己的座位上伸了个懒腰，准备起身赶往另外一间教室去上草药学的课程。

这个时候，矮小的魔导师魔迪正想去向捷度解释昨天透露捷度分数的事，但是他刚站起身走到捷度的面前，捷度却理也不理他，站起身从他身边走过，对于魔迪的不讲义气，捷度现在已经将魔迪直接当成了空气。

魔迪那黄色的麻布高角帽檐也无法遮挡这男孩眼中的失落，而就在此刻，迎面却走来了两个他最不愿见到的人——拉皮尔兄弟。

拉皮尔兄弟这对捣蛋鬼在班里的不受欢迎程度绝对远远在捷度之上。如果说天性玩世不恭的捷度还只是喜欢闹一些小小的恶作剧，那么拉皮尔兄弟的开心点就是完全建立在欺负班里其他同学之上了，而拉皮尔这对人见人恨的讨厌鬼最爱欺负的人就是个子矮小，性格懦弱的魔迪。

他们曾经将自己欺负别人的杰作排了个名，而魔迪就是在他们欺负之下的前三件杰作，或者说，他们几乎每天都会趁着捷度不在魔迪身边时想方设法地欺负这个可怜的小炎魔导师。

小拉皮尔一把扯掉了魔迪的帽子，接着熟练地将帽子在他的食指间旋转起来。

"哼哼，看来你和捷度那家伙闹矛盾了，是不是？"

魔迪比小拉皮尔在身高上矮了许多，所以，魔迪只能够如一只松鼠般蹦跳地去争抢自己的帽子，而这个画面也让周围的学生爆发了嘲笑声。

学生间的这种看热闹似的冷漠嘲笑让小拉皮尔更加肆无忌惮起来。他将魔迪的帽子狠狠地套到他的脑袋上,接着用力一压,嘶啦一声,帽子破了个洞,直接从头上穿过,继而套到魔迪的脖子上。

"这个样子就更好看了!这样才叫作戴帽子啊!"小拉皮尔狠狠地捏着魔迪那长长的鼻子,盯着魔迪的眼泪说。

"现在没有人敢为你出头了吧,你小子,我有说过让你帮我们把作业弄好吗?你知道昨天你帮我做的作业错了一题吗?"

"可是……可是……明明是你让我故意帮你做错一题的。"魔迪有些委屈地说。

"但是,我不是说过,你自己的作业要全部做错吗?"大拉皮尔狠狠地一把揪起魔迪的衣领,"你竟然全部都做对了,你是不是皮痒了!"

魔迪被这一弄,吓得全身打抖,而眼泪更是唰唰止不住地流淌下来。

大拉皮尔大咧咧地坐到了魔迪旁的桌子上,小拉皮尔一手扶着魔迪另一只手在魔迪作业的书卷上乱画,兄弟俩嘲笑地说:"你的作业完成不错,我再帮你添几笔!哈哈……这样不好看多了嘛!"

面对着拉皮尔兄弟糟蹋自己作业本,魔迪只得低下头,而另一边,刚走到了教室门口的捷度,早就已经气得全身发抖,他捏着拳头,想着,虽然魔迪向母亲出卖自己的考试分数,但是最终还是不能不管这家伙,自己还是狠不下心来任凭魔迪被拉皮尔这两混蛋欺负!

大拉皮尔已经准备将魔迪的作业本给撕了,而这个时候,捷度手中的匕首已经架到了他的脖子上。

"你……捷度……你小子掏武器想要做什么?你难道想要无视校规,想要被开除?"站在一旁的小拉皮尔看着一脸杀气的捷度,语调突然颤抖起来。

"老子今天心情正好糟透了,你们俩还来我面前凑……反正这么长时间了,老子管这家伙的闲事也管烦了,不如今天就来个了断!"

"你……你先把武器放下来,"大拉皮尔看着自己脖子前那锋利的刀刃,哀求道,"有话好好说……"

"你到底想怎样!"小拉皮尔质问道。

捷度对着这两兄弟冷冷一笑说了一句让在场所有人都倒吸冷气的话:"我们按照空贼的方式来解决,我申请决斗!"

第二十一章

奇妙的梦!

阿呆的小说总是能够让我暂时地忘却现实世界中的烦恼和期待。在这章精彩的故事过后,一阵困意向我袭来。我斟酌了一下,还是决定补补觉,为下午表哥的来访养足精神,我放下了手机换上了睡衣。

我将最爱的Hello Kitty的粉红窗帘拉起,在那布料透过的温柔的阳光中躺下身缓缓睡去,不知道睡了多长时间,我的意识开始渐渐清晰起来。

在梦中,我看见了一个漂浮在海边的小岛,小岛上面有着茂密的植物和一股清澈的泉水。在这座浮空的小岛上面,还悬浮着其他几座较小的空岛,上面较小的那一些或者是空岛的防御瞭望塔,或者是安装了火炮的防卫塔,而那些大一些的空岛便可能是集市或者是魔法学院的教室。

天啊,我竟然又梦到了阿呆创作出来的那个世界,那个叫作沃克兰多的世界。

我转过身,发现自己的背后竟然长出了一双如同蜻蜓般透明的翅膀,而扇动着翅膀,我已经能够自如地在这广袤的世界中飞翔了。

我努力地加快速度,朝着魔导学院飞去,我要去那里看一看,心里想着,如果我运气好的话应该能够赶上那场决斗。

《沃克兰多大陆——未起航的空贼》第九卷 决斗的规则

在空贼岛上,决斗这个词不是能够被轻易提起的。

因为这个词的分量很重,而决斗双方为此可能会付出极为惨烈的代价。

决斗，在空贼岛上是一种解决个人恩怨和纠纷的最公平的形式，也符合空贼一贯对内部问题简单粗暴解决的习惯。空贼岛的决斗规则适用于岛内的任何一个人，包括死刑的犯人或者是背叛空贼集团的叛逃者。

如此看来的话，还在魔导学院上学的小空贼们当然也在此范围之内。

而这一次，捷度为了要彻底给拉皮尔兄弟一个教训，竟然提出了决斗，而这种决斗哪怕是发生在孩子身上也将会是以命相搏的残酷战斗。

空贼岛魔导学院的武道馆就漂浮在整个学院的正中央，而这里，也是整个空贼岛用以决斗的场所。武道馆的面积差不多能够容纳两百人，而漂浮在周围的还有连接着下岛传送门的观战台，而环绕在武道场边的六座观战台几乎可以容纳整个空贼岛的居民。

此时此刻，武道馆的大门口，身为馆长，亦是魔导学院武学教师的刚博，正用一贯严肃而略显古板的目光凝视着四个孩子——四个来此提出申请决斗的孩子。

刚博扫视面前每一个人。这些孩子的身影如同雕塑般凝刻在他那双没有感情的瞳孔中——他们中一个在嬉笑、一个在犹豫、一个兴致勃勃，最后一个在不住地颤抖和掉眼泪。

刚博不光在空贼岛上有名，就算放在整个沃克兰多大陆也绝对算得上是武学大师。这位今年刚满五十岁的兽族格斗士，除了长了一张满面金毛的虎脸外，那长长的虎尾和锋利的爪牙也无时无刻不在昭示着自己傲人的实力。虽然按照空贼岛的惯例，年满五十岁的空贼就将退役，可是，这个规则对于刚博来说，明显不适用，他曾经对魔导学院的校长基姆说过，他要战斗到死。

荣誉，这就是空贼岛第一勇士刚博一生在捍卫的信仰。

此刻，这个空贼岛中最强的战士站在四个孩子面前的确给人们一种极强的违和感，而他那根系在头上的红色丝带随风飘动，如一面战旗，而这根红色的丝带上面的红色，便是一个个对手的鲜血染红的！而这面战旗之下的刚博仿佛就是一面永远都无法推翻的贴墙。

"你们想要申请决斗？"刚博的语气平静而有力量。

拉皮尔兄弟俩强忍住紧张跳动的心装作不在意地说："当然，我们可都是空贼，怎么可能会来开玩笑！"

刚博又看了一眼捷度和魔迪，用眼神再次征求了这两个孩子的意思，捷度摆了摆手说："这两个家伙实在是烦人得要命，我这次来就是要和他们做一个了断的。"

捷度说完用手拉了拉身旁的魔迪，但是魔迪依旧低着头隐隐地哭着。

"决斗的规则你们都知道了吧？"

拉皮尔兄弟点了点头，而捷度则满不在乎地歪着脑袋咂了咂嘴。

刚博的表情没有一丝改变，他转过身说道："决定好的话，就跟着我去挑选兵器吧。"

就在四个孩子跟着刚博走进武道馆之后，之前跟着来看热闹的学生们也全都一哄而散，纷纷从传送门穿过，在整个空贼岛上开始大肆地叫嚷和宣传。

"大家快点来啊，有人要决斗了，是我们班的学生哦！"

"这次决斗的竟然是低年级的学生，他们也太放肆了！"

"是啊，这些后辈们也太不知天高地厚了，看来以后我们得要给他们点颜色瞧瞧！"

"快点来捧场，否则拉皮尔兄弟赢了之后一定会给我们好看的！"

"捷度和魔迪那两个家伙是不是想死啊，竟然敢和拉皮尔兄弟挑战？"

"对啊，真不知好歹，难道他们不知道拉皮尔兄弟的父亲？那可是空贼团中有名的镰刀死神啊！"

……

不出半小时，差不多整个空贼岛的人都已经知道了这一场关于四个低年级魔导学院学生的决斗。

还在浮岛集市广场上闲逛的费其拉听说了这个消息，忙拦下了一个孩子问决斗者的名字，而在确定就是捷度和魔迪的那一刻，他急忙动身赶往魔导学院的武道馆。

在武道馆的观战台上，费其拉总算在人群中找到了已经紧张到目光呆滞的安娜。安娜刚知道这个消息的时候差点就晕厥了，而现在，她那红红的眼圈明显是才哭过不久，而费其拉则没有说一句话，只是安静地站在了安娜身旁，接着将目光转向了格斗场中。往昔的那段回忆再次浮现在自己眼前，而当初的自己也是在这座格斗场中差点丧命在对方的剑下，也就是说，无论是费其拉还是安娜，他们都知道决斗的可怕，也亲眼看见过输了决斗的一方被各种欺凌而落得悲惨的下场。

其实对于捷度来说，这场决斗他未尝不是充满着恐惧和紧张，但是这也是他人生中的第一场决斗，他必须沉住气全力以赴，不能够在决斗前就露出破绽，他必须装作非常冷静沉着，可是看着身旁吓得连话也说不出来的魔迪，捷度知道，这场决斗或许真的要以一敌二了！

"咚咚咚————"

武道馆前的钟声已经打响了，而这个钟声预示着决斗即将开始。

此刻的观战台上已经聚集了黑压压的人群，空贼岛上的空贼和家属们没有人愿意错过任何一场决斗，也不愿意失去任何一个以后的谈资或者传奇的故事。各个种族之间的矛盾或者各个集团之间的纠葛在决斗之时都可以放一放，先观战再说！这种以命搏命的战斗绝对能够满足这些空贼的猎奇之心，也绝对是消磨时光的好事，而空贼们认为最有趣的应该是战斗结束后对于输掉一方的惩罚。

关于战后的惩罚，胜利者总是能够想出五花八门的主意，比起最残忍的比如将失败者以各种极端的方法处死不同，居民们更乐意看到将失败者丢到比渡鸟的巢穴中待上一天，以至于浑身都沾满充满腐蚀性恶臭的鸟粪或者是用失败者当作鱼饵去钓一条巨尾魔鲸鲨这样有趣的尝试。

刚博将四个孩子带往决斗场的中央，指了指放在四周的武器架说："决斗将在十分钟后开始，你们现在可以挑选称手的武器了。"

费其拉见到了久违的刚博，心想，这家伙还真是一点都不显老，光着的上半身依旧是结实的肌肉。接着，费其拉的目光集中到了另外两个孩子身上。拉皮尔兄弟是空贼岛上不算太多的人族小孩，俩兄弟都是光头，也都长着一副让费其拉似曾相识的样貌。一旁的安娜稍稍平复了一些情绪，对费其拉说："这两个男孩可是凯萨的孩子啊，他们的武艺一定比捷度强……而且这场决斗就算是捷度能够碰巧取胜可还是不免会得罪凯萨，捷度这孩子怎么就是不让人省心啊！"

"那两个是凯萨的儿子？"费其拉恍然大悟，"难怪我总觉得是在什么地方见过，原来是死神镰刀凯萨的儿子！"

费其拉抬起头在人群中四处张望，他在寻找那个叫凯萨的人，那个曾经和他一起并肩战斗过的人。

在不远处的看台上，费其拉总算是发现了那个熟悉的身影，而凯萨还是和几年前一样，除了多了几缕白发外没有什么改变，仍旧是披着那条白色的长围巾，目光猥琐，带着流氓式的笑容，左右手分别搂着一个人类女人和一个精灵女人。

"有意思。"费其拉将目光再次移到了决斗场上。

"你说什么？有意思？角斗场上的那个可是我儿子！每次有决斗的时候，我都祈祷捷度那家伙千万不要出现在那上面！可是……可是……我似乎知道，捷度这小鬼不省心，一定会惹祸的……只是我不敢相信，他竟然在这么小就站上了决斗台！"

费其拉拍了拍安娜瘦弱的肩膀，安慰说："捷度是你和加尔纳西的儿子，难道你对他没有信心吗？听着安娜，这个孩子注定会是一名战士，或者说，是一个比他父亲还成功的空贼，你要对他有信心！"

安娜将脸偏向一边冷冷地说："我从来就不希望他成为一名像你们一样的战士，最后的结果能怎么样，和他父亲一样吗？连死都找不到尸体吗？不要，我只要我的儿子能够活得平平安安。"

加尔纳西看着安娜的眼泪，只得叹了口气。

在武器架前，捷度左挑右选了几分钟，最终还是决定放弃飞镖和铁锤，而是选择自己平时用得最多的单手剑，可是单手剑的大小对于这个孩子来说却只能像大剑那般双手持用。

而拉皮尔兄弟俩同时毫不犹豫地选择了和自己父亲相同的链锁镰刀。这种镰刀是一种极为灵活的武器，结构上来说是一根铁链连接着两把弯刀，此兵器既能够近战，也能够在远程的时候投掷出去，若是加上魔力的控制，甚至还能够在弯刀飞舞的过程中控制住方向，狠狠地攻击对方。

捷度看着旁边已经吓尿了的魔迪，突然用手拍了拍他的后背，希望给他鼓励，可是殊不知，这一下却让魔迪"哇"的一声大哭出来。这一下，看台上的观众们可都乐了，嘲讽之声瞬间淹没了人群。

捷度心里觉得真是丢人，看着身旁越哭越来劲的魔迪吼道："你到底要哭到什么时候，这场决斗还不是为了帮你摆平那两个混蛋！"

魔迪哼哼唧唧地说："可是……我不愿……"

魔迪话还没有说完，捷度一把就捂住了他的嘴，然后恶狠狠地说："我警告你，不许退缩，否则以后我再也不会帮你。你这一次是想上也得上，不想上也得上！"

魔迪哭得更剧烈了，而捷度站起身，随手挑了一根橡木魔杖塞到魔迪手中。

就这样，在捷度的拉扯下，魔迪跌跌撞撞地走到了角斗场中央，而此刻，决斗的双方都已经就位了。

刚博抱臂站在角斗场中央，大声地宣告规则："今日的决斗将按照空贼岛古训所写，决斗双方只要不破坏到空贼岛结构的稳定，可使用任何的武器和招式计谋，决斗时间不限，直到其中一方死亡或者认输为止。若双方中任意一方出现了死伤，日后亲友不得寻仇。若是认输，输者必须承诺赢者一件契约，任何契约，若无法实现则除以死刑！"

刚博的话刚说完，安娜就觉得血一下子冲到头顶。若还不是费其拉扶了她一把，她真的要昏过去了。

刚博对着四个孩子说："你们是否想说说这次决斗的理由。"

大拉皮尔说："捷度、魔迪，你们放心，就算是我们兄弟俩赢了，也不会拿你们怎么样的，只是以后你们就是我俩的仆从了，终生都得听我俩使唤！"

小拉皮尔忙迎合说："对对，你们别怕哈，我们不会要你们命的。"

捷度冷冷一笑，心想，这两个家伙看来也是心里没底，说不定此刻心里也害怕得要命，不如我乘机吓吓他们，这战前震吓应该会有点作用。

捷度说道："看不出来你们俩还挺仁慈哈，不过，我告诉你们，我可不喜欢这种扭扭捏捏的说辞，你们听好了，这一场决斗，我的目标只有一个——就是让你们死！"

捷度这句话才说完，他看着拉皮尔兄弟脸上瞬间没有了血色，他知道，这恐吓起到作用了，而魔迪也因为捷度这句话而吓得连哭都忘记了。

在这个梦就要到紧要关头的时候，我突然感受到一个目光，我眼前的空贼岛开始变得模糊，而空贼岛上那些观众也变得越来越少，而决斗台上的四个孩子也缓缓地从我眼前消失了。

我懒洋洋地睁开了眼睛，看见了那个熟悉的笑容，嗯，这个笑容和窗外的阳光一般温暖。

"喂，你这睡相还真是难看啊！"

"啊！"我忙一头坐起身，看着坐在我床旁的表哥，困意瞬间消失，"表哥，你什么时候进来的？"

表哥笑了笑说："我在客厅里等你好久了，实在等不及，所以就进来看看你这小懒猪要睡到几点，不是要突击数学吗？"

"可是——难道你不知道不能够随便进女生的房间吗？"我有些抱怨地对他说。

"好啦，好啦，"表哥的脸上有了一丝歉意，"呦呦，我们家的大小姐长大了，会不好意思啦！"

我突然有些后悔这样说，毕竟表哥从小和我一同长大，我们这第一代独生子女，也只有这些堂表兄弟可以陪伴，甚至比亲生的还亲，而我和表哥的关系更是非比寻常，便撒娇地说："不是啦，表哥，你别生气，我只是埋怨你看到我睡相啦！"

表哥拍了拍我的脑袋，站起身准备走出我的卧室："好了，快点起床吧，否则剩下的时间可来不及教你数学的必杀技啰！"

"嗯，"我从温暖的被窝里钻了出来，穿上拖鞋，跟在他身后，"表哥，你今天可得要把所有的秘籍都教给人家哦！"

第二十二章

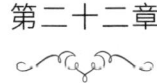

连表哥也沦陷了

一个午觉让我整个人的精神都为之一振，面对即将和表哥一同展开的期中冲刺复习，此刻的我也是信心百倍。

看着表哥认真给我讲题的样子，我的心里暖洋洋的，哦，关键是，谁叫咱表哥是正牌暖男呢？

表哥的名字叫肖星辰，是江南第一高中高二的学生，明年也就要参加高考了。因为本姑娘家族优秀的基因，所以，我的表哥当然也绝对是帅哥一枚。不过，因为表哥的长相是属于那种书生学者型的帅哥，所以虽然戴了一副超厚镜片的眼镜，但也无法遮掩他那文质彬彬的气场。

我总在想，以后如果哪家姑娘嫁给了表哥，那也一定得有才有貌才般配。

看着表哥那认真的侧脸，我竟然一下想到了一个人，不错，就是本姑娘那不争气的同桌阿呆。

其实，阿呆的侧脸从视觉角度看的话，一点都不比表哥的差，和表哥这张棱角分明的脸相比，阿呆的侧脸更加圆润一些，弧度也更加好看。当然，大部分情况下，阿呆那家伙整天都趴在桌上睡觉，而脸上总是被压得红彤彤还沾着口水。

那么说起眼睛呢？表哥的眼睛虽然近视，但是在那睿智的眼神中却透着理性和一本正经，而阿呆那家伙的眼睛虽然没有近视，也算长得又大又亮，只不过就是无神，整天都是睡眼惺忪完全就没有一点吸引力。

"喂喂，我说你怎么又发呆了，才讲了两道题我就提醒你两次了！"表哥突然用笔头敲了我脑门儿几下。

"老哥！"我假装很痛的样子，调皮地对表哥吐了吐舌头，"你干吗打这么重呀！"

表哥或许是发现在和我补习的时候我总是发愣，便脸色有些不好看起来："难怪最近舅妈说你喜欢发呆，老觉得注意力不如原来集中了。"

"妈妈真有对你这样说吗？"听表哥说完后，我知道母亲在背后说我坏话，告我小状，心情立马就不好了。

表哥或许是意识到不该告诉我，便支支吾吾地说："也不是啦，主要还是担心你的成绩，因为明年你就要中考了，难道你不希望能够考一所好的高中吗？"

"我也当然希望了……可是表哥……"

"好了，那就打起精神来，我看你老是分神，是不是有什么心事，还是想着哪个男生？"表哥似乎是为了缓解下气氛，对我调侃道。

"哪里有！"我双手叉着腰愤愤不平地回道，"倒是表哥你，我可都知道，你现在已经有女朋友了！"

"什么！？"被我将了一军后，表哥的脸色一变，一瞬间有所迟疑，但随即否认道,"瞎说!"

我嘻嘻一笑,接着吐槽道:"老哥,你在学校也算是名人,你的事情在贴吧里传得沸沸扬扬,难道我会不知道吗?要我告诉你那个女生的名字吗?那个女孩的外号是不是叫梅子?"

表哥的脸上抽动了几下,接着无奈地笑了笑说:"好吧……我投降了……你可别到处乱说啊。"

我看着表哥尴尬的样子,心里有些过意不去,便低下了头。

"你还没有和家人说吧?"表哥突然小声地问道。

"嗯,我当然会保密的,可是你们学校的贴吧和论坛上都传遍了。"

"那倒没关系,家里人都不会去看那个的。"

在短暂的沉默后,我有些好奇地问道:"表哥,那个女生很优秀吧?"

在一瞬间,表哥的脸上露出了一种莫名的幸福感,他微笑地点了点头说:"嗯,比我要优秀多了。"

"比表哥还优秀?"我有些不敢相信地反问道,"那个女生长得很漂亮吗?是不是学习成绩很好?也和表哥一样喜欢看书吗?"

表哥摸了摸我的脑袋说:"好了,等以后有机会的话我会给你们介绍的,到时候你有什么问题亲自问她吧。"

"切,"我对他比了个鬼脸,"你明显就是打发我!"

表哥故意咳嗽了一声说:"好了好了,怎么突然扯到我身上了,明天要期中考试的人可不是我哦!"

"知道啦!"我抱怨了一句,重新拿起了面前的笔对着表哥出的那道等腰三角形的证明题开始标注起了作图符号。

表哥在这个时候突然冷不丁地冒出了一句话:"那么季节刚才想的那个男孩子应该也挺优秀的吧!"

因为我难得把注意力集中在题目上,所以对于表哥的这个问题我想都没想就回道:"才没有呢!那个家伙就是一个整天上课只会发呆和睡觉的白痴!"

啊!我刚才说了什么!当我抬起头,迎接我的是表哥那一脸狐疑的目光。

"整天只会发呆和睡觉?"表哥若有所思地回道,"季节,你对那种不上进的人感兴趣?"

我忙摇着双手说："不不不！没有的事！我怎么可能对那种家伙感兴趣！"

表哥接着将桌前的纸笔朝旁边推开了，正言道："那好吧，你现在必须和我说说这个人，比起你明天的期中考，我更关心你最近的生活上到底发生了什么。"

"老哥，不用这么夸张吧，其实真的没什么，只不过遇到了一个无聊的人罢了！"

"说吧，否则我可就要自己去调查了！"表哥的回答很简单，我能够感受到他那认真的目光背后的担忧和对于他这个宝贝妹妹的关心。

我叹了口气说："好吧，但是你要保证，不许和家里人说哦！"

"放心吧，"表哥对我微微一笑，"你不也拿着我的把柄吗？"

"好狡猾！中了你的圈套了。"我抱怨了一句。

在之后，我便将四月一日那一天自己怎么脑残地做出那个荒唐的决定，怎么和阿呆成为同桌，成为同桌后所发生的一系列事情都添油加醋地和表哥说了一遍。

当然，这种添油加醋倒是挺像阿呆故事里面那个叫捷度的孩子喜欢干的事。

表哥听我分享完这段有些古怪的经历后，沉思了几分钟。

我忙补充说："老哥！你也听我说完了，你看吧，我和那个男生真的没有什么的，只不过对这种怪咖有些感冒好奇罢了！"

表哥在沉思之后，突然抬起头对我说："走，去把电脑打开！"

"什么？"我有些奇怪地看着表哥，"为什么？"

表哥的脸上突然露出了一种异常兴奋的笑容，他站起身先我一步朝电脑走去："还用说吗？我要看看那个小鬼写的东西！"

"表哥！"我忙追上去，"你不是来帮人家复习的吗？"

"等看完再做吧！"表哥一脸期待地打开了电脑，"快点登上他的博客，我要看一看！"

哎……只怪我突然忘记了表哥的两大业余爱好，第一就是看书，第二，是看电影。而他的梦想是成为一名导演，或者是一名编剧。现在，他对于阿呆的兴趣一定超过了我那无聊而枯燥的几何证明题了。

无奈之下，我只得登上阿呆的博客接着输入了密码，而面对着屏幕上面的章节，我看见表哥已经开始兴奋地搓起了手。

就这样，表哥一个人坐在电脑面前，竟然一口气看到阿呆小说更新完的部分，要知道，我也才看了不到十个章节啊！而窗外的天空，也已经从正午的太阳变成了夜晚的明月了！最让人不可置信的是，表哥竟然着迷到连饭也不吃，这种入了魔一样的举动连我的爸妈也觉得想不通。

臭阿呆！又是你毁了我和表哥的复习计划。我一个人做着表哥带来的复习题，心里把阿呆那家伙给问候了无数遍。

终于，表哥从书房的电脑前站起身，舒展地伸了个懒腰，接着对着坐在客厅里的我爸妈抱歉地说："舅妈、舅舅，实在不好意思啊，已经这么晚了……我得要回去了。"

我的爸妈原本还想挽留表哥吃点东西，我当然知道他们的心态，他们希望能够打探下表哥在看什么小说这么入迷，而之后，我能够预感到，大人们一定会马上高度预警，而且表哥这次回去也一定会被姑爹姑妈给狠狠批一顿的——不好好帮妹妹复习，竟然在那里对着电脑玩了一整天。

可是表哥在临走前却对着气嘟嘟的我说了一句神秘的话，而这句话也成了今晚爸妈和我深度谈心的起因。

"季节，你那个男生真是太有意思了，下个星期我有空的话还会来找你看他的小说哦，对了，还有啊，如果有机会的话，你一定要介绍我们认识下。"

看着表哥离开的背影，又看了看老妈那狐疑的眼神，我知道，大事不妙，惨了！

你的那个男生——妈妈此刻的眼神已经可以渗透到我灵魂深处了！

拜托，表哥你注意下说辞好不好，说话要经过大脑好不好！你真是坑爹，哦不，是坑妹啊！

第二十三章

被误解的女儿

表哥前一秒钟才离开家，爸爸妈妈便相互使了个眼色，而我从他们的眼神中读出了高度预警的信息。

"宝贝，我们需要谈一谈。"最终，还是爸爸先开口了，他一边说话一边拍了拍他身旁的沙发，示意我坐过去。

"我说你早就该和她谈了，之前我就发现有什么地方不对劲。"妈妈在旁边不忘添把柴。

我不情愿地坐到了沙发上，顺手拿了一个妈妈刚削好的苹果，可就在我准备一口啃下去的时候，妈妈却一把将这诱人的东西夺了回去，一本正经地对我说："谈话就有个谈话的样子，等交代清楚了再吃！"

"妈——"我托了长长的声调说，"什么交代清楚啊，又不是审犯人，有那么过分吗？"

爸爸这时候却在旁边维护我说道："是啊，你也是的，怎么说话呢，她想吃就吃嘛，而且我们只是聊聊天，又不是什么大事！"

妈妈没好气地瞪了爸爸一眼，心直口快地说道："早恋还不是大事？如果早恋还不是大事，那还有什么算是大事？"

"早恋？！"我瞪大眼睛看着妈妈，接着又用相同的目光扫视了爸爸一眼说道。见爸爸竟然也低着头默不出声，便急地跺了脚，"有没有搞错，我哪里有早恋！"

"还说不是吗？我早就发现你最近有些古怪，整天心不在焉的，总是抱着手机看，我还发现你偷偷背着我们带手机去学校了，是不是……还有呢，刚才你哥哥临走前说的那什么人让你介绍认识下的，难道不是男生吗？"

"妈妈！你真过分，只会胡乱猜测我！"

爸爸忙上前拉了妈妈一把说："我说你别激动啊，现在事情不还没有搞清楚吗？"

我那委屈的眼泪已经忍不住开始大滴大滴地落在沙发上，而父亲心疼地搂着我说："不哭，不哭啊，我和你妈不也是着急嘛，想着你现在这年龄还不懂事，而且马上又要中考了……"

"得啦！你别宠着向着她了，犯了错就要改！不改，我告诉你，以后如果你还这样护着她，惯着她，那我以后都不管了，你们父女俩爱怎么样就怎么样！"

我听着爸爸安慰的话和妈妈已经丢了理智的咆哮，内心由委屈化作了气愤，我猛地站起来对着妈妈说："我不管你怎么想的，反正我可以对天发誓，我没有早恋！而且你不管我就算了，这种对女儿没有信任的差劲的妈妈……我才不要你管！"

我甩下这句话后，就气嘟嘟地走回了卧室，而就在我关上门的那一刻，我看见妈妈有些后悔而内疚地低下了头，而爸爸则抱怨地瞪了她一眼。

在卧室里，我背靠着门，使劲擤了擤鼻涕，将不争气的眼泪擦干净，心想，我到底是怎么了？我原本简单轻松的生活完全被打乱了，而这一切的起源都是因为阿呆那家伙。但我不过就是看了阿呆写的故事罢了。

不对，我没有错！我究竟错在哪里了？阿呆也没有错啊，他只是一个喜欢写东西的学生罢了。是妈妈太喜欢小题大做了。

不知道为什么，越是这般无奈，就越容易被人误解，而我却越想要逃避，而在这现实世界中，确实是没有我能够逃避的地方，而如果能选择的话，那就只能去沃克兰多了。

《沃克兰多大陆——未起航的空贼》第十卷 决斗！

在悬浮在魔导学院上空的武道场上，刚博用力地敲响了他身后那口铜钟，而随着"咣"一阵简单清脆的钟声，这场决斗正式拉开了序幕。

这是捷度有生以来面对的第一次决斗！

观战台上的观众如被点燃了火焰的干柴，叫喊起哄的声音瞬间就爆发和沸腾了！而场外的赌场也在这如同节日的氛围中开业了，赌徒们叫嚷着让人们押注谁赢，好不热闹，不过，基本上赌注的比例都是拉皮尔兄弟大幅领先，只有少数几人买了捷度和魔迪。

　　魔迪的呼吸变得越来越急促，在他那颤抖的视线中是拉皮尔兄弟俩挑衅的表情，而周围人群的目光和呼喊声让这个魔导族的小孩完全失去了勇气，最终，他只感觉到自己如被人釜底抽薪一般，全身没有了一点力气，最后被吓得一屁股坐在了地上。

　　捷度这个时候当然是没有功夫再理会已经被吓尿了的魔迪，而拉皮尔兄弟已经甩动着铁链镰刀形成了战斗的阵式，这俩兄弟的年龄虽小，但不愧是名盗之后，技法异常的精湛！捷度冲上前，一剑横扫，希望能够先发制人取得主动，哪知，拉皮尔兄弟根本没有防御的准备，而是变换阵型双双朝捷度攻来。

　　这兄弟俩的铁链耍得很利索，速度极快，而一番攻势下来，捷度艰难地闪躲了几个回合却已然感到异常吃力，而在这期间，捷度的大腿上却不幸中了那锋利的镰刀一下，虽然只是刮碰之伤，但鲜血也在一瞬间将捷度的裤子给染红了。

　　"可恶……"捷度擦了一把嘴角的汗水，被逼无奈之下朝身后退了数步，紧接着，他右脚顶立跻身一跃，一个空翻划过拉皮尔兄弟，直接跳到了他们的身后，捷度见有了机会，一剑就朝大拉皮尔砍去！殊不知大拉皮尔根本就不做回应，而小拉皮尔却转过身，兄弟二人背靠背再次耍起了镰刀，形成了一道根本就无法攻克的防御之墙。

　　捷度忙收身，刚才那下，若是晚了分秒或许自己的手就要被这镰刀斩断了。

　　捷度看着面前的拉皮尔兄弟，他们的阵法甚是巧妙，一人在前一人在后，双双挥舞着镰刀，让人根本无从下手，如此这般下去，捷度和魔迪的战败也只是时间问题了。而对比这兄弟二人的武力，就算只是单独对付其中一个捷度也没有信心能够战胜，况且现在是二人一同出手，而自己这边的搭档是胆小如鼠的魔迪，捷度一时竟然慌了神。

　　冷静，冷静！捷度不断地在心里告诫着自己，冷静，冷静！我可是沃克兰多第一聪明人啊，现在这种时候我必须要冷静！

　　捷度突然将目光投到了已经吓得双手捂着布帽，用帽檐遮住了眼睛的魔迪身上，他一个快步走上前，蹲在了魔迪的身边。

"魔迪！魔迪，"捷度见魔迪还是如惊吓中的鸵鸟，不敢露出头，只得一把将他的帽子给拉开，然而魔迪还是用手捂着眼睛，"魔迪，你看着我！"

魔迪的哭声已经渐渐地小了，或许是已经哭得没有了力气。

捷度见身后的拉皮尔兄弟虽然没有改变阵型，但是难说会趁此机会攻过来，所以便对着魔迪大声地说："你究竟要逃避到什么时候，你再这样不帮忙的话，我们都会死的！"

"死！"这个词或许现在才是魔迪心中最害怕的存在，但是极度的恐惧却换来了每个生物的本能，一种求生的本能。

魔迪缓缓地抬起头，他竟然看见了捷度在对着自己笑。

"你这个家伙，为什么总是不能够争口气呢！"

"捷度……我们是不可能赢得了的！"

"不，只要你能够鼓起勇气，我们就一定会赢！"

"可是……可是我不可能像你一样勇敢……你知道的……我这个人什么都做不了，只会托你后腿……上次考试的成绩也是你妈妈逼我，我一时害怕才露馅的……我真的什么都做不好……"

捷度拍了拍魔迪的肩膀说："好了，现在不是解释这些的时候，我们必须要活下去，你也是，否则我以后去找谁算账呢？"

"捷度……"

"魔迪，你听好了，其实你比我勇敢，因为你面对了自己的恐惧，而我却没有，所以，站起来，和我一起战斗！直面你的恐惧！"

捷度话音刚落，小拉皮尔已经不耐烦地冲了过来。

魔迪这个时候突然镇静了下来，他低下头默念魔咒，而在一瞬间，一道烈焰便从魔杖中喷出直逼小拉皮尔。

大拉皮尔和小拉皮尔的魔法属性皆和其父相同都是光之属性，而兄弟俩见魔迪的火焰魔法竟然有如此威力，都不敢怠慢这道魔导士的力量，双双恢复防御阵型，继而同时念起咒语，刹那间一道光之屏风出现在了他们面前，而两人的魔法都用到了极致方才将魔迪那道火焰给抵消了。

沃克兰多的大部分种族都能够利用在世界中的自然元素来施展魔法，而魔法的使用必须依赖释放者自身能够融合元素的精神力,但是魔法的等级和威力却主要与修炼者的精神力天赋和后天的精神力修为相关。

捷度见拉皮尔兄弟再次化成了"乌龟壳"阵型(这个外号是之后捷度给他们取的名字),知道如此下去,必定打不开局面,便心生一计,随即也集中精神力念起了魔咒。

就在这时,一阵剧烈的震动将整个浮岛给摇晃起来,而在拉皮尔兄弟之间突然升起了一道锋利的土石之山,这堆突如其来的土石在一瞬间将拉皮尔兄弟给一分两半。

捷度抓紧时机向前冲锋,他一跃而起跳到土山之上,而脚在土山上借力之后再次一跃而起,双手持剑举过头顶,聚集精神力将魔法赋予剑上,朝着大拉皮尔就劈了过去。

人群中一阵沸腾,喝彩声,辱骂声雷动,而赌场中,押注捷度队会获胜的人瞬间就打破了刚才的空白,而之前观望的人群也纷纷大胆地把注押在了捷度和魔迪身上。此刻的这一幕就连场边的刚博也不禁大为吃惊,暗想:这小子年龄如此之小,竟然能够将精神力发挥到这般地步,日后必不可限量!而现在的安娜也已经平复了心境,她只是依旧紧张地咬着嘴唇全神贯注地看着决斗场中的激烈战斗。

大拉皮尔不得已,只能够勉强地用铁链挡了一下,却不料捷度在落地之后瞬间一个前翻,滚到了他的身后,接着又是侧面一横斩,大拉皮尔来不及躲闪,歪倒在地,而他的手臂之上瞬间就被捷度的长剑给划开了一道长长的伤口,温热的鲜血瞬间沾满了他的外套。

大拉皮尔捂着伤口怒视着对面那带着满脸杀气却依旧一脸傲慢的捷度,捷度轻松地说:"这下我们刚好扯平了!"

大拉皮尔知道,刚才捷度是有机会将自己的右手斩掉的,但是不知道什么原因,他没有这样做,难道,他是有意放水,还是失误?抑或是同情和不屑!

想到这最后一点,大拉皮尔无法再按捺自己的愤怒,挥舞着铁索镰刀一跃而起,而就在这个时候,魔迪在身后大喊一声:"捷度,当心后面!"

捷度的身后,小拉皮尔已经攻了过来,而正面是大拉皮尔的玩命一击,捷度此刻是腹背受敌,根本就无法脱身,而在背后一阵剧烈的击打之后,捷度几乎已经快要晕厥过去了!

看完了这个章节，我的心里对捷度和魔迪的命运感到担忧，因为心系这场决斗之后的发展，所以在不知不觉中心里的烦躁也稍减了一些。我放下手机，就算现在我非常想知道接下来捷度是否能够度过危机，但是明天的期中考试对于我来说更重要。

我现在必须马上上床睡觉。

我有些迟疑地打开门，不知道爸妈这个时候是不是已经睡下了，而就在客厅的茶几上面，我看见了母亲为我做的一盘酸奶水果沙拉，而在碗旁边放的一张纸条上是母亲那清秀的笔记——宝贝女儿，对不起，请原谅刚才妈妈激动的情绪，但是真的希望你能够抵制诱惑，不要早恋。

什么嘛，妈妈也真是的，既然是道歉的话就不要再警告人家了嘛，我的心里突然感受到了一抹如阳光般的温暖，将那一口甜甜的苹果酸奶放进了嘴中。

或许从那一刻开始，我就认为，幸福就是爸爸的宠爱加妈妈的关心，还有……就是看那个家伙的故事吧。

第二十四章

期中考的作文

自从我读书以来就从来没有恐惧过考试，但是这一次的期中考试却让我打起了小鼓。因为平常对自己的要求都很严格，父母的期望也高，所以，对于考试没有进入年级前五的话，我就可以把这次考试定义为失败了，当然，爸爸妈妈也同样会为此大惊失色。

没错，他们会大惊失色。

自从和阿呆成为同桌以来，不止周围的朋友和家人，就连我自己也开始发觉了自己的改变。这种改变很难说是好还是坏。曾经的我是如此的专注和克己，仿佛自己天生就是为了规律而活的。每日按照从小养成的学习习惯，每天一成不变地生活着，努力听好每一节课，回到家认真写好每一笔作业，认认真真地将每一道不会做的题目给搞懂……按照父母的要求，每天都看一章《史记》或者《汉书正史》来提升文言文的阅读水平，还有，我每天都看一篇名人故事来增加对知识梦想追求的信念，当然也要为考试中那乏味的作文而准备更多的素材。

至于电视节目，大家都喜欢看的偶像剧、韩剧、日漫什么的在爸妈严格的管控下根本就不可能接触到，而这些东西在我这种学术型家庭中从一开始就被打上了"浪费时间"印记。

而阿呆的故事就在这个时候在我身边出现了，也渐渐打动了在这样"科学上进而枯燥"中生存的我。

不得不承认，阿呆的故事对我产生了微妙影响。我不仅开始向往那奇妙的幻想世界，更对于这样一个平日里默默无闻的、脑子里却装了这些稀奇古怪的想法的男生感到无比的好奇。

有时候我不禁产生了这样的困惑：像我这样表面上品学兼优的学生应该算是标准的好学生吧，而阿呆这种烂泥巴扶不上墙的人应该算是让老师头疼的第一号人物了吧……可是，这样完全不同的生活态度真的可以分出谁对谁错吗？

究竟我是为了什么这么努力的学习呢？答案自己也想不到，但是可以肯定一点，反正不是因为喜欢。

我突然想到了老班一次有感而发的话语：不是因为喜欢而学习，不是在学习中寻找快乐而学习，这就是现在应试教育的悲哀。

对于他的论调，我完全赞同！

此刻，看着语文的期中考卷上的作文标题，我深深舒了一口气，这个题目真是太符合姑娘我此刻的心境了。

语文期中考，半命题作文：补充题目《＿＿＿＿＿＿压力》或《压力＿＿＿＿＿＿》，完成一篇不少于六百字的作文，除诗歌外文体不限。

压力，嗯，压力……这个命题的选择面真是太广了，在这个世界上，我们初中生都要每天大清早的起床，半夜三更才能睡觉，连我们都觉得活着不容易，那么其他人，我想无论是谁应该都会觉得有压力吧，而且，我昨晚正好看到阿呆小说里的那章决斗，我想，此刻捷度在面对着那两个讨厌的拉皮尔兄弟外加一个懦弱的队友，他也一定感到压力不小吧……哦！不！我的思路怎么又绕远了……不行，我现在必须集中注意力去思考怎么完成这篇作文。

好吧，决定了，就用这个！我在一瞬间，文思泉涌，提笔在卷子上写下了我的标题——《这个世界所承受的压力》。

这个世界所承受的压力（节选）

温暖的阳光，娟娟的细流，耳旁是鸟语花香，脚下是青青草地，身旁是苍翠的树林，抬起头，任凭阳光洒在脸上，伸个懒腰，深深地吸一口清新的空气。

这原本是一个多么美好的世界。

但是本能的欲望驱使着我们将这个世界改变了……

温暖的阳光不再随处可沐，取而代之的是厚厚的雾霾；涓涓的细流不再清澈，取而代之的是恶臭的污水；耳旁不再响起那鸟语，因为鸟儿的家已被推平；脚下不再有自然的绿地，全都化作了钢筋水泥；身旁不再有片片的树林，只剩下喷着浓雾的烟囱。

有人认为，这也是一个美好的世界。

我们不再习惯去寻找和发现这个世界的美，我们更习惯低着头看着小小的屏幕，将自己的世界框制在方寸之间。我们不再对这个世界的恩赐而感兴趣，我们只对周围的小圈子感兴趣。

在这个世界最开始的时候，我们为了生存而不是生活，在这之后，我们开始学习如何在生存之后进行生活，可是，现在，我们已经不再学习如何更好地生活，而回到了仅仅是为了生存的地方——当今的时代，学习也不再是为了探究这个世界，而是为了获得生存的资格，我们不再注目于那些改变世界的人，而是注目于那些娱乐大众的人。

这样的世界中，无处不存在着令人窒息的压力，令人厌恶。

如果能够逃跑的话，我愿意，哪怕是逃脱一天，哦不，一小时，或者只能够逃离一分钟。

我选择逃避，我向往一个无拘无束，一个可以仍凭思绪无限飘荡的世界……如果真的有那样的一个世界，我愿意带着你去看一看……

……

好不容易将文章给完成，我轻轻地将卷子上灰尘吹去，接着有些不自信地将笔收进了文具盒中。

是心虚了吗？

的确。

我知道，这一篇文章的确不是一篇考试的范文，和我之前写的那些标准格式的中考记叙文、议论文不同，我自己也说不清楚是哪一根筋扯了，竟然就这样乱七八糟地将自己的思绪用文字给铺张开来。

不管了，本姑娘这次偏偏就要任性一次，文字是属于我的符号，我决定从今以后，想怎么写就怎么写。

可是这种会令曾经的我觉得无比荒唐的想法在试卷被收走的一瞬间，我就后悔了。

如果这一次真是因为作文而出问题的话，那么估计我的日子就真不好过了。

说起来，我发现了一件怪事，这次期中考试是我和阿呆这家伙同桌之后的第一次考试，之前都没有关注过这家伙的情况。不过让我吃惊的是，阿呆在考试的时候反倒没有睡觉，而且还稀稀拉拉地写了一些答案，就连作文也都写得满满的。

呵呵，我对阿呆这家伙的作文还是有些好奇和期待的。

就这样，期中考试结束后，在我担忧地过了两天后，考试成绩就公布了。

我被老班叫到办公室去帮他整理卷子，而在获知自己的排名这次正好是年级第五的时候，我由衷地松了口气，而在整理到语文卷子的时候，我看见了自己的成绩排在全班第三，而作文也多亏了语文老王高抬贵手，依旧是一篇达标的考场作文。不过老王的评语我可以感觉到一种严肃的警告——本文选题角度有些偏离，文中观点有些片面，有些用词不当处需要斟酌，建议在考场上还是尽量写一些阳光上进的内容。

我知道，将老王的评语中的"有些"二字给删去后，才是她想对我说的话，而也多亏了她的偏爱，我才不至于在语文上面惨遭滑铁卢。

瞬间，一种极为矛盾的感觉在我心里开始翻腾，我开始迷惑起来，难道说写出了我自己的真实感触就算是不当？难道每个人的想法都应该是一样的？我们的作文为什么非要逼迫我们去尝试同一种规格的想法呢？个人感悟不是应该人人不同吗？

我一边整理着卷子，一边在寻找着那一张自己期待已久的特殊试卷。没错，我要找的就是阿呆的试卷。这家伙的文笔不算差，还从来没有见过他写的考场作文，真不知道这家伙会在文章里写什么，如果本姑娘估计不错的话，他写的一定要比我还偏激，比我的还愤青吧。

翻阅着同学们一张张的卷子，上面的标题大都是诸如《学习中的压力》《在压力中进步》《学会保持适当的压力》……嗯，大家写的内容的确都蛮"正统"的，毕竟在期中考这种场合敢像我一样玩次火的傻帽估计不会多。

可是，就在我好不容易找到阿呆那张语文试卷的时候，我彻底震惊了，看着老王在上面批阅的那一个大大的零蛋，我深深吸了一口气，可是就在看见他作文题目的那瞬间，我几乎一口老血就要喷出来了！

阿呆这"旷世奇才"的题目竟然是《压力锅》。

阿呆，你个白痴，竟然能像这样写作文！而且更牛，更无敌的是，这个家伙竟然还写了一篇说明文！说明文啊！我有生以来第一次见过有人在考场中写说明文的。

《压力锅》（节选）

压力锅又叫高压锅，用这种工具可以轻松地将被蒸煮的食物加热到100℃以上。这种方便的生活用具是在1679年由法国物理学家德尼·帕潘发明的。压力锅拥有独特的高温高压功能，更可以大大地缩短做饭煮汤的时间，其既能够节约能源，还能够在高海拔地区使用，但是需要注意的是，压力锅因为其工作原理的关系，其对食物营养的破坏也比较大。

高压锅最早的名字叫"帕平锅"，而丹尼斯·帕平的则是一位法国医生，这种工具起初也只是被这位医生当作消毒用具使用。

……

我一边阅读阿呆的大作，一边觉得有些不可思议。之前对他的那种嘲讽，现在竟然化作崇拜。这家伙将压力锅写得头头是道，而且他在不知道考题的情况下，竟然还能写出压力锅的历史，以及发明人信息等一般人不会了解的知识。我不禁再次怀疑，他的脑子里究竟塞了些什么乱七八糟的东西。

有这种想法的肯定不止我一人。虽然语文老师老王给这篇文章打了"0"分,但在作文下面特别批注"阅毕,已受教",并且还画了一个笑脸。

第二十五章

深不可测

　　从表面上看,阿呆这家伙既无趣又冷漠,但是令人乏味的同时这只呆河马却总不乏给人惊喜。

　　虽说福小萌白天在学校的生活几乎是在睡眠中度过的,所以他的考试成绩当然是理所当然的糟糕。之前因为所有人都将他当空气看,所以我更不可能会去关心这位默默无闻的男生。但是,自从和他成为同桌之后,我对于阿呆的了解估计已经超过了班级中的任何一名同学,当然也包括老师。

　　阿呆这一次的成绩排名在全班倒数第一,而我在帮老班登记其他同学成绩的时候,我也看了看阿呆之前考试的排名,而他的成绩排名几乎都游走于倒数一二名左右。而且最令人难以置信的是,除了他的语文成绩每次都很低外,其他的科目的成绩也几乎都是十位数的分数。

　　突然间,我反应过来好像有什么地方不对劲,仔细一想,我发现问题就出在阿呆的语文试卷上。他的语文考试分数是他所有科目中分数较高的,考了五十六分,但是注意——阿呆那家伙的作文因为写了那篇千古绝唱的《压力锅》,所以是按零分计的。天啊,如果他的作文分数能够稍微高点的话,那家伙的语文成绩会足足提高三十至四十分!那样的话,他的语文成绩在班里的排名应该能够轻松成为班级第一名,甚至是年级第一名。

　　天啊,面对这个发现,我发觉整个人都不好了,可是究竟不好在哪里,我也说不上来,反正就是不好了。

　　好啦,我承认我不爽到了极点。不公平!绝对的不公平啊!凭什么那家伙一整天都在睡觉，但是考试的发挥却还那么棒！我在每一节课上努力地听课，努力地记笔记，努力地思考，而阿呆那个白痴却在一旁呼呼大睡！如果不是我发现了这个秘密，那么也许会像别人一般，认为阿呆这家伙就是个不上进的白痴！

但是事实却正好相反，阿呆绝对是一个隐藏角色。这个外表好吃懒做的家伙，难不成还有更多的隐藏秘密？我总觉得什么地方不对劲，总觉得还有哪里怪怪的。为什么班里的老师几乎都没有人去管阿呆，甚至连问都懒得问一下，难道真如我之前所想那般，所有的老师都已经放弃他了吗？还是说，真的有什么绝密情报？

趁着现在这大中午的只有我一个人在办公室，我一边思索着，一边开始飞快地翻阅着阿呆之前考试的每一科分数——数学，阿呆的数学成绩真是低得有些诡异，竟然通通都是十二分，接着我将老师备份的关于阿呆的试卷找了出来，一个大大的惊叹号再次从我的脑门上升了起来！那家伙的几次数学大考的试卷全都是完全一样的模式：卷子第一面的选择填空题全空，第二面的计算解答题全空，而完成的只有最后一个大题，而最后一个大题，也就是整张卷子最难的题目，阿呆这个家伙竟然所有的都做对了！

这不是开玩笑吧！阿呆那家伙竟然是这样干的，怪不得每次他的数学考试都只得十二分！不得了了！真是活见鬼了！我的额头开始冒起了冷汗，接着我又马上翻看了阿呆的物理卷子，物理考试和数学一样，只完成了卷子最后一个大题，而且全对……英语卷子，只写了英语作文，而且作文中用到的英语单词绝对远远超过了我们初二的水平，几乎……几乎……天啊……阿呆整篇的英语作文中的用词除了那些常用的生词外，我几乎都看不懂，但是格式精炼，构造巧妙！紧接着，我努力地从老班那些复印下来的卷子中寻找着福小萌的名字，这个家伙真的令人难以置信！所有科目的卷子，除了语文之外，比如历史，他只写了大题的答案，而政治更是一个字都没有动，记了零分。

就这样，我发现了一个惊天秘密——阿呆这只呆河马竟然是一个超级无敌学霸般的存在！

阿呆，你这个卑鄙的家伙，你明明能够考得很好，但是却这样玩弄自己的成绩，玩弄自己的人生！

玩弄人生？

这个四个字突然浮现在我的脑海中，猛然间，一种强烈的自嘲感席卷了我的内心。阿呆他在玩弄他的人生，他对于自己的人生在我看来可谓是极其不负责任……可是……可是，真的是这样吗？一直以来，我筋疲力尽地追求着分数，努力让自己在考试的时候发挥到最好状态，让自己成为父母眼中的骄傲。但是……此时此刻，我却有了一种被眼前那几个分数玩弄的感觉。

虽然我一直在心里骂着阿呆这家伙对自己不负责，玩弄自己的人生。但是在我内心深处，却有一种更痛的领悟：与其说阿呆在玩弄自己的人生，还不如说，只有他的人生没有被这些分数给玩弄。

突然间，就在我整个人都完全僵化住的时候，身后老班的一句话将我彻底地抛向了一个未知的边缘——

"季节，你也发现了阿呆那家伙的古怪了，"老班手拿茶杯缓缓地走了过来，接着从我手中将阿呆的那些卷子给重新收到了文件袋中，"那个孩子，他的确是与众不同！"

"老师……难道说，他是天才吗？"我有些迷茫地看着老班，不知道为什么突然会说出天才这个词，也不知道这样说的意义，这个世界上难道说真的有天才吗？

老班叹了口气，抿了口茶水说："总之你一定要保守这个秘密，这个秘密也是我们所有老师的秘密。"

"可是……福小萌他虽然从来都不听课，从来都不交作业，但是他的成绩原来这么优秀，你们为什么不告诉大家呢？"

"因为……这样做会让其他同学无法理解。"老班叹了口气。

而我瞬间就明白了老班的言下之意——阿呆这样嘲讽考试的做法如果传扬出去，那当真会天下大乱的，不知道会有多少人模仿他，又会有多少人和他一样这样做。

"我……我明白了……"我低下了头，可是不知为何，一滴滚烫的眼泪却滴在了写了福小萌名字的文件袋上。

"季节，你怎么了，为什么突然哭了？"老班见我状态突变，忙放下茶杯关切地问道。

"不公平……不公平！"我忍住了眼泪，淡淡地说，"为什么他能够这样，为什么他是天才……为什么他能够这样……为什么他能够这样去践踏我曾经这样努力和维护的荣耀！"

我的内心地震了，一种难以遏制的悲愤突然从我那已经崩塌的骄傲中倾泻而出，阿呆这个家伙，他彻底地颠覆了我的世界，他将我曾经视为最重要的荣耀给一脚踩在了地上！

"天才？"老班看着我微微一笑，接着说，"我可不这样看哦！"

"难道不是吗？"我睁着含泪的眼睛，用一种近乎质问的口气对着老班说，"一个人整天都上课睡觉，不做作业，不听课，不背书，可是考试卷子上面的难题他都能够完成……还做得这么棒……难道说他不是天才吗？"

老班微笑地摇了摇头说："可这也不能说他就是天才……季节，我问你，你取得好的成绩，你努力吗？"

"当然了！"

"那么……我相信，福小萌也一样在努力！"

"他哪里有？"

"只是你不知道罢了，"老班对着我神秘地笑了笑说，"这孩子还有许多的秘密呢！而现在，我相信，最接近这些秘密的人，可能就是季节你了哦！"

"秘密？"我突然怔住了，是啊，阿呆那家伙的确是深不可测啊……一个白痴的外表背后却是一个深不可测的迷啊！

老班轻轻拍了拍我的肩膀鼓励我说："季节，老师现在想请你帮个忙。"

"什么忙？"我有些不知所措地看着一脸狡黠的老班。

"如果有一天你真的发现了福小萌，哦，也就是你们口中的阿呆，有朝一日，你知道他的秘密的话，记得分享给我哦。"

《沃克兰多大陆——未起航的空贼》第十一卷　胜负之时

不知过了多久，捷度渐渐恢复了意识，而此刻，自从捷度被小拉皮尔的镰刀击中后背已经过去了整整两分钟。

在捷度那颤抖的视线中，他感受到了一股滚烫的热浪，定睛一看，站在自己的面前人正是魔迪!

魔迪守护在捷度前方,他用了自己最大的精神力发出了火焰魔法喷向拉皮尔兄弟,而拉皮尔兄弟只得重新回到防御阵型的防护罩中不敢移步,也就是因为这般,才让捷度能够侥幸不被那镰刀连击。

观战台上的安娜看着眼前的这一幕不禁捂住了嘴哭出声来,而看着自己心肝宝贝儿子后背那几条正在流血的伤口,更是已经被吓得全身颤抖起来。

费其拉不自觉地朝身后包裹着的龙刀摸去,已经泪流满面的安娜一把拉住了他,坚定了摇了摇头。费其拉看着这个女人,犹豫了一会儿,只得叹一口气继续盯着决斗场上。

费其拉当然知道规矩,空贼岛的决斗任何人都不得干涉,否则,处以死刑!

"站起来!站起来!"

"小子!你是不是不行了!"

"站起来,站起来!"

"站起来!"安娜突然跟着人群开始大声喊道。

费其拉也大声地喊道:"捷度,你给我站起来!别丢了你爸爸的脸!"

捷度使出全身力,他将长剑支撑在地上,颤颤巍巍地站起身,可是,前方的魔迪已经开始喘起了粗气,全身颤抖起来。

捷度抱怨地对魔迪说:"你没看见他们躲在防护罩中吗,你一直这样施放魔法浪费精神力,而他们的消耗却要比你少许多,这样做有什么意义呢?"

魔迪见捷度已经恢复了神志,便忍受着巨大的精神力,痛苦地说:"可是……我不如捷度你聪明,我也不知道怎么样才能够打败他们。"

这句话说了一半,魔迪的精神力已经用尽,他冷汗直冒,有些颤抖地将手中的魔杖给放低下来。

拉皮尔兄弟见机会来临,他俩快速地分开,接着双双念起了魔咒,一瞬间,兄弟俩化作了两道白色的光芒分别朝着捷度和魔迪袭来。

场外一阵沸腾,而结果眼看着就要见分晓了!

几乎在同时,捷度和魔迪都被拉皮尔兄弟化身的白光给击中,纷纷被击倒在地。

整个角斗场安静了……就连观战台上的呼喊声也戛然而止,所有人都屏住呼吸，决斗似乎已经结束，胜利者也即将诞生。

魔迪面朝地地倒在决斗场中，身体还在抽搐，而满身是伤的捷度也杵着已经断为两半的长剑大口大口地喘着粗气。

拉皮尔兄弟站在场中，冷笑地看着满身鲜血的捷度说："在我杀了你们之前，我劝你们最好认输！"

捷度缓缓地走上前，接着闭上了眼睛，似乎是准备发起最后的进攻，而这个举动似乎让拉皮尔兄弟也紧张了起来，一种微微的震动出现在角斗场中，可是不到几秒钟的时间，就安静了下来。

"他是不是已经用尽了精神力，发动不了魔咒了？"小拉皮尔见捷度这风声大雨点小的样子有些奇怪，便问他哥道。

"应该是吧……"

大拉皮尔的话还没有说完，捷度就已经丢下了长剑整个人趴倒在了地上！

整个角斗场全场都异常的安静，似乎是在为最后即将而来的欢呼做准备。

拉皮尔兄弟相视一笑，知道胜负已分，便高举着捏成拳头的双手，做出了胜利者的姿态挥舞着手臂朝场中走去，兄弟俩一边走一边商量，老大等会就拽起捷度，老二拽起魔迪，一同将他们给丢出场外。

可是，就在拉皮尔兄弟二人的如意算盘还没打几分钟的时候，他们脚下的土地突然猛烈地晃动开来，继而成了一个空洞，兄弟俩就在离捷度和魔迪只差一步之遥的地方，跌入了地上的一个空洞之中。

"成功了！"

倒在地上的捷度就像是起死回生一般，缓缓地站了起来，他歪着脑袋狡猾地笑着走上前。

拉皮尔兄弟知道自己已然中计，但是无奈这个洞穴的深度是自己身高的六七倍，根本就无法逃脱。

场外，迷惑的观众纷纷开始议论，没有人知道这突如其来的变化是怎么回事。

而在人群中一个戴着兜帽，将脸深深藏在帽檐下的白发老者冷静地和身旁的观众们讲解道："原来如此……刚才那长着尾巴的小子的确是念动了魔咒，只不过这个魔咒有些特殊，并非直接用大地属性的魔法攻击对方，而是在自己的脚下形成了一个大洞，接着，那小鬼便洋装用尽了精神力倒地不起，以此等着那白痴兄弟二人组上钩……这小鬼，年龄如此小却心思这般巧妙，真是难得！"

经过老者这般解释，观众们才茅塞顿开，拍手称妙。

"现在换作我来问你们话了，你们投降吗？"捷度站在洞口上方轻蔑地对着洞中如两只老鼠一般的拉皮尔兄弟说。

"卑鄙！捷度，你这个卑鄙的家伙！"

"还嘴硬是吗？"捷度冷冷一笑，随即再次念起了魔咒，瞬间，地穴两边的沙土开始缓缓移动，朝着拉皮尔兄弟靠拢过去，如若一直这般合并，那么拉皮尔兄弟最终的结果必定是被活活夹成一块肉饼。

拉皮尔兄弟当然已经想到了自己的下场，大拉皮尔忙对着洞穴上方的捷度喊道："我们认输！我们认输了！"

见自己的哥哥这样叫，而小拉皮尔则更怕死地喊道："捷度大爷，求求你停下吧！"

捷度似乎还想捉弄他们一下，仍旧不停止口中的魔咒。

拉皮尔兄弟回想起捷度在决斗前说的那句要他俩命的话，真的以为捷度要杀了他们，兄弟俩无不吓得面色苍白涕泪横流，跪在地上抱头痛哭，哀求说："捷度……我们错了……我们真不敢了……求求你放过我们吧……做牛做马……我们愿意为你做牛做马！"

刚博这个时候走上前，用一种没有任何情感的眼神征询着捷度的意见。

捷度翘着嘴角，看着下面吓尿的拉皮尔兄弟，无奈地耸了耸肩膀说："这两怂蛋吓得跟两只老鼠似的，一点都不好玩……好吧，既然你们都这么可怜地哀求本盗了，我就暂且放过你们，刚博老师，我和魔迪决定接受拉皮尔兄弟的投降！"

捷度说完这句话后，刚博飞身跳入洞穴之中，一手抱着大拉皮尔，一手抱着小拉皮尔，接着纵身一跃，飞出了洞穴，将那哭成了泪人的兄弟俩扔在了地上。

刚博对着捷度冷冷一笑，这笑容仿佛是告诫这聪明的孩子，虽说你胜利了，但是也只不过是胜过了和你同样大的两个孩子，切勿骄傲，因为你这损招对于那些真正身经百战的战士根本就不值一提！

"决斗结束！获胜方为捷度和魔迪！"

刚博大声地对着全场宣布，而捷度扶起了倒在地上的魔迪，将魔迪帽子上的土灰拍了他一脸，这个举动让魔迪打了一个大大的喷嚏。

整个决斗场上欢呼声雷动，拉皮尔的父亲嫌两个儿子不争气，狠狠地将手中的啤酒杯砸在了地上，推开了身旁的两个酒女骂咧咧地离开了，而安娜则深深地叹了口气，这位已经筋疲力尽的母亲转过身，一个字也没有说便默默地离开了，而费其拉看着场上那已经狂妄到快忘记自己是谁的捷度，微笑着摇了摇头自言自语地说："加尔纳西，你这个儿子还真是一点都不像你呢！"

捷度兴奋得忘了身上的伤痛，蹦跳到场中央，对着全场耀武扬威地自夸自赞，而魔迪则现在都还不敢相信他们赢了，整个人不知道是惊讶得不知所以，还是被这场面给吓蒙了而显得呆若木鸡。

刚博从身后那抱在一起颤抖的拉皮尔兄弟旁边经过，走到捷度面前问道："既然你们赢了，那么现在可以让失败者承诺一件事。"

捷度假装思考了下，走到拉皮尔兄弟面前，故意捉弄地说："唔，等我先想想，刚才你们不是要那镰刀很厉害吗，要不就把你们俩的手给剁了吧。"

捷度这句话一出口，兄弟俩马上被吓哭了："捷度大爷……求求你行行好吧……"

"这样都不愿意？哦，要不这样吧，你们那么喜欢欺负人，嘴又那么厉害，不如就割了你们的舌头吧！"

拉皮尔兄弟忙摇手求饶。

"这也不行，那也不行的，要不就直接丢海里喂海兽吧！"

小拉皮尔"哇"的一声就哭出来了，而大拉皮尔也忙跪地求饶。

刚博对着捷度狠狠地说："我说你小子，这是开玩笑的时候吗？你别给我磨叽，有话说有屁放！"

捷度转过身，对着拉皮尔兄弟说："我的命令很简单，从今之后，你们就是魔迪的手下，事事都要听他差遣。"

"可以！可以！"拉皮尔兄弟忙点头答应，心中松了口气。

刚博接着对拉皮尔兄弟说："你们都听清楚了吗？"

拉皮尔兄弟忙点头道："听懂了，听懂了！"

"一旦失信，就要按照岛规处罚。"刚博说完这句，转身离开了。

捷度对着魔迪比了个鬼脸，拉皮尔兄弟忙谄媚地上前搀扶着二人离开了武斗场，场外的观众因为这等无聊的惩罚而纷纷报以失望的嘘声。

第二十六章

竞选二人组

自从知道了阿呆这家伙真正的"实力"后，我对他的态度完全改变了！对于这一点，我觉得阿呆应该能够从我相当不爽的眼神和对他越加暴力的态度上能够有所感觉。

这个家伙真是太傲慢了！

每每想到自己身旁的这个呆瓜竟然是一个深藏不露的武林高手，我的内心深处就是一阵纠结。而一股子阴谋家的味道也让我整个人都不好了。

阿呆啊阿呆，你说说你，哎呀，用初夏的话来说那就是，你原本可以表现得很好，却偏偏要装成一个战斗力只有五的渣渣！

不过，说实话，就算阿呆现在已经成了本姑娘拳打脚踢发泄的对象，但是他那副样子依旧没有改变，无论我掐也好，用书本砸他的头也罢，甚至是发动女生特有的手枴神功，阿呆就是无动于衷，依旧是那一副呆河马的样子，最多也就是带着口水发出那一声语气助词"喔"。

阿呆："喔！"

我："喔，喔，喔！你就知道喔，喔你妹啊，就连公鸡叫的话都是喔（第三声调）喔（第一声调）喔（第二声调）！"

说罢，我一本书敲在阿呆脑门上。

每每他发出这种怪模怪样的声调我就忍不住再敲他一顿。心里埋怨着："就知道'喔'！你这只呆河马，难道就只会这样叫吗？说句不客气的，就算是猪，也比你会多叫几声！阿呆，你这个单细胞生物！"

初夏几乎每节课都会过来友情提示我，为了能够顺利评选上校花，增加得票率，她总是唠叨说让我注意自己的身份，注意自己的举止，注意自己和阿呆的

"距离"。

可是老娘我就是忍不了了，阿呆那家伙明明能够做得很棒，他原本应该是一名让老师引以为荣的学霸，洗洗干净晒一晒的话也算得上是清秀帅哥一枚，可是，可是这个烂泥巴敷不上墙的家伙偏偏就这一副呆河马像，你们说，作为……作为……好吧，作为同桌的本小姐，好吧，再加一个缀语，作为一个眼睛里容不得一粒沙子的同桌的本小姐，能够容忍他吗？

初夏和刘子墨每天……哦，好吧，这里还是要解释一下。因为初夏实在是顶不住刘子墨这只赖皮龟的骚扰，只得答应让他也加入了我们俩的校花竞选二人组。虽然事后，初夏向我解释说，刘子墨这家伙虽说是卑鄙一些，但是情报工作做得还是不错的，而且在外的人脉也多，有他相助，我成功的概率也要大一些。

自此之后，每天放学，初夏和刘子墨都会将竞选校花的信息给我分类汇总，看着工作这么认真的经纪人，我竟然有种要竞选总统的错觉，而我这两位经纪人竟然真的研究了美国总统各界选举中的手段和方法，也罗列出了许多帮我拉选票的馊招。

馊招第一：这两没良心的混蛋每个中午都逼迫我留在教室里为班里面其他的成绩不好的同学补习，当然，为了选票和人气，为了突出本小姐的爱心，这当然是义务补习，还得面带微笑！

馊招第二：刘子墨专门为我请来了他今年刚满九十岁的外祖母，让这位风烛残年的老人站在学校门口那条车水马龙的马路上，接着让本姑娘去做雷锋。我说刘子墨，这至于吗？为了个网站的选举，你连外祖母都出卖了。而就在我满心愧疚地扶着老人小心地过马路的时候，刘子墨和初夏这俩没心没肺的家伙竟然一路上用手机跟拍。

喂喂，你们这样做是不是太做作了。

馊招第三：学校啦啦队最近招人，在初夏的怂恿和刘子墨打通了各路人脉关卡之后，我竟然被推举成为校啦啦队的队长！自此，我本来繁忙的生活又增加了一个挑战，就是每天都得带领啦啦队的成员们练习各种"加油"动作，若不是啦啦队的副队长初夏几乎包揽了队中所有组织活动外，我一定会就此崩溃的。

面对着筋疲力尽的我，初夏和刘子墨这俩损友的理由还是那般的单一：为了选举人气的需要。

不得不承认，有时候我觉得初夏和刘子墨这两个家伙看我的眼神都有些不对，竟然有了一种我看阿呆的意思，一种恨铁不成钢的意思。

刘子墨总是不断地在我耳旁唠叨，说他这一次为了将我顶上去可是投资了不少银子，天天请学校论坛的吧主去吃这吃那的，而初夏也一反常态，每天逼着我做这做那，似乎已经看见了我成功后能够带给大家的无尽福利。

这奇葩的经纪人二人组的损招还在继续，可是唯独一条我是坚决反对了——那就是传绯闻。

"初夏，你是不是疯了！搞个网络竞选至于到这个地步吗？"

我埋怨地看着初夏，已经有一种想要绝交的冲动，我想静静！我想静一静！

初夏还是不放下她手中的手机，而是继续将手机屏幕凑到我的面前，手机里面的那个男生的确长得非常阳光帅气。

"你知道这个男生是谁吗？"初夏一副花痴像地对我说，"他的名字叫南宫辰逸，哇……真是名字和人一样帅！"

我看着闺蜜的花痴样，又瞟了一眼那手机里的照片冷冷地说："还南宫辰逸呢，这是真名吗？我怀疑你们是不是武侠小说看多了！"

"是真名哦！"初夏义正词严地说，"肯定是真名，刘子墨已经去证实过了！"

"那又怎样？姓个南宫有那么了不起吗？"

"喂喂，你这是什么态度，别这么抵触好不好，我不是已经和你说过无数次……"

初夏还没有说完，我就有气无力地配合她说道："一切都是为了竞选和人气的需要！"

初夏一脸无奈地看着我埋怨道："你干吗抢人家台词啊！"

我无辜地看着她说："你现在比我老妈还唠叨，就那句话我的耳朵都听出老茧了！"

"可是，这个男生现在可是江南海滨第一中学得票率最高的校草人选啊！你到底知不知道，海滨一中可是帅哥美女的聚集地啊，而好帅好帅的南宫又是里面得票率最高的，他的身后不知道有多少女生天天追着呢！"

"那又怎样，这和我有什么关系？"我打开作业本，准备借用课间最后的五分钟开始抄写生词，也决定不再理会烦人的初夏。

"刘子墨说他可以去帮忙联系上这个男生，之后我们两组人马可以多走动走动……季节！人家又不是真的让你去和那个人谈恋爱，只是一点点绯闻而已！你知不知道，他现在的人气可高了……嗯……说出来不怕你不相信啊……按照你现在的得票数是八百五十六票，而他的已经快接近三千票了……夸张吧！如果你能够和他沾上点关系，一定可以引起关注。那样的话就……"

我再次接道："一切都是为了竞选和人气的需要！"

"不是啦，"看着我毫不留情，毫不动摇，毫不感兴趣的样子，初夏彻底急了，"那样的话，你就可以……"

"增加人气！"

"季节！"

我叹了口气说："得了吧，我看啊，你不过就想去认识这个男生而已，还非要拿我打掩护！"

"不是的！"初夏的脸突然就红成了苹果，"我这可都是为了我们能够最后竞选成功啊！"

"喔……"我叹了口气。

等等！

等等！

我刚才叹气的时候究竟说了什么？

"喔！？"

天啊！我瞟了一眼身旁熟睡的阿呆，一种毛骨悚然的感觉席卷了我的内心，天啊！天啊，我怎么会发出那样的一声呢？！

初夏拍了拍正在发愣的我说："喂喂，季节你怎么了，干吗突然看着阿呆那白痴啊……说起来，阿呆这家伙今天睡觉竟然没有打鼾呢，表现还算不错了，估计今天他没有犯智障病！"

"好了！"我站起身对着初夏坚定地摇了摇头说，"先前你们要我怎么做、怎么闹我都依了你们啦，唯独这一件事情，我的答案是绝对不行！"

"季节，你再想想嘛！"

"初夏，你们再这样无理取闹我可要生气了哦！"我瞪着初夏，眼神中已经露出了杀气,初夏这才怏怏地失望而去。

我叹了口气,而上课铃这个时候也响了起来,看着身旁那只继续呼呼大睡的阿呆,我皱了皱眉头,其实,我知道,刘子墨也好,初夏也好,他们支持我的参选是为了我好,但是,我的心里却有另外一个打算,一个说不上自私,但又的确是自私的打算。

第二十七章

忙碌的小妮子

最近的日子真是充斥着一个字:忙。

一方面,这次的期中考试成绩虽说没有跌出本姑娘的底线,但是已经触碰到了我的底线!要知道,上一年的期末考试,我可是年级第一啊!虽说考试这种东西,除了实力外还需要一些运气,可是,我已经能够明显感觉到自己的实力和状态远不如上学期了,所以,必须要努力一把!

可是每当我看见身旁阿呆这只臭河马,我的内心就开始翻腾!这家伙明明一整天都在流着口水睡大觉,可是为什么却能够有如此强的潜能?莫非是应了《伤仲永》里所说的,是一个天才?但是天才这个词放在阿呆身上又怎么都贴切不了。有时候我不禁会想,如果阿呆这家伙好好完成考试的话,说不定真的能够创造奇迹呢。

奇迹,这东西我活到现在都没有见过。

其次,为了应付和初夏、刘子墨的竞选校花二人组,老娘我也真的是拼了。中午为同学们补习辅导,下午去带领啦啦队训练,遇到比赛还需要为学校的各支队伍加油。这些还不够,初夏还为我准备了许多训练计划。比如如何保持笑容、坐出女神范、走出女神味……其实,如果换作曾经的我,一定觉得自己疯了。但是现在,这个目标既然已经定下,就只能向前进了!

但是生活并非只要努力就能够一帆风顺的,麻烦总会出现,只是,这一次的麻烦比我预想中的要更加的令人困扰!一件件出乎我意料的事情如同原本清澈的河水中沉底的污泥,它们在各种因素的搅动下渐渐浮出了水面,一种不祥的预感环绕在我的心头。

我甚至想,如果能够就这样一直躲在那个家伙的世界里那该多好。

《沃克兰多大陆——未起航的空贼》第十二卷　家人的"关心"

和拉皮尔兄弟的决斗过后,捷度和魔迪已经成了学校中"大人物"。要知道,在空贼岛,决斗这种事情,就算是高年级的魔导生都鲜有人敢干,更别说这四个只是魔导二年的孩子了。

现在的捷度也算是扬眉吐气了,整整一天中,他都在学校里面和别人吹自己如何的聪明,如何的了得,如果不是为了保护魔迪,那根本不会受伤之类的,而这些吹嘘除了换来别人的嫉妒外也的确是增加了自己在学校里面的人气,而许多女生也开始主动靠近捷度,愿意和这个半兽人小子拉近关系。

放学的时候,捷度倒是罕见地拒绝了多个女孩一同回家的邀请,依旧是和魔迪二人一路回家。魔迪的家住在浮岛的最西面,而捷度的家却在浮岛的正中,所以,一般捷度都会自私地让魔迪一路陪着自己先回家,之后才让他自己回家,之前,他俩的关系虽说好,但是魔迪怎么也有点像捷度的小跟班的感觉。

但是,这一次,捷度却愿意先将魔迪送回家,魔迪觉得有些惊讶,原本自私的同伴今天怎么做出这么暖心的事情,而捷度的心里关于今天决斗的事情,其实还是觉得挺对不起魔迪的。

两个孩子一路上说说笑笑,捷度依旧时不时地捉弄着魔迪,他要么将魔迪的帽檐给突然拉下,要么是冷不丁在他的痒处搔上一搔,总之,魔迪一定觉得和捷度回家绝对不是一件容易的事情。他们路过集市街,捷度罕见地请魔迪吃了许多空贼岛上特有的食物,其中烤翼尾龙的干翅和雪浅鸟肉排可都是相当昂贵的食品。魔迪当然好奇捷度哪里来这么多零花钱,而捷度却拍着胸膛说自己现在已经是可以接受任务的空贼了,而这些钱都是自己佣金赚来的!

魔迪当然不会相信他的话，或者说，对于捷度的话，别人不好说，魔迪听进去的话一定会打折扣的。因为，他知道，捷度这个家伙真是太能吹牛了，而他说的每一个字都得要排除八成的水分才能勉强相信。

二人一路打打闹闹的，不多时也到了空贼岛西面的小片树林中。

一跨进树林，捷度立马警觉起来，他对魔迪小声说："好了，本盗就送你到这儿吧，我先说明，虽说这次决斗非常危险，但是有我在，也帮你永远搞定了那两个麻烦，况且……作为赔不是，我也请你吃了许多好吃的了……所以，回家之后你千万别和你家老爷子瞎说哈。"

"你放心吧捷度，爷爷不会在意的！"

"不是，你不知道，我就是担心他又像上次……哎呀，就是我俩去偷杜比鸟蛋的那次，最后跑去跟我妈告状！"

"嗯，我知道的，回到家我保证不和爷爷说……"

魔迪话音刚落，树林里就传出了一阵咳嗽声！

"不好，你爷爷他怎么走出来了！"捷度忙将魔迪向前推了一把，转身就准备走。

"站住！"一个老头特有的、有些拖拉嘶哑的声音在捷度身后响起。

捷度刚想跑，便不得不僵硬地停在了原地，而嘴里也不禁自言自语说："这老头今天竟然走到这里来接魔迪，早知道就不送他了！"

"老夫不是走到这里，而是刚回来！"老者缓缓地从捷度身后的树林中走了出来。

捷度忙装模作样地关心道："比努爷爷，您今天心情这么好，出去散步吗？"

"散步？"这位炎魔导族的老人冷冷一笑，"我这把身子骨原本就不该走出那木屋……但是听说我们的捷度大英雄今天干了件大事，所以，老身我也去凑了凑热闹。"

听此一言，捷度心中暗叫不好，这老家伙已经知道了。

魔迪的爷爷比奴，他是魔迪在这个世界上唯一的亲人。爷孙俩在魔迪只有两岁的那一年来到空贼岛定居，而空贼岛的岛主阿尔法也在没有经过通报流程的情况下就接纳了他们。时光一晃，八年过去了，魔迪已经成了一名魔导学院二年级的顶级炼金术学生,而比奴也比几年前更显得老态龙钟,炎魔导士族的人皮肤的褶皱都很多,而比奴现在的岁数已经一百二十岁了,他脸上的褶皱已经慢慢消失,取而代之是平整却没有弹性和光泽的皮肤。炎魔导士族中的人的确很特殊,他们皮肤若是越褶皱则变得越年轻!

"爷爷,你身体不好,就不要出来走动了!"魔迪忙上前搀扶。

比奴瞪了魔迪一眼,大声咳嗽了几声,呵斥道:"你还知道我身体不好吗?那你还不给我省省心,还跟着这小子胡混……你真的是把我……咳咳咳……把我每天交代你的话……咳咳咳……的话给……"

"爷爷……你慢点说……"魔迪忙拍了拍老人的后背,而捷度一脸大事不妙的样子。

"你说说……如果你出什么事情……我怎么和……怎么和……族人……交代……"

捷度实在是无法忍受比奴这般气短的声调,便抢过话头说:"比奴爷爷,这次的决斗也怪不得我们啊,实在是拉皮尔兄弟俩太混蛋了!我们不得不做个了结!"

"你……你们知不知道……他俩的武艺远在你们之上……就算是这次胜了,也会结下梁子……咳咳咳咳咳……"

"好了好了!"捷度抱怨了一句,接着转身对魔迪说,"本盗先走了,你照顾好老头吧!"

"小子!你给我站住,咳咳咳……"比奴见捷度这般不在意的样子,气得直吹胡须,对着已经远去的捷度大声喊道,"小子!我警告你,不许再来找我家魔迪!咳咳咳……你……你听见了没有!"

说罢,这老头还发起了脾气,将手中那根当拐杖用的魔杖朝着捷度走开的方向狠狠地砸去,当然,因为比奴已经没有多少力气,丢出的那根橡木老旧魔杖也只落在了不出两三步的距离。

回到家后,捷度见等待自己的只有费其拉一人,便随手拿起桌上放着的母亲做的红烧鸡腿大口啃了一口,随口问道:"费其拉叔叔,我妈妈呢?"

费其拉摇了摇头,指了指安娜的房间,小声说:"生气了,一个人在房间里。"

捷度知道今晚自己一定会不好受，只是没有料到，安娜并不是用木棒迎接他，而是用一种让他更害怕的惩罚方式。

冷漠……母亲的冷漠是捷度最恐惧的事情，而这种情况，只有在自己犯了极大错误的时候才会发生，比如说，去年捷度潜入盗贼总部金库去偷宝物被守卫捉住，那次若不是基姆校长说情，他差点就被判处死刑了。

捷度深深吸了口气缓缓地走上前，轻轻地敲了敲安娜的房门，屋子里没有回应，只听见了隐隐地哭声。

捷度放大胆子走了进去，他看见了在窗前月光下，母亲那有些单薄的背影。

"妈……我回来了……"

安娜没有说话，依旧是背对着他，一个人痴痴地望着窗外。

"妈，"捷度走上前，故意嬉皮笑脸地对安娜说，"你儿子今天可算是扬眉吐气了，以后再也不会有人说我只知道说大话……"

没等捷度说完话，安娜站起身抬手就是狠狠的一巴掌扇在了捷度的脸上，而就在捷度捂着脸发出嗷嗷叫的那一刻，安娜却一把死死地将儿子搂在了怀中！

"你难道也想像你父亲那样，丢下我吗？"

捷度感觉到母亲的泪水已经沾湿了自己的衬衣。

"当然不会，"捷度也抱住了母亲说，"我会一直陪在母亲身边。"

安娜缓缓推开捷度，看着儿子脏兮兮的样子，止住哭声说道："好了……你的伤怎么样了？"

"在学校已经有治疗师帮忙治疗过了，伤口也已经复原了。"

安娜仔细地检查了儿子身上，接着说："洗澡水我已经给你准备好了，还有，我放了一些草药进去，应该有利于你的伤口恢复。"

"好嘞！"捷度高兴地说。

"以后，"安娜认真地对着捷度说，"以后如果你再敢干这样的事情……我就……我就剥了你的皮！"

第二十八章

麻烦真的来了！

我承认，一切都是我想得太简单了。

当我躲在被窝里读完阿呆小说中一个章节之后，初夏的QQ对话框突然弹了出来，她的留言非常的焦急，好似天要塌了。

"季节，大事不好了，点进去看看（附网页链接）！"

我看见初夏发来的网页，知道是学校论坛的，便觉得这家伙一定又是看见了什么帅哥美女，又或者是学校的什么狗血新闻而瞎激动。

我随手点击了这个链接，而接下来的一幕却让我整个人都不好了！

在今天的学校论坛和贴吧上的标题中，几乎每一条都能够看见我的名字，而一眼看下去，这些标题党似乎已经准备好要毁灭我的人生了！

标题——实验中学的季节是个贱货！想知道贱在哪里的进来看！

标题——喜欢招惹男人，玩弄感情，她这还是一个初中生吗？看季节怎么卖弄风骚！

标题——季节其实是个心机婊，出卖同学，告小状才当上了学习委员！

标题——校学生会副主席？！经常出入厕所背后的烟头巷是为何？

……

……

好吧……我承认，被这样一刷屏，我整个人彻底凌乱了！

我不断提醒自己要冷静，要冷静，可是！可是我怎么无论如何都冷静不下来呢？！

不用说，一定有人在背后搞鬼！我点击进入了在论坛首页的回复量最高的一条帖子，而里面的内容除了大肆辱骂我、栽赃我的话语外，还有许多不明真相的观众在起哄。

"真的吗？看不出来啊！"

"真是天使的外表魔鬼的内心啊！"

"楼主是不是和季节有仇啊，别乱说哦，否则我一定要你好看！"

"这些到底是不是真的，求真相，求解释？"

"季节不是这样的人，是谁这么无聊发这样的帖子诋毁人家！"

"呵呵，我就呵呵……"

"原来是个这样的贱货！我就知道她不是个好东西，四处逗男生，又不和人家交往！"

"这里面一定有阴谋，你们这样说一个只有初二的女生居心何在！"

"哈哈，我就知道这货的真面目，还是静好姐姐最棒，她才是真正的女神！"

"水贴啊！来水水经验！"

"季节？是那个学校啦啦队的队长吗？真是这样的人？我之前还给她投票了呢！"

"是谁在这里乱叫，站出来，有种报真名，别在背后捅人刀子！"

"求真相？求真相！"

"……"

就在我盯着手机上的小小屏幕而全身气得颤抖的时候，初夏的QQ对话提示框又出现了。

"季节，你进去看了没？"

我飞快地打开QQ软件，重重地点击着屏幕，而几滴滚烫的眼泪已经在不知不觉中滴在屏幕上，内心的委屈只能找初夏去倾诉，但是犹豫了半天，我将输入框中原本写好的一大串骂街和发泄的话统统删了，最后也只回复了两个字：看了。

"你别难过……一定是有人在后面使坏，刘子墨已经去找论坛的坛主删帖子了。"

"初夏，我真的好难过。"

"乖，会好起来的，我们明天见面说吧，现在时间也晚了，睡觉吧，我就告诉你一声让你有个准备。"

"嗯。"

现在的时间的确已经是午夜了，原本我也已经准备关掉手机好好睡觉，但是这事情一出，我哪里还睡得着。

秋天的夜晚不安静，窗外不时传来徐徐的风声，千头万绪在我的脑海中激荡，而刚才看见的那些触目惊心的文字如同一把把锋利的刀片，它们一刀刀地割着我原本认为很坚强，实则脆弱不堪的内心。

究竟是谁干的？大家为什么要这样对我？我到底做错了什么？我在别人眼中真的就是一个那样的人吗？

我不要！我不要！我不要再想了！

我有些抓狂地捂着头，气喘吁吁地顶着被窝坐起身，将整个脸都埋在了枕头里，歇斯底里地大哭起来。

不知道过了多久，我总算是哭累了，拖着疲倦的身体从被窝里钻了出来，庆幸还好刚才自己痛哭的时候捂着枕头，这样才没有惊动爸妈。

我站在窗前，将窗户推开，希望冷冷的夜风能够让我清醒一些。

我看着窗外那圆圆的月亮，心里却突然想到了那个地方，那个有着两颗月亮的大陆……明天，我还是要去学校，我依旧要面对着现在被我弄得乱七八糟的生活。

我无法逃避，也无从逃避。

这样的话，那至少让我暂时可以逃离这一切吧……

《沃克兰多大陆——未起航的空贼》第十三卷 结义兄弟

晚餐中，捷度胡乱吃了几个鸡腿。他借口说要去魔迪家一起复习炼金术的课程，所以估计饭后要出去一趟，晚上回来的会晚一些。

虽然安娜对于儿子的信任早已经降到了零点，也狐疑地打探了几句，并且坚决表示自己不相信，但是捷度却说得头头是道，诸如自己真的已经下定决心要学好炼金术，以后一定不让母亲失望。这些话他早就已经倒背如流了。

席间,费其拉看着一手拿烤鸡腿一手拿烤肉排的捷度表扬道:"看不出你小小年纪,武学已经这般了得了。"

捷度两手都忙着抢着往嘴里塞肉,但是仍旧不忘记自夸几句,他用装满了食物的嘴支支吾吾地说:"那当然,论武学,我可不是吹的,在我们年级我称第二就没有人敢称第一……"

"捷度!我怎么和你说的,做人要谦虚!"安娜没好气地对他说。

"妈妈!你还不承认吗?我真的就是天才,我是沃克兰多第一聪明人!"

费其拉看着在自己面前炫耀的捷度,他微笑着对安娜摇了摇头,二人相视一笑。费其拉心想,加尔纳西,你这儿子日后估计还有得磨炼呢!

其实,捷度自己心里清楚得很,虽说自己的武学还不赖,但都全亏刚博的严格要求。捷度的父亲加尔纳西曾经和刚博是一个盗贼分队的成员。二人惺惺相惜,关系异常亲密。在那次任务之后,加尔纳西再无音讯,而刚博因为没能够拯救昔日的战友而感到深深的愧疚。而这一份愧疚之情很自然地就转到了捷度的身上,刚博发誓要像对待自己儿子一般对待捷度,要把捷度训练成一个真正的强者!

就是因为有着这样的承诺,每日武学课后,刚博都会将捷度做特训,他对待捷度的要求也异常严格,往往都把捷度练到筋疲力尽、鼻青脸肿才放他回家。在种种的魔鬼训练后,捷度的武学科目成了年级上的佼佼者,也为日后的深造打下了基本功。当然,捷度虽然表面上很厌恶刚博,总是能逃一节课就逃一节课的,但是他的心里并非不理解刚博,毕竟刚博的口头禅:平时多流汗,战时少流血,的确是真理。

饭后,捷度再三向安娜做了保证,这才得以溜出了家门。

他先到浮岛的夜市里买了一些酒肉,接着便一路赶往了自己的秘密山洞中。

那个自称叫龙的龙族人此刻正坐在洞中的篝火前目不转睛地看着一卷手卷,而捷度蹑手蹑脚地走到他身后,正准备要扑上去吓他一跳的时候,龙反手一抓,将捷度给硬生生地摔倒在了地上。

"哈哈!你小子还想偷袭我?真以为自己赢了场决斗就上天了?"

"喂喂!我说你个老家伙,怎么出手这么没有轻重?我也就只是想和你开个玩笑!"

捷度咬着牙齿忍着刚才这一摔的疼痛从地上爬起来，拍了拍自己身上的尘土。

"不错啊，狗胆子怪大的，才屁大点年纪就敢决斗！"龙拍了拍他的头，接着将他手中的酒肉很自然地拿了过来，"嗯……还算懂点事，给老夫带了些不错的夜宵。"

"你也看了我今天的决斗吗？怎么样，挺威风的吧？"捷度蹦跳地坐到龙身旁，而也就在这一瞬间，他似乎感觉到了一阵莫名的悸动，一个目光正死死地锁定着他。

捷度忙转过身，在身后四处张望，而在篝火所笼罩着的影子中，一个身影极快地从他面前闪过，遁入了黑暗中。

"有怪物！"捷度警觉地拔出了腰间的匕首，而龙却走过来拍了拍他的肩膀说："好了，别大惊小怪的，不过是一只野兔罢了，来来，既然你今天得胜归来，又这么大方地请客，老夫就不客气了，一起和你庆祝庆祝！"

"我可没有这么大方请你的客，分明是你请我的客。"捷度笑嘻嘻地坐下，从香喷喷的烤肉上撕了一大块开始大口大口地吃起来。

"此话怎讲？"龙觉得有些奇怪。

"没什么，其实嘛，我也不过是帮你跑个腿而已。"

龙急忙摸了摸身上的布包，发现钱包不知道什么时候不见了。他马上反应过来，一定被眼前这小子给偷去了。

"你个小孩，从小不学好，就知道偷东西！"

"废话！学好能干什么！"捷度不在乎地咬着烤肉，"我本来就是空贼，而你一人在此，又不敢露面，要这些钱做什么？不如给我，我还能给你带些东西……而跑腿嘛，自然应该收一些跑腿费之类的。"

"哈哈，小鬼，叫你这一说还变得有道理了？"

"当然，我这人做事厚道，所以不用你提醒，我便自己取来花了！"

龙贼贼地看了捷度一眼，愤愤地说："好小子，你有种，老子也栽你手上了！"说罢，二人相视哈哈大笑起来。

"小子，我看得出，今天你是为了帮那炎魔族的小鬼才和那两个孩子决斗的吧？"

"的确是，我捷度这辈子最讲义气，而魔迪被欺负我当然不能够坐视不理！"

"不错！够豪情，来，我敬你一口！"说着，龙将一杯没有打开的木杯啤酒递给了捷度。

安娜当然不允许捷度喝啤酒，但是，捷度这家伙什么时候把母亲的话放心上了？还好，沃克兰多空贼岛的啤酒有专门为这些个"小坏蛋"酿制的不含酒精的麦香啤酒，而集市上的商人也都只会卖给孩子们这样的啤酒，当然，包装和真啤酒一样，不过里面的酒给换了，然而，孩子们可不知道这件事，他们还认为自己很酷地喝了大人们喝的啤酒了呢。

就这样，这一老一少席地而坐，一边喝酒一边吃肉，你一言我一语地吹嘘着自己的"英雄事迹"。龙见捷度话匣子一打开便收不住了，觉得他满口夸夸其谈，但又的确喜爱这狡猾聪明的孩子，便心生一计，说道："小子，虽说按你的血脉辈分的话，算是我孙子的孙子都还嫌小，但今天我着实高兴，不如，我们来结拜兄弟。"

一听此言，捷度大吃一惊。他瞪大眼睛指了指龙，又指了指自己说："你，和我？"

"嗯！"龙笑眯眯地说。

"还结拜兄弟？"捷度自己都忍不住笑出了声。

"当然！小鬼，你笑什么？让你跟老夫结拜是看得起你，高抬了你，要不是看你和我聊得来……"

"好好！"捷度放下手中的肉块伸出了油腻腻的小手对龙说，"既然你这么想巴结我，那本盗也就很勉强地接受了。"

"就你嘴硬！"龙拍了拍捷度的脑袋，随即，二人在篝火前歃血结义。

这种结拜的仪式对于沃克兰多大陆的各种族而言，是非常庄重的。结义双方必须将血液灌注精神力与对方交换。含义是，表明双方从此成了真正"血缘"意义上的兄弟。

仪式结束后，龙坐了下来，喝了两口酒便转入正题。他道："小兄弟，你我二人现在已经成了兄弟。那就应该开诚布公，对吧？"

"那是当然。"捷度拍着胸脯说。

"那我问你，之前我交代你的事情做得怎么样了？"

捷度眼珠一转，心想，听这老头刚才和我吹的那些诸如一人赤手空拳打死山崩裂龙又或是一人铲平了克兰缪邪教的事情，这些若全是真的，那这老头看来不简单；而我和他认识才不过一天，他竟然就缠着和我做结拜兄弟，怎么看，都觉得可疑。他来找费其拉叔叔的真正目的是什么？费其拉叔叔的仇敌很多，如果这个龙也是其中之一，那么二人必有一番激斗。他的伤还没有完全恢复，我不能将此事告知他。否则他必定为了不拖累我们，来此和龙决战。此刻，我先稳住他们，等打探出虚实后再做定夺。

"我们是兄弟嘛，你的事就是我的事，"捷度假装一起凛然地说，"为了帮你打听这件事，我的腿都跑断了。"

"那可有什么消息？"

"有，的确如你所说，我打听到，昨日有一个和你同族的人来到岛上，只不过现在在哪里就不得而知了。不过你别担心，我明天再去探探。"

龙点了点头说："好兄弟，那就要拜托你了，此事事关重大！"

"事关重大？"捷度挠了挠头问道，"既然你我是兄弟，那你能否告诉我为什么要找那个人？是为了报仇吗？"

龙盯着捷度的眼睛看了几秒，这个举动让捷度心里犯虚，害怕被他看穿了。龙却反问道："你听说过灭世文章吗？"

捷度吃惊地思考了片刻回道："灭世文章……我记得历史课本上面好像提到过一点，但是当时我没有仔细看。"

"那正好，老夫告诉你，那些个历史课本上面写的统统都是假的！"

"什么意思，喂喂，你先解释下好不好？"

龙认真地说："在你们现在课本上，灭世文章被写作是曾经被阻止的一场魔界大灾难，但是真相却是，这场灾难根本就没有被阻止，只是被暂缓了！"

"暂缓？还有，这是什么灾难？"

龙接着说："在沃克兰多，每隔五百年便会出现一次双月黑渊。传说那一天，天上的两个月亮都会被黑暗侵蚀。只要在那个时候启动灭世文章仪式，太阳的光芒就会永久消失。而月亮因为中了这邪恶的咒语，会将世上所有魔能都吸食殆尽。此后，这等万恶的力量将被魔族赋予施法者。如此一来，他将被彻底黑化。更可怕的是，被囚禁在月亮上的魔族也将从沉睡中苏醒过来。他们会架着魔鬼战车席卷整个大陆，沃克兰多将陷入灭世危机。"

捷度听完龙的话，冷冷地笑了笑说："这个故事不错。编，你接着编，这么大的事情，我怎么从来没有听说过？"

"为了避免恐慌或者是自我麻痹吧，总之知道真相的人都守口如瓶，而你们历史课本传下来的解释也不过是逃避事实罢了……也许还活着的人也都想忘却那段恐怖的历史。"

"呵呵……听你说话的意思倒像是你经历过一样。"

龙叹了口气说："我的确是经历过，而现在还活着的这些老家伙也没有几个了。"

"你就吹吧，反正我就当听故事。"

"你不相信？我告诉你，五百年前那次魔族仪式，是我和七贤者好不容易才在最后关头将被附体的妖兽给封印的，而那次的灾难差点就毁灭了沃克兰多。"

捷度沉默了一会儿说："你不是说五百年一次吗？"

龙点了点头说："那是五百年前的事情了，而现在，知道此事的人差不多都死了，而我也已经快六百岁。"

"六百岁？"捷度看着龙，觉得不可思议，这家伙竟然说自己活了六百岁？

"怎么样，厉害吧！"龙炫耀地看着捷度。

捷度抱怨着说："切，鬼知道你说的是真是假。"

"小子，我发誓，绝对没有欺骗你！"

"发誓，我告诉你，本盗一天要发几百个假誓呢，我才不信！"

"小鬼……你……我可和你不一样，我是龙族，是最重视名誉的种族！"

捷度愣了几秒，接着说："好啦，不管你说的是真还是假，反正，五百年才来一次，和我没有半点关系。"

龙笑着说："小子，可惜这一次你怕是躲不过了，因为下个五百年的轮回就在十七年后！"

捷度沉默了几秒，接着又问道："好了，就算是来了，也不关我的事，这种事情是你们这些英雄人物去干的，我现在只问你一句，你到底告不告诉我为何要找那个和你同族的人？！"

龙扶住了捷度的肩膀，用一种异常坚定的口吻说："我找他的原因很简单，因为他的手里有能够阻止这场灾难的钥匙！"

第二十九章

应变措施

对于此次本姑娘在网络上被大规模抹黑的事件，我的两位"经纪人"刘子墨和初夏都用了紧急事态处理机制。

面对这无精打采的我，刘子墨这位专业的"竞选顾问"似乎并不是在乎，反倒是依旧是将他的这份"工作"放在首位，大清早的就在我的耳旁开始叨叨念着我已经丢失了多少的支持率，投票进度又是怎样的拖慢，甚至连同比下滑多少个百分点这个家伙都算出来了。不过有一点我真要感谢这只乌龟，他帮我找了许多贴吧的吧主，恳求他们高抬贵手，这样才好不容易将那些关于我负面信息给删得差不多了。

刘子墨已经为这次事态的发展做出了预测，虽说不乐观，但也不至于太过于悲观，甚至于他已经备好了说明稿，准备今晚在各校园论坛和贴吧里为我澄清这些造谣的信息。

而初夏，她已经将自己的身份做了大胆的修改，让我从今之后称她为名侦探初夏，而她现在也将正式接手我这无辜者被人抹黑的案件。经过初夏名侦探的大胆分析和证据的搜集，她得出了一个结论，此事背后一定有鬼，而这个鬼，在她脑中闪过一道灵光后也已经知道了真相。

"我一定要揪出这个卑鄙的幕后黑手！"

见初夏说出如此气势磅礴的真相旁白之后，她还理所应当地觉得此处该放段柯南侦破案件时候的配乐。

初夏发现，每一条我被黑的帖子里都会出现一个人的名字——静好。

这个家伙一定有问题！初夏捏着下巴，努力装出一副若有所思的样子，随即，我这位侦探闺蜜便让刘子墨去打听下此人的由来。

作为校园百晓生的刘子墨怎会有不知道的人，更何况是号称初三年级的级花静好学姐呢？刘子墨将他的手机递给了我和初夏，让我们看上面的一个女孩的照片。

手机屏幕上面的是一个露出迷人笑容、相貌甜美的女孩，虽然照片中的这个女生身着校服，但是却依旧给人眼前一亮的感觉，初夏赞叹道："果然和打扮相比，还是颜值更重要啊！"

我看着屏幕中的女孩，心里的第一感觉是温暖。嗯，的确是这样，这位学姐给人一种非常温暖的感觉，绝对是暖妹一枚！而刘子墨却异常警觉地说："下午我就把她的详细资料带给你们看看，这个女生估计是我们这次竞选的首要大敌！"

看着刘子墨和初夏二人开战略研讨会，我的心情突然变好了一些，虽然因为昨晚的抹黑事件，今早大家看我的眼神都有些古怪，但是至少还有两个朋友和我站在一条战线上，相比起来，我瞟了一旁那只睡成了死猪像的阿呆，哼，面对自己的班花同桌被别人欺负坐视不理，这家伙的良心真是被狗吃了！

可是不争气的我最近却又总是在回想着阿呆小说中的情节，在充满奇幻色彩的世界，那里的孩子和我们一样，也要上学，也要为了未来的生活做打算，只不过，他们学习的是有意思的炼金术和魔法，而我们学习的却是枯燥的数字和单词！

呜呜呜……那个世界有各种各样奇妙的种族，每天都发生着惊喜的冒险，每天都有值得期待的事情，不像我们这个世界里生活，大家都是千篇一律，而且还总有一些人非要在人家背后搞阴谋诡计，真是可恶透了！

趁着午休时间，我不理会初夏和刘子墨这对烦人的经纪人组合，一个人坐在运动场的看台上拿出了手机，熟练地进入了阿呆的博客主页。

《沃克兰多大陆——未起航的空贼》第十四卷　回忆

　　捷度从秘密山洞辞别龙后，便一个人来到了浮岛西边的一条小溪边。

　　这条溪流的源头在空贼岛上空的另一座较小的浮岛上，而因为那里被法师施法聚集了源源不断的水魂，所以终年都有清澈的水流从小浮岛上喷涌而下，这些瀑布的水流最终汇集在一起，成了空贼岛上的几条源源不绝的溪流。而这样的落泉浮岛在空贼岛的上空有三十多个，也是空贼岛上居民们水源的主要来源，而欣赏这些在晚上反射着月光的瀑布是捷度最爱的事情。

　　但是，最近的烦恼真是特别多。虽说捷度这孩子天生就是一个喜欢找麻烦的家伙，也从来不怕惹事，但是就在这短短几天之中，却发生了太多需要这个只有十岁的孩子思考的事情。

　　首先，是父母当年的挚友费其拉，他为何会莫名其妙地来到空贼岛；再者，就是住在秘密山洞中的龙族老头，当然，现在他和捷度已经是结义兄弟了。这个龙族怪人要找费其拉的目的究竟是什么，他一直守口如瓶，而且他口中所说的灭世文章究竟是真是假？算了，不想那么多了！捷度一屁股坐在小溪边的草地上，躺了下来，用胳膊垫在脑袋后面，跷起二郎腿，看向浩瀚的星空。

　　关我什么事情，想这么多又没有什么好处可以捞，反正我只要记得叔叔还差我一千个金币的佣金就可以了。捷度这样想着，嘴角露出了坏坏的微笑。

　　就在这个时候，他的耳边传来一阵窸窸窣窣的骚动。捷度坐起身，发现一只灰色针鼠正在溪边饮水。

　　捷度闭上眼睛，用父亲曾经教过自己的兽心法术，试图和那只针鼠心灵共鸣。

　　父亲加尔纳西曾经告诉过捷度，他们是兽人，也就是这个世界中的万兽之灵，天生就拥有和野兽沟通的天赋，只要集中注意力，将自己的内心坦诚地交给野兽，那么野兽就会相信你，就会为你而战。

　　突然，针鼠的眼睛突然泛起微弱的黄色光芒；捷度的身体也发出奇异的黄色魔光。一种心灵的交流和共鸣架构在捷度和针鼠之间。

针鼠突然仰起头，鼻子在空中嗅了嗅，接着缓缓走到捷度面前，臣服地趴了下来。成功了！捷度已经能够轻易地使用这种天赋。他轻轻地抚摸针鼠身上那硬邦邦的针刺，脑海中想起已经离世的父亲。

捷度小时候曾经非常惧怕动物，对于凶猛的野兽，更是不敢靠近。当时，是这位长着巨猿脸的兽人父亲加尔纳西，亲手将儿子稚嫩的小手放在各种野兽的头顶，一步步教会他如何靠近野兽，如何与野兽交流，如何用天赋和野兽在心灵上建立互相信任的桥梁。

对于顽皮的捷度，加尔纳西当然没少责罚，只是从不直接动手教训。除了在一次和野狼群遭遇之后，他狠心地将儿子丢在野狼群中，逼着捷度和野狼族长建立心灵共鸣。

可是，如今加尔纳西被盗贼组织宣布牺牲了，也就是说，捷度再也不可能见到他。想到这里，过去的种种如同洪水一般袭上心头。他再也忍受不住对父亲的思念，大滴大滴的泪水流了出来。

还好有母亲和基姆爷爷守护在自己的身边。只要想到基姆，捷度的内心就充满了温暖。基姆爷爷是在空贼岛上除了父母外自己最亲的人。虽然母亲从来没有告诉过捷度，身为兽族使臣的加尔纳西究竟是如何和自己相识，又为何会定居空贼岛的缘由，而捷度就算去恳求基姆告诉自己这些事情的缘由，这位博学的院长却同样对这个孩子守口如瓶。

捷度一直无法理解，为什么母亲和基姆对过去的事情都要隐瞒自己。

对于加尔纳西来说，基姆更像是他的老师，而每一次任务的制定以及遇到麻烦和苦难，加尔纳西都会去找博学多识的基姆商议，二人的关系异常紧密，惺惺相惜。而在捷度出生之后，基姆更是对捷度宠爱有加，甚至时常带着这个孩子与自己同住，除了给他讲许多精彩的冒险故事外，也喜欢滔滔不绝地告诉他关于外面的奇妙世界以及自己年轻时候的所见所闻。而在捷度犯了错误，安娜要收拾他的时候，这个孩子总是第一时间去基姆爷爷那里避难，而在基姆面前，安娜往往也只能先隐忍不发，待和儿子回家后再使出棍棒伺候。

现在，基姆正在代表空贼集团出访他国，此去已经快一个月了，期间他虽然给捷度写过两封信，但是内容也不过是叮嘱捷度要努力用功不可惹事。

如果这个时候基姆爷爷在该多好啊，他一定能够告诉我应该怎么处理费其拉和龙这两个人的事情。

想着想着,不觉时间已经晚了,捷度突然想到了自己的好友魔迪,如果此刻,他也在这里的话那该多好,至少不需要一个人无聊了。

对于魔迪而言,捷度绝对是这个炎魔族孩子唯一的朋友。但是在二人刚开始相处的时候,捷度也只是将笨手笨脚的魔迪当作是帮自己完成魔导学作业的工具而已,捷度只是觉得这个胆小鬼比较好利用,便假模假样地和他交了朋友。谁知,这一相处就已经过去了整整两年,捷度却发现,魔迪虽然样子笨拙心灵胆小,但是脑子却非常灵活,特别是像炼金术这样复杂的科目,魔迪从来都是最棒的,而他对自己又非常地贴心,二人在长时间的相处后也逐渐有了默契,现今已经成了无话不说的好友。

回到家的时候,已经是午夜,安娜早就在卧室里睡着了,而在客厅里,费其拉躺在沙发上也已经熟睡。

捷度蹑手蹑脚地走进屋,就在准备上楼的一刻,他突然看见了费其拉旁边的那一把被粗麻布包裹着的龙刀。

先前,捷度不过是将这东西当作是一件普通的武器罢了,现在却想到龙之前说的话,似乎这龙刀非常厉害。捷度来了兴趣,便悄悄地走到了龙刀前,将上面的包布给轻轻地拿掉。

在窗外的月光下,龙刀的柄棍上浸出了丝丝的绿色魔光。

捷度小心地将刀棍拿在手中,感觉这件武器沉甸甸的,而抚摸过上面奇怪的图腾却有种难以言表的奇妙感觉。捷度虽然才是魔导二年的学生,但也知道图腾符号是魔咒。突然,捷度回想起第一次见费其拉时他用这武器战斗时的情况,手里摆弄着手里的龙棍,心想,当时这两头明明有冒出绿色的刀刃啊!

想到这儿,捷度心生一计,他闭上眼睛,集中自己的精神力试图将这些念力灌输到龙棍之上。

可是,就在这一瞬间,龙棍却产生了极强的排斥力,上面的那些图腾也在瞬间变成了鲜红色,而捷度感觉到一股强大的力量席卷自己而来,这种威力似乎是要将自己吞噬,而全身也开始被红色的火焰所包围!

"啊呀!"

就在捷度发出惨叫之时,龙刀的力量将捷度重重地弹飞了,以至于捷度倒地之后气喘吁吁，而对于刚才的那种恐惧，这个极富好奇的孩子还感到心有余悸。

费其拉被刚才的震动惊醒了，他一把拿起龙刀，用念力瞬间将龙刀恢复了原状，而看着倒在地上的捷度，他无奈地说："你知道自己刚才的举动是多么愚蠢了吧？"

"这……这是什么鬼东西？差点把我烧死！"捷度揉着胳膊抱怨道。

"不是龙族还敢碰龙刀，你是不是不要命了？"费其拉一把拉起倒在地上的捷度，而就在这个时候，安娜的卧室里面传出了声音，应该是听见儿子的叫声所以惊醒了。

"捷度？是你吗？你大半夜的不睡觉鬼叫什么？"

捷度可不想因为此事被母亲批评，便忙对着费其拉摇手求饶说："对不起了，我不是故意的，就是好奇，我先上去睡觉了，求你千万别和我老妈说这件事！"

说完，捷度又朝着费其拉调皮地双手合十求饶了一番，便在费其拉无奈的目光中急急忙忙地溜回了自己的卧室。

第三十章

竞争对手

拿着手中那份关于静好的情报书，我不禁对这个曾经只听过名字的师姐产生了一种强烈的好奇心。

"我们这样做是不是很卑鄙啊？"我拿着牛皮信封有些犹豫是否要打开，而身旁的初夏却急不可耐地将它夺了过去。

"我说你啊，都到了这个时候了，还磨磨唧唧的。"初夏倒是没有我这么多的犹豫，她瞟了一眼信封上的几个字（姓名：静好，机密级别AAAAA　星级：5星）便随手撕开了封口，"孙子云：知己知彼，百战不殆。况且是她先卑鄙在前，难道你忘记她先前的水军是怎么在网络上造你的谣吗？"

"可是……我还是觉得有些不妥啊。"我犹豫地拉住了初夏的手。

初夏抱怨地瞪了我一眼，一股子恨铁不成钢的样子，撇了撇嘴巴说："大小姐，这样好不好，你觉得看敌人情报卑鄙的话我看就好了啊，你就继续当你的圣母玛利亚吧，这种邪恶的事情交给我来搞定！"

"初夏，我不是这个意思。"我见初夏口吻已经有了火药味，忙安慰说："我知道你是为我好，只是……你知道的……"

"那么我问你，"初夏认真地看着我，接着一个字一个字地说："阿呆的那份档案你看了没有？"

我被她这么一问，愣了几秒钟，只得木讷地点了点头。

初夏抿了下嘴说："那不就结了嘛，既然都看了，那么看阿呆的和看这个静好的又有什么区别嘛！"

一瞬间，我被初夏抛出的这个反问句给弄懵了。的确是这样，为什么当初我看阿呆的档案的时候心里面并没有什么纠结，只是好奇，还是说就是想要知道关于那个家伙的秘密呢？但是现在面对这个陌生的女孩，我却发自内心的觉得内疚……是啊，我之前偷窥了阿呆的隐私都没有觉得有太多负罪感，但是此刻，面对着初夏，我的内心真的开始犹豫了。

或许，一直以来，我就是一个这样虚伪的人吧，可是，卑鄙也好虚伪也好，只要不被别人知道，那样不就行了吗？

难道说我就是这样一个虚伪做作的人吗？

初夏见我发愣，推了推我说："喂喂，大小姐，你干吗这副样子，不会是要哭了吧！"

初夏说对了，我的确是哭了，只是直到眼泪滴落在那牛皮信封上的时候才意识到自己哭了。

初夏叹了口气说："这个人是我们的劲敌，她已经先下手为强了，我们就算是看看她的老底也是正义的反抗，所以，你别想这么多了，敏感个什么劲！总之，我可以确定，上次的造谣抹黑事件的主谋一定是这个贱货！"

就在初夏还在滔滔不绝地给我洗脑的时候，刘子墨不知道什么时候已经出现在了我俩身后。

"初夏，我觉得你的推理可能错了。"刘子墨用一种异常矫情的语调悄悄在我们耳边说。

"你是鬼呀,干吗突然跑到我们后面。"初夏抱怨地拿起课桌上的历史书就当头给刘子墨一"脑震荡",而这个标准动作完成后,她恶心地拍了拍那书上沾着的刘子墨的头皮屑。

刘子墨捂着脑袋,但是依旧继续着刚才的话题:"你们猜上次是谁帮我们把那些信息给抹除的?"

"还能有谁,你不是知道每个贴吧的吧主和论坛的坛主吗?"初夏有些迷惑,我的心里也开始有了一种淡淡的不安。

"的确是这样,但是你不会知道,我在操作这件事情的时候,其他的地方都基本删除了,可就我们学校贴吧的那几条帖子,吧主怎么都不愿意删,可是第二天却神秘地消失了。"

"什么?!你之前怎么没有提起呢?"我问道。

"开始的时候我也一头雾水,还以为是那帮家伙良心发现了,可是经我事后一打听,你们猜怎么着?"

初夏再次提起了手里的必杀课本喝道:"你再吊老娘的胃口,杀、无、赦!"

刘子墨忙比了一个求饶的姿势说道:"好好好……我不卖关子了……那几个吧主可都是静好的铁杆粉丝,而让他们删帖子的人,正是静好!"

我和初夏相望一眼,两人的眼神中都在瞬间出现了一个成语——不可思议,好吧,我觉得我这边还是用莫名其妙这个成语更贴切一些。

《沃克兰多大陆——未起航的空贼》第十五卷　拆穿谎言

在此之后的日子中,捷度的生活变得越来越忙碌。

首先,费其拉决定要长期定居在空贼岛,而具体的原因,捷度当然不得而知。但是对于这个自己救下的这位父母昔日的旧友,捷度并不排斥他,而对于他那晚展现出的武技,捷度还是挺欣赏崇拜的。所以,费其拉决定留下来,自己只会多一个靠山,是好事一件。

费其拉和空贼岛上的高层似乎有些关系，竟然没有费什么力气就得到了管理层的批复，空贼岛的领土委员会同意暂时将浮岛西部居民区中的一块空地租用给费其拉，而且租金也低得不合道理，安娜知道，费其拉过去曾经有恩于空贼岛，得到些优惠也是应该的。

这块空地的位置还不错，临近居民区的一块小湖泊，周围的木屋也不算紧凑，围绕着四周的是郁郁葱葱的植物和一片刚冒出枝丫的新树苗。

每日放学后，捷度都会先将魔迪约到后山山洞中去完成当日的炼金术作业（当然，捷度的那一份都是魔迪给完成的），接着二人便会去帮费其拉添置一些日常用品，如果时间早的话，还会参与费其拉雇佣来的建筑小队，帮他一起建造图纸上面的木屋。

对于山洞中的另外一位龙族之人，魔迪却有些担心。他无法忘记龙第一次见到自己时候的那个严肃的表情和一句捉摸不透的话语。

当时，龙第一次见到魔迪，竟然二话不说就将他的衣袖给撸开，盯着自己手臂上面的一个封印魔纹看了许久说出了自己的名字。

"孩子，你叫魔迪，是吧？"

面对龙的问话，魔迪彻底吓傻了，而关于自己手臂上面那块隐约浮现的魔纹，自己也不清楚是什么，爷爷也未曾和自己谈起过，或许就像是胎记一般，从小就根植在他的手臂中。

接下来，龙仅仅只是冷冷一笑，说："难怪人家说炎魔族已经没有希望，果不其然，小家伙，你这般孱弱，未来如何面对你的宿命？"

看着魔迪失望的样子，捷度理所当然会去追问龙的意思，但是龙恢复了那副一问三不知的常态，徒自烤肉睡觉去了。

这些天来，捷度和魔迪每日都在秘密山洞中和龙畅聊玩闹，三人闹累了就烤些龙打猎来的野味吃，有时候龙兴趣来了，也会传授一些武学招式给他俩，甚至于让捷度和魔迪联手以二敌一和龙切磋一番。

此番光景倒也过得快意，而三人的感情也日益加深。

有一次捷度还是忍不住好奇，问起关于灭世文章的事情，但是龙的回答也很简单，那是英雄人们去想的事情，和他们这俩孩子没关系，继续该玩玩，该吃吃，无须多想。

今日魔迪被学校炼金术社团叫去活动了，所以放学后只有捷度一人来山洞中找龙闲玩。

但是，今日，捷度却发现了自己这个兄弟老头有些反常。

龙的这种反常可以理解为他突然变得正常了。的确是这般，平时疯疯癫癫的龙如果突然正常起来的话，那就会形成一种极大的反差感！

此刻，龙傲然地站在洞前的矮崖边背对着捷度，原本捷度蹑手蹑脚地想悄悄靠近他，吓他一跳，但是龙早就感知到了捷度的气息，他没有回头，只是用一种极为严肃的语气说："老夫今天没心情和你闹了。"

被龙发现后的捷度忙停下脚步，悻悻地走上前，拍了拍龙的肩膀说："干吗啊，是不是今天谁惹你了？"

龙缓缓转过身来，脸上隐约浮现出莫名的眷恋和担忧："小子，明天我就要离开这里了。"

龙说话的语调很平静，但是对于捷度来说却似一道晴天霹雳！整整两个子月的时间以来，捷度已经习惯了和这个龙族怪老头相处，虽说他从未将费其拉的事情告知这人，但是内心深处倒更喜欢这老头多一些。

龙拍了拍他的脑袋说："别这一脸吃惊像，告诉你，我还知道你更多秘密呢！"

"什么秘密？"捷度皱着眉头，心里顿时有了一种大事不妙的感觉。

龙微微一笑，露出平日里一贯的顽皮语调说道："我要找的那个叫作费其拉的同族人其实一直和你生活在一起对吧？"

捷度一听龙这样说，忙摇手道："怎么可能！你怎么这样想，我是你兄弟，如果真这样为何要隐瞒你？"

龙见捷度抵赖，便吹了下口哨，顿时，从山洞的一个角落中，一只从没有见过的野兽缓缓走了出来。

捷度警觉地手握腰间的匕首，而龙伸手挡在了他面前。

"这是我们龙族的圣兽，唤为龙兽，也是现在龙族仅存的一只圣兽了。"龙解释说。

捷度这才放缓了紧握匕首的力道不由得仔细打量起了这只罕见的野兽。这所谓的龙兽长得和普通的大型猎犬一般高，头上长有两只长的犄角，兽脸酷似战蜥，但却被几层白色长毛覆盖，而它脖子以下的身上覆盖着闪着淡淡光芒的天蓝色绒毛，后背披着两根超过捷度尾巴三倍长度的战须。此兽昂首挺胸，一副高雅尊贵的作态，它缓缓地朝捷度走过来，尖锐的眼神中隐露着杀气，而不凡的气力已经渐渐在它身体中形成。

捷度还想继续装蒜，便说："这野兽对我好像很有敌意，看着它这副吊样，我真心有些不爽！"

龙不理会他，接着问道："因为他，我才敢肯定，你和费其拉在一起。"

捷度叹了口气，知道龙应该已经抓到了实柄，便歪着嘴一脸不服气地说："你从什么时候知道的？"

龙蹲下身，安抚着龙兽说道："从你接触过龙刀的那一刻。"

捷度似乎反应过来了什么，突然回想起了那天夜里自己玩弄龙刀的事情。

龙接着说："龙兽一生之中都追随持刀者，对于龙族的神器龙刀更是有着天生的感知力量，而那天，你触摸过龙刀后，龙兽已经埋伏在暗中准备攻击你，好在我发现才得以制止。"

捷度点了点头，心想，原来如此，看来这家伙能够像狗一样闻出摸过龙刀的气味，便说："那你为何一直都让它隐藏，不让我知道，你也不够兄弟！"

龙回道："龙兽是龙族宝贵的神兽，每一代仅传承一只。现在的格罗瑞亚还处在幼年，先前的二百零八头龙兽的龙力都传承在它的身上，怎可轻易示人！"

"呦，还怪稀奇的嘛。"说着，捷度不由蹲下身、靠近了一点，看着龙兽，"这家伙叫格罗瑞亚？"

龙兽见捷度靠近，再次警觉起来，做出了要攻击的姿势，龙拍了拍它的脑袋，想让它冷静一些。

"格罗瑞亚·尼尔斯。"

"还有姓？"捷度更加好奇了，"我第一次听说野兽还有姓氏的。"

龙站起身，接着说："自从格罗瑞亚在那天晚上对你有了异常反应后我就跟踪你到了你家，果然发现了费其拉的踪迹，也确认了龙刀还完好无损。"

捷度知道此事现在已经无法隐瞒，便准备刨根问底。

"好吧，我现在承认，当时费其拉的确是和我们住在一起。而且他还是我父母的旧友，你现在想怎样？"

龙叹了口气说:"我先前的确也猜想过,但是想不到费其拉这家伙会这么不谨慎,还敢和你们有接触。他理应将身份隐藏得更深一些,不该和过去有任何瓜葛。"

捷度一听此言,暗中觉得有些不对劲,忙问:"为何?你倒是快点告诉我你为什么要找费其拉叔叔,为什么他不能够和我们相处呢?"

龙看着捷度焦急的样子,用一种极其严肃的口吻说:"因为他身负着整个龙族的未来,此刻,却也面临着极大的危险!"

第三十一章

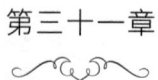

静好的舞姿

下午一放学,初夏就拉着我鬼鬼祟祟地朝学校舞蹈教室跑去。

她神秘兮兮地说要带我见一个人,而我实在是经不住这个烦人精的软磨硬泡,也只得跟了过来。

我们学校的舞蹈教室使用频率很大,而每个社团能够占用教室的时间也不宽松。比如说,我们啦啦队能够在舞蹈教室的训练时间只有周一下午,而今天是周三,那么舞蹈教室应该被舞蹈社团占用。

"喂喂,你该不会是想加入舞蹈社吧?"我被初夏拉着不得不跌跌撞撞地跟在她身后。

"都说了,等到了你就知道了!"初夏还是那种蛮横的态度,而我知道,初夏是那种只要决定的事情,不管人家是不是真的愿意,她也要逼着你做到底的女汉子!

当我俩气喘吁吁地来到舞蹈教室门口的时候,已经能够听见里面传来的悠扬而空洞的音乐声。而在舞蹈教室走廊前的几扇窗户下面几乎都挤满了来一饱眼福的男生。

我站在教室门口，不由得想起了当时阿呆设定的那个密码，他将这里称为沃克兰多大陆的入口，而我也是在这里，被一个年龄比自己小很多的孩子带进了沃克兰多……时间一晃已经过去了整整一个月，阿呆的故事还没有讲完。

初夏见我又开始发呆，忙一把将我的脑袋按低，接着神神秘秘地带我到了一旁的窗户前。

"干什么呢？我们又不是做贼，为什么鬼鬼祟祟的！"我看着初夏像一只花猫一般猫着身子偷窥着教室里面，便抱怨道。

初夏比了个"嘘"的动作，接着朝我招了招手，悄悄说："我们这次是来侦查情报的！"

"侦查情报？什么情报？"我不解。

初夏也没有急着回复我，她只是够着头慢慢地伸长脖子朝窗户中望去，眼睛未离开那教室，手胡乱地拉扯了我几下说："快来看，就是跳舞的那个！"

我不知道初夏这么神秘的来此看什么，如果是哪位帅哥的话，对于花痴一号的初夏我倒也能够想通，可是，舞蹈教室里面的大部分都是女孩子呀，今天又不是街舞社团的训练日。

经不住初夏拉扯，我也只得踮起脚尖朝教室里望去——

在这间舞蹈教室里，舞蹈社的学生们正围在四周安静地看着一个女孩曼妙的舞姿。在教室正中的女生穿着七色丝绸的舞服，她的表情自然舒展，白皙的皮肤就算在没有舞台灯光的伴衬下也格外醒目耀眼。她的舞姿轻盈时如春燕展翅，欢快时似鼓点跳动，身体，手臂，乃至于脚尖，每一个动作无不显得潇洒，优美！

一曲落罢，包括场外的我和初夏，所有的人都已经被这女生曼妙旖旎的舞步给折服了。

也就在我和初夏都已经看了呆的这一刻，教室里刚才舞动的那个女孩竟然发现了我俩这对不礼貌的偷窥者。她先是一愣，接着那灼热而颤抖的目光和我相遇了。

有这么一瞬间，我的内心突然涌起了一种内疚，但是她的目光在短暂的惊讶之后竟然再次投来了一股温暖的力量，她似有似无地对我微微颔首，好似曾经认识的熟人一般。

初夏忙将我一把拉下身，接着瞪着大大的眼珠问我说："她认识你？"

我摇了摇头，但是那个女生那似乎见过的样子已经让我隐约知道初夏莫名其妙地拉我来到这里的原因了。

"你也看见了。"初夏叹了口气，接着指了指离我们不远处的窗户下面那几个花痴男生，又耸了耸肩膀，"她的魅力的确是非同凡响，看来我们这一次还真是压力山大了！"

我没有理会初夏的言下之意，只是又抬起头看了一眼刚才跳舞的那个女生，此刻，她正在和自己的同伴们交流舞蹈的动作。

"静好，果然是个优秀的女孩子啊。"我转过头对着初夏微微一笑，心里竟然涌起了一股莫名的失落感。

初夏拉起了我的手转身就朝楼道口走去："所以你知道压力了吧？现在我们必须要去看看这个静好的档案，知己知彼也是对对手的尊重嘛！"

《沃克兰多大陆——未起航的空贼》第十六卷　缘由

空贼岛西部树林里的这个山洞本是捷度和魔迪二人的秘密基地，也是这俩伙伴时常玩闹、谋划鬼点子的地方，而此刻站在这个洞中的龙族之人却准备将一个关于龙族的巨大秘密告知这个年幼的孩子。

捷度万万没有想到，一个自己无法逃脱的宿命也就是从这个山洞中开始徐徐向自己展开，当然，这个时候，捷度还没有意识到这一点。

龙用异常深邃而严肃的目光凝视着捷度，接着对他点了点头说："我可以告诉你一些关于龙族的事情，但是你也必须答应我一个要求。"

"说吧，我一定答应你！"捷度的回答非常快，对于他来说，只要能够知道秘密情报，承诺这种事情根本就不在话下，而对于捷度承诺的含金量那绝对是整个空贼岛最低的。从这一点上看的话，捷度绝对是一个天生的空贼，发誓，承诺，誓言，这些东西在这个孩子身上根本就是没有半点契约可言，对他来说，还是可以捞得什么好处更重要一些。

龙说道："在上一次灭世文章降临的时候，我正好是龙族的第一百个持刀者。"

捷度脑袋的反应奇快,他马上意识到了一种不可思议,便反问道:"上一个灭世文章降临,也就是四五百年前?也就是说你真的已经活了这么久了?我到现在都还怀疑你骗我玩呢!"

龙没有理会捷度的话,而是接着说:"龙族的使命是护卫封印者,也就是守护世间中能够封印获得灭世文章降临后的那个魔物头领的人。"

"也就是个佣军保镖嘛。"捷度又自以为是地打断了龙的叙述。

对于捷度这种不礼貌的习惯,龙早就已经习以为常了,他接着说:"可以这样说,而持刀者就是获得了龙族中人一致认可的勇士,拥有能够操纵龙刀战斗的资格的人。"

"也就是说,费其拉叔叔和你一样,都是持刀者?"

龙点了点头,接着说:"的确是这样,可是现在的龙族却因为一年前我们族长的暴病而亡出现了内部的分裂,一些异派分子想要趁机夺权篡政,便开始大肆将五百年前的灭世文章只是传说一说进行宣扬,继而煽动族人们放弃守护者的使命重新将龙刀收回。"

听到这里的时候,捷度抓着脑袋似乎觉得莫名其妙,但也总算是安静了一些。

龙接着说:"在此之后,龙族分为了两个派别,分别是决心维护传统,继续执行守护者使命的白龙阵营和准备背弃契约宣告独立的黑龙阵营。开始的时候,两大阵营只是在议会中明争暗斗,但是黑龙阵营因为野心膨胀,他们在拉拢族人的同时竟然还将其他国家种族的军队拉入了龙族的内战,在这期间,迦南卡帝国有所企图的介入致使我龙族的许多领土被他们趁机侵占。这一系列的战争,搞得整个龙族灾祸不断,而我族的人们也因为内战的原因死伤惨重。"

捷度越听越觉得不可思议,这把貌似普通的武器背后竟然隐藏着这般多的秘密。

"而作为持刀者,费其拉一直虔诚地执行着自己的使命,他终日在龙族战斗场迎接挑战,在战斗季结束之后,他便闭门修炼,不问世事,准备应对随时可能爆发的危机。"

捷度自言自语地说:"怪不得费其拉叔叔的武学如此精湛。"

"可惜的是,黑龙阵营最终在它们的首领,也就是我的曾曾孙子赫拉克斯这个内心黑暗的独裁者的带领下，竟然正式提出要脱离龙族，自己成立了一个新的种族黑龙族。黑龙族大肆地出卖龙族的圣物和土地，以此换来了各个帝国在军事上的支持。整个战争在白龙族的溃败下开始走入尾声，而黑龙族的残暴和屠杀，致使在龙族之内无人再敢违背他的利刃。"

捷度恍然大悟道："所以，费其拉叔叔才会带着龙刀来到空贼岛！"

龙点了点头说："黑龙氏族朝思暮想也要得到龙刀，因为这把刀蕴藏着每一代龙族人最精华的龙力，更是龙族的象征，如果赫拉克斯真的想要成为龙族的领袖，那么他就必须要收回龙刀，然后重新将它赋予黑龙族的战士，如此一来，他才能够在皇权上获得正统的名誉！"

"这个该死的家伙！"捷度挥舞着拳头，"叛徒，如果放在空贼岛，大家一定会杀死他！"

龙摇了摇头说："孩子，你不会知道这个人有多么的邪恶，也正因如此，我才命费其拉带着龙刀暂时离开龙族圣域，希望能够借此躲避灾祸为几年之后封印灭世文章做准备。"

讲述到这里，龙转过身，轻轻地摸了摸龙兽的脑袋接着说："之前我听到传闻，说费其拉已经死了，而龙刀也掉在了茫茫的大海中，因为放心不下，所以专程前来空贼岛一探究竟。"

捷度此时此刻听完龙的讲述后，终于下定决心说："龙兄弟，我相信你所说的话，现在我就带你去找费其拉！"

龙摇了摇头说："还记得刚才你说答应我一件事情吗？"

捷度点了点头。

"你必须保守这个秘密，我来过空贼岛的事情也不能对任何人提起，就连费其拉也不能说，因为此刻，费其拉已经成了龙族的罪人！"

"龙族的罪人！"捷度觉得不可思议，"为什么？费其拉叔叔什么都没有做错啊，他为了保护龙刀当时可是和那些怪物展开生死之战的！"

龙叹了口气说："黑龙族的人造谣说费其拉因为武艺不精，战死了，而龙刀也不翼而飞，这般说来，费其拉致使龙刀丢失之事也却是龙族的千古罪人了，但是此时非彼时，让族人认为费其拉已经死了，龙刀也丢失了，亦未尝不是一件好事，至少他们不会再来空贼岛，而费其拉便能够在此地安静地修炼龙技，为日后守护封印者做准备。"

捷度没有再说话，他的内心在翻腾，在为费其拉抱不平，一个用生命来守护圣器的战士竟然成了种族的罪人，这个世界还真是糟糕透顶了！

"所以……"捷度淡淡地说，"你现在就要走了？"

"我已经出来了这么多天，也该回去看看龙族的情况了，而且若是让那些黑龙族的家伙起疑的话就不好办了，好了，这些天来也谢谢你的照顾了，日后我们有缘必会再相见的，呵呵……一不留神就和你这小鬼说了这么多事情，还真是让我自己都觉得不可思议呢！"

捷度低着头，踌躇了几秒后，扬起脑袋对着龙微微一笑，接着抬起胳膊，龙会意，伸出手重重地和捷度击了一掌，这一老一少的笑容永远定格在了夕阳的余晖之下。

"你早些休息吧，我今晚帮你准备一些干粮和用品，明日等我来为你送行哦！"

捷度和龙道别后便去商业区大肆采购了一些长途旅行的必备品，也买了龙最爱喝的啤酒和裂缝蜥蜴烤肉。

翌日清晨，捷度约了魔迪一同去为龙送行。

"捷度，你刚才偷偷藏在裤包里的是什么呀？"魔迪边走边问道。

"臭味蛋，临别前我要给龙一个惊喜！"捷度贼贼地笑了笑。

"是我们在魔药课上你乱配的那个东西？"

"当然，你还记得这东西的威力吧！"

"当然，我可不想再碰到那种恶心的东西。"

"嘿嘿，我准备，"捷度一边说着一边凑到魔迪耳边，"在龙离开的那一刻丢在他身上，之后我们就赶快跑！"

"千万别这样干，他会杀了我们的！"

"怕什么，这样的话我这位兄弟才会一辈子记得我呢！"

"捷度，你真是太喜欢恶作剧了！"

可当两个孩子有说有笑地来到山洞口时，却听见了洞内传来了一阵激烈的打斗声！

第三十二章

静好的绝密资料

"你确定不磨叽,这次下定决心了?你可别看了之后又怪我说让你干了卑鄙的事情。"初夏嘲讽地对我说,而那语气分明就是针对我先前的作态。

我迟疑了几秒,心想,反正自己也就是初夏口中那种装模作样虚伪处事的人,这样承认了,反倒觉得过了个坎似的,浑身轻松。毕竟,沃克兰多的小空贼捷度,他可没有这么多的所谓道德的约束,活得总是自由自在,那么我为什么就不可以呢?

我对着初夏点了点头说:"嗯,之前的确是我太无聊太矫情了,不就是一份资料嘛,而且我现在真的对那个女孩很感兴趣!"

"感兴趣?"初夏叹了口气,"要知道,她的人气可是比你的要高许多呢!"

"就是因为这是一个那么优秀的女孩,所以我才感兴趣啊!"我不再理会初夏,徒自撕开了那封关于静好的绝密资料调查表,这一次我还真是毫无犹豫。

静好资料(绝密等级AAAAA,星级:5星)

姓名:静好;性别:女;班级:初三六班;称号:初三年级级花;籍贯:江南;年龄:十五岁;生日:12月16日;性格:温柔大方,贴心暖女。爱好:舞蹈唱歌

特长:自幼学习舞蹈,唱歌也非常棒,从小就获得过多项奖项。

朋友:交际圈广泛,几乎每一个认识她的人都喜欢亲近她,调查对象都对其为人处世赞不绝口,没有一个差评报告。

家庭信息:父亲为江南市大型服装生产企业"柔天潮服"的总裁,母亲在家相夫教子没有任何职业,还有一个正在读小学一年级的弟弟名叫静沉。

恋爱史：传言有过男友，但是无确切调查资料。备注：初步调查结果为无懈可击的完美女生。

初夏和我看完这一份关于静好的资料都陷入了沉默，我不知道初夏此刻心里在想什么，但是我却有一种发自内心的惊喜之感，不禁叹道，在同一所学校里面竟然还有这样一个才貌双绝、家境富裕的女生……或者说，从小到大以来，终于出现了一个我真心想要去挑战和追赶的目标！

我看着静好的照片，接着对初夏淡淡地说："初夏，请把那个竞选大赛的网站发给我，我今晚想看一看。"

初夏一脸惊讶地问道："大小姐，我的大小姐啊，你的意思是你之前都没有上那个网站去看一下！"

我点了点头。

"拜托，我和刘乌龟这么努力，"初夏抱怨道，"你至少也应该为你的经纪人想想，有没有搞错，你是主角耶，怎么这么不上心？"

"好啦，你就别再埋怨我了。"我轻轻地拉了拉初夏，和她撒娇地讨好说。

初夏嫌弃地瞪了我一眼说："得了，我又不是男生，你别给我来这一套了……不过这一次还是有让我开心的地方，至少你开始变得认真起来了！"

我看着初夏，心里感到一阵温暖，随即重重地点了点头。

"嗯，看来这一次不认真不行了，因为，我也不想输！"

《沃克兰多大陆——未起航的空贼》第十七卷　突袭

在听见洞内传出打斗声的那一秒，捷度一把拉住了已经吓傻了的魔迪钻入了身边的树丛中。

魔迪喘着粗气不敢动弹，捷度见他们的行踪没有被人发觉，便大着胆子露出了脑袋向洞内张望。

只见山洞之中又出现了四只那天夜里攻击费其拉的魔物，此刻它们锋利的爪子正发疯一般地朝龙发动致命的攻击。

捷度暗想，看来先前那帮混蛋还是不死心费其拉已死的事情，竟然又找了来……还是说，他们已经得知了费其拉还活着，而龙刀也还在的事情，这样的话现在可真是麻烦了。

面对两个黑色魔物的攻击，龙勇猛无比，虽然敌方人数占优势，但是他却应对得沉稳而老练，一刻之间，一只魔物的利爪便被龙给硬生地劈断在地，而残肢上面那恶心的肉瘤血管还在不断地抽搐跳动。

受伤的魔物发出了一声惨叫，接着准备以命相搏，龙顺势一闪，一手托住其下颚，掌化为拳，竟然轻松地就将这魔物的脖子给捏断了气。另外三只魔物见状，纷纷一跃而起，想要乘机将龙撕成碎片！

龙借用手中这具魔物的尸体抵挡了几下，尸体便被它原先的同伴们用爪子撕得不成了样子，而龙借机身法向下一缩，狠狠一拳击中正面的一只魔物，而铁拳穿过魔物的肚皮，力量之大令人惊奇。

另外的两只魔物见龙此番的杀气，又看看两个同伴惨烈的死相，无不吓得丧了胆，不敢再贸然上前，只是伸长这尖爪企图将龙控制在洞穴的中间。

见了方才那一幕，捷度真是打心眼里的佩服起龙来，觉得这个传奇人物还真不是盖的，果然有两手，没有武器，赤手空拳就轻松解决了两个身行魁梧的魔物，实力绝对远远在费其拉之上！

也就在这个时候，空气中又漂浮出了一股浓烈的花香味，伴随着一阵阴阳怪气的骚笑声，上次与费其拉战斗的那个银发人缓缓地从空中飘落，接着撩了撩他的银发，迈着诡异的步伐朝洞穴中走去。

捷度上次见这个阴阳怪气的人是在夜里，当时没怎么能够看清楚他的样子，而现在，这个怪人就站在离自己不过十步的地方，绝对能够看得真真切切。

从侧面看来，此人的身材高大，容貌如女人般秀美，虽然他的声音和体型看上去皆为男性，但是他身穿的那过于艳丽花哨的服装和女性用的头饰无不显出一股子邪门之气。

捷度回想起那天夜里此人和费其拉的战斗，他的招式异常狠毒，而且有着强大的精神力，费其拉没有和他交手几个回合便败下阵来，如此下去，龙也一定会身处危险。

就在银发人准备进入洞中的那一刻，丛林中又闪现出了三个魔物，它们的速度极快，而其中一只正好从魔迪身旁的树上跃下，吓得魔迪慌了神，若不是捷度及时捂住了他的嘴,那么他一定已经叫出声来了。

银发人命令三只魔物潜伏起来见机去周围打探情报,三只魔物听令后便应和地吼叫了数声,纷纷跃起上树,不一会儿便消失了身影。

捷度暗想,看来这家伙还不知道费其拉还活着的事情,否则就不会派魔物出去打探情报了。

魔迪见状已经准备要夺路而逃了,而捷度一把拉住了他,对他悄声道:"现在出去,你想找死吗!"

魔迪的眼泪已经止不住地开始流出来,浑身颤抖地看着捷度,满脸无助,惊恐万分。

捷度心想,是否需要把费其拉给叫过来,这样还可以帮助龙应付这怪人,但又转念一想,可是这样一来的话,这些人就会知道费其拉还活着,而龙刀也还在,如此不是暴露了身份,给敌人方便吗?但是当下这可如何是好,不行,先别急,且看龙是否能应付这家伙再说。

站在山洞中和两魔物对峙的龙已经察觉到了异常,他对着洞穴口喊道:"谁!"

银发人愉悦地拍了拍手,接着搔首弄姿地撩了撩银发,妖娆地走进了洞中,一边走一边故作优雅地说:"真不愧是龙老师,还真是老当益壮哦!"

和银发人一见面,龙竟然狂吼起来:"你这个叛徒!你不配这样叫我!"

银发人冷冷一笑,随口说道:"龙老师,如果你能够将龙刀交出来,念在你我过去的情分上我可以姑且放你一条生路,让你安享晚年,否则的话,恐怕我只有把你捉回去交差了!"

龙强忍着内心中的怒火对他说:"就凭你,你以为你能够拿得住我?"

银发人随手将衣裙一拉,瞬间露出了强大的杀意,他歪着嘴伸出了那已经被精神力所附属上魔法的手一跃而起:"若是你有龙刀,我还惧你三分,可是现在,于我而言你就是一只蝼蚁!"

银发人的攻势异常迅猛,速度奇快无比,而今番他所使出的力量也远远超过那天夜里和费其拉的一战,而龙也一招一式地沉着应对,不出五秒钟的功夫,二人已经过了几十招了。

此人的攻击招式诡异花哨,而龙的招式却简单直接,两人的武学之间有着鲜明的对比。在攻击的过程中，银发人几次预取龙的性命都被龙轻松化解，而他也不甘下风，竟然身下一滑形如一条蛇般游走于地上，龙自觉不妙，竟没有见过这般招式，银发人带着诡异的笑容从地上钻出抱住了龙的腰，顺势向龙的肚子上一蹬跃上空中，龙被这一击，不禁朝后退了一步，定住身子之后，他也一跃而起，抡起重拳朝银发人击去。

只见那银发人竟然在空中改变了身法，再次变成无骨的蛇一般，顺势地缩进龙的怀中，接着便是一掌。龙大惊，急忙撇开双手，但是因为身在空中，没有立足之地而无法施展绝技。银发人在这一掌之后竟然从手袖中拿出一把沾满紫色剧毒的匕首，冷笑着朝龙捅去。

龙大怒，在落地的那一刻，还算是眼疾手快，一只手死死地按住银发人的匕首，这才躲过致命一击。否则，龙的心脏恐怕已经被这把剧毒匕首戳中了。

龙愤怒地大吼一声，整个洞穴的地面随即震动起来。他的眼睛变成了纯白色，力量在身体中汇聚，身法快如闪电，比银发人先前的攻击还要快上数倍。几轮攻势下来，银发人吐血倒地，不知死活。而龙却紧握双拳余怒未消。

"这个老家伙，打架就打架嘛，这样子弄的话我的山洞都要被他给震垮的！"

捷度几乎就要拍手称快了，可是自己又突然感到一种陌生的压抑，面对着龙此番的样子，捷度从来没有见过如此认真、如此充满杀气的龙。

可是，就在捷度和魔迪都以为这场战斗以银发人的失败而结束的时候，倒在洞中的银发人竟然狂妄地大笑了起来，这种笑容异常的凄凉而惊悚！

"天啊，都被打成这样了，那家伙竟然还活着！"魔迪惊讶地叫道。

第三十三章

认真起来的小妮子

虽然我和这个名叫静好的学姐连话都还没有说过，但是我却将这个女生那温柔的笑容给深深印刻在了心里。

这是一个多么优秀的女孩啊，我的心里说不出是向往还是嫉妒，但是有一点可以肯定，关于那个什么校花竞选大赛我必须要认真起来！我从小就不服输，从小就希望自己是最优秀的，我当然知道是自尊心和嫉妒心在作祟，但是我也认准一个道理，那就是认真就是对对手最大的尊敬。

回到家后，我第一时间打开了电脑输入了初夏给我的那个网址。

随着缓冲后页面的打开，我的眼球一瞬间就被上面的内容给吸引了。

看来我还真是把这个比赛给想简单了，光是看了下页面抬头的一系列赞助单位，个个都是互联网或者是社交媒体的大头，主办方也是一家鼎鼎大名的互联网公司。

我滑动鼠标继续拉动页面查看详细的内容。原来大赛获胜者将免费参加这家公司组织的"青春伴我行"的欧洲十国之旅，并且直接成为多家知名网店的特约模特，更具诱惑力的是，各大传媒公司的星探也承诺会从竞选成功的选手中挖掘有潜力的新人作为培养对象，这也就意味着很多学生的明星梦可能实现，他们梦想着转眼成为人气天王！

浏览着这些制作花哨的网页，我总算明白了为何初夏和刘子墨对这个比赛这么重视，而这家公司打的宣传旗号简直就是为学生们画了一个大大的梦，一个明星梦，一个一步登天的美梦。

我在页面中找到"获得校花提名的名单"选项，点击进入，在我们学校的专栏里我很快就发现了自己的名字。

季节，得票数：602，校排名：5，总排名：33。

嗯，我现在排名在第五位，总体说来还不错嘛，可是我对于这张网站上面登载的我的照片感觉非常不满意，竟然就是一张穿着校服坐在操场中的生活照！

我浏览着其他竞选者的页面，发现她们的页面和竞选宣言都做得非常华丽，大部分的竞选者们都将自己的自拍照给P到了连长相都过分相似的地步。当初在这个网站帮我注册信息的人是初夏，虽然刘子墨再之后也将我的竞选页面弄得蛮清爽干净的，但是始终还是觉得差了一些本姑娘该有的气质！

我打开QQ对话框，点击了初夏的名字，发了一条信息给她：初夏，麻烦把这个竞选网站的账号和密码发给我一份。

初夏这个二十四小时不离手机的人果然在几秒之内就回了信息。她和我调侃了几句，见我果真上心了，便放心地将账号密码发给了我。

我登陆上了后台编辑页面，正式开干。

本姑娘不喜欢像其他女孩一般整天就用美颜相机自拍发图，好像整个私人社交网络除了自己那几张大脸外就没有什么可上的。但是，这也不意味着本姑娘没有拿得出手的照片，而且我有自信，绝对不去P一分一毫！

我从电脑里的相库中找了几张中意的照片，最后选中了今年我参加钢琴比赛时候的一张照片。照片中的我身着欧式白裙，画了淡淡的晚妆，坐在舞台绚丽的黑色钢琴前，真是要颜值有颜值，要气场有气场，要风韵有风韵的尤物呀！

呵呵，自恋了几分钟后，我已经能够感受到门外爸妈那有些猜疑的眼神了。

果不其然，妈妈不知什么时候已经溜到了我身边，见我在挑照片，便装作感兴趣地问我缘由，我谎称学校里面的班级网站要让大家上传照片和资料，我就选了这一张能够展示自己特长的。

我当然不能将真相告诉他们，否则若是让他们知道我要去参加什么校花竞选，那我房间的天花板可都要被这夫妻俩给掀了，而理由当然就是——不好好用功读书，你的心思都花在这些乱七八糟的地方了！

在老妈半信半疑离开后，我再次点开竞选网站的后台，开始插入一些自己认为很有感觉的、带有毕加索抽象派的背景图片，哼哼，看来本姑娘还真是有天赋哦，品味不一样就是有档次，呵呵呵！人家怎能和那些普通的女孩子一样嘛！

最后，我还插入了一个插件视频在页面中，插件的内容是我在钢琴决赛中的一曲贝多芬钢琴曲。

这样就大功告成了！我点击"保存"，接着刷新了下，看见自己编辑的东西已经全部都更改了，便又自恋般兴致勃勃地欣赏了几分钟。

也就在这个时候，我突然想到了一个人，嗯，应该去看下她的页面！

我保存了页面设置后退出了自己的主页面，接着点击进入了静好的竞选页面。

一进入这个女孩的主题界面之后我整个人都被震撼到了，她页面的背景竟然是一幅她正在舞动的绝美图片，图片的底色是深沉的黑色，而这般颜色也正好凸显了画面中那一身红裙、身材曼妙迷人的她！

静好，得票数：1321，校排名：1，总排名：3

我看了静好的一些其他的介绍信息，突然觉得心里不是滋味，而先前的信心满满此刻却正如一个慢慢泄露的气球。我看着相片中的静好，她就是一个艺术家，而她的眼中透出的是一股子溢满才华的灵气，而相比之下，我只是一个普通的初中学生，一个与之相形见绌还默默无闻的女孩。

可是就在我有些自顾自木讷的一刻，我却发现了一个让我惊讶的信息，在静好竞选页面的左下角的子页建立日期竟然是上个星期三，而那一天正好是我被人在网络上莫名其妙抹黑的那一天！

这其中有什么联系吗？还是说只是巧合？我不由得想起刘子墨先前和我说的，关于静好帮我删除那些诋毁我帖子的事情。

无论怎样，这里面的一切都有种说不出的古怪。

也就在我对着电脑屏幕发呆思索的这一刻，一个QQ信息提示了我一下。

我不在意地瞟了一眼，心想，我明明隐身了啊。

令人难以置信的是，这次Q我的人竟然是那个最不可能出现的人——阿呆！

我有些诧异地点开这个对话框，想着这个白痴怎么突然来主动理本姑娘了，而阿呆只对我说两个字就把本姑娘的战意给完全点燃了。

阿呆：无聊。

18

《沃克兰多大陆——未起航的空贼》第十八卷　生死一刻

一番激烈的战斗之后，看着倒在地上的银发人，先前无比愤怒的龙竟渐渐地恢复了平静。

"兰蒂斯，念在昔日的情分下，我给你个机会，立刻和魔族划清界限跟我回龙族去请罪！"龙的眼神虽然严肃，但却在这冷酷的背后似乎隐藏着一种炙热的温情。

这个被龙叫作兰蒂斯的银发人缓缓地站起身，嘴角边挂着一丝鲜血，他轻轻拍了拍自己身上的尘土，冷冷一笑道："这么多年了，不对，我说你活了几百年了怎么还是如此的天真！"

"什么？！"

兰蒂斯再次聚集身上的精神力，瞬间气力大增，而那一头雪白的银发也闪现出淡淡的光芒，他一跃而起冲向龙。

龙被这突然的攻击给弄得有些唐突，在尽力闪过兰蒂斯凶狠的几招后他还不愿放弃："事到如今你不要再执迷不悟了！"

兰蒂斯回话之时也不忘记侧身聚气将拳峰击向龙的胸前："当年我把您当成唯一信任的老师，可是你却也和其他人一样背弃了我！事到如今还说什么执迷不悟，我今天就让你尝尝什么叫作执迷不悟！"

龙在接招之余，脸上竟然闪现出了一丝内疚，他拖住兰蒂斯的一拳说道："你先罢手，过去的事情我可以与你解释，当年你非龙族血脉，故而才失去了……"

"够了！事到如今鬼才听你解释，我只想要将你们这些背弃我的人统统给杀干杀尽！"兰蒂斯愤怒地打断了龙的话，接着守住身法立于龙对面不远处，紧闭双眼。

龙感觉到四周的元素之力开始汇聚到了兰蒂斯身上，便知道大事不妙，他冲上前，希望能够先下手制止兰蒂斯这在愤怒力量的驱使下而企图汇集的魔法。

"不要做傻事啊！"

"龙老师，如果你真的想赎罪的话，那么我们就一起死吧！"

在兰蒂斯含着泪的冷笑下，他的身体中汇聚的精神力瞬间产生了爆炸，而龙却义无反顾地冲入了其中，他也念起了魔咒聚集了自己所有的力量，希望以此来抵消兰蒂斯这愚蠢的同归于尽的行为！

在一阵剧烈的震动下，山洞的根基已经动摇，似乎随时都有可能坍塌，而捷度和魔迪也被这力量给深深震撼了。

一阵烟雾过后，山洞中竟然出现了龙赫然挺立的身影。他挡在兰蒂斯面前，用尽全部精神力方才化解了这次猛烈的攻击。

"兰蒂斯，我知道你的身世可怜，"龙面对着已经奄奄一息的兰蒂斯，用一种深沉而温和的口吻说道，"你曾经为了证明自己，而付出过太多的艰辛和努力。可命运就是这样，天意弄人……我希望有一天你能够从黑暗和阴霾中走出来，回到我们身边。"

"闭嘴！"

"你不要再欺骗自己了，你现在醒悟还为时不晚！"

"我让你闭嘴！"兰蒂斯说这句话的时候，已经泪流满面了，但他还是不甘心失败，用最后的力气站起身，重重地一拳朝龙打去。

龙非常轻松地接下这一拳。他捏着兰蒂斯的拳头再次说道："回来吧，孩子。"

"不要！"兰蒂斯歇斯底里地大叫，"我不是懦夫，我厌恶失败！为什么，为什么你们总是这样折磨我！"

可就在这个时候，龙却听到身后传来了捷度的喊叫声。

"龙！当心后面！"

在同一瞬间，一股莫名的杀气弥漫在四周。龙慌忙转身，只见一个黑影从身后闪过，接着一把铁链镰刀狠狠地朝龙的脑袋砍来。龙低身一闪躲过了这一击。但是此人手中的武器旋转了一圈之后，再次回旋，继而发动了魔法，两个旋风合着镰刀向龙第二次袭来。

龙因为刚才的战斗已经耗尽了精神力，根本无力躲过这般复杂的攻击，也没有办法用精神力来提供护盾，故而在这一击之下，龙的胸口被镰刀划开了一道长长的血口，接着便瘫倒在了地上。

这个披着黑色斗篷的神秘人收身落地后，看着血流不止的龙，狂妄地大笑起来："哈哈哈哈……传说中的龙骑士，今天就这样被我打倒了，看来不过如此！"

兰蒂斯大吃一惊。他皱着眉头蹒跚地走到黑衣人身边说："死神迪克？"

"正是在下。"黑衣人的回答非常简单，似乎对这个同伴没有丝毫兴趣。

"你……族长怎么会派你来？"

黑衣人转过身，看着狼狈的兰蒂斯不屑地说："我若不来，这么大的鱼不是就要被你给放跑了吗？"

"你说什么！"兰蒂斯一听此话中蕴含的嘲讽之意急火攻心，捂着胸口不住地咳嗽起来。

"你知道吗？"黑衣人冷冷地看着兰蒂斯，"组织对于弱小的虫子是没有耐心的。你已经让组织失望了。"

兰蒂斯沉默地低下头。

这个连兰蒂斯都不得不低头忍让的人，从容地来到龙的面前。他嘲讽地说："龙，你还记得我吗？"

倒在血泊中的龙吃力地抬起头，黑色披风下那张面目狰狞的脸上，一道深深的刀疤划过左眼。

"竟然……竟然是你！"

"不错，正是我。你想不到吧，当年一时仁慈放我一条生路，但是这种愚蠢的行为却造就了你今日的悲剧。我要让你记住，杀死你的人就是死神，是我死神迪克！"

捷度见形势不妙，忙打发魔迪去找费其拉来此增援，还叮嘱他必须带上龙刀。

而在洞中，杀红了眼的迪克已经将滴着鲜血的镰刀对准了龙的胸口。他身旁的兰蒂斯劝阻道："首领一定想要活的。"

迪克冷冷地瞟了兰蒂斯一眼，回道："你也想死吗？"

兰蒂斯见迪克集中精神力，似乎是要给龙最后一击，竟然有些不忍地低下了头。

在此危急时刻，难道一代龙族的传奇就要迎来生命的终结了吗？

第三十四章

习 惯

转眼间，我和怪咖阿呆成为同桌快一个学期了。但我对他的了解，除了那部他正在写的小说外，几乎一无所知，说过的话至多不超过十句。现在想来，也算是一段令人匪夷所思的经历。

对于这个槽点，初夏这家伙是一定不会放过了。在我心里，初夏是一个极其聪明且有点小邪恶的女孩，对于周遭人事的敏感度远远超过我。在她看来，整天只知道发呆和呼呼大睡的阿呆也是一个可以提升我竞选知名度的资源。

天知道初夏是怎么想的。她在江南市的几所学校的贴吧里统一发表了一篇名为《这才叫女神》的帖子。在文章中，初夏详细地讲述了阿呆的怪咖性格和曾经在班里被排挤的情况，将我写成了在班级所有人都抛弃了阿呆后，还愿意和他成为同桌的天使。

虽然初夏写的内容实在是夸大得过分了，但在外人看来也算是事实。只不过我心里依旧觉得，将阿呆当作自己的垫脚石有些不妥，这让我十分内疚。

但随着事态的发展，让我又觉得，初夏这个貌似有些唐突的做法却和我原本的计划有不谋而合之处。

自从初夏的这一篇抹黑阿呆的水贴发布后，阿呆的知名度明显大增。作为学校怪物级别的样本，许多其他班级的学生都会好奇地过来，窥看这个被形容成整天只会睡觉发呆的、不说一句话的奇葩。

说实话，有一段时间我真的觉得阿呆这只呆河马，就像被关在笼子中的动物般任人观赏。

阿呆还是老样子。即便初夏做了这么过分的事情，他还是没有任何反应，好似和他没有半点关系一般。

生活中，我和阿呆的交流还是几近于无，最近一次互动是那天晚上他发来的QQ信息——无聊。

我不明白他突然发这两个字过来究竟是什么意思。阿呆也不做说明。无论我怎么掐他、逼问他，他都是那副昏昏欲睡的样子，无聊透顶。恐怖的是，我却渐渐习惯了这样的情形。

可是，无聊也好，有所希冀也罢，生活还得继续下去。阿呆的那个关于沃克兰多大陆的故事也在继续着。

《沃克兰多大陆——未起航的空贼》第十九卷　传承

就在迪克的那把镰刀眼看就要刺入龙的胸膛之际，捷度不顾一切地冲进洞中一跃而起，将龙扑到一旁。

对于这个突然冒出来的小鬼，迪克和兰蒂斯都大吃一惊，看着一脸怒气手拿匕首的捷度似乎是想挑战他们，不由得发出了冷笑。

"小鬼，你这么年轻就想死了吗？"迪克缓缓地朝捷度走来，"虽然我对于杀死你这种虫子毫无兴趣，但是既然你刚才阻碍了本死神的镰刀，我也只好送你去陪葬了。"

"捷度，你怎么这么傻，快点……离开这……"龙口吐鲜血，断断续续地说道。

捷度背对着龙，用手悄悄地拍了拍他的肩膀，似乎是告诉龙自己已有了办法。

捷度看着迪克那张刀疤脸，和不死族特有的苍白肤色，心中明白：自己根本不是眼前这两个怪物的对手，只能想办法拖延时间，等待费其拉的援救。

"我以为不死族的僵尸都像书上说的，已经被猎人给杀绝了呢，殊不知这里还有一个漏网的。为了捕捉你这个珍稀动物，我们煞费苦心，总算把你引入了圈套。"捷度站起身，假装沉着冷静地说道，"你也许不知道，就在不久前，我才轻松收拾了两个和你用同样武器的白痴。"

迪克的眉毛稍稍挑动了下，饶有兴趣地看着这个矮小的半兽族男孩，问道："圈套？捕获？小鬼，敢在我身上用这样的词，我看你是想死得更惨一些。呵呵呵，那我就先把你的肚子给划开，然后用你的肠子把你慢慢勒死吧！"

"难道不是吗？区区两人就敢来闯空贼岛，你们也太不把《大陆公约》当回事了。实话告诉你们，现在洞穴外面已经埋伏了几十个猎人和空贼，劝你们还是乖乖地束手就擒吧！"

迪克和兰蒂斯对视了一眼，狐疑地笑了笑。这两个怪物当然不会就这样相信一个小孩所说的话。

迪克冷笑着缓缓举起手中的镰刀，捷度双眼紧闭浑身颤抖。在死神迪克眼中，这个男孩已经被即将来临的死亡吓得不知所措了。

突然，从洞穴外传来窸窸窣窣的声音，接着几道极快的黑影从洞前闪过。种种怪异景象真如同有许多人埋伏在外一般。

兰蒂斯虚弱地站在洞中。刚才那一番战斗耗尽了他的精神力，他的体力也已经接近零点。他转过身对迪克说道："先出去看看，反正在洞中他俩也跑不了。"

迪克迟疑片刻，心里警觉起来，若是真有空贼岛的人在此埋伏，留下这小鬼的性命也可当作人质。他收起镰刀对捷度说："小鬼，乖乖在这里洗干净脖子等我回来，待会儿可别脏了我的刀。"

捷度等迪克和兰蒂斯二人走出洞口之后，立刻闭上眼睛，使出全部精神力释放土系魔法——随着一阵剧烈的震动，洞口坍塌了。

待迪克发现草丛中不过是几只针鼠时，身后的山洞已经被巨石和沙土给封死了。

"该死的小鬼，竟敢给我玩这种鬼把戏。"迪克看着一群针鼠从自己脚边窜过，脸颊不由自主地抽动了几下，"我一定要将这只小虫子给撕成碎片！"

兰蒂斯在一旁冷嘲热讽地说："那小兽人一定是用兽心之术控制了这几只野兽，方才造成了洞外有人埋伏的假象，呵呵，想不到，鼎鼎大名的死神竟然会被一个不知哪来的小孩给耍了。"

迪克目含杀气瞥了兰蒂斯一眼，转身朝洞口走去："竟敢欺骗死神，他要为此付出代价。还有你，若胆敢将今日之事说出去，我也会让你亡于死神镰刀之下。"

洞穴之中漆黑一片，不过这里是捷度从小玩到大的地方，就算伸手不见五指，他也能够轻松辨别周围的环境。

捷度将虚弱的龙扶到洞穴的一侧，接着开始在身上翻找能够止血的药水。

"没用的，你不应该进来送死的。"龙手捂伤口，忍受着剧烈的疼痛说道。

捷度将安娜给他随身携带的治疗药水洒在龙的伤口上："龙，你一定要坚持住。我已经让魔迪去找费其拉，等他来了一定可以救我们出去。"

"什么……你让费其拉过来？"龙一激动，伤口又涌出血水，"你真是要气死我了。平日看你这般聪明，怎么现在竟傻到让费其拉来自投罗网。你以为费其拉是他们的对手？"

捷度回道："可是，除了费其拉还有谁会帮我们？不就是一把破刀嘛，在我心里，你的命才是最重要的。"

龙看着捷度真诚的样子，叹了口气说："唉，看来这就是命运。小子，你我虽年纪相差数百年，但却是结拜兄弟，如今由你来给我送终也算是上天待我不薄。"

"别说这些丧气话，你不是还没死嘛！"捷度一边帮龙包扎伤口，一边将血水擦去。可是创口太大，鲜血根本止不住。

"你知道吗，龙族的鲜血是蓝色的。"龙这个时候还开玩笑，"只可惜这里太黑了，你看不见，否则一定会吓一跳。"

"有什么稀奇的，我早见过了。之前给费其拉治疗的时候，就注意到了。"捷度感受到龙冰冷的体温，知道他这一次当真伤得很重。此刻，龙已命悬一线。想到这点，捷度眼中盈满泪水，"龙，你不可以在这种地方死掉！"

黑暗中，龙感觉到，几滴温热的液体落在手上，便笑道："天下第一聪明的小空贼也会掉眼泪？"

"我才没有，"捷度忙用手用力地擦着眼角的眼泪，他虽这样说但是已然控制不住自己的情绪，"我从来……呜呜……在我爸爸死后……我从来都不哭的。"

龙忍着疼痛微微一笑，抱住了这个和自己如此亲近的孩子："那你还哭成这副鼻涕虫的样子。"

捷度扑倒在龙的怀里认真地说:"你不要再说话了,我不想让你就这样死掉,要不传出去别人会说我捷度不讲义气。"

龙沉默了几秒,对捷度说:"好了小鬼,别再磨磨唧唧地说这些煽情的话。我现在对你有一个要求,希望你一定要做到。"

捷度抹了一把眼泪说:"你要我干什么?如果想让我抛下你自己逃命,那是不可能的。我跟你同生共死!"

龙的心中涌起无尽的温暖。这个和自己相识短暂的结拜兄弟竟然如此重感情,如此在乎自己,这便是缘分,自己做出的决定看来是值得的。

"待会儿无论你受到多么大的冲击或者痛苦,都不可以放弃,知道吗?你一定要答应我!"龙扶着捷度的双肩严肃地说。

"嗯,我不怕死,死又怎样,说不定我也能成为不死族,之后再去帮你报仇。"捷度回道。

龙微微一笑闭上双眼。他将自己生命中最宝贵的力量聚集在一起,身体发出耀眼的白光。捷度随即感到一股力量带着刺骨的寒意,源源不断地灌入自己体内,和他的精神力开始了激斗和融合。

"这是怎么回事?"捷度咬牙忍受着体内两股力量的激荡交锋。

"孩子……坚持住,这是我最后要送给你的礼物。"

"什么?你快住手,你到底要干什么?!"

龙没理会捷度的哀求,加大了输出的力量。而捷度也越发感受到冰冷和痛苦。漆黑的山洞被这股怪异的力量照亮。光芒由龙的身上渐渐转移到捷度的身上。

这种奇妙的能量完全和捷度的精神力融为了一体。捷度的身体逐渐温暖起来,毛发亦开始有了变化。渐渐地,捷度那满头金发化为白色,就连眉毛、尾巴也通通变成了如雪般的银色。

这种光芒传递的是一种极为强大的能量,一个即将改变这个孩子一生的力量。

终于,随着龙的气息减弱,捷度身上的白色光芒渐渐消失。他深深地吸了一口气,热泪盈眶地扶着龙问道:"龙……你这家伙……究竟干了什么?"

龙的精力仿佛在一瞬间被抽干了。他瘫倒在地,试着凝聚力量,认真地说:

"小鬼，我将修炼了八百年的龙之力尽数给了你。你当好生运用……切勿用其作恶。"

第三十五章

阿呆的困惑

自从我坚定决心准备排除万难争得"校花"头衔后，我的两位经纪人初夏和刘子墨彻底燃烧起来。

初夏一天到晚在各大相关Q群、贴吧发水帖帮我拉票，编出一些令我看了都自惭形秽的"深度故事"。内容不外乎助人为乐、尊师爱友、努力向上之类的。我试图和她探讨这个问题，觉得这样胡编乱造后果实难预料。但是，初夏却坚信自己的策略一定是对的。她说这个选举已经不再是我一个人的战斗，而她塑造的也不再是那个真实的我，而是她梦想中的超级女生。

这是初夏第一次让我感受到一个完美主义者的偏执。我觉得，如果我选举失败了，她一定和我绝交。

而刘子墨这只老乌龟的行动比初夏理性得多。刘子墨从小学起就对别人的隐私和情报有着异乎寻常的好奇心，用专业术语来说就是偷窥癖。但是，他从不隐晦自己这个不太体面的爱好。甚至从初一开始，他就将这份特殊的爱好做成了一门生意。

想要获得刘子墨的情报方法有很多，要么心甘情愿地用零花钱购买，要么用自己所知道的关于别人的秘密交换，更过分的也有（比如他威胁我，让我和他同桌）。总之，刘子墨一定想方设法地让你登上他的贼船。经过初一一年的发展，刘子墨的校园八卦信息量已经掌握得非常全面，故而获得了"江湖百晓生"称号。

如今，我除了认真听课，逼迫自己绝对不能把学习落下外，就是配合我这两位奇葩的经纪人搞选举。日子一天天过去，距离活动截止日期只剩不到两个月。

说起这次选举的截止日期，我也觉得奇怪，竟然选在中考结束后的一个星期。公布答案的当天正好是我们放暑假的时候，莫非那家公司这样做是有什么安排？

作为这场战斗的主角，我几乎成为初夏和刘子墨的傀儡。在他们这种热忱的工作下，我也只得硬着头皮配合。而这期间，初夏依旧念念不忘地让我和所谓的帅哥南宫辰逸传绯闻，我当然死也不会同意。除此之外，能做的本姑娘都做了，甚至说是竭尽全力也毫不夸张。

今天，学校的广播出了故障，课间操的音乐没法播放。在大家的欢呼中，我们迎来了一个超长版的课间休息。初夏和刘子墨却鬼鬼祟祟地避开我，说是要去执行什么秘密计划。所以，就算是难得的休息时间，也没人陪我去操场走走。无奈之下，我只得坐在座位上背诵生物课程的图例。

我看着一副鸟类的骨骼示意图，不由得想到阿呆小说中出现的魔怪，便抬头瞟了一眼一旁的阿呆。出乎意料的是，在这个时间，他竟然没有睡觉。

对于阿呆的作息时间，我可是相当清楚：他一般从早上第一节课起就进入酣睡状态，在中午放学铃响的时候会第一时间离开教室；下午的前三节课，他会在昏睡中度过；只有最后一节课，他会醒过来，望着窗外或者是看着空无一物的课桌发呆。不管阿呆在想什么，他对于我们而言就是一块石头，一尊雕塑。

其实，在不知不觉中，我竟然已经对阿呆熟悉到了这份上了。

我见他竟然没有睡觉，便试探地说："喂，喂，呆河马，你现在神志清醒吗？"

阿呆木讷地望着窗外。一缕阳光正好洒在他的脸上，使我无法看清他的表情。

"哼，算了，刚才的话你就当我是自言自语吧。"我叹了口气，拿起语文课本，"反正和你这只呆河马说话也是对牛弹琴。"

没想到，阿呆却开口了："你觉得，龙会死吗？"

这一瞬间，我怔住了，心里有一种莫名的激动，拿着课本的手不禁有些颤抖——今天，这个怪物竟然说话了。

我随即陷入沉思——就算在幻想世界沃克兰多，其实也存在这种烦恼和无奈。无论捷度的天资如何聪颖，依旧得每天去学校学习那些枯燥的炼金术课程。在沃克兰多也存在着诸多恩怨情仇和生离死别。随着故事的推进，我越发觉得那个世界和我们所在的世界有共通之处。

"喂喂，我说你怎么也和我一样一直发呆。"

我的思绪瞬间被阿呆的话语拉回现实，我生气地朝阿呆抱怨道："你说什么？！谁和你一样发呆啦！"

不过，阿呆的问题真的很难回答。让捷度的好兄弟龙就这样死掉真的好吗？怎么说他也是沃克兰多龙族的传奇人物。但是故事发展到这里，龙的牺牲似乎已经无法避免。等等，对于一个人物，我们真的能够这么轻松地判他死刑吗？如果我说不希望龙就这样死去，阿呆这家伙能同意吗？

"我说，你怎么又发呆了。"阿呆叹了口气。

天啊，我竟然又发呆了。我猛烈地摇晃着脑袋。可就在我抓狂的时候，竟然发现阿呆正在对我微笑。太诡异了。说实话，如果一个平时连话都很少说的面瘫对你莫名微笑，任何人都会觉得不可思议吧？

"我说，你这个家伙能不能不要看着我傻笑，会吓死人的。"我撇了撇嘴，叉着腰愤愤地说。

阿呆突然有些不自然地低下头，似乎有点害羞。气氛越来越诡异，再次陷入僵局。直到阿呆恢复了往日的呆状，再次痴痴地望向窗外后，我才有些后悔。刚才原本是一个和这个怪咖进一步沟通的好机会，但是我却大惊小怪地错过了。不行，我得和这个呆子继续交流。想到这儿，我拍了拍阿呆的肩膀说："我觉得就小说的剧情结构来说，龙这个角色应该在这里牺牲。"

阿呆缓缓地转过头，意味深长地看着我说道："不要提什么小说，我说的是龙这个人。"

我有些不解地问："什么意思？难道龙不是你小说中的一个角色吗？"

阿呆淡淡地说："可能你认为我不过是写一部小说而已，但是对我而言，故事里的每一个人物都是鲜活的。每一个文字都是这些人物的灵魂碎片。他们不是为了所谓的小说结构而存在的骷髅，他们就存在于那个世界。"

"那个世界……"我皱着眉头看着眼中突然现出光彩的阿呆。

"嗯，我的世界。"

这一刻，看着阿呆瞳孔中闪动的兴奋，我似乎明白了这个怪异男孩想要表述的东西。

"嗯……我似乎能够理解，"我对着他回以淡淡的一笑，"如果你真的能够左右那个世界，我希望龙能够活下来。就当我的这个请求是为了可爱的捷度吧！"

阿呆转过脸，恢复了往日的呆状。他望着窗外痴痴地说："对不起，虽然那个世界是我创造出来的，但是我也无法左右。沃克兰多的每一个灵魂都有自己的命运和归宿。我和你一样，只能作为旁观者出现在观众台上。"

不得不承认，阿呆这句有些中二加无厘头的话语，在这一瞬间的确震撼到了我。这个一脸倦意、杵着下巴望着窗外的男生，竟然有着如此匪夷所思的想法。

这是我第一次觉得，阿呆或许真的是一个小说家。

第三十六章

陌生人的信息

中午放学后，初夏又和刘了墨消失得无影无踪。我严重怀疑，这两个家伙一定在背着我偷偷摸摸地搞什么事。所以，我下定决心，一定要在今天下午捉住初夏问个明白。

因为家离学校比较远，我中午一般都是在学校的食堂搞定午饭。简单地吃过午饭后，我习惯性地在草地上漫步，找到那块平时最喜欢的、位于树荫下的看台，坐了下来。

我深深地吸口气，将紧闭的双眼对向刺眼的太阳。不知为何，我极其喜欢这种感觉。在我看来，这是一种能够最大限度享受黑暗背后的光晕所带来的温暖的办法。

就在这个时候，我收到一条短信："请问是季节小姐吗？"

若是放在平常，这种陌生的号码我一般都不理会。因为多是想要认识我的、其他班级的无聊男生发来的。可是这条短信，却让我感觉到有一丝异常。

异常之处就在于对方的用词，他称呼我为"小姐"。这样的称谓我可不喜欢，大家一般只叫我"季节同学"。相较"小姐"这个词，我更愿意对方直呼我的姓名。

我拿起手机，回了一条简单的短信给这个陌生的号码："你是？"

哼，不管这个无聊的人了，我宝贵的午休时间可是属于沃克兰多世界的。

因为，在那个世界中也生活着一群我关心的人们。

《沃克兰多大陆——未起航的空贼》第二十卷　祸不单行

望着奄奄一息的龙，捷度心如刀割。

龙无力地瘫靠在石壁上，伤口的疼痛和失去龙力支撑后的疲惫，让这位龙族传奇离死神越来越近。

捷度感觉自己体内多出的那股力量正在翻腾，可此刻却顾不得这些，他抓耳挠腮地想着办法，希望能够化解眼前的危机。时间宝贵，再拖下去，龙就真的撑不住了。龙在积攒了一些力气后，轻轻地吹了声口哨。哨音在黑暗的洞穴中四处回荡。

突然，一阵刨土声隐约传来；接着，一道淡淡的蓝光从地面下渐渐现形。正是龙先前带的那只被唤作"格罗瑞亚"的龙兽。

格罗瑞亚从土中钻出后，抽动着鼻子警觉地嗅了嗅。很快，它就辨别出主人的味道，跑了过来。龙虚弱地抬起手，轻轻地拍了拍格罗瑞亚的脑袋。格罗瑞亚夹起自己闪电状的尾巴，难过地舔着主人的手。

捷度见这只魔物竟然如此有灵性，此情此景之下，心中更是悲凉难过。

"捷度，我还有一件事情要拜托你，你过来这边。"龙的声音几不可闻。

可就在龙的话音刚落之际，遮住洞口的巨石突然发出一阵巨响。捷度暗叫不好，一定是先前那两个怪人在外面想办法进来。

"没时间了,"龙叹了口气,"捷度,你听好,我现在说的每一个字你都必须照做,因为这事关整个龙族的安危。"

捷度忙蹲下身对龙说:"龙,你说吧,我听着呢。"虽然四周漆黑一片,但捷度还是感受到了龙那严肃的目光。

"首先,你要帮我照顾好格罗瑞亚,在时机成熟的时候把它带回龙域;第二,将今日之事告诉费其拉,但是让他不要轻举妄动或者为我报仇,一定要耐心等待机会,铭记自己最重要的使命;最后,你马上带格罗瑞亚用土魔法遁入地下,一会儿那两个混蛋进来了,无论发生什么事情都不可现身。"

"不要,"捷度哭着摇头说,"我们两个人可以一起藏在下面。只要再拖一段时间,等到费其拉来,他一定有办法。"

"别傻了。如果他们知道费其拉还活着,龙刀一定不保,龙族将面临巨大危机。你不是答应我,会照我的话做吗?"

"可是你让我在你受难之时,像缩头乌龟一样躲起来。作为兄弟,要死一起死,我怎能干出这等苟且之事。"

龙狠狠地攥住捷度的衣襟说:"你个白痴,怎么就是想不明白,我的生死无关紧要,龙族的存亡才是大事。难道你要亲手抹消我最后的希望吗?"

捷度沉默片刻,只得噙着眼泪点了点头。不难想象,这个决定对于他来说,是多么艰难和痛苦。他怎能料到,这生离死别的一刻会来得如此突然。他此刻才明白,内心的痛楚是因为即将失去家人。在这个孩子心里,已经将龙当成了自己的亲人。

"快点,就是现在。"龙使出最后的力量,将捷度和格罗瑞亚推到一边,"记住我说的话,别再犹豫。"

恰在这时,洞口处再次传来巨大的震动声,空气中也隐约散发着魔法的气味。捷度知道,外面那两个人肯定使出了威力巨大的魔法,企图轰开洞口。敌人破石而入就在转眼之间,他一跃而起抱起格罗瑞亚。可是这只龙兽似乎不愿意就这样离开主人,在捷度怀里挣扎着,转过脑袋狠狠地在捷度手上咬了一口。

捷度忍着手臂上的疼痛,没有放下格罗瑞亚。他念动魔咒,洞穴中央瞬间下陷出一个坑洞。他抱着格罗瑞亚跳入其中,接着再次念动魔咒,将地面恢复原状。

黑暗之中，捷度屏息听着上方的动静，而怀中的格罗瑞亚依旧躁动不安。捷度只得尝试发动兽心之术，希望将自己内心的想法传达给格罗瑞亚。

这招果然奏效。格罗瑞亚很快就领会了捷度这样做的原因，渐渐地安静下来。捷度抱着它的身体，只觉寒意逼人。

不多时，在一阵剧烈的震动后，捷度听见上方传来断断续续的对话声。

"呵呵，想不到龙族的传奇战士竟然成了这副模样。我看你们干脆别叫龙族了，改名叫'龟族'吧。"

"迪克……事已至此，要杀要剐都请便吧，反正费其拉已经被你们杀了，龙刀也下落不明。作为龙族的长老，我亦无颜苟活。"

"哼，龙老师，当初你不听我的话，若是让我继承龙刀成为持刀者，你断不会有今日。"

"兰蒂斯，想不到你还为此事耿耿于怀。不过，你现在也该死心了吧……龙族的龙刀就是在你手上失踪的……你永远都是龙族的罪人。"

"哈哈，龙族的罪人？！我还真是荣幸之至。虽然龙刀已沉入大海，但我们至少要对上面有个交代，只得把你带回去。"

"带回去？让他活下去？兰蒂斯你在说梦话吗，本死神要在这里杀了他！"

"迪克，你冷静一点。我们需要他，就算要他死，也应该由首领决定。我们必须给上面带点东西回去。"

"呵呵，带点东西？尸体也算东西吧！"

"啊——"一声惨叫回荡在洞穴中。

捷度紧紧地闭着眼睛，两行滚烫的泪水顺着脸颊流淌到龙兽身上。这个孩子从小就继承了兽族父亲忠义的性格，父亲的那句"为求知己，不吝一死"一直谨记于心。但是此时此刻，他却要眼睁睁地看着敌人在自己面前将亲人杀死。这种煎熬，简直比要了他的命还痛苦。

"哈哈……哈哈……折磨一个英雄，干这样的事情我永远都不会腻。"

"够了……迪克，我们还要办正事。"

"啊——你，你这个混蛋！啊——你杀了我吧，你这个懦夫。"

龙发出的每一声惨叫都掺杂着迪克尖锐而残暴的嘲讽："有谁能够想到，曾经的传奇此刻竟如此狼狈不堪。呵呵……你想一了百了？没那么容易，老子还没有玩够。我要慢慢地折磨你，让你死前再痛快一回。"

听着上方传来的极度疯狂而兴奋的笑声，捷度将头深深地埋进龙兽的毛羽中，泪水止不住地流淌。格罗瑞亚发出丝丝悲鸣，捷度忙一把压住它长长的嘴巴，让它安静。

"迪克，够了，结束吧。"兰蒂斯的话音刚落，随着一声巨响，龙的惨叫声戛然而止。

"兰蒂斯！你这个家伙干什么，竟敢擅自终结本死神的极乐之事！"

"你冷静点，想想看，刚才那个小孩呢？"

地面下，捷度猛地瞪大双眼，屏住呼吸，心如鹿撞。龙已经被那两个家伙杀死了，如果他们发现自己就藏在地下，不仅自己定会丧命，就连龙兽也脱不了身，该死，刚才应该在外面布上一些幻象才对。

"洞穴中根本没有那个小鬼的身影，估计是刚才我们轰开巨石的时候趁机跑掉了……算了，反正杀小孩也不是什么光彩的事情。"

"可恶！竟然让那小兔崽子跑掉了。没关系，把那几个家伙留下来断后……看来这里已经不安全了。事不宜迟，趁他还没有去搬救兵前我们尽快离开。"

听完此话，捷度心里的石头才落了地。十多分钟过去了，整个洞穴鸦雀无声。又过了几分钟，捷度确定上面没有再发出任何声音后，念动魔咒，将头顶的沙土移去。

当捷度和格罗瑞亚从坑洞里爬出来后，除了地上的一摊蓝色血迹外，没有发现龙的半分踪影。捷度低着头站在洞中，捏紧拳头，整个人颤抖不已。龙兽格罗瑞亚也发出呜呜的悲鸣。就在这时，三条黑影从洞外的丛林中迅速地窜了过来。捷度一反身拔出腰间匕首护卫在前。

原来是先前那怪人派出的三只魔物，它们已经回到洞中，寻不见主人却看到了眼前这个满头银发的男孩。

捷度擦了擦脸上的泪痕，死死地盯住正包围过来的三只魔物。

三只蓄势待发的怪物露出饥饿而凶狠的目光，皮肤因为极度兴奋分泌出大量脓液。面对眼前的"美食"，它们甚至馋得滴滴答答地流出恶臭的口水。

"来得正好！"捷度一边将匕首横置在胸前，一边用眼睛死死地锁定一只魔物，"我正好无处发泄，你们就来送死吧。"

瞬间，三只魔物同时朝捷度冲去。它们都想争得这只猎物，在冲击的过程中竟然你推我拦地通通被对方绊倒在地。

捷度见此良机，冲上前去，持刀刺向一只倒地魔物的眼珠。伴随那只魔物的惨叫，捷度又拔刀连刺数下。

魔物在捷度几次刺杀之下越发愤怒，怒吼着伸出粗壮而锋利的兽爪，抓向捷度的脑袋。捷度忙向后闪过半个身位。三只魔物趁机爬了起来。

几只魔物见眼前这个小孩竟然没有丝毫畏惧且面露杀气，开始警惕起来。突然，格罗瑞亚一跃而起，一口扑咬在离它最近的那只魔物的脖子上。魔物发出一声痛苦的惨嚎后滚倒在地。格罗瑞亚趁机弹地而起，躲过其他魔物的利爪。

可恶！捷度的视线划过魔物们凶狠的眸子。他知道，单凭自己和格罗瑞亚的实力，这场殊死之战他们根本没有胜算的可能，先前太低估这些怪物的实力了。该死……现在要怎么办！捷度不断告诫自己：绝对不能在这里倒下，如果在这里倒下，龙就白白牺牲了，以后谁来替龙报仇雪恨？

"捷度！"魔迪！是魔迪的声音！捷度朝洞穴外望去，只见一道红色的身影划过，接着两道绿光一闪。一只魔物的脑袋刹那间滚落在地。

"费其拉叔叔！"捷度两眼一亮，心中燃起希望。

费其拉再次跃起，挥舞龙刀朝另外一只魔物击去。捷度却突然感到，洞穴的地基从自己先前藏身的坑洞那里开始突然下陷。原来，经过捷度的魔咒和迪克的两番魔法轰击，整个洞穴的地基已经极度脆弱。众人稍加踩踏之后，竟然将地底暗藏的巨洞给撕裂开来。随着地面不断崩塌，所有人都失去了重心。

好在魔迪还没进入洞穴，费其拉在弹跳之时也发现情况不对，立即攀住一根石壁上的藤蔓。捷度和格罗瑞亚就没有那么好运了。他们身处洞穴正中心，根本无处可躲。而一只魔物就在捷度面前跌落那个深不见底的空间。

捷度的反应非常快。他一把抱起格罗瑞亚，飞快地跳过一段段正在崩塌的地块朝洞外跑去。可惜途中被一只魔物所阻拦，眼看也要坠入那个地陷大洞。费其拉急忙将所攀附的藤蔓斩掉一半，借着力道，如人猿一般荡向捷度。就在捷度和格罗瑞亚脚下的土块即将滑落那一刻，他单手伸出大叫道："快点抓住！"

千钧一发之际，捷度总算抓住了他的手。但是，那魔物竟一跃而起，长长的爪子朝费其拉的手臂刺去。

费其拉一手抓着藤蔓，一手提着捷度和格罗瑞亚，根本无法躲避这次攻击，只能眼睁睁地看着魔物锋利的爪子刺入自己的手臂。

费其拉手臂一阵剧痛，手指一松，捷度和格罗瑞亚瞬间跌进下方的空洞，龙刀也随之消失了。

"不！不——捷度！"费其拉狂吼一声，暴怒之下，狠狠地踢向那只攻击他的魔物。那怪物失去重心也跌了下去。

"捷度——捷度！"费其拉忍受着手臂的剧痛冲着空洞呼喊。但是，除了他那颤抖的回音外根本就没有任何的回应。

"捷度呢？"魔迪连自己掉落在地的帽子都来不及捡便冲进洞中。他四处张望都没找到自己伙伴的身影，直到看见地面上突现的巨洞，才惊觉事态的严重性。

他对攀附在石壁上的费其拉喊道："捷度呢？他去哪里了，该不会掉到这下面了吧？"

费其拉无言以对。他全身颤抖，痴痴地望着脚下的空洞，接着冷静地对魔迪喊道："快去找一根绳子！快！我要下去救他！"

故事进行到最关键的时刻，我揉了揉眼睛准备继续看下面的章节。可还是有些埋怨阿呆，让龙的生命在这里就画上句号。这样一个传奇人物不应该是这样的结局，他做出的牺牲应是一曲最凄凉的史诗。费其拉大叔也是命运多舛，原本想他的伤养好了，接下来该大显身手一番，可是才开始就遭遇洞穴塌陷，眼睁睁地看着好友的儿子和龙族至尊龙刀掉进空洞……总之，阿呆这家伙写的故事还真是惊心动魄。

可是，就在我准备点击下一章的时候，那个陌生人却回复我一条信息。看信息内容的时候，还真是让我有种万万没想到的感觉。

"季节小姐你好，我是福小萌的私人管家孔博德。我有件事想和您商量，请您千万别乱想，我只想和您讨论一下关于小萌少爷的事情。请问下午放学后你有空吗？可以的话希望能够请您喝杯咖啡。如果我的冒昧打搅到您，还请见谅。"

第三十七章

管家的邀请

我看着短信愣了半天,努力回想福小萌家那位老管家的样子——一位两鬓斑白、面目慈祥的老者。他给我留下的最深刻的印象是,那副架在鼻梁上的单边西欧眼镜。

他为什么想要见我,而且还这么突然?短信里说,是想和我商量关于阿呆的事情。可是为什么阿呆的事情要找我商量呢?我和阿呆不过是普通同学关系而已,就算是同桌,也只是没说过几句话的同桌。此事虽有蹊跷,但不可否认也是更多了解阿呆的一个契机。想要知道个中原因,我必须赴约。

想到这里,我在对话框里回复道:"好的,那我放学打电话给您吧。"

没超过一分钟,我就收到回复:"感谢您的信任,期待和您的约见。"

这位老人家说话怎么文绉绉的,感觉好不习惯。看来阿呆的家庭还真是不止他一人古怪呢。现在时间还早,但我心里已经有点小期待了——哼哼,我一定要趁这个机会好好挖下阿呆那家伙的老底,探探这个妖精到底是怎么修炼的!

不过在那之前,我得赶快看看捷度能不能化险为夷。

《沃克兰多大陆——未起航的空贼》第二十一卷 绝境逢生

坠落的那一刻,捷度只剩一个想法——这次真的死定了。

可是冥冥之中,他却听见一个声音回荡在脑海中。

"你这个胆小鬼,放开我!"

捷度下意识地看了一眼怀中的格罗瑞亚。龙兽回以不屑的目光。这下,捷度可以肯定，声音就是格罗瑞亚用兽心之术传来的。

"现在放开你的话，你死得可能更惨。"捷度伸出一只手胡乱地挥舞着，希望能够抓住一根"救命稻草"。

"我对这里非常熟悉，平时按照龙那家伙的吩咐，就潜伏在这下面。我告诉你，下面是一个超大的地下湖。如果运气好，说不定会掉在里面……"

"哇喔！"格罗瑞亚还没说完，捷度已经看见一片黑色的湖水，潺潺的水声也越来越清楚。

"就是现在！"格罗瑞亚的这句话语在捷度脑海中出现的一刹那，它借着捷度的身体用力一跃，轻盈地在空中划出一道优美的弧线，"我劝你最好憋口气。"

捷度慌乱地在空中手舞足蹈了几秒，接着"扑通"一声坠入冰冷的湖水中，在重力的作用下几乎直抵湖底。他来不及细想，拼了命地朝湖面游去。

好不容易浮上水面，捷度贪婪地大口喘息着，回想跌入空洞那一幕，还真有一种九死一生的感触。

不远处，龙兽格罗瑞亚正用狗刨的动作在水中滑动着自己的四肢。它奋力地向前游着，周围的水面很规律地泛起一缕缕水花。

捷度用双手擦了擦脸上的水，将龙刀收进腰间的布袋，接着环顾四周，心想：没想到在我的秘密基地下面还有一个这么大的地洞，真是别有洞天啊，早知道有这么好玩的地方，我肯定带着魔迪来探险了。他深吸一口气潜入水中，非常轻松地游到龙兽身边。

龙兽其实水性不佳，能够保持不被淹没已经费了很大力气。捷度打趣道："冷漠的家伙，原来你的泳姿这么销魂。"

格罗瑞亚抱怨地狠狠瞪了捷度一眼，一脸嫌弃地游开半米——依旧是高高地昂着脑袋，用狗刨式向前游去。

就在这对新伙伴放松警惕，认为已经度过一劫的时候，一道黑影从他们下方一闪而过。格罗瑞亚顿时感觉身体被一股力量死死拽住，没等有所反应便被这隐藏的怪物拖向湖水深处。

捷度只听格罗瑞亚发出一声惨叫，待回身一看，早已没了龙兽的身影。他毫不犹豫地深深吸气潜入水中，聚集全部精神力，周身发出淡黄色微光。捷度借着微弱光线，总算看清了前方的景象。

原来，攻击龙兽的正是先前在洞内的两只魔物中的一只。此刻，它正凶狠地和龙兽撕咬在一起。

捷度拔出腰间匕首，加速朝魔物游去。在靠近的那一刻，他挥动匕首狠狠地刺向魔物的脑袋。因为水中光线不明，捷度这一刺虽没有刺中魔物的要害，但削去了它一只利爪。这怪物遭此一击，疼得不得不放开龙兽，被刺中的伤口流出稠绿的血液。

捷度一手拖住奄奄一息的龙兽，一手奋力地划向水面；刚浮出水面，一股浓烈的恶臭味就扑面而来。原来，那受伤的魔物正拖着断肢从水下追了上来。

捷度只得拼尽全力加速划动。但他知道，自己要兼顾格罗瑞亚，在速度上一定胜不过那魔物，必须想点什么办法。就在这千钧一发之际，捷度想到先前为了恶作剧而和魔迪一起制作的臭味蛋。

这种蛋是用魔蜘蛛的卵加上比蒂鸟的粪便，再混合炼金术材料中一些废料制成。若是被这鬼玩意儿砸中一定会全身黏腻，而且奇臭无比。当初捷度拿魔迪做实验的时候，魔迪身上那股味道整整持续了一星期才有所消减。

想到这儿，捷度缓缓停下，从腰间的挎包里掏出两枚臭味蛋，静静地等待那只魔物的动静。果不出所料，那魔物因为刚才受到捷度偷袭，此刻正在气头上。它一跃探出水面，冲向捷度。

捷度瞄准魔物，将手中的臭味蛋丢出。但是因为漂浮在水中，欠缺准心，所以第一枚蛋只丢在了魔物身前两三尺处。可是这一发臭蛋虽然没有丢成功，却吸引了魔物的注意。它突然放慢游速，警觉地探下身，还以为是某种危险的东西。

那颗没有砸中魔物的臭味蛋掉落水中后，迅速炸裂开。魔物身旁的湖水瞬间浸满了一股浓烈的兽粪臭味。

捷度趁机将手中第二枚臭味蛋丢了过去。这一次不偏不倚，正好砸到魔物身上。

"中了！"

可怜的魔物浑身都被恶臭黏腻的液体所覆盖。这突如其来的阴招显然弄得它有些不知所措。捷度则趁机托起格罗瑞亚朝岸边游去。

奋力游完最后一段距离，捷度疲惫地将格罗瑞亚拉上岸。格罗瑞亚一落地，顿时来了精神。它猛烈地摇晃身体，甩了捷度一脸水花。

"你这家伙,我舍命救你,你却连句谢谢都没有。"捷度筋疲力尽地坐下,使劲儿拧了拧自己湿淋淋的外套。

"我可没让你救。胆小鬼,你把我身上弄得奇臭无比。"格罗瑞亚傲慢地瞟了眼捷度,接着一脸嫌弃地嗅了嗅自己的身体。

"你不知道,那可是我的秘密武器。中了这招,够那魔物受的。"捷度没有理会格罗瑞亚的抱怨,将视线移到湖面上。在湖的中央,那只魔物还在奋力挣扎。

就在捷度幸灾乐祸地观望湖面的同时,格罗瑞亚却发出了准备战斗的嚎叫声。捷度转头一看,在洞穴的阴影处,一对绿色的眸子如同幽灵般隐现。

捷度警觉地站起身,掏出匕首横置在胸前。伴随着一阵嘶哑的低吼,一个状似疯狂的怪物从黑暗中缓缓而出。捷度心中暗自叫苦。

这怪物受伤的眼珠还在流着绿色的血液。捷度马上反应过来,这是先前和自己交手、被刺瞎了一只眼睛的魔物。此刻,这只魔物见到仇人更是分外眼红,狰狞地发出一种诡异的叫声;两只尖利的爪子因按捺不住对鲜血的饥渴,兴奋地颤抖起来。

第三十八章

初夏的古怪

下午第一节课的下课铃刚响起,我就瞄准了最佳路线,以我能达到的最快速度挡在正准备离开座位的初夏面前。我一看她又准备丢下我单独和刘子墨出去,心里的气就不打一处来。

"初夏!你太过分了!"我双手叉腰,愤愤不平地说,"你看看你,整天和刘乌龟混在一起,连话也不和我说。"

初夏见我挡在桌前,估计自己是跑不掉了,便耸耸肩,一副悉听尊便的样子。

"你倒是说话啊！你们俩背着我偷偷干什么呢？"

初夏叹了口气，四处张望了下。我看她这副做贼心虚的样子更生气了。

她说："大小姐，拜托注意下你的用词好不好？怎么搞得像捉奸一样……我和刘子墨现在正在进行一个大胆的计划。如果成功，你的选票至少翻一倍。但是，暂时只能保密。"

"什么？"我不服气地说，"保密？对我也要保密？有没有搞错呀，要竞选的可是我诶，我有知情权。"

初夏无奈地撇了撇嘴："我说你能不能别添乱。再说，就算是要告诉你也不能在这里说啊，你知道什么叫隔墙有耳吧。没准我们班里就有竞争对手的探子呢！"

"探子？"我一阵好笑，"初夏，你是不是电视剧看多了？不行，你现在必须告诉我。"

初夏见我不依不饶，故作神秘地说："那我先问你个问题吧，你知道我最擅长什么吗？"

初夏的这个问题让我不禁一怔。我皱着眉头，努力想了想回道："你最擅长的当然是搞鬼点子啊！你的鬼点子真是太多了。"

"损友啊，损友啊，"初夏故作阴阳怪气地说，"真是白和你处这么多年了。"

"哦？那你倒是自己说说啊，也让我这好朋友也来评评。"

说实话，对初夏我还是很了解的。这个乐观开朗的女孩，除了学习成绩总稳定地排在倒数十名外，其他方面还是很正常的。比如，她体育很好，运动神经发达。虽说我觉得她多少有点古怪，但人却很上进。如果说起初夏最大的爱好，那一定是玩游戏。印象中她特别喜欢玩手机。午休时，我多半在看阿呆的小说，初夏总是在一旁玩游戏。

初夏白了我一眼说："算了，说出来怕吓到你。"

我追问道："不怕，你说。如果吓到了，大不了我抱着你哭一场，让你请我吃冰淇淋。"

初夏无奈之下凑近我的耳旁说："其实我的真实身份是Tellnow！"

"什么？邰二楼？什么东西？"我不解地看着她。

初夏不满意地瞪了我一眼，从文具盒里拿出笔写道：Tellnow。

我看着这几个不知道含义的字母组合有些无奈地摇了摇头。

"看吧！"初夏不耐烦地说，"我就知道，和你说了也没用。但是不管怎样，现在你必须保守这个秘密。否则，咱们就友尽了！"

说罢，初夏站起身不由分说地从我面前走过。而站在门口等着她的人，还是那个讨厌的刘子墨。

"初夏！你回来！你耍我！你根本没有好好回答我的问题。"我追上前拉住初夏。

初夏转过身摆了摆手说："我都说了，这是秘密计划。反正我已经透露给你线索了，想知道的话就自己去找答案吧。你先把情报预习预习也好。现在，我和刘子墨还有事情要忙，你就别跟着添乱了。"

看着初夏冷淡的背影，我气愤地冲她吐了吐舌头，心想：臭初夏，竟然有秘密瞒着我，好啊，反正我也有秘密，以后我再也不告诉你我的秘密了，包括放学我要去和阿呆的管家喝咖啡的事情我也不会告诉你的！哼！

最后一节原本是语文课，但老王被临时叫去市里开会了。所以这节课便在我们欢天喜地地庆祝下，变成了自习课。

我有在每节课的课间做作业的习惯。这节来之不易的自习课才过了一半，我的作业就已经全部完成了。好了，背单词和复习就留到回家搞定吧。我的确有些抵不住诱惑，想要赶快去看看捷度和格罗瑞亚是否能够顺利脱险。

可就在我偷偷拿出手机的那一刻，我却想到初夏刚才写给我的那一串字母，觉得有一个人应该知道具体含义。

我瞟了一眼在一旁呼呼大睡的阿呆，接着用力地拍了拍他。当他睡眼惺忪地看着我的时候，我将写着"Tellnow"的草稿纸推给他。

"喂，阿呆，你知道这是什么意思吗？"

为什么会想到去问阿呆呢？因为我觉得一个连压力锅都知道是谁发明的人，应该算得上"博学多识"了吧。

阿呆用无神的眼睛瞟了草稿一眼，而就在这一瞬间，我似乎看见一种兴奋的光芒在他那呆滞的眸子中一闪而过。

"喂喂，你到底知不知道？"我不耐烦地逼问道。

阿呆抬起头狐疑地看了我一眼，又看了看那几个字母，低声问道："你从哪里知道这个名字的？"

"名字？"我有些疑惑，"是……是……"这个时候我突然想到初夏让我一定保密，不能透露她的信息。所以，我只得咬住了舌头。

阿呆见我不继续说，转过头用他那一贯的呆傻样困倦地望着窗外。

"你知道这个是什么意思？"我的好奇心被阿呆勾了起来，撒谎说，"是一个朋友突然说起来的，可是我都不知道是什么意思。"

阿呆没有回头看我，只是嘴角在不知不觉中微微上翘。他淡淡地说："他是一名出色的战士。"

"战士？"我觉得更加不可思议了，"你什么意思啊？"

阿呆却不再理会我，继续倒头呼呼睡去。任凭我怎么蹂躏，他都保持着那副睡姿。

战士？初夏是战士？有没有搞错，别逗我了，我看阿呆真是把现实和幻想给搞混了。说起来，剩下的时间还够看完一章小说，嗯，得抓紧时间。我偷偷拿出手机，将它藏在手袖之间。这个动作以前可是初夏的招牌动作呢！我瞟了初夏那边一眼，她果然和我一样，也在偷偷地玩手机。

《沃克兰多大陆——未起航的空贼》第二十二卷　实力悬殊

捷度看了眼身后的湖面。虽然那只中了臭味蛋的魔物被恶臭的黏液给缠住了，但是这没有杀伤力的小孩玩意儿仅仅只能够降低那怪物的游泳速度。此刻，它一边挣扎，一边怒吼着朝岸边缓缓地靠了过来。

捷度知道，必须趁两只魔物还没有会合，要以最快的速度解决掉岸上的这只。否则二者合力，自己和格罗瑞亚决计没有胜算，最后必定被它们撕成碎片。

想到这儿，捷度握紧匕首朝着那独眼魔物冲去。他一边冲锋一边默念魔咒，身旁几块巨石悬空飘起，配合着捷度的攻击纷纷朝魔物砸去。

魔物面对这孩子根本没有一丝畏惧。就算捷度精神力很高，但是能够施展的魔咒也不过是地属性的低级魔法。这三颗巨石虽说砸中了魔物，却在魔物锋利爪子的劈斩下碎成了数块。

捷度当然知道这种攻击不会奏效，不过是以此作为匕首攻击的掩护。他乘势突然弯下腰，借着冲刺的速度划向魔物。他侧着身子将匕首反握在手中，准备趁机斩断魔物的一爪。

可惜虽说捷度的攻击设想非常巧妙，但是无奈那魔物的行动速度也极为迅猛。它起初并没看穿捷度的招式。但在捷度差一点就成功的时候，这怪物弹地而起，躲过捷度的刀锋；接着借下落之势，一爪朝捷度击去。还好捷度躲闪迅速，那利爪仅划开了外套，如果稍慢一点，他现在就已经被撕成两半了。

好险！捷度喘着粗气，这怪物真是难缠，自己的实力与之相比真是差太远了。

那魔物不愿给捷度丝毫喘息之机，一跃而起，身体在空中舒展开来。紧接着，它伸长前肢，身体开始旋转起来，就像一把巨大的旋转飞刀。

捷度暗叫不好。这魔物攻势太猛，捷度已经成了"绞肉机"下待宰的羊羔。

格罗瑞亚却在一旁看准了魔物的弱点，顺势一跃而起，在空中灵巧地躲开魔物的利爪，一口咬在那怪物的肚子上。

魔物在格罗瑞亚突如其来的一击下发出一声剧烈惨叫，落地后胡乱地挥舞着爪子。但是格罗瑞亚早已闪开。

"干得漂亮！"捷度拔出匕首准备上前给魔物最后一击。不料魔物的生命力远远超出捷度预料。它的肚子虽被格罗瑞亚撕咬开一道长长的伤口，但是依旧在极短的时间里站起身恢复了战斗姿态。

"可恶！"捷度横握匕首和魔物对峙。彼此实力相差太远，捷度一时也不敢贸然上前。

格罗瑞亚在这时候突然嚎叫起来。捷度警觉地看向一旁，不好！湖中那只魔物已然上岸了！

两只魔物对视一眼吼叫了几声，但似乎没有什么默契。怪叫了一会儿后，它们再次扑向捷度和格罗瑞亚。

捷度和格罗瑞亚被这两只魔物慢慢逼到角落。捷度向格罗瑞亚问道："同是野兽，你知道那俩东西刚才叽叽咕咕地说了什么吗？"

格罗瑞亚显然对捷度将自己和那俩怪物相提并论而感到愤怒，怒吼一声，用兽心之术回道："它们商量怎么分战利品呢！"

"战利品？"捷度冷冷一笑心已会意。

"它们说，我归没受伤的那一只享用，而你归那独眼龙。"

"呵呵……没想到你竟然比我受欢迎。"捷度自嘲道。

格罗瑞亚回道："那是当然，我可是圣兽。"

"得了吧，都这时候了，估计过一会儿我们都得成别人的盘中餐。"

看着面前的囊中之物，两只魔物的口水都已经滴在了地上，激动得四肢不住地颤抖。

"用龙刀，这是最后的办法。"格罗瑞亚继续说道，"虽说我不想让你这小贼玷污契约之器，但是目前看来这是唯一的办法了！"

"龙刀……"捷度想到那天夜里自己擅自碰触龙刀差点被烧死的经历，不觉犹豫起来，"我没法控制它呀！"

"白痴，你现在已经继承了龙之力量。反正横竖都是死，你就姑且一试吧。"

捷度冲格罗瑞亚点了点头，忙取出龙刀——龙刀还是棍状。他有些不自信地看了格罗瑞亚一眼。两只魔物见捷度手拿龙刀，竟然同时停下警惕起来。

"哼哼！有意思，"捷度手握龙刀横在身前道，"看来你们的确是怕这个东西。"

两只魔物发出震耳欲聋的咆哮声，却不敢上前一步。

"它们什么意思？是不是害怕了，是不是想要退缩逃命了？"捷度问道。

格罗瑞亚立起身体做出攻击状："你想得倒美。它们在争论谁先进攻……你现在必须集中注意力保持警惕，趁这个机会试试看能否操纵龙刀。"

"嗯，我知道了。"捷度努力回想费其拉使用龙刀的样子，心一横，管他的，先试着变换姿势，比个像费其拉那样的动作——捷度模仿费其拉的握刀姿势，将龙刀举在胸前聚集力量。但是这显然行不通，龙刀依旧没有丝毫反应。

那么再找找，龙刀上是不是有什么机关或者按钮。捷度一边想，一边在龙刀上翻找。可是根本找不到任何凸起或凹陷之处。尝试努力了几次之后，龙刀依旧保持着棍状。两只魔物见捷度生疏的拿刀姿势，渐渐放大了胆子，再次朝捷度方向围靠过来。

"用龙力啊，你这个白痴！试一试输入龙之力。"格罗瑞亚突然说道。

"对啊！我怎么突然变笨了！都怪你骂我白痴，和你在一起时间长了害得我智商下降。"捷度开始集中体内那一股寒冰之力。瞬间，龙刀两端隐现出两道绿色的刀刃。

"成功了！"捷度惊喜地叫道。但是刀刃几秒钟便消失了。

"可恶……"格罗瑞亚埋怨道，"你要集中注意力！快点，再试一次！"

两只魔物见势不妙，不再往前冲。捷度虽然再次凝聚龙力，让龙刀现出刀锋，无奈此前从没操纵过这件奇异的兵器，故而根本无从攻击。几番遮挡之后，捷度和格罗瑞亚被魔物的利爪抓伤，瘫倒在地。

可怜的格罗瑞亚身受抓伤血流不止；捷度后背上也满是利爪撕扯出的伤口，钻心的剧痛让这个孩子几近晕厥。

眼看两只魔物一边嚎叫，一边流着口水逐渐逼近，重伤倒地的捷度和格罗瑞亚已是凶多吉少。

看完这个章节，我狠狠瞪了一眼阿呆，心想，有没有搞错啊这个家伙，怎么把捷度这孩子搞得这么惨，而且这一个悬念接着一个悬念的，真是让人不省心。

放学的钟声在这个时候敲响了，阿呆在第一时间站起身冲向教室门口，好像一个刚被释放的囚徒迎来自由一般。

望着阿呆的背影，我会心地笑了笑，并没告诉他，我稍后要和他的管家见面。如果管家想告诉阿呆，他自然会知道；如果管家保密，那么本姑娘就要进行自己的秘密行动了。

阿呆，我一定要借这个机会，将你的秘密彻底搞清楚。

第三十九章

第二次邀请

在学校附近的一家咖啡屋，我和阿呆的管家孔先生挑选了角落里的座位坐下。

就座后，我觉得心里有些紧张，可能因为这是人生第一次单独和陌生人喝咖啡吧。虽然眼前的老人看起来面目慈祥且温文尔雅，但我还是有些不自在。

这位管家的确风度翩翩，和那天在阿呆家门口看见他时一样。他穿着恰合身形的黑色礼服，硬挺的鼻梁上架着一副西式单片眼镜，脸上的笑容真诚而友善。

服务员很礼貌地递上菜单。我随手点了一杯卡布奇诺，孔先生点了一杯黑森林。

我知道自己猎奇心作祟。所以刚点完单，服务员前脚才离开，我就有些急不可耐地问道："孔爷爷，请问今天找我有什么事情吗？"

"尊敬的小姐，在你心里我有这么老吗？"孔先生调皮地笑了笑。不可否认，这个笑容稍稍化解了一些我们之间的尴尬。

"你就叫我孔叔吧，福少爷也是这么叫我的。"

"嗯，孔叔，不好意思，可是我看你就像一个和蔼可亲的老爷爷啊。"

孔叔摆了摆手说："好啦，好啦，看来我不服老是不行喽。"

我只得报以一个歉意的微笑。对话陷入了短暂的沉默。

"冒昧地把小姐约来喝咖啡，你一定有些不自在吧？不过谁不愿意和这样一位美丽的小姐喝杯咖啡呢。"孔叔摊开双手打趣地说。我知道，他在尽最大努力让我不再这般拘谨。

"叫我季节吧，我都答应叫你孔叔了。说实话，我还真不习惯别人总叫我小姐，当然，除了我自己外。"

孔叔忙点头说："当然，当然，都怪我这老习惯。可是至少让我称呼你季节小姐吧。"

就在我准备和这位顽固的老先生继续争辩这个无聊的问题时，我们点的咖啡被服务员端到了桌前。

"季节小姐，为了让你不再怀疑我是不是老糊涂了，我就不卖关子了。约你出来是想和你商量一件事情。"

"嗯，"我玩一般地用小勺调着咖啡，对孔叔微微点了点头，"你说吧。"

"下星期六晚上，能邀请你来福少爷家吗？"

我放下咖啡，好奇地望着孔叔，心想，怎么又是邀请，这不才邀请我喝咖啡吗，怎么又和我约另外一个时间了。想到这儿，我心里不禁警觉起来。

"为什么？下星期六是什么特别的日子吗？"

"那天正好是福少爷的生日。"孔叔充满期待地对我说。

"福小萌的生日？"我有了一种恍然大悟的感觉，"原来是阿呆要过生日啊。"

孔叔微笑着对我点了点头："嗯……是，是你们所说的阿呆少爷，那天就是他的生日。"

对于我脱口而出的福小萌的外号，这位和蔼的管家似乎并不介意。他依旧保持着彬彬有礼的样子。

"可是为什么邀请我呢？"我喝了口咖啡，希望用这个动作来化解心里的尴尬，"其实我和福小萌并不是很熟……在学校几乎都不说话。"

"是这样吗？"孔叔的眼神突然有了一丝黯淡，"但是少爷在家经常提起季节小姐。"

我不禁大为震惊，阿呆那家伙在家经常提起我？这个白痴提我做什么？怎么想都有种心里发毛的感觉。

我问道："他在家经常提起我？"

孔叔忙答道："嗯，我记得至少提过两次。"

"两次？！"我叹了口气，不禁有种好笑的感觉。才提过两次，这也能叫"经常"？

"嗯，我记得的确是提过两次，"孔叔推了推鼻头上的眼镜说，"哦……你不知道，福少爷在家几乎都不和我说话。能够提起你两次，这可谓是将你当成好朋友了。"

我只能回道："呵呵。"

不过我并不对孔叔的判断感到奇怪。毕竟阿呆这种怪咖就是这般异于常人。说起来，我还是纠结这家伙私底下提我做什么，我越想越觉得身上直起鸡皮疙瘩。

孔叔用一种近乎讨好的口吻继续说："我真心希望季节小姐能够前来参加少爷的生日宴会……毕竟，从回国到现在，少爷真的一个同龄朋友都没有。"

我低头搅拌着杯里的咖啡，心里将孔叔这句信息量极大的话，好好过滤了几遍。"从回国到现在"说明之前阿呆是待在国外，"没有一个同龄朋友"这一点虽说有些夸张，但是对阿呆这种人来说倒也不无可能。

"孔叔，有件事情我想知道，这个给我的生日邀请，是福小萌自己决定的，还是你决定的？"

"我不想骗你，少爷并不知道这件事，是我擅自做主的。"

"原来又是这样……福小萌这个家伙总是这样……"

对话到了这里，我和孔叔再次陷入尴尬沉默中。

孔叔见我不说话，便垂下了头。我看着眼前这位老人失落的样子心里一酸，没有再多想什么，只是低头淡淡地答道："好吧……我答应你，那一天我会去给他过生日。"

"真的？真的吗？"孔叔突然挺起腰杆，两眼泛光，接着还激动地站了起来，"你没有骗我吧？"

孔叔的反应有些夸张了吧？！

"嗯！"我用力地点了点头，"下星期六我一定准时到。"

"唔，真是太好了，"孔叔平静了一下，"说起这个时间嘛，请问你能够晚上来吗？就是晚上八点钟的时候……哦，对了，如果你方便的话可以在我们这里过夜。我们有很多房间，你想住哪间都可以。"

"过夜？那一定不行！"我被吓到了。从小到大，除了爷爷奶奶家，我从没在别人家留宿过。就算是亲戚家，我的父母一般也不允许。如果和爸妈说要去一个男生家过夜，他们一定会狠狠收拾我。

"过夜不行吗？还真是可惜啊。"孔叔有些遗憾地说，并不觉得过夜是个多大的事。

"绝对不行，我爸妈会杀了我的！"

"不过没关系，到时候我会开车送你回家。"孔叔解释说。

"嗯……好吧，"我犹豫地点了点头，"不过为什么要这么晚呢？不能够早一点吗？"

"不好意思，因为福少爷个人的原因……其实……我也是有苦衷的，还请你多包涵。"

我无奈地点了点头，心想，这次惨了，算了，送佛送到西，帮人帮到底吧。我见孔叔的情绪差不多平复了，便趁机实施自己的计划："孔叔，你都说福小萌把我当朋友看了，那么你能不能和我说说他的事情。同桌这么长时间，我却对他一点都不了解。想送礼物给他，也不知道该送什么。"

孔叔似乎看穿了我的心思，迟疑片刻说："你想知道些什么呢？"

我愣了几秒说："随便什么都可以，你就随便讲讲吧。说实话吧，我对他也蛮好奇的。"

孔叔用手捏着下巴若有所思地想了半天，最后叹了口气说："好吧，既然季节小姐要求了，我就破例和你聊一些关于少爷的事情。不过因为私人原因，我只能够透露一些无关紧要的，某些敏感话题恕我不能谈起。"

听孔叔这一说，我的好奇心更加膨胀了。孔叔把阿呆的事情说得玄乎其玄，看来真的有料可挖。

接下来，孔叔就在这间小小的咖啡屋里，向我讲述了阿呆的身世。而这也是我第一次有机会真实地了解这个同桌男孩的过去。

第四十章

阿呆的过去

"季节小姐,你知道少爷为什么和别的孩子比起来显得很另类吗?"

我摇了摇头装出一脸无辜样,可好奇的眼神已经出卖了我的内心。我当然不知道原因,但是却非常好奇、在意。

孔叔就以这个问题开始了讲述。

"诶,其实变成现在这个样子也不能全怪少爷……因为他从小经历的事情真是太多了。我记得少爷出生那天正下着大雪,当时老太爷还活着。哦,我说的这位老太爷就是少爷的爷爷。当时老太爷啊,见到这个孙子的第一眼就泣不成声……"

"泣不成声?见到孙子应该开心才对,为什么他爷爷会……"

孔叔没理会我的问题,继续道:"当时我就站在老太爷身旁。他抱着小少爷望着窗外的皑皑白雪,只是叹气和擦泪。很久以后,才让我拿出家谱,在上面写下少爷的名字。"

"就是'福小萌'这个名字?"我禁不住问道。

出乎意料的是,孔叔竟然摇了摇头说:"不是这个名字,'福小萌'是我们在国内落户时,为了图吉利给少爷取的名字。"

"啊?!取名字还可以这样吗?该不会就连'福'这个姓,也是为了图吉利才用的?"

孔叔微微一笑答道:"季节小姐,你可真聪明,的确是你猜的这样。"

"那他原本叫什么名字?呃,我是指他爷爷在家谱上面写的名字!"

孔叔摆了摆手说:"对不起,这件事情不在咱们的谈论范围内。"

喂喂,有没有搞错,连个名字都不能说吗?有必要搞得这么神秘吗?

孔叔可能看出我的腹诽，补充道："季节小姐，请你见谅。刚才我已经和你解释过了，因为少爷家的背景很复杂，牵扯了太多你根本无法想象的事情，所以请恕我无法向你透露某些问题。"

"好吧……我知道啦，请继续吧。"不知道为什么，孔叔越是这副样子，我越是好奇。

孔叔接着说道："老太爷当时对老爷说——就是福少爷的父亲，'带着这个孩子走吧，等事情过去了再回来……但是，不管你们去哪个国家，都要让孔先生教我孙子学汉话，学汉文，学习我们祖宗传下来的文化！'"

我听着孔叔这缓慢的叙述方式心里不禁焦急起来，什么老爷少爷的，真是莫名其妙，当是在演电视剧吗？

"我们带着刚半岁的少爷就这样离开了中国。这一走，就是整整九年。"

"九年？孔叔，你的意思是福小萌在国外待了九年？"

"对，九年。"

"你们去了哪个国家呢？"

"我们至少在六个国家定居过。不过用'定居'这个词或许不太恰当，可能用'辗转'更贴切些。"

孔叔的叙述大大超乎了我的预料。我根本无法想象，一个家庭究竟发生了怎样的变故才会离开祖国，又为什么要在这么多的国家飘荡流离。

"在这期间，我的主要职责就是教授少爷学习中文和中国传统文化。别看他当时年幼，又没有学习中文的语言环境，但他确实是骨子里流着老祖宗的血。'四书五经'从小就能倒背如流，《诸子百家》和《二十四史》也在七岁那年全部看了一遍。更让人难以置信的是，就连周易这样深奥的书他也读得津津有味。"

"天啊……这家伙真不可思议！"我不禁赞叹道，"那么，他不去学校上学吗？"

"他当然得去，而且去的都是当地最好的学校。"

我突然回想起阿呆的英文试卷，记得作文部分写得精彩纷呈，词汇量远远超出我们的课本。原来是因为这家伙在国外待了这么多年的缘故啊！

"可惜的是，少爷非凡的学习天赋在国外并没得到发挥。可能是频繁转学的缘故，他几乎没有朋友。在学校中，只要稍微崭露头角，就会被一些坏孩子盯上。他们将肤色不同的少爷当成了异类。"

"这个我能够理解……看来不管国内还是国外，都差不多啊。"

"的确是这样。如果有人认为孩子的世界很单纯，那真是大错特错。就这样，小少爷变得越来越内向、自闭，以至于不愿意再和同龄人说话了。"

"那么他的父母呢？为什么他们不帮忙处理学校的事情？"

"老爷和太太几乎不回家。这些年，少爷想见他们一面都很难。"

"为什么？这样的父母也太不负责任了！他们到底在忙些什么，难道还有比照顾自己的孩子更重要的事情吗？"

"他们当然爱自己的孩子。而且我敢发誓，天底下没有比他们更有爱心的父母了……可讽刺的是，他们的忙碌恰恰是为了保护少爷。"

"保护？"我皱着眉头觉得不可理解，"哪有这样的保护法？！孩子被欺负的时候为什么不去保护他？孔叔，你能告诉我他们的工作是什么吗？"

"真对不起，季节小姐，这个问题也不在我能透露给你的范围内。但是我能这样简单地给你解释下，我的老爷，也就是福小萌的爸爸，是一个非凡的人。太太也非常能干。他们为了这个支离破碎的家付出了太多太多。"

对于孔叔总用这个借口敷衍我，我已经开始有些恼火了，但还是耐住性子问道："既然福小萌的中文是你教的，那么孔叔，能告诉我你的过去吗？你为什么会成为福小萌家的管家？"

孔叔经我这一问呆呆地愣了几秒，接着叹了口气说："好吧，我的事情当然不是什么秘密。在新中国成立前，我只是个教书先生。因为家中受到老太爷的恩惠，所以我才成为他们家的管家。"

"意思是，你曾经也是老师？"

"嗯，可以这样说吧。"

"你过去教过许多学生吧？"

"没有……和我曾经的老师一样，我的学生只会有一个。"

"嗯……原来是这样。"我淡淡地点了点头，没有打破砂锅问到底。毕竟对话的主题是阿呆，这位老先生看来也不过是教书先生之流。

"在少爷九岁那年，我们总算有机会带他回国。记得当时是太太陪着我们一同回来的。她还很罕见地陪了少爷半个月。"

"这样算起来的话，他回国后应该正好读小学吧。"

"对，我不会记错。他回国后是从小学二年级开始学起的。"

我突然想起，初夏先前和我提过的那个关于阿呆外号的故事。那一年阿呆正好读小学二年级，也就是才回国不久。

不知道为何，对这个男孩的故事我有一种近乎偏执的好奇。自从成为他同桌的那一刻起，我就被这个白痴搞得从莫名其妙到了探本溯源，诶……好奇心真是一件令人困扰的东西啊。

"回国之后，少爷很快就陷入各种不适应中。等太太再次出国后，他的状况变得更加糟糕。这几年，少爷几乎不和外人说话。或者说，除了和我们收留的那只叫'阿狼'的流浪狗说话外，几乎不和外界交流。"

"阿狼？就是那天我们见到的那只土狗？"

"对。说起来，这是少爷养的第二条狗，是我和他在回家路上遇见的流浪狗。我还记得那天下着很大的雨。当时阿狼应该是被车撞到，瘫倒在马路边。少爷说什么都要救下这只狗，所以，这才有了现在的阿狼……其实，我内心很感谢阿狼。有了它的陪伴，少爷至少有了一些笑容。"

"原来是这样。"我这才明白，为什么当时阿呆和那只土狗如此亲热。原来他们之间还有这样一段故事。但是，为什么这个情节让我不由得联想到捷度和格罗瑞亚？

"少爷一直无法摆脱在国外那几年留下的阴影，在学校几乎从不敢表现自己。即便在家，他也喜欢一个人躲在房间里，看他自己点名从书店买来的书。等他生日那天，你来就知道了。少爷的书房可是被他塞得满满的，足以媲美一家小型图书馆。"

"是吗？这家伙有这么喜欢看书吗？"

"那当然，估计少爷把书当作他唯一的伙伴了……我在国外书店里给他买的那套《哈利波特》和《魔戒》，他可是来来回回翻看了几十遍呢！"

"难怪那个家伙喜欢写这些东西。"我听完孔叔的话不禁自言自语地说道。

"你说什么？"

"哦……不不，没什么，"我连忙打岔，"那么，他的父母多长时间回来看望他一次呢？"

"他们一直都在国外处理自己的事情。自从太太那一次送少爷回国待了两周离开后，他们再没回来过。"

"再没回来过？意思是，福小萌的父母从他九岁至今，就没有看望过他？"

"嗯……恐怕是这样的……所以，我希望你能够稍稍理解我们家少爷的怪异。他也有他的难处。"

这一瞬间，我整个人都懵了。原来阿呆这么可怜，成长过程中没有父母的关爱，甚至连父母的面都见不到……我现在开始有些理解他这样孤僻的原因了。可是想到这儿，我突然回忆起一个人，便问道："我还有一个问题。孔叔，阿呆是不是有一个小他很多岁的弟弟？"

孔叔疑惑地看了我一眼，接着摇了摇头说："没有啊……我从没听说过。"

"这样啊……"我低下头，想到那天和我一起冲向舞蹈教室的小男孩，分明说过自己的哥哥是阿呆呀。想到这儿，我对着孔叔神秘地笑了笑说，"孔叔，看来福小萌有许多秘密是你也不知道的。而且我觉得，他在这里并不是完全没有朋友哦。"

孔叔开心地笑道："是这样吗？那真是太好了。"接着很礼貌地看了看表，站起来对我微微欠身说道，"你看，我们聊得这么愉快，以至于都忘记了时间。我得回去为少爷准备晚餐了，希望这次谈话没有耽误你的时间。"

我忙起身回礼道："孔叔，你什么地方都好，就是太客气了……"

"那我先走了。你不要忘记是下周六哦，我们非常期待你的光临。"

"没问题，我一定准时到！"

"嗯，这家店的咖啡可真不怎么样。等少爷生日那天，我一定亲自给你磨上一杯最美味的咖啡。"

看着孔叔离开的背影，我重新坐回到座位上，将杯中最后一点咖啡喝完，便陷入深深的沉思：什么嘛，原本以为今天可以彻底了解阿呆那个家伙的，可到头来还是搞得一头雾水。而且感觉听完孔叔的话，阿呆的身世变得愈发复杂，让人颇觉不可思议。这位老先生虽然人很亲切，但似乎隐藏着许多秘密。

说起来，我抬头看了一眼孔叔刚才点的那杯咖啡，这位老管家竟然只喝了一口。

第四十一章

纪念日

今天因为和孔叔一起喝咖啡的关系，我回家的时间比平常稍晚。

我刚一进门，一股香甜无比的味道就扑面而来。我循着诱人的香味，绕过放着一瓶红酒、点着蜡烛的餐桌，进到厨房，发现爸爸和妈妈正在朝对方的脸上贴黄瓜片。妈妈半搂着爸爸的脖子咯咯地笑着，而爸爸则温情地搂着妈妈那已经有些发福的腰肢。

"你们俩别只顾着秀恩爱啦，人家肚子好饿！"爸妈感情这么好，我当然很开心，可是本姑娘的肚子已经饿得咕咕叫了。

"宝贝，你回来了，快过来，"妈妈将我拉到身前，我的眼睛却盯紧了橱柜上那盘我最爱的鱼香肉丝，"你猜猜今天是什么日子呀？"

我了然地看向正微笑注视我的父亲，又扫了一眼面前这七八道菜肴说道："我当然知道，今天是你们的结婚纪念日嘛！"

"真聪明，看来我家宝贝可没白养。"妈妈在我脸上狠狠地亲了一口，接着将我和爸爸推出厨房，"好了，好了。你俩别在这儿挤着啦，我把最后这道菜给炒了就来。"

"别再弄了，差不多了，到时候吃不完又浪费！"父亲关心地说道。

"你带着妞先坐。哦，对了，先把红酒打开吧，开酒器在电视机柜那边……"母亲一边炒菜，一边指挥父亲忙东忙西。这恩爱的两口子为了结婚纪念晚宴也真是拼了。

在我忍着饥饿又挨了半小时后，这顿烛光晚宴总算开始了。我乖巧地坐在妈妈身旁。父亲提议我们在开动之前一起举杯庆祝。

"结婚十六周年快乐！"

"快乐！"

"耶！老爸老妈永远都要相爱，永远都要在一起哦！"

我们三人将手中的玻璃杯碰在一起，当然，我的那一杯里面只是葡萄汁。

"宝贝，今天是我们家最重要的日子。"妈妈将一块鸡腿夹到我碗中，"今天妈妈心情好，你想听一听当年你爸爸的糗事吗？"

"好呀好呀，一定要爆料一些我没有听过的哦。诸如爸爸小时候放炮仗炸茅厕，或者当年追求妈妈闺蜜失败的事情，都老掉牙了……"

爸爸见我不自觉地又开始掀他的老底，连忙打岔道："好了好了，你们母女俩今天就放过我吧……要不我来起一个话头吧。"

"好吧……不过，等会儿我还得听老妈爆料哦。"

爸爸似乎松了一口气，再次端起酒杯和妈妈轻轻碰了碰杯，眼中柔情无限。他说道："女儿啊，你知道为什么今天是我们家最重要的日子吗？"

"爸爸，拜托你不要……"

我正准备抱怨爸爸又要老生常谈，他就自问自答地接着道："在十六年前的今天，我度过了人生中最快乐的一天……"说到这里，爸爸拉起妈妈的手。妈妈的脸上泛起幸福的红晕。

"那一天，我得到了这一生最爱的人。因为这个无比正确的选择，后来才有了我家最可爱的宝贝（说到这儿，老爸拍了拍我的脑袋），也才有了我们这个最温暖的家。"

"哦，亲爱的，如果你每天都能这么浪漫，我可能真的会考虑下你一直中意的那台音响哦。"

"老婆，是真的吗？"

"好了好了，这个问题等晚上再讨论。"

"老婆，你太棒了，来亲一下！"

"爸，妈！你们别这么肉麻好不好！"

"你不懂！"他俩异口同声地说。

"啊！喂喂！有什么了不起啊！我说，你们要不要这么统一战线啊！"我无奈地抱怨了几句。

爸爸转过头对我微微一笑，说出一句让我瞬间呆住的话："宝贝，等将来你也有了值得与之相守一生的人,就会懂得我们的感觉了。"

看着神秘微笑的爸爸和微微颔首的妈妈,我的脑子突然"嗡"的一声,思绪渐远,想到一个我自己都无法相信会出现的那个身影。

天啊!竟然是阿呆!

恍惚中,我的视线穿过餐桌,看见阿呆坐在对面。那个家伙好像在这温柔烛光的另一端冲我痴痴地笑。那弥散的眼神和讨厌的样子竟然这般真实。我甚至想象到这家伙拉着我的手,用和父亲一样的口吻流着口水说:"亲爱的,今天是我们家最重要的一天……"

"哎呀!不要!我不要!"我猛地站起身拍了一下桌子。这个时候阿呆的幻影才渐渐从我的想象中抽离。

"宝贝?你怎么了?"爸爸见我口喘粗气浑身颤抖,拍着我的后背关切地问道。

"你这么大反应干什么?"

"不是……哦是……没有……没有什么啦。"我忙对爸妈摇头摆手,"爸爸,你也真是的,不要说这种奇怪的话呀!"

妈妈也附和道:"对啊,不是才说我们家禁止谈论早恋的话题嘛!"

就在我尴尬的失态下,这顿原本浪漫的烛光晚餐匆匆结束了。我有些歉疚地回到卧室,无力地倒在床上。

天啊!我到底怎么回事,刚才怎么会想到那个白痴呀!天啊!就算我觉得这个家伙的故事写得不赖,心里也挺想帮他,刚才也不该在饭桌上联想到他吧?哼!我不想,我不想!我才不要再想起那张呆瓜脸!反正我的作业也完成了,不如早点睡觉吧。

但是,当我熄灯上床,经历了半个小时的痛苦失眠后,还是不争气地拿出手机,再次点开那个故事。

《沃克兰多大陆——未起航的空贼》第二十三卷　殊死一搏

面对两只魔物凶残而猛烈的攻势,再加上不会使用龙刀的无奈,重伤在地的捷度已经快绝望了。

"可恶……看来这次真的要死在这里了。这东西不是什么龙族传奇武器吗？根本就不起作用！"捷度有些不甘心地支撑起身体，再次注意到龙刀上那串怪异的文字。

这破刀上面乱七八糟的文字究竟是什么意思？会不会藏着什么招数？捷度随便一想便转过身，忍着剧痛问一旁的格罗瑞亚："格……罗瑞……我问你，你知道龙刀上的字符是用来干什么的吗？"捷度有气无力地问道，"如果你知道，至少在死前满足下我的好奇心……"

"你这个家伙，都这时候了还是废话多。实话告诉你吧，我不知道。龙族也没人知道，就连龙都无法理解。"

"那你会念吗？"

"我会念，这是我们龙兽族的古老文字，但是年代久远没能传承下来。我虽为龙兽，却也无法理解……"

"快点……快点念给我听……我们或许可以试试，对……最后再试一试！"

格罗瑞亚支撑着重伤的身体缓缓靠向捷度。捷度将龙刀放在它面前。

"卡尼诺德尼斯卡……"格罗瑞亚的声音盘旋在捷度的脑海中。

捷度无奈地撇了撇嘴，跟着念道："卡尼诺德尼斯卡……"

"呵呵……还真是怪异的文字，够难听的。"可是，捷度念完这句咒语后却感觉到，龙之力开始在体内亢奋地爆发。而格罗瑞亚的身体也出现怪异的反应。

"啊！"捷度捂着手臂。他能够感觉到，手中的龙刀正在贪婪地吸食着自己身体中的龙之力！

"捷度！我感受到了力量！我感受到了力量！"格罗瑞亚身上的伤口竟然瞬间愈合了，"快！我知道了……呃……原来如此……捷度，你仔细听我说，这些文字应该是古老的魔咒，是我们龙兽族和龙族的魔咒。只不过在这些魔咒失传之后，便再没人知道这个秘密。其实，这些魔咒必须要持刀者和龙兽同心念诵才能成功发动。快！我们一起再念一遍魔咒！"

两只魔物见到手的猎物突然发生这般异变，不敢贸然上前。

"你这家伙，还挺会使唤人！"捷度撇了撇嘴，杵着龙刀吃力地站起身，"卡尼诺德尼斯卡……卡尼诺德尼斯卡！"

"啊——"每当捷度念起这句魔咒，就感觉体内的龙之力在被龙刀所吸收。

这种身体力量的抽离就像在榨干他的血液一般，让他感到格外恐惧。

"格罗瑞亚！我说你这个家伙，够了吗，别贪心啊！"捷度大吼一声。这股气势让对面的两只魔物顿时不知所措起来。

"就是现在！快将龙刀插进我的身体！"格罗瑞亚望着捷度，朝他微微颔首。

"你确定？"捷度咧着嘴，手中的龙刀因为吸收了大量的龙之力而熠熠生辉。

"相信我！我能够感受到龙刀的召唤！我需要那力量！"格罗瑞亚用认真的眼神盯着捷度。

"好吧……反正是你自己要求的。"说着，捷度努力地站起身，举起龙刀朝格罗瑞亚刺去，"如果不小心杀了你，你也不要怪我。"

就在捷度将龙刀插入格罗瑞亚身体那一刻，龙刀中蕴藏的能量瞬间灌入。看着眼前这一幕，捷度突然意识到，龙刀不仅仅是一把传奇武器，更是一条可以给龙兽传输龙之力量的通道。

格罗瑞亚身体上的蓝色光芒随着龙之力的灌入而越来越耀眼夺目。它一跃而起，傲然挺立在两只魔物面前，长啸一声，气势凌然。

两只魔物迟疑片刻，发觉猎物的实力突然强大起来，便不再犹豫不前，全力朝格罗瑞亚袭来。

格罗瑞亚有些不习惯体内增强的这些龙力，感受着力量的翻腾。它以迅雷不及掩耳之势轻松躲过两只魔物的攻击。捷度只感觉自己的意识似乎跟随龙力一起，转移到了格罗瑞亚身上。在他的脑海中，格罗瑞亚的声音再次响起。

"捷度，你这家伙怎么跑到我身体里来了？"

"你问我，我去问谁。我估计是龙力的原因，让你我二人的精神力联为一体了。"

"那你可不要在我的身体里乱动。"

"喂喂，我说你该专心应战吧？还有，我感觉此刻自己那失去意识的身体很脆弱，却是你使用的龙之力的力量源泉。你必须保护好我！"

"了解！"

龙兽一跃而起避开一只魔物的利爪，接着扭转身体向下急冲。如幽灵般神出鬼没的蓝色龙兽狠狠地一口咬在另一只魔物的咽喉处，动作异常迅猛，快如闪电。魔物的头应声掉地。

"呸……真脏。"

落地之后,格罗瑞亚甩着脑袋吐着口中那魔物绿色的鲜血。

"谁让你偏偏咬中被砸了臭味蛋的那只,你个笨蛋。"

"闭嘴!这是我自己的身体,我想咬谁就咬谁!"格罗瑞亚随即怒视剩下的那只准备逃跑的魔物。

"既然这样,"格罗瑞亚追上前方,纵身一跃,从魔物头顶掠过,正好截断魔物的去路,"这次就换一种解决方法!"

这只魔物见龙兽如同鬼魅一般无法摆脱,心一横准备拼死一搏。

"穷寇勿追这个道理我虽然懂,但是抱歉,格罗瑞亚,绝对不能够让这家伙跑掉。否则,龙刀现世的消息被传出去就麻烦了,龙也就白白牺牲了。"

"闭嘴,我知道,不需要你这个笨蛋提醒。"

格罗瑞亚轻松地闪过魔物的几次攻击,接着聚集身体中的龙力。瞬间,格罗瑞亚身上迅速膨胀,如同蓝海之中的浮藻般。它怒吼一声,一道强烈的白光从口中喷射而出,直击魔物而去。而那魔物根本无法躲闪这耀眼的能量,在一阵惨叫声中只化作了一缕尘烟。

在山洞另一头的费其拉,此刻也感受到这股强大的龙之力。他甚至能够感觉到周围空气中都漂浮着魔光的粒子。

"好强的……力量……究竟是怎么回事!捷度——!捷度——!你在哪里?"

攻击结束之后,格罗瑞亚闭上眼睛,身体中的龙力开始渐渐散去。白色魔光顺着龙刀汇集到捷度身上。

当费其拉寻着刚才那股力量的源泉,来到地下湖岸边的时候,被眼前的一幕惊呆了——捷度杵着龙刀跪倒在地,似乎失去了意识,站在他面前的竟然是龙族的圣兽;而在一旁,是魔物那尸首分离的尸体。最后,他的目光锁定地上的一道黑影,也就是那只瞬间被轰杀的魔物,留在这个世界上最后的痕迹。

格罗瑞亚见是费其拉,缓缓俯身,示意他过来帮忙。费其拉虽然对眼前发生的种种事情一头雾水,但是眼下救人要紧,便冲上前抱起捷度。

捷度艰难地睁开眼睛望着费其拉,一抹眼泪从眼角流了下来。

"费其拉叔叔……抱歉……"

"傻孩子，说什么呢？是我连累了你呀……该说抱歉的人是我。"

"不……我歉意的是关于龙……"

"龙？"

"嗯……龙……龙他死了……"

"什么？！你怎么会认识龙？他在哪里？他到底怎么了？"

捷度的泪水已经决堤。他哽咽着再也无法说下去，痛失好友的悲伤在费其拉面前完全释放出来。

看着眼前悲伤无比的捷度，费其拉内心深受震撼。他不敢相信，也不愿相信。如果捷度所说的龙，便是自己族里的传奇骑士，那么他的死，对于自己和整个龙族来说，意味着一场巨大的灾难。

第四十二章

无辜的阿呆

"臭阿呆，你这个家伙已经让我精神分裂了！"

早自习刚结束，我对刚进教室还没放下书包的阿呆发出了歇斯底里的怒吼。

无辜的阿呆依旧是那副永远都睡不够的困倦样。他对我的抱怨也只是木讷地愣了愣，接着便将书包丢在椅子上，屁股一沉做出睡眠姿态。

"诶……我怎么会和你这样的人过纪念日……我真是倒了八辈子的霉……"

我的脾气正要发作，突然觉得自己似乎有些过了。面对周围同学那起哄和疑惑的眼神，我也只得气呼呼地坐下，扑在课桌上。

唉，我究竟是怎么了，为什么心里越来越装不下事了呢？不用说，本姑娘现在的种种心理问题都要怪阿呆，阿呆这只呆河马什么的最讨厌了！

我愤愤地瞟了一眼开始打鼾的阿呆，竟然有种已经熟悉他这副睡相的感觉。

天啊！我到底怎么了？先前的那种厌恶、无奈，怎么变成了如今的习惯和亲切呢？

我突然想到，下周六就是阿呆的生日。他如果知道我会去庆祝他的生日，不知道是否开心，还是说依旧是这副白痴相呢？我还真有点好奇。

"季节！你对着阿呆一会儿生气，一会儿傻笑的，是不是脑子坏掉啦？"

我忙回过神来，看着初夏暗自一惊：初夏刚才说什么？我看着阿呆傻笑？不会吧！天啊，我是不是中毒了！

"季节，和你说话呢，不要再发呆了！"初夏轻轻摇了摇我的肩膀。

"哼！我才懒得理你！"我故意装作生气的样子把头撇到一边。

"喂喂，你不会这么小心眼吧……还在生气？"

"当然！你有事瞒着我，还冷落我，难道我不该生气吗？"

"这个是秘密作战计划，我和刘子墨还在筹备。等我们部署好了就会告诉你，你现在不用瞎操心。"

"瞧你说的，又不是要把我卖了，搞得神秘兮兮的。"

"差不多吧……"初夏条件反射回了句。

"什么？"

"哦，不！我只是和你开玩笑啦……总之你不要操心，相信我就好。我们为你准备了一个超级惊喜哦！"

"初夏！你给我现在就解释清楚！"我冲着初夏欢乐离开的背影叫道。

初夏回过头，眨眨眼睛说："对了，今天中午我还得继续筹备，只能留下你了，对不起呀，明天就好了。"

"初夏！你太过分了！"

想到初夏今天又要把我扔下，和刘子墨混在一起，我就气得直跺脚。没想到，阿呆的脚却成了我的着力点。我只感觉这用力的一跺仿佛踩在了软绵绵的地毯上，忙收敛地坐下，佯装无辜。

一分钟后，阿呆突然浑身颤抖起来，发出了他那声永恒不变的口头禅："喔……"

我撇过头不看他，冷冷一笑。阿呆这白痴的反应果然够慢的，就算被人踩痛了，也要一分钟后才能反应过来。

《沃克兰多大陆——未起航的空贼》第二十四卷 新的开始

"捷度!你怎么搞成这样?是不是掉油漆桶里了——呀!你身上那么多伤是怎么回事?喂喂!你倒是说话呀!"

"安娜,你冷静一点,"费其拉将捷度放在客厅的躺椅上,"这孩子刚才差点丧命了!"

在费其拉和魔迪将受伤的捷度带回家后,安娜对儿子的重伤和异样大吃一惊。担忧愤怒之余,她从费其拉黯然忧伤的表情中读出一个信息——一定是发生了什么事情,而且这件事情非同小可。

安娜看着儿子原本金黄色的头发变成如今的纯白,脸色难看起来;而当她脱掉儿子沾满血迹的外套,看见那几道被魔物撕裂的伤口后,眼泪再也止不住了。她为儿子和费其拉处理好伤口后,看了一眼与自己保持距离的龙兽格罗瑞亚,接着狐疑地望向费其拉,似乎希望有人能够告诉她到底发生了什么事情。

在火炉前,捷度一边喝着母亲煮的生姜茶,一边忍着伤口的疼痛,将如何与龙相识,以及后续发生的事缓缓道出。说到关键处,安娜细细拷问了关于秘密山洞的事情。最后,捷度将龙如何被魔物发现,如何与兰蒂斯和迪克交手,又如何在最后时刻将龙之力传给自己,一五一十地说出。

安娜听完这段匪夷所思的经历后,先是提出了质疑。对于自己这个爱吹牛皮爱说大话的儿子,安娜太了解了。不过这一次,面对低头流着泪的捷度,安娜隐约觉得儿子所说之事可能是真的。想到这里,安娜不觉倒吸一口冷气,如果捷度所说之事属实,那么他岂不是在死神面前走了一遭。

安娜搂过正在哭泣的儿子,重重地捶了捶他那稚嫩的后背。

"妈……好痛呀!"捷度的伤口被安娜碰到,不由得喊道。

安娜流着眼泪愤愤地说:"让你瞒着我!让你去做这样危险的事情!你是不是也想像你父亲那样丢下我?"

"妈,"捷度抱着母亲,心里涌起内疚之情,"我知道错了……对不起……下次我不会这样了。"

安娜将儿子推开，脸上的表情化作愤怒："你每次都这样说，可是你总是不长记性。你这样下去，总有一天会把小命丢了。"

"妈……还有一个事情我要和你商量。"

"你别借机和我提要求。我警告你，我要扣你一个月零花钱。哦不，是一个学期的零花钱。"

"妈，不要啊。我要商量的事情不是你想的那样啦。我答应过龙要照顾格罗瑞亚，所以……妈……我们能够留下它吗？"

费其拉此刻也正打量着龙兽。他对安娜微微点了点头说："既然是龙拜托他的事情，那么格罗瑞亚就托付给捷度照顾吧。"

捷度思考片刻，说道："费其拉叔叔，我之前听龙说过，龙兽都是追随持刀者的。"

费其拉低下头沉默了一会儿，冷峻的脸上浮现一抹悲痛："说来惭愧，追随我的那只龙兽已经战死了。"

"战死了？"捷度瞪大眼睛望着他。

"对，是我无能……"

"难道说，那只龙兽是格罗瑞亚的妈妈？"

"可以这样说。但龙兽其实是不分公母的，它们的传承并非通过繁殖，而是通过龙域深渊中的卵。"

"我怎么越听越听不明白呢！"捷度抓了抓脑袋。

费其拉进一步解释道："每只龙兽都会有死亡的一天。当那天来临的时候，它们的灵魂将回到龙域深渊，待重新凝聚后，会孵化出新的龙兽。"

捷度皱着眉头自言自语道："我大概明白了，难怪龙说格罗瑞亚这种家伙在世界上只有一只呢。"

费其拉叹了口气，接着说："我知道格罗瑞亚现在一定还在怨恨我……所以，捷度，你就先照顾下这可怜的孩子吧。"

安娜瞟了一眼躺在火炉旁边的格罗瑞亚，接着走到龙兽身边蹲下，准备摸摸它的脑袋。但是格罗瑞亚见安娜一走近，便爬起来躲到一旁。

"还真是不可爱呢！"

"它比较腼腆，"捷度坏笑道，"可能因为是小姑娘吧！"

"你才是小姑娘！"格罗瑞亚咆哮道。

捷度笑眯眯地对安娜说："错了错了，原来我一直弄错了。格罗瑞亚说它原来是男孩子！"

安娜微微一笑站起身："嗯，原来是男孩子呀，可是长这么漂亮的男孩也真是少见呢！"

格罗瑞亚有些抱怨地看了捷度和安娜一眼，自顾自地重新躺下。

喜欢干净，将收拾房间当成最大乐趣的安娜，原本是绝对不会答应捷度养宠物的。虽然在空贼之中也有带着野兽战斗的猎人，但安娜总觉得那些猎人身上的跳蚤一定数都数不完。可是这一次面对高贵美丽的龙兽，儿子救命恩人的临终之托，她只得点头答应。

"妈妈，你的意思是，答应我收留格罗瑞亚了？"捷度抓住机会忙问道。

"前提是你必须告诉它，每星期至少洗三次澡！"

格罗瑞亚看了捷度一眼，似乎又在用兽心术和他交流。

"妈，你放心吧，格罗瑞亚告诉我，它每天都要洗澡的。"

安娜看着一脸傲慢的格罗瑞亚点了点头："嗯，你比捷度这家伙爱干净多了……那么，格罗瑞亚，不管你是不是龙族的圣兽，现在都是我们家的一员了，欢迎你哦！"

格罗瑞亚没有回复安娜的热情，只是低下头继续舒服地趴在火炉边。

安娜撇了撇嘴说："呵呵，看来我们俩还得花点时间培养感情。"

捷度见安娜同意了自己的请求，高兴地举起手兴奋地朝格罗瑞亚挥了挥。不想却牵动了伤口，疼得他龇牙咧嘴地低下头。

费其拉站起身，一个人默默地走出房间。安娜这才察觉，从刚才捷度诉说整个事情开始，费其拉就一个人低头沉思默不作声，看来龙的牺牲对他来说是一个无比巨大的打击。

院落中，费其拉独自坐在一根巨大的萨梅拉斯圣树的根茎上。

"对于龙的事情，我感到很抱歉……"

费其拉抬起头，看见安娜走到自己身边站定。这个先前还一脸焦急的母亲，此刻同自己一样望向浩瀚的星空。

费其拉没有说话，下意识地抚摸着手中的龙刀，才包扎好的伤口依然隐隐作痛。

"我还记得当年第一次见到龙的情形。这人疯疯傻傻的，我怎么也没想到他会是传说中的龙骑士！"安娜淡淡地说，眼中隐隐有星光闪过。

费其拉叹了口气，鳞片般的皮肤开始渐渐松弛。这是龙族之人在极度悲伤下才会有的反应："是啊……一转眼好多年过去了。当年你和加尔纳西来到龙域，号称要找龙寻求龙族支持的时候，我都没有想到，老师会这么简单地就答应了你们的请求。"

"是啊，那个时候连你都很排斥我们呢。"安娜捂着嘴笑了笑，"我还记得你站在龙域入口处，让我们快点离开，说什么也不让我们进去。"

"你还记得这么清楚？！那个时候我确实蛮固执的，一直认为龙族不应该和其他种族有瓜葛，害怕外界的纷争将龙族牵扯进去。"

"是啊……我当时对你大吼大叫，还说你是老古板、臭蜥蜴。现在回想起来，或许那个时候你的想法才是正确的。"

"无所谓正确与否。当年的我太过单纯，面对这纷争不断的世界，龙族怎么可能独善其身？正因为长时间消极地躲避，才会让龙族在面对战争时准备不足。"

"不过，龙族之中因为有骑士龙的存在，当时真的没有哪个国家敢惹呢。"

费其拉低下头，如蚕豆般的双眼不禁流出泪水："老师的判断是正确的……是正确的……只不过我没想到，那些人竟然会在这里找到老师……都怪我……是我太不小心……我应该躲到更远的地方才对。"

"你别再责怪自己了，这个世界上处处都被那些人的爪牙监视着，除了空贼岛，你还能去哪里？龙虽然牺牲了，却保全了你和龙刀。你还有机会为他报仇，带领龙族走出灾难和浩劫！"

"是啊，这就是命运啊。"费其拉边说边看着自己颤抖的右手，"你知道吗？经过这次的伤，我不可能再像从前那般使用龙刀了。"

安娜当然知道费其拉这次手上受的伤非常严重。此时此刻他的右手颤抖不已，使不出一丝力气。

"会好起来的……你要相信自己。"

"安娜,你不用安慰我,我知道自己的情况。"费其拉黯然道,"可是,命运还是给我们龙族安排了希望。"

当费其拉说到"希望"这个词的时候,安娜心里有了一种强烈的不安感。她的忧虑被费其拉接下来的话所言中。

"捷度!这个孩子才是命运安排给龙族的希望。"

"捷度……"安娜的嘴唇在颤抖,转头望向窗内躺在椅子上的儿子,内心充满矛盾。

"这个孩子是龙的真正传人。此刻,他身上的龙力比所有龙族之人都强。"费其拉突然用坚毅的眼神望着安娜,"他和兰蒂斯一样,都是后天获得了龙力,所以身体才产生变化,毛发幻化为白色。"

"那又怎样!"安娜抑制不住自己的情绪,用一种极其强烈的语调说,"我不管他身上到底有多强的龙力,他是我的儿子,我不允许他参与危险的事情,就算是你的要求也不允许!"

"安娜,这是那孩子的命运!你我二人都阻拦不了!"

"什么狗屁命运!谁都休想从我手中夺走我儿子!你们那什么龙力,大不了我们不要了,我现在就让捷度还给你们。"说罢,安娜转身欲走。

费其拉一把拉住她说道:"你冷静点,听我解释……任何获得龙力的异族灵魂,都将与龙之力达成契约。这也是为什么捷度和格罗瑞亚融合时候,捷度会进入格罗瑞亚身体的原因!若是你强行要求捷度将龙力分离出来,那么他将失去自己的灵魂。"

安娜听完费其拉的话,忍不住用手捂住眼睛大哭起来。

"安娜……安娜……你别这样,"费其拉轻轻拍了拍安娜的肩膀,"对这个孩子来说,他可是获得了龙族的至尊力量,前途不可估量。而且只有有了更强大的力量,他才能够保护自己,保护你的空贼岛啊!"

"你们不会懂的!"安娜依旧哭泣着,费其拉能够感受到这个弱小女人的肩膀在不住地颤抖,"我不需要儿子来保护我,也不希望他获得什么至尊能力。我只要他平平安安地活在我能看见的地方就好。"

费其拉看着安娜的眼泪彻底无言了。

一阵冷风吹过,风干了安娜的泪水。这位母亲最终还是勇敢地抬起头,用一种极其不安的语调问道："你……你准备让捷度干什么？"

费其拉迟疑了几秒，看着安娜忐忑的目光低声说道："我要教那个孩子如何使用龙之力……我要教会他如何使用龙刀！"

"为什么？"

"捷度继承了龙的力量，他将拿起龙刀完成龙和我都未完成的事业。"

"天啊！他还是个孩子呀！"

"可这就是命运。安娜，你知道吗？你的儿子刚才解开了龙族的千古魔咒，和龙兽一起释放了龙族不传秘技！你必须相信，这就是命运的安排。这个孩子……这个孩子，我相信他将改变这个世界！"

第四十三章

资料汇总

我把明天的课程预习完之后看了一眼时间，正好晚上九点。时间还早，我准备再背诵一些英语单词。

从知道阿呆那家伙在外国待过九年开始，我就有一种莫名的危机感。如果我的英语成绩想要超过他，词汇量不能仅限于初中范围，必须得加大量。哼，我可不希望以后再被阿呆用英语来鄙视我。

勉强背完二十个新概念英语单词后，我深深地吸了口气，深感这完全是一种自残行为。

今天的学习任务已经结束了，我得思考另外一件事情——那就是阿呆的生日礼物。下星期六就是呆河马的生日，我这个不请自来的同桌至少得准备一份像样的礼物。

究竟给那家伙准备什么礼物呢？直到现在为止，我几乎都不了解阿呆，不如这样，我把近期关于他的情报进行汇总，说不定能够有些头绪。

我将那份刘子墨给我的关于阿呆的调查报告打开，在上面用铅笔补充：

福小萌，自出生后被父母带到国外生活，先后辗转六个国家。据猜测，智商很高，学习能力出色，但是在异国他乡的生活让他产生了严重的心理问题。小学二年级时回到国内，在江南第一小学就读（和初夏是小学同学）。从那时开始，就被人叫作了阿呆。经过近期本人观察，此人虽然经常发呆、睡觉，但是思维活跃，喜欢创作小说，现正在写一部魔幻题材作品。至于为何如此嗜睡，还有待调查。

写完以上种种后，我失落地将笔丢在书桌上。什么嘛！怎么感觉在写实验报告一样。阿呆那家伙就像一只正在被我研究的仓鼠。说起来，我干吗要为这个家伙如此费心呀！

我再次浏览阿呆的资料，脑子里还是一头雾水。不管了，反正还有几天，到时候再说吧。至于送什么礼物，我总会想到的。

《沃克兰多大陆——未起航的空贼》第二十五卷　新骑士的培养

自从费其拉下定决心，要将捷度培养成一名优秀的龙骑士的那天起，捷度的生活就多了一重艰难的考验。当然，这重考验对费其拉来说或许更为纠结痛苦些。

经过长期相处，费其拉当然知道，自己这个徒弟绝对不是好管教的。龙族最擅长的便是械斗之术，主要利用自身龙力聚集，让身体的重量和重力互换，从而拥有极强的跳跃能力和滞空滑翔能力，以此利用重力对对手发起猛烈的攻击。但要想掌握这种能力可绝非易事。

捷度在刚开始学习的时候还非常感兴趣。可是在经过了一个星期关于龙力的忍耐练习之后，他感觉全身的骨头都快要被冰封了。好不容易在费其拉近似强逼之下才勉强控制的些许龙力，每每使他在高空中失去控制，落得惨摔的下场。

所以，捷度至今无法成功使用械斗之术。他要么无法集中精力将龙力完全控制住，从而变换自己的重力场；要么就是使用了太多龙力，以至于如同安上了弹簧般，被顶到和萨梅拉斯圣树一般的高度，然后被摔得鼻青脸肿。

捷度开始厌恶这些学习课程，但是无奈费其拉老师极其偏执而严酷。他总是想方设法地逼迫捷度不断训练，甚至为了让捷度每天不偷懒，在各个暗点蹲守，让捷度防不胜防，根本就逃不了课。

捷度甚至觉得费其拉比自己的武学老师刚博还要严酷、变态。不过，虽说捷度百般不愿，但也知道费其拉为何这般逼迫自己。因为那位传奇骑士龙的力量就在自己体内，如果不学会应用这种力量，如何向死去的龙交代，如何对得起龙的托付。

另一方面，费其拉同样非常重视格罗瑞亚的训练。虽说格罗瑞亚先前在龙域和费其拉的关系并非很和谐（格罗瑞亚在跟随费其拉的短暂期间，除了一些增强体魄的植物外，绝对吃不到跟龙在一起时，经常吃的烧鸡或者烤蜥蜴等美味。费其拉对格罗瑞亚说得最多的一句话便是：格罗瑞亚，你太胖了！）。

之前在地下山洞中，捷度和格罗瑞亚碰巧使用出的龙技合体攻击之术，费其拉觉得还是等捷度和格罗瑞亚自身力量再提升一些的时候，再去琢磨和训练。此刻贸然尝试，或许非常危险。

白天的时候，捷度都会和格罗瑞亚去学院上学。学院对格罗瑞亚进行了必要的考核，主要考核内容为：战兽的服从能力、攻击等级、防御等级、疾病检验等。当然，身为龙族圣兽的格罗瑞亚非常轻松地从那些针鼠或者筋叶熊之类的战宠中脱颖而出。

最后，战兽学院给予格罗瑞亚的评价是：自建校以来从未见过的极品战兽。

现在在学院中，捷度将格罗瑞亚注册为自己的战兽。因为这样，捷度这学期还得再增加一门关于战兽猎人的课程。

对费其拉来说，他知道命运留给自己的时间不多了。他必须抓紧每一分每一秒对捷度进行严酷的训练。所以，费其拉提出让捷度休学，这样就可以用全天的时间练习龙技。捷度有点动心，但是这个提议在安娜的断然反对下被否决了。

费其拉只得又陷入和捷度斗智斗勇的泥潭中。捷度虽然脑子灵活，鬼点子多，但这恰恰也是他最大的缺点。费其拉对满口扯谎、发誓如家常便饭的捷度深有领教。他现在采取的战术是，捷度所说之话，一句不信。为了让捷度每天放学后都能够来学习,他也算豁出了老命。

日子就这样一天天过去。虽然捷度的样貌发生了很大改变,却让同学们觉得他更酷了。只不过有小道消息说,捷度是因为炼金术太差才被妈妈逼得每天夜里复习,以至于一夜白了头。

捷度最讨厌的炼金术课程还是让他痛苦不堪。而在精神力课堂上,因为捷度在训练中不小心将教室的地板弄出一条大大的裂缝,安娜不得不用卖了一个月的草药钱还账。在猎人战术课堂上,因为格罗瑞亚的优秀表现,捷度难得地得到一个S评价。这可是武学科目外,捷度第二次得到S评价。

而捷度的好友魔迪,这个懦弱的魔导族孩子,因为上次的决斗算是彻底摆脱了讨厌的拉皮尔兄弟。所以他能够在这学期的炼金术比赛中,发挥出自己的最强实力(之前的考试中,拉皮尔兄弟威胁魔迪,让他必须考最后一名)。魔迪很争气地赢取到一大笔奖学金,有望晋升高段炼金术士。而拉皮尔兄弟当然不会真的愿意成为魔迪的手下,他们甚至不再提那件让自己丢人至极的事情。不过好消息是,他们也不敢靠近捷度和魔迪自取其辱了。

可是,一个带着血腥味的坏消息,却在这个时候飘过万里浮云传到空贼岛——空贼集团一个重要任务失败了。

这一天,空贼岛的旗帜从黑色的飞空艇换成了红色的利剑。空贼岛的人都知道这意味着什么,利剑即复仇雪耻之意。

虽说空贼岛的空贼们都是靠帮各个国家和种族完成各种任务,以此获取佣金过活,而且经过几个世纪的发展,已经成为沃克兰多一股非常强劲的佣军势力。但是只要有出手就必会有失手,这一次是捷度从小到大见过的第二次复仇之旗。上一次见到那面旗帜后,捷度失去了自己的父亲。失手或者失败往往意味着惨重的伤亡。只不过没有人会想到,这次的失败会如此惨烈——空贼集团布莱克西斯空艇佣军团全军覆没!

当捷度、魔迪和格罗瑞亚穿过人流奔到空贼岛发布新闻的木榜前时,所有人都在窃窃私语、骚动不安。这一次的悲剧让空贼岛损失惨重。有人认为,是因为院长基姆没有参与组织才造成了悲剧;也有人说,空贼集团的首脑根本没有明确这次的任务等级(虽然这个任务的等级已经是最高的S级,但有人认为至少应该再增加一个S）；而更多人认为，根本就不应该接这个玩命的任务。

过来的一路上，捷度看见人们在哭泣、咒骂、相互安慰。这已经是他第二次看见类似场景。虽说他还年幼，但一个可怕的想法却在脑海中形成了——难道这是每个空贼的宿命吗？

格罗瑞亚有些不解地看着周围的人们，用兽心之术问捷度："为什么这么危险的任务还有人要去送死呢？"

捷度叹了口气回道："你自己看看这个任务的佣金，竟然高达三十万金币。你可知道，那足够空贼岛所有居民用一年呢！"

魔迪习惯性地正了正自己的帽子，看着周围人们悲伤的脸内心难过不已："看来这一次又有许多人失去了朋友和亲人。"

"为了钱就要出卖自己的生命吗？空贼真是可悲的存在。"

捷度没有理会格罗瑞亚的讽刺。他的目光投向任务栏，那个讨伐对象的黑白照片和简介信息。

讨伐对象：火山龙王扎克西姆。

地点：恩斯火山。

捷度皱了皱眉头，用手轻轻地搓着自己的下巴。捷度的这个动作魔迪实在太熟悉了。他知道，自己这个伙伴一定又在打什么鬼主意了。

"如果任务失败的话就没有佣金了吗？"格罗瑞亚很天真地问道，"这样的话又是谁来为失败负责呢？"

捷度对格罗瑞亚回道（不过在别人看来，他只是在自言自语）："没有佣金是肯定的。虽然空贼付出了生命的代价，但是发布任务的一方不会给予我们任何补偿。而且……空贼岛有一条规矩，那就是既然接手了任务，就必须完成。"

"什么意思？难道还要再派空贼去吗？"

捷度点了点头，若有所思地回道："恐怕是这样的，为了维护空贼集团的声誉，只要是接下的任务，无论付出多大的代价都要完成。"

"捷度，我怎么感觉你有一种莫名的兴奋呢。虽说这次牺牲了这么多人，但是好像布莱克西斯空艇佣军团并没有我们认识的空贼吧？"魔迪有些不安地看着一脸异样的捷度说。

"这个家伙杀了我们那么多人，难道你们不想去报仇吗？"捷度的眼睛死死地盯住了那只翱翔在火山之上的红色巨龙。

"捷度……你别开玩笑了……这可是S级的任务。我们现在还是魔导学院的学生,学院应该不会让我们出战。你一定是又想到你父亲了吧?可千万别干傻事呀。"

捷度冷冷一笑说道:"哼,魔迪,这一次你算是说对了。我现在看这家伙就是有种不爽的感觉。如果有机会,我真想会会它。"

第四十四章

选择困难症

周六那天下着细线般的雨。我没有拿出包里的伞,因为这样的雨点对于我而言有一种说不出的亲切。

一个人走在步行街上有种不自然的感觉,因为平常总是和初夏或者妈妈一起逛街的。我看着周围大大小小的商店,里面琳琅满目的商品都在等候着它们命运中的主人。

我的脚步不时地停留在这些店铺前,犹豫的眼神缓缓地扫过里面的商品,看到中意些的也会走进去,用手拿下来仔细把玩一番。

下个星期的今天就是呆河马的生日,我为了这个家伙竟然抽出一整天来挑选礼物,而且还一个人迷茫地走在这热热闹闹的大街上,这样想来还真是有些搞不懂自己了。说起来,本姑娘还从来没有主动送过哪个男生东西,阿呆这家伙不知道是上辈子做了多少好事才修来这样的福气。

我就这样自恋地想着,走在熙熙攘攘的人群中,心头突然窜出一股强烈的孤独感,就好似除了自己是鲜活的外,周遭完全是一个由铅笔涂抹出的黑白世界。好吧,也许我才是多彩世界中唯一用粗铅笔勾勒出的线描人物。

究竟是这个世界太无聊,还是我觉得生活太无聊了呢?是啊,相比沃克兰多，我们的世界真是太单调乏味了。

就这样胡思乱想中，我看见一家店里那些五颜六色的围巾挺不错，便走进店中随手摸了摸。要不就送阿呆一条围巾吧，反正秋天快到了。可是送围巾的话，不都只有恋人才这样吗？我觉得不妥。

路过一家动漫店的时候，我看见里面各式各样的动漫周边，心想，不知道这家伙对二次元感不感兴趣。我趴在玻璃橱窗外看了半天，被那些眼花缭乱的人物搞得头都昏了。唉，算了吧，除了机器猫小叮当（当时我甚至不知道这只圆头圆脑的机器人叫哆啦A梦）和柯南外，连这些人物的名字都不知道，更不知道阿呆喜不喜欢。而当我看见一个简单的动漫模型（后来我才知道这叫作手办）要几百元的时候，瞬间就跨出店铺。开玩笑吧，一个玩具要卖这么贵吗？

在一家精品店，我整整逛了三十分钟，可是最后除了买给自己的一对粉红蝴蝶结发卡和几个彩色发圈外，依旧没找到适合阿呆的礼物。

就这样，我独自溜达了一上午，甚至没了主意，总会想到阿呆那个家伙拿着礼物时万一不满意的厌恶表情，又或者直接睡着了的样子。天啊，如果这样的事情真发生了，我一定当场给阿呆一击必杀。

我就这样幻想着，直到肚子突然咕咕叫了起来。不管了，总之先填饱肚子吧。我暗自算了算自己带的钱，看来得省着点花，不能去吃必胜客的比萨了。于是随便选了一家小店，点餐后找到一个靠近窗边的位置坐下。既然还没有灵感，那就暂时不想了。一边吃饭，一边接着看小空贼的故事吧。

《沃克兰多大陆——未起航的空贼》第二十六卷　战魂牌

失望悲哀的人群渐渐散去后，捷度和魔迪带着格罗瑞亚照例来到浮岛商业街的比克酒屋。

在空贼岛，有许多专门开放给学院孩子们的酒屋。这些酒屋虽然也为一些年纪较大的孩子准备了度数较低的啤酒，但是大部分饮品都是浆果汁或兽奶熬成的奶浦。比克酒屋便是捷度失去了秘密基地后最爱来的地方。

格罗瑞亚熟练地坐到一个木椅上，接着用鼻尖翻动起菜单。这只龙兽几乎没有犹豫就用兽心之术告诉捷度，它要一杯麦芽糖浆。

捷度埋怨道："你这贪吃的家伙每次都点最贵的。"

魔迪和捷度一人点了一杯木浆可可，三个伙伴便开始闲聊起来。

旁边两桌正吵吵闹闹地玩战魂牌，激烈的比赛也吸引了捷度和魔迪。在沃克兰多，不管你是位高权重的国王，抑或高贵的骑士，再或者独来独往的佣兵，甚至流浪汉，无论是谁，都一定喜欢战魂牌。

"来局战魂牌吧！"只要有这句话，沃克兰多的任何种族都能够放下武器坐在一个桌子前。

说来也奇怪。在沃克兰多大陆，就算是知识最渊博的人，也不知道战魂牌的起源。这个风靡整个大陆的游戏的发明人，至今仍是个谜。更离谱的是，人们甚至不知道这些带着魔法和意识的兽皮牌是怎么被制作出来的。

大家只知道，如果想要购买战魂牌，那么一定可以从旅行商人那里找到许多珍稀的卡组；如果只是需要一些普通的战斗卡，那么可以直接去魔法用品商店或者武器店寻找。当然，一些占卜店在办理长期会员卡的时候，会将一些常见的战魂牌当作赠品。

有传言说，这些卡里的战魂都是由邪恶的巫师将死去人们的灵魂封印进去制成的；还有传言说，这些卡牌是魔蜥族祭祀时使用的算命牌；更有甚者说，是亚特拉帝国国王为了取悦王后，专门让顶级魔法师制作的。当然，没有人会去关心这些传言。反正这东西有趣、好玩、刺激就行了，谁还管它究竟是从哪来的呢？！

如果你想要开始一局战魂牌的游戏，那么只需要一块在任何商店都能买到的战魂棋盘（其实是一块附上低级魔法碎片的兽皮布罢了）和一手好牌就可以了。

只要你的棋盘够大，就算是十个人一同游戏也没有问题。比如，三年前在布莱卡公国举办的战魂牌大战决赛场上，竟然有三百多个选手一同参赛，比赛整整持续了一年才结束。期间甚至有几名选手因为脾气不好而暴怒，在场外进行真人决斗时丧命了。比赛最后因为各种原因没有排出真正的名次。所以，经过那次教训，沃克兰多的人们都认为参与战魂牌的游戏人数不应该超过五十人。

这个神奇游戏的规则其实很简单。这些战魂牌都是活的，每一张都被一种特殊魔法封印了一个战魂。这些战魂似乎都有自己的思想和个性。一些能够说话的甚至愿意直接告诉牌手要怎么使用自己的技能；而对于一些不会说话的，诸如草原巨人、秃鹫、骷髅战士，或者龙等战魂，牌手就只能摸索着命令他们去进攻和防守了。前提是，他们得听牌手的话。

　　游戏一开始，每名牌手都被分到一块由战魂棋盘随机生成的领土。山地、草原、沼泽、海洋等景象都栩栩如生。牌手派出的战魂牌将在这些地形中作战。通常，地图上会不断地随机生成能量块和补充体力的魔法球，牌手可以引导战魂牌在提升能力的同时扩大自己控制的地盘，甚至可以让战魂牌在一些出人意料的地方设置陷阱，抑或用更阴险的魔法师牌偷袭对方。如果牌手能够拿到珍稀的机械牌，那么可以让机械战魂操作威力巨大的机械，粉碎别人辛苦建立起来的要塞和城邦。

　　在每一次战斗中，战魂牌都有可能提升能量。最有效的提升方式是，击杀对手的战魂牌，获取被击杀的战魂的能量。随着能力的提升，战魂牌会进化出新的技能。

　　任何人都会被这种极其有趣的桌面魔法游戏所吸引。如果牌手手上有珍贵的战魂牌，没准可以卖出一架飞空艇的价格。不过这种刺激的智力游戏一方面给人们带来了乐趣，但同时也会带来危害。如之前那场持续一年的比赛中发生的悲剧那样，为了一张牌决斗的傻瓜大有人在。在各个主城区开设的战魂牌赌场多如繁星。赌徒们每日除了算计战魂牌，再就是算计如何偷摸抢夺，从而得到更多了。最后凡是玩战魂牌的赌场都出示了这样的警制牌：如果对手是黑暗精灵或者死灵族的那些无赖，也许牌手能够碰巧杀死他的一个高级战魂，但是对方也会亲手杀死牌手。

　　此刻的酒屋中，孩子们严肃地在老板免费提供的棋盘上进行着"决斗"。有一局显得非常诡异，吸引了捷度和魔迪的注意力。

　　这一局战斗是极不公平的以一敌五，一个女孩子竟然挑战五个男生。

　　"太不公平了，这个女孩不会是傻子吧？"

　　"白痴，简直就是送战魂的。如果不是那五个骚臭的兽人想要独吞战魂，我也要参加。"

　　"闭嘴吧你们，安静看牌。我听说，那女生有一张我们从来没有见过的幽灵狼牌哦。"

捷度拨开人群凑到棋盘边。而魔迪和格罗瑞亚因为个子矮，只能踩到板凳上观战。

势单力薄的一方是一个戴着亚麻色兜帽的金发女孩。兜帽上被剪开两个洞，两只尖尖的耳朵从洞中穿出。不难看出，她来自精灵族。这个独自迎战的精灵少女神情专注地盯着对面五个男生，严肃地说："我们的赌注成立吗？你们可不能说话不算话！"

几个男生面面相觑，露出讥讽的神色。其中一个黄毛猫脸戴着眼镜的男生回道："可能别人觉得你这妞儿长得挺漂亮的，但我们兽人可不吃这一套。如果想要我们带你进那个地方，就先打败我们。"

"哼！我怕你们输了不认账。"

"废话少说！"另一位熊面壮硕男生放出狠话，"就你那几张破牌还想赢我们，完全是找死。"

这场一对五的比赛开始了。

精灵族女孩将手中的战魂牌卡组排列好，接着一次性地将五张反扣的战魂牌放到棋盘中。瞬间，女孩的牌变成绿色。男生们只是各自放入两张战魂牌。这些战魂牌因为所属势力相同，全部化作了红色。

没有人会问魔法棋盘是怎么识别各个势力的，因为这就是战魂牌最奇妙的地方。有时候相同势力的战魂会吵架或者不合，魔法地图便会将他们区分开。这也意味着牌手在战斗中可以随时背叛队友。

那么，战魂棋盘出过错吗？至少目前还没有这样的记载。

战魂牌的游戏规则似乎从游戏诞生起就存在一般。没有人说明，但是每一块棋盘都适用相通的准则。其中一条是：每位棋手在每一局中，无论先后最多能放入五张战魂牌；如若多放，会立刻被棋盘封杀；已出的战魂牌直至将对手全部杀死方能离开。因为这一规则，许多牌手在战斗开始后常驻一旁。否则，战魂牌在十分钟之内得不到指令，便会自动死亡，战魂将被对手的吸收。

"十打五，以现在的局面，那个女孩不可能获胜。"魔迪向格罗瑞亚说道，"除非，她有稀有战魂。"

格罗瑞亚很信服地朝魔迪点了点脑袋。

"如果那个女孩真有一两张稀有战魂牌,对手每人还有三次出牌机会,也就是说还有十五张战魂牌。就算这些都是普通战魂,只要计算得当,也不难胜出。"魔迪自言自语地说。格罗瑞亚似懂非懂地看了看他。其实,魔迪的头脑的确精于计算。对这位炼金天才来说,算战魂牌也是他的强项。

捷度更是在一旁摩拳擦掌跃跃欲试。他静观场上局势,脑中却猜测着女孩如此莽撞参战的原因。

"既然如此,那就赌上你们的性命开始吧!"精灵女孩拂起手袖,一张战魂牌翻了过来。让在场所有人都感到吃惊的是,这竟是一张前所未闻的牌。牌上的战魂是一头牛脚蛇身、手拿巨斧的战士。

几个兽族男孩虽然惊讶,却也毫不示弱,纷纷翻开自己的底牌。一个个骷髅战士或冲锋刺猪呼啸着朝女孩的战魂牌包围过去。

直到一章结束,我才发现饭只吃了两口,菜都凉了。阿呆竟然在沃克兰多的世界里发明了一个这么有趣的游戏,真是太不可思议了。一时间,我竟然有种好想玩的冲动。

可恶的呆河马,把故事写得这么好看,让我怎么吃饭嘛!果然还是妈妈说得对,进餐的时候不能分心。

第四十五章

认定的礼物

我放下手机,糊弄了几口饭后,继续给阿呆挑选礼物,但还是不知道应该送他什么。

阿呆的小说写得这么棒,送他一支笔和一个漂亮的本子?可是这个年代谁还用笔写作。那送个精致的存钱罐?我又觉得老土,小学时代我们就不送那些了……

我又来来回回溜达了几圈,还是没想到送哪种礼物。为什么对阿呆的礼物我会如此纠结?不过是同桌过生日,干吗搞得这么复杂呢!

想到这里,我有些跟自己赌气似的走到路边,抬手拦下一辆出租车。本姑娘不待见了,我要回家复习功课。

司机是一个头发花白、戴着墨镜的老头。他将放着京剧的收音机音量开得很大,让我更加心烦意乱。我呆呆地望着窗外,心里有一种说不出的遗憾。

"小姑娘,一个人出来逛街呀?"司机问道。

"嗯。"

"你什么都没有买啊?"

"开好你的车吧,老伯。"

司机见我懒得和他搭话,不知道是气恼还是别的原因,竟然将收音机的声音开得更大了。我整个人都快崩溃了,用力捂住耳朵,我看见了车窗外的一家店里挂着一副非常酷的大红色头戴式耳机。不知为何,在那一瞬间,我竟恍惚看见阿呆戴着那副耳机的样子。

"老伯!停车!"

不知道是不是车内收音机声音开得太大,司机老伯没有听见我的话。

我加大音量几乎喊叫起来:"老伯!快点停车——停车!"

"哦——"老伯终于踩下刹车。因为惯性,我的脑袋差点撞到车内的安全挡板上。

我匆匆地将钱给了这位老伯,看着老伯一脸歉意的神情我却觉得值了——因为我总算找到适合那个家伙的东西。

这是一家专卖数码产品的商店。我站在门口抬起头看着那副挂在最显眼位置的耳机。

光凭感觉我就知道,这副耳机的制作非常精良,而且肯定是国际名牌。它通体呈正红色,正面有非常炫目、时髦的黑白线条。但在这个时候,我感觉有人拍了拍我的肩膀。

我转过身,见是一个看起来比我大些、嘴里叼着烟的男生站在身后。

"小美女,怎么,你也喜欢听音乐吗?"

面对陌生男生的搭讪，本姑娘可真是太有经验了。对于这位染着黄毛、叼着烟的"小流氓"，我更是不感兴趣。无视！这是本姑娘的第一招。

我装作不想理这个男生，开始在店内四下寻找老板。

"美女，你的眼光真好。这个是最新款，重低音效果超级好，重金属或者轻音乐都通吃。"

我见这男生有够厚脸皮，便装作不屑的样子回道："你懂得还真多。"

"那当然！我可是这方面的专家。"黄毛昂着脑袋，"要不，美女，你给我个电话或是QQ号，有空我再好好地和你交流哦。"

我厌恶地瞟了这色眯眯的男生一眼，冷冷一笑，心生一计道："我对你说的那些都不感兴趣。我挑这副耳机是送给别人的。"

"别人？"黄毛一脸狐疑地看着我。

"嗯！我要买这个送给我男朋友。"说完这句话后，我顿时觉得整个人都有些颤抖。尤其"男朋友"三个字，带给我一种莫名的紧张感。幸好黄毛不认识我，才能以此借口摆脱他的骚扰。哼，阿呆，你这只呆河马又一次占了本姑娘的便宜。

黄毛明显有些失落，歪头愣了一会儿，不甘心地问道："哪个臭小子这么有福气啊？"

我不再理会黄毛，心想，这下他该死心了，哼，在街上随意搭讪女生的坏男生。

"老板，这副耳机多少钱？"

"美女，这是刚上市的新品，六百元。"黄毛像是捉弄我一般，高声回道。

"你是这儿的老版？"我诧异地看着他。

"那倒不是。我在这里打工，我们老板在里面忙着算账呢。"

切，不就是在这里打工嘛，我看着黄毛趾高气扬的样子就来气。

"六百？这么贵？！"

"美女，已经很便宜了好不好，你到底懂不懂行啊？这款算性价比很高了。如果你想要更好的，我们这里上万的耳机都有呢。"

"我怎么知道你说的是真是假，反正……反正我又不太懂这个。"

"那你男朋友一定是内行吧？我估计就是他跟你说起这耳机的……不得不

说，他倒是挺有眼光。"

"你什么意思？什么挺有眼光？"

"哈哈，我是说，他不仅仅是挑妹子有眼光，就连挑电子产品也有眼光！"

"这……"我的内心开始打起了小鼓，嘴里不禁支支吾吾起来。

"怎么？美女你是不是不愿意为男朋友花钱？才六百都舍不得啊，哎呀，真是……"

"喂喂！"黄毛这副挑衅的样子使我深感厌恶，"你要不要说得这么难听？"

"呵呵，美女，和你开个玩笑，你别生气哦。不过啊，什么男朋友竟然这样子，让一个还在念书的女朋友给自己买这么贵的东西？"

黄毛似乎看穿了我的谎言，有意挤对我。但他不知道本姑娘的脾气，那就是绝对不服软。我心里琢磨了下，六百元还是有的，可是……可是那些都是我辛辛苦苦节约下来的零花钱呀。

"想什么呢美女？买还是不买啊？舍不得啊，舍不得就算啦，不如你别跟那种男朋友了，来当我妹妹吧，哥买给你。"

"呸，我才不要！"我这次真是被逼上梁山了，想转身离开，又总觉得咽不下这口气。况且，我真觉得这副耳机是最适合阿呆的礼物。但是，为什么这东西偏偏这么贵呢！

"说话呀，美女，买还是不买？"

我回过神来，对黄毛说道："你先取下来给我看看。"

黄毛取过耳机放到我面前。我的余光似乎看见黄毛阴险地笑了笑。

我拿着这副价值六百元的耳机，确实有些心疼。阿呆，你这只臭河马，都是因为你！我对自己都没有那么大方。

"你看看这做工，你看看这包装，"黄毛开始谄媚起来，"最关键的还是品牌，这可是名牌，戴着绝对有面子。"

"能便宜点吗，你们这里就不打折吗？"我小心地试探道。

"我们这儿的东西可都不二价，实打实的，不信你上网查查价格。"

我犹豫了下，低头看着手里这副耳机，心里真是十五个吊桶打水，七上八下。

"美女，关键是心意！你知道吗，心意啊，恋人之间的那份心意！"

"好啦！唠唠叨叨的烦死人了。"我真是听不下去黄毛这阴阳怪气的恶心语调了。我心一横，忍痛拿出钱包，翻出六百元递给黄毛。

黄毛接过钱后心满意足地笑了笑说："好嘞美女，你在这儿稍等片刻，我去帮你开张票，保修卡什么的都在包装里面。你告诉你男友哈，这个产品我们这里保修一年。"

我有些木讷地拿着阿呆的礼物，心里有些酸酸的。唉……我的命真是被那只呆河马给诅咒了。我，作为一个才初二的女生，真的要送一个男生那么贵的东西吗？

就在我接过黄毛那张收据的时候，他盯着我看了几秒，这让我非常不舒服。但是他随即说了一番让我大惊失色的话。

"美女……我怎么越看越觉得你很眼熟呢？你是不是……是不是叫那什么来着……"

我疑惑地看着他。

黄毛突然灵光一闪，说道："对了，你是我们邻校的女生，还参加了校花竞选是吧？我记得是叫……是不是叫季节？哦，很有名气哦！"

我的脸唰地红了，慌忙摆手说道："不是的，你认错人了。"

"怎么会，哪有这么多和你长得一样好看的妹子呢！"黄毛看着我害羞的样子，贼贼地问道，"我现在还真有些好奇，你的男朋友是谁呢！"

"都说了你认错人了。"我甩下这句话，气呼呼地转过身，头也不回地冲了出去。

其实，用"夺路而逃"更能够形容我此时的心境。臭阿呆，笨呆瓜，坏河马！我在心里将阿呆问候了几千遍。现在可好了，被别人笑话不说，如果黄毛这家伙嘴大的话，估计又要传出什么不好听的话了。更重要的是，本姑娘现在只有三元钱了，人家今天累死了，不想坐巴士回家。

第四十六章

破财之后

我直到吃过晚饭、舒舒服服地洗了一个热水澡后，还是有些心疼。心疼什么？当然是我辛辛苦苦攒下的积蓄。

算了，破财消灾，破财消灾。这四个字我今天至少在心里念了一百次。我穿上柔软的睡衣，擦着湿漉漉的头发从客厅穿过，和爸妈打了一声招呼后回到自己房间。

今天还真有些奇怪，妈妈竟然没有问我一整天都去了哪里，而爸爸似乎也没把我在外面玩了一整天的事情放在心上。看来，爸爸妈妈还是对我保持着信任。想到这儿，我的心里不自觉地涌起惭愧之情。自己存下的零花钱就这样一下子花光了，而这些钱可都是爸爸妈妈给的。长这么大我没有好好孝敬过他们，现在却给一个男生买了礼物。

不行，越想越有负罪感……不过，给同学买个礼物也挺正常的吧？况且要去人家家里做客，空手上门恐怕有失礼数。

我轻轻地关上房门，接着从包里将耳机拿了出来。看着手中酷酷的耳机，心里的不爽多少消散了一些。大红色，不知道阿呆这家伙会不会喜欢。我将这副很大、很霸道的耳机举到头上，对着梳妆镜比了比。阿呆平时总是一成不变地穿着那件似乎千年都不洗的黑色外套，内搭那件什么图案都没有的白色T袖衫。如果配上这副耳机，一定能够大幅提升他的着装档次。

算了，反正没有后悔药可吃，我站起身从书柜里拿出包装纸，准备将耳机装起来。

《沃克兰多大陆——未起航的空贼》第二十七卷　有趣的比赛

穿着亚麻布披风、头戴兜帽的精灵女孩表情镇静。她的战魂牌虽然已经被团团包围，却并不慌张，似乎胸有成竹一般。

一个兽族男孩的战魂牌是攻击力极高的、手拿巨剑的高级骷髅战士。骷髅手持利剑一刀刀刺中精灵女孩的战魂牌。乘此机会，其他几个兽族男孩纷纷操控不同的战魂牌对敌人进行狂殴。他们的战魂牌分别是注重防御的巨盾战士、手拿匕首的速度型骷髅战士、手拿魔杖的骷髅法师。

"舒琉克斯掩护我们布阵，首先附魔战斧，"女孩命令道。她挥动手臂，她帐下的另外四张还没有翻开的战魂牌瞬间移动到棋盘的四个角落，"发动地震波！"

命令一下，精灵女孩的那个牛脚蛇身的战魂挣开四个骷髅的攻击，腾空跃起，将手中巨斧朝地上用力一劈。瞬间，棋盘上的整片土地开始震动起来，而四个骷髅士兵的体力也急速下降。

"喂喂，你们让一让，挡着我看战魂牌的体力值了！"身高不足的魔迪试图朝棋盘挤近一些，这样才能看见每一张战魂牌下方，不是很明显的、飘浮在空中的状态栏。

"这就死了一个！"围坐在棋盘边的一个孩子抓了抓脑袋满脸疑惑，"才一招就死了，这骷髅法师的血也太脆了点吧。"

魔迪附和道："本来法师系的战魂牌就应该谨慎控制，怎么能够冲到离战士这么近的地方。"

捷度赞同道："的确是这样，所以我才最讨厌控制法师或者牧师类的战魂牌，一点都不爽快。"

经过刚才那一击，虽说精灵女孩的战魂牌杀死了一个骷髅，但在另外三个骷髅战士的围攻下，血量也在急剧下降。

"她在拖延时间布置陷阱。"四个兽族少年中那位戴着眼镜的恍然大悟道，"我们都被耍了。她已经趁机占据了山谷和草原，那边一定有陷阱！"

精灵女孩冷冷一笑说道:"哼,你们几个傻帽发现得有点晚了,接下来就让你们好看!"

个子最高的兽族男孩不服输地说:"你才是傻帽,竟然拱手将这么稀有的牌弄出来送死,就为了布置几个陷阱。看看吧,我们才消耗了一个骷髅法师,就轻松地干掉了你的战魂牌。"

捷度心想,这个男生说得不错,用一张这么珍贵的战魂牌来换取一些时间,的确太奢侈了。不过这样的战术似乎又出于无奈,且看这个精灵女孩如何应对。

"詹姆,把你那张石像鬼蝙蝠放出去,侦查她的陷阱。"

一声令下,那个海狸鼠脸男孩再次将一张战魂牌掷出,入场后直接被翻开,一只扇动着紫色翅膀的怪脸蝙蝠瞬间便朝棋盘的山谷飞去。

"战魂重影控制!"男孩闭上眼睛,当他再睁开的时候,瞳孔已经变作了黄色——他开始用自己那只战魂的视角俯视全局。

"我觉得这个时候独控一张牌太危险了。虽说侦查陷阱很重要,但是他还有两张战魂牌呢。让骷髅按照自己的意愿行动,真是太傻了。"魔迪评论道。

果不其然,当海狸鼠男孩选择亲自操纵石像鬼蝙蝠后,他之前的两张骷髅战士牌就因失去主人的掌控,趴在牺牲的那名骷髅巫师前啃咬着他的尸体。

就在这一瞬间,精灵女孩的牛脚蛇身战魂,血量降到零点。这个稀有战魂终于倒了下来,一道绿色能量从他的尸体上喷出,流到巨剑骷髅战魂身上。一次性吸收了大量能量的巨剑骷髅战魂等级瞬间冲到满级。

"布拉德,你真卑鄙。我都死了一张牌了,你还好意思来补刀抢战魂。"

"小家子气。我们是个团队,别计较这些。"

"你说什么?等会儿如果你再敢抢先,可别怪我翻脸。"

海狸鼠男孩的石像鬼蝙蝠,果然在山谷中发现了由女孩的企鹅猎人布下的滚石陷阱。但是就在发现的瞬间,企鹅猎人就发起了进攻。

企鹅猎人这张牌虽说不是稀有卡牌,但是若将陷阱提前布置好,则会攻击力剧增。这只背着弓箭、穿着兽皮的企鹅猎人蹦蹦跳跳的样子非常滑稽,但它手中已经上满弦的弓箭却不是可爱的玩意。不到十秒钟,石像鬼蝙蝠便被击杀了,死后的绿色战魂能量被企鹅猎人吸收得一干二净。

"可恶!"海狸鼠男孩的眼珠恢复了正常。看来随着战魂的死亡,他也脱离了战魂视角,"卑鄙的家伙,有种光明正大地打!可惜了我的石像鬼蝙蝠。要知道,我好不容易才收集到一张空中战魂。"

女孩冷冷一笑说道:"好戏还在后头呢!"

四个兽族男孩现在才认真起来。他们看着对面低着头的精灵,知道如果再不用心,很有可能一败涂地。高个子男孩再次神秘地掷出一张牌,和另外三个男孩默契地点了点头。

"这张牌需要孵化时间!"魔迪惊讶地大叫起来,"天啊,这种时候放入需要孵化的战魂,就是说想要打持久战?"

"我们不能输。如果我的这张牌死了,你们知道的,我爸一定会杀了我。"

"你放心吧,这一次我们一定赢。"

精灵女孩看着场中怪异的孵化牌皱了皱眉。

魔迪插嘴评论道:"估计是为了破山谷中的陷阱,应该会选择能够潜伏的隐身牌或者是能够钻地的鼹鼠牌吧。"

高个子的兽族少年将他那张虎脸压得很低,眼睛死死地盯住自己的孵化牌,似乎只要一不注意就会消失一般。精灵女孩想先下手为强,不管怎样,需要孵化时间的战魂牌一般都比较难对付。

"又来了!"魔迪实在是看得太入神了。对这个魔导族少年来说,除了炼金术,也只有需要运筹帷幄的战魂牌才能够让他如此着迷,"竟然是一张从来没有见过的幽灵狼牌!"

魔迪此言不错。精灵女孩操纵着的战魂是一只全身透明的幽灵狼。这只幽灵狼原本隐身在草原中,但是此刻却神不知鬼不觉地出现在孵化牌旁边。

兽族男孩们在惊讶之余急忙调兵遣将。他们几乎将手中所有的牌都控制到孵化牌旁边。其中一张异常凶猛的巨人牌非常惹眼。

精灵女孩表情严肃,念念有词。而那只幽灵狼竟然一分为二,继而二分为四,最终四分为八。

"极品!绝对是极品牌!一张牌同时有这么多的化身,这样可以有效化解以少战多的情况。"

估计是看见了长得和自己比较像的同类,格罗瑞亚也激动地嚎叫了几声。魔迪在兴奋之余却隐隐担忧:"虽说分身技能很厉害,但是不知道将主体分身后是否还能具有先前的能力。还是说，会影响到战魂牌的攻击力或者防御力？"

一群凶猛的幽灵狼咆哮着冲向敌人，一番混战随即展开。一只幽灵狼以迅雷不及掩耳之势击杀了一只迅猛龙战魂，但另外几只分身和其他战魂交手之后瞬间消失了。

"原来如此！我知道了！"魔迪对旁边的格罗瑞亚说，"这些幽灵狼分身不过是幻影，一被攻击到就像空气一般消失了，没有战斗能力，只能够迷惑对手。"

"你没有完全说对，"精灵女孩冷冷地回道，"这只幽灵狼可以无限使用分身技能。我有很大把握能够一个个将这些傻帽干掉。"她的眼珠瞬间变成黄色，进入了幽灵狼的视角。

"进入战魂牌视野能够获得这张战魂牌的全部控制权。这样的话，此局的胜负可就看这个女孩自己的操作了。"不知道什么时候酒屋老板也被吸引了过来。这个留着胡茬儿的中年大叔大口地喝着手中的啤酒。

女孩的样子很认真。在接下来的战斗中，她又轻松干掉了三张兽魂牌。

高手！这个女孩到底是谁？为什么我此前从未见过她？捷度看着精彩的战斗不禁心想。

"胜负还没有定呢！"高个子的虎面男孩怒吼一声。随即在棋盘的三个角落接连爆发出绿色战魂光芒。

"什么！"精灵女孩暗叫不妙，"你在什么时候……"

魔迪叹了口气说："原来这个家伙趁幽灵狼进攻之机，派出三张自爆牌进入精灵女孩布下的陷阱，和她的战魂牌同归于尽了。从牌面信息看，被击杀的应该是企鹅猎人以及两只蛙人。"

"卑鄙！"精灵女孩愤愤地说，"使用自曝牌的话，谁都得不到战魂。"

虎面男孩冷笑道："别开玩笑了。如果真的在这里输给你，以后我们几个兄弟还怎么混。为了胜利，我可以不择手段。"

"你这个家伙！"女孩依旧死死地盯着棋盘。但是幽灵狼的动作开始露出破绽，看来被偷袭之后女孩的心态已经不再如先前般冷静了。

"啊哈！孵化牌已经到了极限！战魂兽马上就要出来了！"酒屋老板打了一个大大的酒嗝。

"可恶！"女孩控制着幽灵狼转过身，狠狠地看向那颗巨大的孵化卵。

"龙！竟然是只龙！"魔迪激动地手舞足蹈起来，"竟然是火龙！真是太稀有了！这些高年级学生竟然有龙牌！"

全场爆发出惊喜的尖叫声。女孩看着这条全身铜绿色，发出阵阵魔光的飞龙知道大事不妙了。

"哼哼，小妞儿，你敢跟我们玩？怎么样，现在还想继续下去吗？"虎面男孩狂傲地咆哮道。

精灵女孩知道自己败局已定，却一言不发，不甘心地攥紧双拳。她的瞳孔中倒映着火龙飞舞的身影。一时间，一股仇恨之火在女孩心中燃烧起来。

"既然你这么自信，我一定将你最后一张牌轰杀掉。"

精灵女孩再次让幽灵狼化出分身。但是似乎对这条绿色的飞龙来说没有丝毫威胁。它猛地向下俯冲，两眼放光，朝幽灵狼群喷出绿色的黏液，瞬间将幽灵狼的幻影分身通通击灭。幽灵狼渐渐体力不支。

"胜负已分，"魔迪拍着手，"看来龙牌果然名不虚传，我也好想要一张啊。"

格罗瑞亚却突然一跃跳到捷度身边。捷度对格罗瑞亚点了点头说道："看来你小子和我想的一样。"

"哈哈！现在我要好好地折磨你、虐杀你。"虎面男孩的笑声异常张狂，让在场的人都不舒服。

就在这个时候，棋盘上却突然出现一个新玩家的图标。

"谁！"在场的所有人都不禁四处张望，你看看我，我看看你。

"别急嘛……这局牌这么有意思，我也想一起玩。"说罢，捷度凑上前拉开一把椅子，将两张战魂牌丢进战场。

"捷度！我警告你，别想着来和我们分战魂啊！我可是有言在先的，你别想捡便宜。"

捷度微微一笑道："谁想捡你们的便宜！我这次是要拿你们的战魂。"

"低级生，好大的口气！难道你想要与我们为敌？"

"正是。"捷度冲身旁一脸迷茫的精灵女孩眨了眨眼睛，"你们以多欺少胜之不武。我最讨厌别人欺负女孩子了，让我来好好教训你们。"

魔迪也顾不上礼貌了，挤进人群来到捷度身边，喘着粗气说道："捷度，你疯了吗？你这是要送人家战魂啊！就你那几张牌根本就……"

捷度忙捂住魔迪的嘴："你白痴啊，别把我的底牌露了。现在胜负还不好说呢。况且……"捷度偷偷地遮着嘴对魔迪悄声说，"就算输了，不也能够认识这个漂亮精灵妹子嘛！"

"可是……"魔迪还想说什么，但是捷度已经不再理会他。

精灵女孩看了一眼自己身旁的这个满头银发的半兽人小孩，无奈地撇了撇嘴说："我可没有让你帮忙，最后输了的话，你可别哭鼻子！"

"放心吧，美女！"捷度自信地盯着棋盘说道，"等帮你打赢这一盘，我请你喝一杯来庆祝吧！"

第四十七章

初夏的惊喜

捷度这小子还真是喜欢凑热闹。故事进行到这里，总算出现女孩了。那就让我拭目以待，到底捷度能否戴着主角光环来场英雄救美。就在我准备看下一章的时候，初夏在QQ上给我发了一个表情。

初夏：大小姐，我和刘乌龟的作战大功告成哦！
我：你个没良心的，懒得理你！
初夏：不是，我说你也不问问我是什么作战吗？
我：你之前不是在我面前装神秘嘛，我现在才不稀罕呢！
初夏：小心眼，真是白疼你了！
我：好吧，为了附和你一下，我就问一句啊，你和刘乌龟到底背着我搞什么鬼？

初夏：秘密。

我：滚粗！

初夏：别急着发脾气，去看一下竞选网站上面你的投票，我把链接也给大小姐你附上。

我随即点开链接。随着浏览器的跳转，我见到了自己的竞选界面。

天啊！我的得票数竟然已经冲破了三千。要知道，昨天才七百零一点啊！不对，这里面一定有鬼。一定是初夏和刘子墨这两个家伙玩了什么手段。我再次确认了一下自己的得票数，的确是三千二百一十七票，忙回到QQ上向初夏发出疑问。

我：喂喂，这也太夸张了。你们该不会雇了黑客攻击人家的网站了吧？

初夏：你是不是《黑客帝国》看多了？你把我们想得也太酷了点。

我：《黑客帝国》是什么东西？

初夏：算我没说。

我：快点告诉我到底是怎么回事？为什么我的得票数会增加得这么快？

初夏：明天我就告诉你。其实说实话，我也没有预料到这一招会如此成功。

我：不行，你现在就得告诉我。

初夏：在QQ上说不清楚，当面说吧。

我：快讲！要不我给你打电话。

初夏：都说啦，你别猴急。我担心不当面告诉你，跟你解释，明天你得杀了我！

我：你这样说就更可疑了！

初夏：好了，就这样吧。我要下了，急事，明天见面告诉你。但是你得和我保证，一定不会杀了我。

我：等着！

初夏的QQ头像已经变成了灰色，不知道是隐身了还是下线了。虽然我之后又发了无数个面目狰狞的表情给她，可是无奈她都没有回复我。

哼！你们一个个都对我藏着秘密！我愤愤地想，但是心里感到一种淡淡的温暖。初夏这个朋友还真有两下子，不知道这小妮子是怎么做到的。不过我一想到还有刘子墨的参与，心里就隐约觉得里面估计没什么好水。

算了，反正初夏已经答应我明天就把事情向我全盘托出，与其现在胡思乱想，不如抓紧时间再看一章小说。我还期待着捷度能够和精灵女孩交上朋友呢。

《沃克兰多大陆——未起航的空贼》第二十八卷　诡计

捷度不理会精灵女孩那迷惑和不解的眼神，歪着嘴挑衅地看着对面五个兽族男孩。

"我说你们几个大男生欺负一女孩子，丢不丢空贼的脸？！"

"愿赌服输，我们又没有逼她。而且她的赌注也很离谱，如果我们输了，也许小命都没了。"

捷度好奇地看了一眼身旁低头不语的精灵女孩，随口问道："你到底和这几个家伙打了什么赌？"

"关你什么事。"精灵女孩将头扭到一边。

"我叫捷度。我们好像没有见过吧？美女，能告诉我你的名字吗？"捷度看着女孩生气的侧脸，觉得有种别致的可爱。

"不要！"

"我可是出手帮你耶，不需要这么冷漠吧。"

"好啊，那你先打赢他们再说！"女孩子侧着脸依旧不正眼看捷度。

"呵呵，捷度啊，就你这一头白毛的丑样，别人都以为你是个小老头呢。"高个子虎面男孩嘲讽地咂着嘴，"你这自作多情的家伙，想要搭讪美女，人家却不领你的情。怎么样？求求我啊，说不定我愿意告诉你。或者说，等会儿我把你的战魂牌通通杀光后再告诉你，以作安慰，哈哈——捷度捷度，把妹不成还丢了战魂牌——哈哈——！"

"少嘴硬了，"捷度一拍桌子，将自己的一张底牌亮了出来。原来是一张血量极厚的铠甲犀牛，"胜负还没定呢！"

"哼哼，小子，虽然是张还不错的厚盾牌，但是可惜了，面对我们的数量没有任何用处。它的战魂我就不客气地收下了！"海狸鼠男孩身旁的一个个子矮小的猫脸男孩叫嚣道。

捷度冷冷一笑转过头，在精灵女孩耳边悄声说："掩护我的战兽，把他们的战魂牌都引到一起。"

精灵女孩冷冷地回道："我凭什么要听你的！"

"因为这样子做才能帮你报仇……你就听我的吧，反正你也只有一张牌了，与其等着认输不如搏一搏。"精灵女孩沉默间，捷度的战魂牌已经受到三张牌的攻击，虽说血量下得很慢，但是局面已经非常被动。

"好吧，"精灵女孩最终还是同意了捷度的意见，"那要如何才能把他们引到一起？"

就在捷度和精灵女孩窃窃私语的时候，魔迪却叫出了声："捷度，如果你再不想办法，铠甲犀牛的体力就撑不住了！"

当捷度和精灵女孩正式结盟之后，捷度的战魂牌也变成了和幽灵狼战魂牌相同的绿色。

"重点是那张龙牌。如果能够将飞龙引入之前你在山谷中布下的陷阱，他们一定会乱了阵脚，到时候倾尽全力去救那条龙。我们或许有希望。"

"可是就算让那条龙中了陷阱，你我二人的战魂牌也根本不可能杀得完他们的战魂啊！"

捷度转过头瞟了一眼自己的铠甲犀牛。它奋力地用鼻尖的巨角冲撞着一个骷髅士兵，但是血量快被杀掉一半了。

"你相信我就好！"捷度有些着急起来，"好了，你现在就照我说的办，不要再问问题了。"

女孩看着捷度的认真样，心里突然有了一种莫名的信赖感。她心想，虽然这白毛小鬼很自作多情，但是看他这副样子似乎是有什么计划，现在也就姑且相信他吧。

精灵女孩抬手一挥再次重影到幽灵狼身上。她控制着幽灵狼不住地在飞龙下方移动，几个幻影从树上跃起朝着飞龙撕咬而去。

飞龙中了攻击，但是同时也朝着一只幽灵狼展开了反击。可惜血盆大口咬到的只是幽灵狼的幻影。

"你这个傻帽！"精灵女孩抬起头看着飞龙。虎面男孩也重影到自己的飞龙之上。不用说，此刻，他一副居高临下的样子的确占尽上风。

"受死吧！"

幽灵狼再次幻化出数个幻影。飞龙猛地俯冲。又咬中一口。幽灵狼的血量下降了一点，再次幸运地用幻象逃过一劫。

"傻帽，难道你就不能够用心一点吗？白给你这么好的一张牌，果然是浪费在白痴手里了！"

"小妞！你说什么！"飞龙怒吼了一声，抬起脑袋，发出一个耗费巨大战魂力的魔法，龙嘴中喷射出一股强烈的毒液。

"白痴，我的幽灵狼已经中毒了，你的毒攻击已经没有用处了！"幽灵狼受此一击竟然丝毫无损，就像在绿色的黏液中洗了个澡一般。

"可恶！"飞龙扇动着翅膀，怒视正在甩干净毒液的幽灵狼，"有种你别躲！"

"哼，我倒看看你能不能捉到我。"说罢，幽灵狼纵身而起，一路狂奔而去。

"别跑啊，我们好好玩玩！"飞龙扬起翅膀追了上去。

海狸鼠男孩道："塔姆老大，你别冲动，快点回来，那只狼交给我去搞定就好！"

"哼，你想都别想，我的飞龙好不容易才等到一次孵化，这幽灵狼战魂我收定了！"

精灵女孩见虎面少年中了计，加快了脚下的步伐。她见幽灵狼的血量已经只剩下三分之一，便回头看了一眼捷度的铠甲犀牛。

捷度低声说："干得漂亮，就这样，再加快点速度。"

格罗瑞亚已经快要挤到魔迪身上了。魔迪索性将这只龙兽抱了起来："格罗瑞亚，你真的该减肥了。"

酒屋里所有人的目光都锁定在这场激烈的追逐战上。许多人都忘记了自己手中的果酒。

幽灵狼一边拼尽全力地狂奔，一边左躲右闪着天空中那只愤怒的飞龙的俯冲攻击。虽然飞龙的速度很快，但是每次只要一接近目标，幽灵狼就幻化分身迷惑飞龙。

"这女孩的操作真是太完美了。"一个矮个女孩惊讶地说道。

"嗯，人长得这么可爱技术还那么好，等会我一定要去认识她。"

"得了吧，你连上去帮忙都不敢，还不如那白毛小子呢！"

女孩这时哪里管得了周围人的议论。她只能够集中注意力将计划的最后一个环节完成。

飞龙已经追红了眼，似乎没意识到自己已经跟随下面的小不点进入了山谷。

"成功了！"

就在飞龙盘旋在山谷上方进行一次俯冲的时候，它被先前企鹅猎人埋下的巨网陷阱给捕个正着。听着飞龙在山谷中的惨叫，女孩的脸上露出了满意的神色。她抬起头，脱离重影控制，朝一旁的捷度点了点头。

捷度随即翻出自己早已经埋伏在山谷中的第二张战魂牌。这是一张普通的兽族剑士。此牌虽说没什么珍贵之处而且防御力极低，血量也不高（几乎可以在沃克兰多的任何商店里买到），但是因为攻击力还不错，所以偶尔还是有一些新手会将其放在自己的卡组中。

兽族剑士拔出自己的宝剑，冲锋到不断挣扎的巨龙面前砍杀起来。

捷度故作狂妄地对兽族少年们恫吓道："啊哈！你们中计了！"

"什么！"虎面男孩塔姆一脸惊讶，"你……是什么意思？"

捷度撇了撇嘴说："我知道这场比赛我们必输无疑。但是我的目标从一开始就不是为了要赢！"

精灵女孩听捷度这话，脸上的表情不好看了。魔迪却心领神会地补充道："捷度！你的目标其实是那条龙。你想要杀死那条龙。"

捷度点了点头，哈哈一笑道："不错。就算我们输了，你的这条稀有战龙也保不住。"

"该死的家伙！"虎面男孩转过身对着同伴吼道，"你们都愣着干什么？快去救我的龙！快点去啊！"

"是……"

"塔姆，别冲动啊……当心是陷阱！"

"你说什么？我可不管什么陷阱。如果我的龙死了，那么我也饶不了你们。"

"大家冲上去，将所有战魂牌都放出来。"

"可是……我总觉得捷度这卑鄙无耻的小子还有后招！"海狸鼠男孩吞吞吐吐地说。

"我说什么你没听见吗？快点去救我的龙，你们害怕捷度还是害怕我？"

"好吧老大，你说的算。"

"加快速度，老大的龙就要不行了，它的血量已经掉了一半。"

捷度看对方果然乱了阵脚，将最后三张战魂牌拍在桌上叫嚣道："哼，你们现在也来不及了。我这三张可都是兽族战士，到时候一定先你们一步，将这条龙砍成碎片。"

"你们听见这该死的混蛋说什么了吗？快点过来！别再管那头该死的犀牛了。"虎面男孩几乎快要急疯了。他甚至已经看见了父亲那张狰狞恐怖的脸。这张战魂牌是他偷偷从父亲衣袋里拿出来的宝贝，是父亲的最爱。若是在这里被杀死了，父亲会剥了他的皮。

几个兽族孩子拼了命地操纵战魂朝山谷赶去。精灵女孩却突然感到，自己桌下的手被人给拉住了。

"别怕，"拉着精灵女孩那细嫩的手，捷度露出占了便宜的贼笑，"一会儿就有好戏看了。"

精灵女孩原本想要挣脱捷度这失礼的举动，但试了试却发现捷度握得非常紧。她不希望周围的人看见自己的窘迫，便只得低头装作什么都没有发生。但是，一缕绯红已经爬上了她白皙秀美的面颊。

看着这么多战魂冲向山谷"救驾"，魔迪恍然大悟。他支支吾吾地低声对捷度说："捷度，你那三张牌不会是上次从我这里换去的……"

捷度点点头，忙向魔迪使了个眼色。魔迪当然知道好伙伴传递的意思——捷度偷布朗达大叔的糖果时，炼金术卷子被安娜发现时，或者又犯了什么错时，他都会出现这个眼神，意思也很简单，就是跑。

"跑吧！"此刻魔迪脑海里只有这两个字。

"看来我们要先走一步了。"在众人惊讶的目光中，魔迪抱起格罗瑞亚冲出酒屋。

捷度随即将三张战魂牌翻起。几张战魂牌在空中旋转了几圈一亮相，顿时让兽族男孩们脸上露出了惊恐诧异的表情。

"炸弹牌！"

"三张都是！"

"天啊，捷度这是要和他们同归于尽啊！"

就在众人爆发出尖叫声的那一刻，捷度早有准备地拉起身旁的精灵女孩，推开身后的桌椅朝大门挤去。被打翻的酒瓶滚了一地。最让老板心疼的是自己才煎好的那块肥肥的羊排。在冲出酒屋之前，捷度转身对惊魂未定的兽族男孩说："这局我们认输了，你们赢了。最后，你们就好好享受我们的战魂吧。"

在战魂棋盘上，五个兽族男孩的战魂非常集中，三张自爆牌的威力得以覆盖几乎所有战魂。可怜的飞龙和幽灵狼被炸成灰烬，而陪葬者包括六个骷髅战士和两个弓箭手。在这轮惨烈的攻击中，只有海狸鼠男孩的两个行动缓慢，还没进入山谷的巨人战魂得以幸免。随后这两张牌吸取了大量战魂能量。

捷度拉着精灵女孩冲出酒屋后，过了一个拐角就藏身到一条小巷中。这条小巷夹在酒屋和道具店之间，非常狭窄。捷度转身面向精灵女孩，条件反射般捂住对方的嘴说道："嘘，别出声。"果不出捷度所料，虎面男孩塔姆在后面紧追着他们。

塔姆挥舞着拳头叫骂道："捷度，你这个混蛋！你这个混蛋！你杀了我的龙！你要为此付出代价！我……我要杀了你！"

捷度微微笑了笑，耸了耸肩膀说："抱歉啊，最后还是输了。你知道的，我的那头铠甲犀牛打不过两个巨人。"两人挨得很近，鼻尖几乎要碰到一起。精灵女孩羞涩得脸上浮起红云。

"放……放开我……"

捷度这才反应过来，似乎是占了女孩便宜（我们完全有理由相信捷度这家伙是故意的），忙放开手，比划了个无奈的姿势。

"你这个流氓！"精灵女孩气愤地说。

"喂喂，我不是帮你报仇了吗？你就别生气了，反正那盘我们也赢不了。"

精灵女孩看着一脸无辜的捷度突然冷静下来。她低着头，双手抱住自己，嘴唇颤抖着说："报仇……报仇有什么用！"

"喂喂……你怎么了……不就损失了几张战魂牌嘛，你不至于吧？大不了等我以后攒钱买了还你。"捷度见女孩的情绪突然变得有些不对头，手足无措地安慰道。

当精灵女孩再次抬起头的时候，眼眶中已经噙满泪水。她吸着鼻子哭泣着说："你这个无赖懂什么？就算报了仇又怎样，就算赢了又怎样？我的爸爸已经死了……他已经死了！再也回不来了！"

第四十八章

莫名其妙

如果说初夏所谓的秘密行动彻底改变了我的生活，那一点都不夸张。

周一，天空中艳阳高照。

我刚一走进校门就感受到无数的异样眼神。虽然我知道在学校里总是不缺那种偷偷瞄着我的眼神，而这些眼神的主人或者是暗恋我的男生，又或者是那些七嘴八舌的女孩，可是，今天的这些异样目光却是非常的古怪。

我感觉大家看我的眼神都变了，变得陌生却充满敌意吗？这倒也不是，因为在我视线之内的一张张脸庞上或多或少都挂着惊喜和微笑。

大家是怎么了，为什么都这样带着莫名的欣喜之色看着我，难道说我做了什么好事自己却不知道吗？还是说本小姐精神分裂了，其实晚上都在像超级英雄一样行侠仗义？拜托，真希望老天别作弄我了，我真是受不了四周那犹如发现了蜘蛛侠真实身份的那一个个表情。

"季节同学！你真是太厉害了，想不到你竟然会是Tellnow！"一个我不认识的女孩从我面前穿过，和我热情地打了个招呼。

"没想到你不仅仅是个学霸，就连电竞也玩得这么好！"隔壁班的帅哥郑磊擦肩而过对我微微一笑。

"季节，没想到那位传奇女战士竟然是你哦，真是不可思议，我有一次和你分在同一队，我就是Hleeomike啊，你还记得吗？你带我赢了不少分呢！"

"Tellnow，我是你的粉丝，能不能给签个名！"

"你的出装是什么？能不能和我分享一下！"

……

我只得对以上这些种种我听不懂的话语报以勉强的微笑。

"嗨，学姐，哪天你有时间的话能够教我们来一局吗？我们是你的崇拜者哦！"好不容易我才从两个初一的男孩前挤了过去。

"看啊——就是那个美女，她就是Tellnow！"

"不错哦季节，传奇女战士！"

"你上星期的那场排位赛打得真是漂亮，一击扭转乾坤啊！"

面对着大家的窃窃私语和异样的目光，我真是被搞得满头雾水了，不由得自言自语道："大家都在说什么呢？真是奇怪。"

最终，我像逃跑似的冲向教室。

疯了！整个世界都疯了！

没想到我的脚步才踏进教室，要面对的依旧是同学们那一副副不可思议的样子，我甚至连头也不敢抬地走到了自己桌前。

真是奇了怪了，我怎么感觉今天自己就像是忘记戴头套的蜘蛛侠，几乎所有人都热切而殷勤地想要接近我！我到底是犯了什么事了！Tellnow，Tellnow！到底是什么东西啊？初夏，一定是你搞的鬼，你真是害死我了！

阿呆也还是老样子，他依旧准时在早自习结束后进了教室。我心想，还好，至少还有这个白痴是正常的。

但是，很快我就发现自己错了——在今天这个被诅咒的日子里，就连阿呆看我的眼神都带着一丝古怪。

阿呆从我身后的椅子和桌子的夹缝中挤过（好吧，我承认，我从来都懒得站起身来让阿呆进去的），他放下书包后没有和平常一样进入酣睡状态，而是瞪着那双木讷的眼睛看着我，接着缓缓张开了嘴说话了！

对，没错，今天这只呆河马一进到教室就跟我说话了！我是不是在做噩梦，要不就是进入平行世界了，怎么好像我周围的时空都变得不正常了。

"喂，你真的是Tellnow吗？"

面对着阿呆的疑问，我先是愣了几秒，接着一股无名怒火在心中升起，臭阿呆，你给本姑娘也来这套，我就让你感受到火山爆发的力量！

我拿起面前的语文书就照着阿呆的脑门来了一个一击必杀，接着在所有同学惊讶的目光中，我又装作什么事情都没有发生的样子回到了"真身"。

"什么Tellnow！你们今天个个都发疯了吗？连你这个反应比别人慢一个小时的河马也来欺负我吗？"我将自己的坏脾气和一早上的闷燥心情都发泄到了阿呆头上。

"喔，就知道你不是。"阿呆说完这句后便倒在课桌上开始进入了睡眠模式。

"喂喂！你这只呆河马，给我起来说清楚！"我用力撕扯着阿呆的校服，但是一如既往，只要这只呆河马一入睡，除了放学钟声能够唤醒他外，那就算是原子弹爆炸估计都叫不醒这懒鬼了。

好吧，解铃还须系铃人，现在能够让我知道究竟发生了什么事情的人只有初夏了！话说，初夏这个家伙怎么现在都还没有到学校，要知道，初夏虽然顽皮一些，但是也不敢像阿呆这厚脸皮一样敢逃一整个早自习啊。

结果，初夏竟然完全超乎我的意料，直到早上最后一节课上了一半，这冒失鬼才从教室后门如一只弓着背的猫一样偷偷溜了进来！

"初夏！你怎么才来！逃课也太过分了吧！"我小声地对着初夏吼了一句。

初夏忙朝我比划了个求饶的动作，可还是被正在上课的历史老师发现了她的踪迹。

不用说，初夏当然被历史老师当着全班的面给狠狠地批评了一顿。可是，虽然挨了骂，但是初夏回到座位后却转过头对着我做了个鬼脸。

哼，看来这个家伙今天心情不错嘛！

中午放学的铃声刚响起，我就一把拽住了初夏，好像只要一放过了这个机会她就会再次从我面前消失一般。

"初夏！你给我解释清楚，你到底背着我干了什么事情啊，还有那个Tellnow到底是什么鬼？"

初夏反手勾住了我的胳膊笑眯眯地说："你请我吃午饭，我就把所有事情都一五一十地告诉你！"

我无奈地望了初夏一眼回道："好吧，如果等会我塞满了你的嘴你还是不告诉我的话，我就让你好看！"

初夏在学校门口的小吃店，再次敲诈了我可怜的零花钱后（在此，给各位报一下小女子存款。周日总计财产六百零三元，阿呆的礼物六百元，乘坐公交两元；新收到周一至周五的零花钱加午餐费一百元，现总计还剩一百零一元。被初夏敲诈了一顿后，我的财产只剩下六十元了。这星期的日子看来要过得很辛苦了），满意地拍着自己的肚皮拉着我回到学校。

一路上我都迫不及待地催促初夏将实情告诉我。但她好似有意故弄玄虚，表示一定要到足球场才说。

说实话，我真的已经忍受不住这一路上各种人和我谈Tellnow和什么讨厌的网络游戏了，但是身旁那翘着鼻子的初夏似乎却很享受这种感觉，每次只要有人在我身旁说起那个名字，她就会骄傲地浮夸起来。

总算将初夏给"拖"到了运动场的"老地方"后，我便开始拷问起来。

初夏漫不经心地说："我说大小姐，你就没有自己去网上查一下Tellnow吗？"

"自己查？怎么查啊？我又不是侦探！"

"怎么查？当然是用搜索软件啊，比如谷歌、百度什么的，不用这么笨吧！"

"啊！我都没有想到……一般来说查资料什么的我都是去图书馆或者去爸爸的书房。"

"拜托，你不要这么老土好不好，现在是什么时代了还去图书馆啊！"

看着一脸讽刺的初夏，我急忙将手机拿了出来，心里也自顾自地埋怨起自己，是啊，我真是太笨了，为什么没有想到去网上查一查呢？难道说和同龄的孩子比起来我真的是"老掉牙"了吗？

我将手机的浏览器打开，初夏又叨叨地挖苦道："也不知道你整天都抱着手机在看些什么乱七八糟的小说。至少你也应该像别人一样，玩玩游戏或者聊聊天什么，就知道用这个看小说……"

听着初夏在我耳旁喋喋不休地谆谆教诲,我心里多少还是有些内疚。其实,我一直都没有将阿呆写小说的事情告诉初夏,因为自尊心作祟的原因,我暂时还不希望被班里的同学知道我竟然这么着迷阿呆那家伙写的故事。

看着网页上关于Tellnow显示出来的信息,还没认真地仔细查看我就有了种丈二和尚摸不着头脑的感觉,几乎每一条信息里都有"传奇"这个关键词。

"你相信传奇吗?"好不容易安静下来的初夏冷不丁地冒了一句话。

我转过头,看着身旁正闭着眼睛仰着脑袋的初夏,刺眼的阳光正温柔地洒在这个热情开朗的女孩那红润的面颊上。

"是啊,Tellnow……现在来谈谈吧,我当时取这个名字的时候心里就是这样想的,"初夏的嘴角露出了一抹淡淡地微笑,"至少在那个世界里,她已经算得上是一个小小的传奇了!"

第四十九章

新头衔

在我的记忆中,自从认识初夏开始,她就留着一头干净清爽的短发。这个开朗调皮的女孩,虽然不似玫瑰般艳丽婀娜,却有菊花般的傲然飘逸。我瞟了一眼身旁的初夏,又低下头看着手机网页里面的信息,一股陌生感油然而生——原来,这个在学校里和我最亲密的女孩,还有如此神秘的一面。

以下是关于"Tellnow"的部分网页搜索内容:

Tellnow的Ruse视频大集合,传奇女战士的征途
Tellnow第一滴血视频大集合,传奇的开始
罕见Tellnow第一操作视频曝光,传奇女战士真的是女的,语音为证!
Ruse天梯战排行第三,Tellnow失手冠军

"说实话，"我有些不自然地低着头，"我不是很明白啊，如果说Tellow是你在游戏里的名字的话，那么Ruse是什么？"

"大小姐你难道除了听过lol之外竟然没有听过Ruse吗？"

"lol？我也不知道这个是什么……"

初夏沉沉地叹了口气说："好吧，虽然我知道你对于游戏从来不感兴趣，但是至少也不应该被别人当作外星人吧。"

"Ruse……我记得在英文里面是诡计的意思吧？"

"No，"初夏对我摇了摇头，"准确地说，我们玩家和官方都是将它译作策略，而且是狡猾的策略！"

"策略？"我皱了皱眉头，习惯性地用食指放在嘴唇边，"意思是这个游戏很讲究策略吗？"

"那是当然，Ruse绝对是现在所有游戏中最讲究策略和智谋的游戏……而在这个世界里的Tellow曾经是我的ID。"

"曾经是？为什么呢？"我突然在瞬间有了一种沉重的感觉，"难不成……"

初夏看着我认真地点了点头："大小姐，你猜得没错，现在这个ID是属于你的了，我马上就会将账号和密码告诉你！"

"初夏！为什么要这样呢！"就在我不知道该用怎样的语气来和初夏争论这件事情的一刻，猛然看见手机里的一个网站标题——Tellnow的真实身份曝光，竟是一名初二女生，而且颜值爆表！

我不待和初夏争辩，点击进入这个网站。这是一则很简单的帖子，帖子的内容大概就是以我季节的口吻承认了自己是Tellnow的身份，而且还简要介绍了一些Tellnow的独有情报，还承诺将在本周四中午公开亮相参加一场和粉丝团的表演战，最后再下面还附上了我关于校花竞选投票的链接。

看着网站里我的照片和一些我读不懂的专业游戏词汇，我总算知道了初夏的这个所谓的秘密计划。

"初夏……你好过分，"我低着头不愿意看她，"为什么要瞒着我干这样的事情！"

初夏叹了口气回道："如果让大家觉得你就是Tellnow本人，可以争取到很多游戏玩家的投票。否则，我们大家的努力都要白费！"

"可是……可是……我根本就不是Tellnow！那明明就是初夏你啊！就算是这样了不起的头衔你初夏想要给我，我也承受不起啊！"

"呵呵……了不起吗？"初夏的眼神突然黯淡下来，"没有人会觉得了不起的，况且一个女生就算游戏打得不错又能怎样，还不是不如你们学习成绩好来得实在。"

"了不起……我说的是真的，"我拍了拍身旁一脸沮丧的初夏，"虽然我还不太了解你们所追求的那个游戏世界，但是，初夏，我能够感受到大家对这个名字的喜爱，嗯，或者说是崇拜都不为过吧！"

"你真的这样认为吗？该不是哄哄我吧？"初夏眼睫轻颤，低声说，"我还以为，你知道这个消息后会和我绝交呢！"

"为什么要绝交呢？我只是觉得受之有愧啊！"

"难道你不觉得一个游戏玩家会让别人误解吗？会诋毁你的好学生的形象吗？"

"拜托，初夏大姐，你怎么这样想我呢？我有你想得这么老土吗？"

"你真的一点也不生气，一点也不怪我？"

"说不想发火那是假的，可是我气的是你和刘乌龟联手骗我。"我微微一笑拉起初夏的手说，"当然，我知道你是为我好，所以就勉强原谅你啦……不过，你知道吗？今早你没来的时候，我一直被陌生人缠着说关于Tellnow的事情。这种受欢迎程度绝对是我活到现在都没有感受过的！"

"真的吗？"初夏的脸上浮现出了欣喜的笑容。

"嗯！"我重重地点了点头。

初夏迟疑了一会儿，接着吞吞吐吐地说："那还不是因为他们以为Tellnow是你的缘故。你想想看，一个大美女，学习成绩好、钢琴弹得好，就连游戏都打得这么棒。他们当然更加倾慕你了，这叫色艺双绝啊。"

"初夏，什么叫作色艺双绝啊！用这样的词你太过分啦！"

"不是啦，别生气，开个玩笑……不过，说真的，我觉得他们这么激动，也是因为Tellnow是你这样的女孩的缘故。"

我忙摇了摇头说："不是的！Tellnow的名气和我没有丝毫关系！初夏，这个是属于你的荣誉……虽然我知道平常你喜欢玩游戏，可是我真的没有想到，你在游戏界里面这么受追捧耶。"

"所以说嘛，"初夏很认真地看着我，"你一定要把这出戏演到最后，否则我们就前功尽弃了。"

"不要……我必须要澄清，之后告诉大家真相，这样的话，你会成为真正的女英雄的，而且我相信你收到的表白信肯定会塞满一整个抽屉呢。"

"不要。"初夏鼓着腮帮用力地摇了摇头，"我又不像你。我可不习惯被别人众星捧月的生活，我喜欢活得自由自在。但是你不同，这一次你要连着我和刘子墨的份一起努力。一定要在竞选中获胜，否则，我们不是白努力了吗……呵呵，如果我们能够获胜，开心快乐的好日子就要来了。"

"初夏！"我抱怨地说，"你怎么越来越像刘子墨那只功利的老乌龟了。"

"这个不叫功利啦，是实际。你想想看，如果你能够一战成名，"我仿佛看见初夏的双眼冒出两个巨大的金钱标记，"那么我也能够顺道风光一下。作为你的独家贴身经纪人，应该能够捞到很多好处哦。"

"初夏！"

"好了，好了。反正现在木已成舟，如果你非要去澄清、去解释，只怕会弄巧成拙。"看着初夏狡猾的笑容，我竟然有种被拖上贼船的感觉，"总之你听我的准没错。等这次竞选结束，我们就把Tellnow这个ID注销掉，到时候你就说你退隐游戏界了。你看，是不是万无一失？"

"可是，那个ID明明就是你努力到现在才积累了这么多人气的，注销掉会不会太可惜了？"

"瞧你死脑筋吧。不就是个ID嘛，我换一个新ID照样可以玩游戏。"

"嘻嘻嘻……"我看着初夏这副样子突然笑了起来。

"喂喂，你不要突然这样取笑人家好不好，很不礼貌耶。"

"不是，不是你想的那样啦，我只是突然觉得你很像一个人。"

"谁啊？"

"捷度！"我脱口而出，"是一个小空贼，不过你不知道他。"

"好啦！还空贼呢，你什么时候染上阿呆那家伙的中二病的。"

我对着初夏神秘地一笑说："反正这个是我的秘密，等以后我再告诉你。"

初夏估计根本懒得理我所谓的秘密。她接着把话题拉回Tellnow上："大小姐，我可跟你说好了，周四中午刘乌龟已经安排好了一家网络咖啡屋，到时候你得出场。那天的表演战如果成功，你的选票应该还能够再高一筹。如此一来，打败静好那个可恶的女人就不在话下了。"

"我可以答应你们伪装成Tellnow，但是我根本不会玩那个游戏啊。"

"你傻呀？到时候我当然会以助理的身份和你一起。刘乌龟都安排好了，比赛时我俩坐在一起。你那边的屏幕只能够观战，真正操作的是我。你只要配合着点点鼠标、装装样子就好。"

"这样子行吗？不会露馅吧！"

"当然不会。你不知道，这几天中午我和刘乌龟都在暗中操纵这件事情呢，那家网络咖啡屋的电脑已经被我俩动好手脚了。"

"你们还真敢干！这是要去当黑客的节奏啊。"

"哼哼，那当然，我可是这方面的专家呢！"

我看着这样自信的初夏，心里突然升起淡淡的自卑感。一直以来我都觉得自己比初夏优秀，长得比她漂亮、学习比她强；可是此时此刻，我竟然觉得自己和初夏相比完全就是魔迪和捷度的翻版啊。

真正按照自己的意志自由生活的人，其实是初夏。

"喂喂，大小姐，你发什么愣啊？"初夏见我发呆用手拐了下我，"我可和你说，虽然那一天是我帮你圆场，但是你至少要做点功课哦。多少了解一下关于Ruse的规则等等，可别被粉丝们问得哑口无言。"

就这样，周一，离阿呆的生日还有五天的日子里，我"继承"了初夏的一份力量，暂时获得Ruse世界传奇女战士Tellnow的头衔。

第五十章

闺蜜的秘密

沐浴着温暖的阳光,我和初夏如过去那般,并肩坐在体育场看台第一阶的一角。

这种"老样子"的搭配让我的心里很舒服。但看着身旁低头玩着我叫不出名字的手游的初夏,我又有一丝陌生感。一道看不见的透明高墙将我和她分成两个世界。初夏那盯着手机屏幕的认真样我之前都没有好好注意过,原来她也有着自己的世界,一个我不以为然却无比精彩的世界。

"喂喂……大小姐,怎么你今天不好好看小说倒是盯着我发呆啊?"初夏头也没抬地说着,灵巧的手指仍旧不断地在手机屏幕上划动。

"初夏,你怎么这么厉害,一直看着手机还知道我在偷窥你?"我嘻嘻一笑,不禁觉得初夏这种第六感有些神奇。

"你真是笨死了……你那颗大头早就出现在我的手机屏幕上了,"初夏一边打游戏一边抱怨,"你能不能别在我这儿晃来晃去的……哎呀……呜呜呜!你看吧,好不容易才到这里,结果被你一打搅就又死了。"初夏猛然抬起头,假作要摔掉手机。

我愧疚地说:"好啦……我不打搅你就是了。"

初夏的游戏似乎结束了,注意力转移到我身上,有些不怀好意地凑过来促狭地说:"我说大小姐,也不知道你每天中午抱着个手机到底在看什么小说,不如也推荐给我看看。"

"不要啦……当初是谁说最不喜欢的就是看书。"我忙敷衍答道。

"的确是这样啦。比起枯燥的文字,我更喜欢剧情生动、画面精彩的动漫、电影,或者像这样能够互动的游戏。"

"可是，小说虽然不如你说的那样直观，却是最能够引人遐想和幻想的存在啊！"

"得了吧，你不看看周围还有几个像你一样喜欢看小说的。你以为我们是八十年代的文艺青年吗？如今的消遣哪一样不比小说精彩？"

我不服气地做了个鬼脸，却不知道怎么回答她。但是恰恰在这个时候，我竟然想到了阿呆。不知道这个家伙会怎么回答初夏的疑问，或者说回击她的挖苦。

"大小姐！你怎么又发呆了？"初夏狠狠地弹了我脑门一下。

"哎呀……好痛耶，初夏，你好坏！"

"好了，好了，"初夏突然开始抢夺我的手机，"虽然我真的不喜欢看书，但很好奇你每天这么专注地在看些什么。该不会是什么重口味或者什么腐书吧？嘻嘻……"

"不可以！绝对不行！"我拼命将手机攥在手里，和初夏争斗起来。

最终，因为我的坚持，初夏拿我没办法只得放弃。但是我太了解初夏了，这个女孩的好奇心可以害死一百只猫。她一定在等待着机会反击呢，我必须要警惕一些。

"喂喂，用不着这么小气吧？看个小说而已，你怎么鬼鬼祟祟的。"初夏噘着嘴不高兴地说。

我神秘地微微一笑道："你别生气啦，现在这个还是秘密哦……你不是也有你的秘密计划吗？那么我告诉你，这个就是我的秘密计划。等到我们一起成功的那天，一定告诉你们。"

"你们？"初夏环视一圈，耸了耸肩膀，"这里还有别人？"

"好了，你就别咬文嚼字了。"

《沃克兰多大陆——未起航的空贼》第二十九卷　新任务

捷度最怕女孩子哭。可能和这位调皮捣蛋的小空贼总喜欢恶作剧有关。一般说来，只要把女孩子惹哭了，捷度往往都没好果子吃。记得小时候，他偷过邻居丽娜家一个可以任意变形的积木。女孩发现心爱的玩具丢失后整整哭了一个星期。而每天夜里听着隔壁的哭声,捷度都如坐针毡,最后不得不再次潜入女孩家中将玩具完璧归赵。不过这次"行善",或者说"改过"并不顺利。捷度中了女孩预设的防盗魔法,被捉个正着。结果不言而喻,捷度被安娜狠狠地收拾了一顿。而邻居家的女孩从此成为专门向安娜打小报告的小奸细。

类似例子三天三夜都说不完。不过眼下却有些不同,这位金发碧眼、漂亮可人的精灵女孩并不是被捷度惹哭的,而是莫名其妙地就哭了。

捷度抓着脑袋不知所措,想不到什么安慰的话语便只得说:"你先别激动好不好?要不哭声大了被那几个野蛮的兽人找过来,我们可就麻烦了。"

精灵女孩听捷度这样一说,马上忍住泪水。她朝捷度点了点头,问道:"那你说现在怎么办?"

"怎么办?问得好。"捷度心里觉得好笑。这个女孩刚才还一副有主见的样子,才被这一吓就不知所措了。唉,女孩就是女孩,真是拖累。"现在还能怎么办,至少我们得换个地方再说,至于你爸爸的事情如果你愿意,也可以告诉我。"

"哼……你害我输了比赛,现在一切都晚了。"

"你可别不识好人心啊,"捷度压低声音回着话,但是身体却稍稍向外移了移,他看见那几个兽族男孩已经从另一个方向跑开了,"你那局游戏本来就是必输的,我还损失了一张好牌来替你报仇呢。你知不知道,光我刚才干掉的那条战魂龙至少价值一家酒屋呢!"

"谁稀罕!反正你也帮不了我!"

"我猜是关于你爸爸的事情吧?"捷度淡淡地说,语气中似乎有了一些莫名的情愫。

"是又怎样,你不会懂的。"

"我爸爸也死了……而且他死得很早……在我还小的时候。"

精灵女孩一听捷度此话,整个人愣住了。

"所以说,我也许能够懂你。"

"对……对不起。"精灵女孩低下了头,漂亮明亮的眼睛里又泛起泪水。

"好了,好了,求求你别哭了行不行。"捷度抱怨道,"不管如何,我们必须先从这夹缝里出去。"

女孩点了点头。

就在这个时候，小巷的另一头传来魔迪的声音："捷度，捷度，你在里面吗？"

"魔迪？"

"是我，真是太好了，那些兽人没有抓到你吧。"

"哼，本盗是谁，岂是那些笨蛋想抓就抓的。倒是你这次怎么变聪明了，知道我躲在这儿？"

"是格罗瑞亚啦，它嗅着你的味道带我来的。"

当捷度和精灵女孩挤出小巷后，魔迪看二人贴得那么近，脸唰地一下红了。

"挺会占便宜哦。"魔迪在捷度耳旁悄悄说。

捷度却不以为然，在魔迪耳边低声道："这女孩刚一直哭，把我的衣服都哭湿了。"

格罗瑞亚似乎并不为找到主人而开心，依旧自顾自地走在一旁，冷漠而高傲地和众人保持着距离。

"这是你的狗吗？"

格罗瑞亚狠狠地瞪了精灵女孩一眼。

捷度忙凑到精灵女孩耳旁说："你最好别这样叫它。它最讨厌别人说它是狗。这家伙叫格罗瑞亚，特别小心眼还挺记仇的。"

三人带着格罗瑞亚来到商业区后面的小湖边，找了一块干净的草坪临湖而坐。

这个湖泊的源头是漂浮在商业区上空的浮岛瀑布。丝丝水帘如同飘舞在空中的细纱，时断时续，映射出斑斓的光芒。

"好了，你现在可以说说你父亲的事情了吧？如果我猜得没错，你之所以会参与那局愚蠢的战魂牌游戏应该与此有关。"

精灵女孩隐忍地咬紧牙关、两拳紧握，一言不发。

捷度有些不耐烦起来。他揉着肩膀伸出一只手说道："不愿意说就算了，但是相识一场至少交个朋友吧。我的名字叫捷度·布莱巴尔。当然整个空贼岛的空贼都是这个姓。"

精灵女孩没有和捷度握手，淡淡地回了句："凯瑟琳·萝尔芙娅。"

"萝尔芙娅？！"捷度和魔迪几乎同时叫出了女孩的姓。

"对，我是海贼的人。"

捷度和魔迪当然知道萝尔芙娅这个姓氏代表的意义。如果说在沃克兰多凡是姓布莱巴尔的都是狡猾的空贼，那么姓萝尔芙娅便代表着狠毒的海贼了。

捷度惊讶地说："想不到你们这些自以为高人一等的精灵也会加入海贼的阵营。"

"海贼哪里不好？"凯瑟琳争辩道，"我从小就是和海贼一同长大的。"

捷度见凯瑟琳的样子很认真，便不在这个话题上多逗留，只是问道："那么海贼凯瑟琳小姐，请问您远行至此有何贵干？"

凯瑟琳被突如其来的问题搞得很窘迫。

捷度故意不理会她，拉起魔迪佯装要走："算了，魔迪，人家看不起我们空贼，什么都不说。这么无趣，我们去其他地方玩。"

凯瑟琳见捷度真要走，急红了脸。不得已之下，她忙伸手拉住捷度的胳膊。

捷度停了下来，沉默片刻加重语气说道："虽然我们萍水相逢，但如果你选择相信我们，那么可以和我们说说你的事情。"

凯瑟琳死命地用上牙咬着下嘴唇，内心挣扎了一会儿后，默默地低下头："可是你们必须答应我，不将此事告诉任何人。否则……否则……"

捷度对魔迪眨了眨眼睛，接着说："那是当然，我和魔迪可都是守口如瓶的人。"

捷度这才和魔迪重新坐了下来。一旁的格罗瑞亚却抱怨地叫了几声，似乎相当不满。捷度对着它说："你别嚷嚷了，怎么又饿了？你不是才喝了饮料嘛！没看见这位女士正有困难吗？"

格罗瑞亚又冲着捷度叫了几声，见他不再理会自己，只得撑起有些肥胖的身躯自顾自地趴到湖旁，生起闷气来。它重重地喷着气，将几株草料吹到空中。

"别理它，这家伙小心眼儿，你快说吧。"捷度忙劝凯瑟琳。

凯瑟琳认真地看着捷度和魔迪，眼中燃起仇恨的火焰。她用极其严肃的口吻说："你们听说过火山龙王扎克西姆吗？"

捷度回道："当然……那个混蛋这次杀了许多空贼。"

凯瑟琳接道："包括我的爸爸。"

捷度和魔迪互相看了一眼似乎早有所料。魔迪说："那么说来，凯瑟琳的爸爸也参加了这次的讨伐任务？"

　　"嗯。"凯瑟琳点了点头，"这一次，因为讨伐对象是火山龙王，所以空贼和海贼双方都参与了行动。可是，作为辅助一方的海贼却比空贼还要伤亡惨重。"

　　"为什么呢？"捷度有些不解，"按理来说和飞龙的战斗应该是我们空贼的拿手好戏啊！"

　　凯瑟琳回道："具体情况我也不是很清楚。只是听海贼团里的人说，我们海贼在这次捕获任务中出动了许多魔法师。主要攻击手段是利用火山环海的地势，用魔法聚集海水，乘机攻击追着空贼的飞龙。"

　　捷度细细一想便自作聪明地补充道："哦，你这样一说我就知道了。我们空贼当诱饵将火山龙王引到海边；你们海贼魔法师趁机发动水魔法攻击火龙。估计这次战术肯定有效。"

　　"有道理。"魔迪附和道，"这样的战术用来对付火龙真是再适合不过了。"

　　"也许正如你所说吧，"凯瑟琳有些悲伤地低下了头，"可是结果很明显，他们失败了。飞龙将爸爸所在的海船烧得一干二净，所有参与行动的海贼统统牺牲了。"

　　"那头畜生！"捷度捏着拳头。魔迪当然知道他为何如此愤怒，捷度一定想到了自己的父亲。

　　凯瑟琳见捷度这般义愤填膺，顿生感动。她问道："捷度呢？你的父亲也是在这次行动中牺牲的吗？"

　　"是上一次。"捷度的回答很简单。

　　凯瑟琳低下头沉默了一会儿说："多久以前？"

　　"快有六年了……"

　　"那时的你……"凯瑟琳看着捷度的样子似乎是猜测这个满头白发的男孩的年龄。

　　"五岁。"捷度低着头双手无力地垂在草地上。

　　……

"对不起，没想到你比我还小两岁。在那么小的时候就失去了爸爸……"

捷度朝凯瑟琳摆了摆手说道："话说你这次来空贼岛的目的到底是什么？"

"为了报仇！"

"怎么报仇？"

凯瑟琳被问傻了。

捷度撇了撇嘴巴，刻薄地说："就你这样也想报仇，太不自量力了吧！"

"可是，"凯瑟琳突然握紧拳头，愤然起身，"父亲是我唯一的亲人。他死了，即便赴汤蹈火，我也要为他报仇。"

"好了好了，你话都说得语无伦次的。"

"凯瑟琳姐姐，你的母亲呢？"魔迪插了句嘴。

凯瑟琳回道："不知道，父亲从来没有提起过她，我从小到大都和父亲在一起。"

捷度沉思了几秒说："我知道你为什么找那几个兽族的孩子赌牌了。"

凯瑟琳看着捷度心想，这个男孩年龄比自己小，但是说话的口气倒显得很老成。

"那些兽族男孩中有两位的父亲是负责管空贼岛战舰的佣军官，你是想要求他们让你这孩子在下一次讨伐任务的时候登舰，然后去找火山龙王报仇。"

凯瑟琳愣了几秒，点头说："你说得的确不错……我就是这样想的。"

"傻瓜，外加笨蛋。"捷度无奈地说道，"你还真是蠢到家了，就算想要送死也不能傻到这个份上。"

"不管你怎么说，我必须亲手杀了那条龙。"

"不现实的。"魔迪叹了口气，"估计就算是传奇黑骑士也杀不死它。我们都还是孩子，怎么能够杀死一条龙呢，你可千万别冲动啊！"

"所以我才说了，"凯瑟琳见捷度和魔迪看自己的眼神就像在看一个白痴，生气地转身就走："跟你们说这么多干什么，说了也白说，我只能够靠自己。"

"站住！"捷度突然叫住了气哄哄的精灵女孩。

凯瑟琳有些迟疑地停下脚步。她背对着捷度，不争气的眼泪又涌了出来。

"如果你真的想要送死，我倒是可以帮你登上战斗飞空艇。"

凯瑟琳一听此言忙转过身，那挂着泪水的眼睛闪现出惊喜的光芒："真的吗？"

捷度看着梨花带雨的精灵女孩竟然痴痴一笑答道："唉，没想到要去死还这么开心。"

"你真的有办法送我上去？"

捷度点点头，拍拍自己的胸脯说道："那当然，本盗可是沃克兰多第一聪明人，没有什么事情是我办不到的。"

"太好了！真是太感谢你了！"

"捷度……你说什么呢！"魔迪忙拉了捷度一把，"你这样干就算成功了也只是让凯瑟琳送死啊。"

格罗瑞亚也抬起头，狠狠瞪了捷度一眼，似乎埋怨他又出馊主意了。

捷度甩开魔迪的手，对凯瑟琳说道："得，你先别急着谢我。既然我们是空贼，那么帮你办事就要收佣金。"

"可是，可是我现在身上没带钱……家里的钱也由头领替我保管，我拿不到啊……"凯瑟琳焦急的样子显得如此楚楚可怜。

"我猜得不错的话，你一定还有许多值钱的战魂牌吧？"捷度狡猾地笑了笑。

凯瑟琳迷茫地点了点头说："这些都是我父亲生前的卡牌，的确有几张非常稀有。"

"稀有卡组有多少张？"

"共十二张稀有，一张史诗卡牌和三十二张普通卡牌。"

"呵呵，还不错。"捷度微微一笑，一脸商人似的奸猾像，"那么我们这次任务的佣金就是你的全部卡组。"

"什么？"凯瑟琳觉得有些不可思议，"全部卡组？那可是我父亲留给我的最后礼物了！"

"全部，一张都不能少，"捷度口气很强硬，"你看着办吧。不过我可友情提示你，这个岛上估计除了本盗外，没有人能够把你送上去。"

凯瑟琳的内心剧烈地挣扎着，最终一个简单的理由说服了她：这一去定是凶多吉少，自己连命都可以不要，还在乎这几张战魂牌吗？

最终，勇敢的精灵女孩对狡猾的小空贼重重地点了点头。

"好吧……我答应你！"

捷度的嘴角牵起一个满意的弧度，走上前伸出手说："因为这一次的任务很危险，所以，我们不采取先收一半佣金的规矩，而是在做事之前就全部收取。也就是说，你现在就要将那些卡组交给我。"

凯瑟琳既然已经做出决定，自然不再纠结这些。她那颤抖的手从包里掏出一沓用兽皮包裹的战魂牌，在递给捷度的时候忧伤地说："这些是父亲生前的最爱。如果我这次真的没有回来，希望你能够好好珍惜。"

捷度接过后，递给一旁的魔迪："你保管好，先别急着看。等我的事情办完再分几张给你。"

第五十一章

忙里偷闲

这个星期注定是忙碌而充满期待的。回想起来，若不是有阿呆的故事陪伴着我的课余时光，我很可能对原本一成不变的学习生活产生强烈的厌倦感。

不过我可不是一个做事没有分寸的人。在我看来，一个人至少要把自己的本职工作圆满完成，而作为学生，一定要把自己的学业弄好。所以，对于每天的课程和作业我一点都不敢马虎，通通要完成得漂漂亮亮的。而这几天稍微有些偷懒，耽误了增加单词量的计划进度，所以，当我完成作业、复习完功课，且加背了三十个英语单词后，时间已经快要到晚上十一点了。

爸爸很贴心地给我送了一盘我最爱的酸奶水果沙拉，同时嘱咐我早点休息。妈妈在一旁连连附和。虽然我现在有了自己的秘密，但不可否认的是，我还是爸爸妈妈心目中的乖乖女。

至少，在他们面前是这样。

待爸妈房间的灯光熄灭后，我拿出手机，打开阿呆的博客主页，一边啃着一块沾满了酸奶的美味苹果,一边在心里发誓:就看一章,然后就老老实实地去睡觉。

《沃克兰多大陆——未起航的空贼》第三十卷　巧妙地潜入

魔迪真不知道捷度到底在动什么鬼脑筋,毕竟为了几张战魂牌就眼睁睁地看着,或者说帮助那个叫作凯瑟琳的精灵女孩送死,这种事情真是太过分了。

捷度却不对魔迪做太多解释。俩人告别女孩后,一路朝魔迪家所在的森林居住区走去。凯瑟琳则因为获得了捷度的承诺,老老实实地回到商业区的旅店中等待消息。

此刻正值魔导学院刚考完试,捷度因为害怕炼金术成绩再创历史新低,早就和魔迪约好,一起去魔迪爷爷的故乡,一座名为"彼得森"、满是巨大风车的小镇,玩上一假期。当然,这件事要先斩后奏才行。要知道,安娜一般不会允许他出去玩这么长时间,而且费其拉也不希望捷度整整一个月都不练习龙技。

但是,捷度自有方法。他早就找好了千百个说服他们的理由。诸如,要去帮魔迪的爷爷干活赚点零花钱,或者说魔迪多么热情地邀请自己之类的。总之一句话,这个假期捷度是一定不愿意在家中受着安娜的怒气和费其拉的咆哮度过的。

"捷度,你到底是怎么想的?你真的有办法让凯瑟琳上飞空艇吗?好吧……就算你的脑子足够聪明,可是让一个女孩子去面对一条火龙,你想过后果了吗?"

捷度舒服地伸了个懒腰,接着用力拍了拍魔迪的长角帽说道:"得了吧,你和格罗瑞亚能不能让我稍微安静一点。一个在我面前叨叨,一个在我脑中叨叨,都快被你们逼疯了!"

"但是你总得说些什么吧?比如你的计划之类的。"

"我暂时还没有计划。"

"那你刚才还信誓旦旦地答应人家。"

"你总得给我点时间想办法嘛。"

"可人家都把战魂牌当佣金给你了啊!"

捷度见魔迪家就在眼前了,不礼貌地推了魔迪一把说道:"好了,你家到了。赶快回家去吧,别像只苍蝇一样在我面前嗡嗡直叫。还有啊,记得我刚才交代你的话。让你爷爷等我们几天,等我把这件事情办了再去彼得森。"

魔迪无奈之下只得悻悻回家。

送走魔迪后捷度拍了拍格罗瑞亚的脑袋说:"你先回家吧,告诉妈妈说我不回去吃晚饭了。"

格罗瑞亚深深地鄙视了捷度一眼,随即便快步朝家跑去。

捷度见打发走了格罗瑞亚,搓着手诡诈地笑了笑,自言自语道:"总算把这两个婆婆妈妈的二货给打发走了。好了,现在才是本盗的调查时间。"

捷度赶回空贼岛商业区,幸运地蹭上了一辆学院专门拉饲料补给的马车(空贼岛上所谓的马车都是由一种体形庞大、力大无穷的啮齿兽来拉乘的)。

捷度躲在一堆厚厚的稻草中。当马车穿过学院的大门后,他灵巧地从车上跳了下来。落地后,捷度拍了拍粘在身上的几根草茎,朝刚博老师所在的武道教室走去。

不出捷度所料,这名不服老的武者正如往常一样,独自在武道馆中进行着力量和速度训练。刚博见捷度进了道场,瞬间就朝捷度冲来。捷度当然知道这是老师特有的打招呼的方式。他后腿一立地随即施展一个防御身法。

"还是太慢了!"话语间,刚博的身影已经闪到捷度面前,那双粗壮的手臂一把捏住了捷度的脚踝,给他来了个"倒栽葱"。

被倒提在刚博手中的捷度只得手舞足蹈地大叫饶命,然后不住地夸赞自己的老师。刚博这才将他放回地上。

捷度还欲再拍马屁,刚博抢先说道:"你这个小子,一天心不在焉的。我告诫过你多少遍,身体和大脑必须要分开执行命令。一个优秀的武者依靠的是身体本能反应,这就是身体的直觉。"

捷度忙称是,接着讨好地上前帮刚博捏起了肩膀、捶起了背。

"说吧,难得放假,你这小子突然跑来我这里,一定是有什么鬼主意。"刚博一边闭着眼睛享受捷度的按摩,一边冷冷地问道。

"怎么会呢?学生就是因为想念老师才来的。"

"得了,别来这一套。有话说,有屁放。"

"老师,你怎么不相信我呢?我这次来主要是看望您,然后顺便问一个问题。"

"说！"刚博的语言从来都是这般简洁，嘴角却露出一丝会心的微笑。

"老师，您知道下一次去讨伐那条臭火龙的时间吗？"

刚博听捷度问这个，一下子警觉起来。他知道这个学生一向不老实，肯定在打什么鬼主意，便道："你问这个做什么？"

捷度转到刚博身前，装出一脸可怜相说："老师，你也知道，我这个学期的后勤实践分数实在太低了，所以希望能够借这个机会帮集团做点后勤工作，也好加点分数。"

"后勤分数？你小子该不会打什么鬼主意吧！"

"天地良心啊老师，我就是想帮帮忙，一方面也尽点微薄之力。您知道的……如果这学期的学分还修不够，我妈一定会把我屁股给打开花的。"

刚博冥思片刻后，抬起头看了一眼满脸期待的捷度说道："后天。"

"后天？这么快！"对于这个答案捷度明显觉得很惊讶，"不需要休整吗？"

"嗯，而且这是基姆校长亲自决定的。他说这次必须将那头畜生撕成碎片。而且我告诉你，"说到这里，刚博竟然顽皮地对捷度眨了眨左眼，一脸自豪地说："这次的队长是我，是基姆亲自发布的命令。"

"哇！老师要再次带队出发了。真是太棒了，看来这次我们必胜无疑。"捷度嘴上虽这样说，但心里却暗自嘀咕：糟糕，刚博老师可是一只狡猾的野狼啊！

捷度的吹捧正中刚博下怀。这次带队讨伐飞龙是证明他宝刀未老的绝好机会，所以他才加紧训练，绝不敢有丝毫懈怠。

"说吧，你小子想怎么加后勤分数，我来帮你想办法。"

捷度见刚博的心情正好，便趁机说道："这样吧老师，我的年龄还太小，随你们出征肯定是不行的。"刚博点了点头。

"所以说，老师能不能安排给我和魔迪将物资搬上飞空艇这个任务。这样的活简单，而且我也能够得点后勤实践分。"

刚博点了点头说："嗯……这样也好，搬运重物也是一种武学锻炼。可是我有言在先，你小子可别想给我偷懒。必须整整工作一天，把所有的补给搬完，摆放整齐，打扫完卫生才能回家。"

"没问题！我一定把这活干好！当然……还希望刚博老师您多给我点学分。"

"你小子先把活干完再说。如果我在执行任务的时候，发现少了一块肉或者一片面包的话，回来一定让你痛快地瘦上十斤。"

捷度忙讨好道："那是当然，您就放心地交给学生吧。"

"好了好了，就这样吧。既然要接活，明天一早就到后勤站报到，可别睡懒觉。"

刚博把捷度打发走后，继续进行特训。捷度望着武道馆中几点淡淡的灯火，心里觉得一阵温暖。在他心里，强壮的刚博老师就是空贼岛的一面永远都不会倒下的旗帜。

当天夜里，小空贼偷偷地先后出现在好友魔迪和凯瑟琳房间的窗下，将两张纸条精准地丢到他们的床头。纸条上写道：任务行动时间为明天七点，不要睡懒觉哦！

虽然捷度强调了不要睡懒觉，但是第二天他自己却是被魔迪好不容易才从被窝里给拉出来的。

捷度困倦地走在路上，到商业区旅店楼下的时候已经完全清醒了。

"对了，魔迪，你今天回去就告诉你爷爷，我们明天就出发去彼得森郡。"

"好的，爷爷早就说过，我们可以随时启程，他老人家已经等不及要回去看看了。"

"这样最好，哼哼！"

"捷度，格罗瑞亚不跟我们一起去吗？你把它丢在家里它不会生气吧？"

"得了吧，它这懒骨头根本不想出远门。你又不是不知道，它只对食物感兴趣，而且也不愿意离龙刀太远。"

"它还真是一只奇怪的龙兽呢。"

"嗯，无聊透顶了。"

凯瑟琳早已恭候多时。她和昨天一样，依旧戴着亚麻色兜帽，直挺挺的长耳朵昭示着她的怒火。

"我说，你们空贼做事情就这么不守时吗？"凯瑟琳对迎面走来的捷度抱怨道。

"你知道什么？我来晚是因为实施了一个秘密计划。"捷度撒谎道。

"秘密计划？什么计划？"凯瑟琳的好奇心被捷度勾了起来，刚才那一肚子的气仿佛扑哧一下没了踪影。

捷度故弄玄虚地回道："都和你说是秘密计划了，干吗还老问？快点走吧，时间晚了就一切白费了。"

魔迪不禁捂着嘴偷笑起来。

三人穿过弥漫着浓浓晨雾的森林。凯瑟琳冷得颤抖不止，魔迪低着头不知道捷度想要干什么。

当来到浮岛上专门停放飞空艇的空港时，魔迪才肯定，捷度这次是玩真的。凯瑟琳这才相信捷度总算没有骗自己。

捷度和空港的看守打了个招呼，说是刚博老师让他们三个帮忙运送后勤补给。空港的看守是一个年迈的矮人，乱蓬蓬的胡子几乎和他那不到一米的身高齐平。

"呵呵，我知道，刚博那家伙昨晚就和我打招呼了。我可告诉你们，工作得好好干，否则我一定让你们一个学分都拿不到。"

捷度朝魔迪和凯瑟琳招了招手，率先向空港的仓库区走去。一阵忙活后，他们已经帮码头工人搬出了一大堆补给品。其中有巨大的电磁陷阱、四五箱武器、吃一顿顶两天的速冻压缩龙排，甚至有专门跟踪猎物的臭味标记蛋以及飞空艇的专用弹药等。

凯瑟琳累得满头大汗。魔迪因为个子小，所以都只拿一些零零碎碎的小东西，体力消耗少些。反倒是捷度，因为码头工人收到刚博的命令，要特别关注捷度，让他把这次的搬运当作臂力训练。所以，捷度被这些看笑话的码头工人使唤得快累趴了。

转眼间，太阳已经落山了。他们在无数次搬运中度过了一整个白天，终于干得差不多了。

捷度对工人们讨好地说："刚博老师和我交代了，还得打扫一遍仓库才能得学分。你们都辛苦了，剩下的事情交给我们吧。还有，记得见到刚博老师给我们说点好话啊！"

众人见捷度说话样子诚恳，而且为了这几个学分也算是拼尽全力了，故而都聊着天擦着汗地走出仓库。他们中的大部分准备去商业街的酒屋或者俱乐部，好好喝上一杯，再玩上一局战魂牌。

捷度见工人们走得差不多了，来到一个装满食物的木箱前，示意魔迪帮忙一起撬开箱子。

"你要干什么？"魔迪一边用力，一边问道。

"这可是我专门设置的头等舱呢！"干了一天活的捷度虽说已经手臂无力，但还是使足了劲儿地撬着。

最终，在凯瑟琳也加入的情况下，三人总算撬开了木箱。捷度三两下就抱出几大包罐头。

"快点吃！玩命吃，过了这村就没这店了。"

魔迪和凯瑟琳马上领会了捷度的意思，立刻敞开肚皮大吃起来。

"呜呜呜……捷度，这些食物实在太多了，我们根本不可能吃得完啊！"魔迪一边啃着肉排，一边说。

"能吃多少算多少吧，剩下的从空港扔下去。"

"喂喂，你这样做很浪费的！"

"现在也顾不得这么多了。你们有这闲心还不如多吃几口也就不算浪费了。"

三个孩子把自己的肚皮撑得连一粒米也吃不进去后，体力也随之恢复了一些。捷度便指挥着魔迪和凯瑟琳，将箱子里剩下的东西丢了出去。

"愣着干什么，快进去吧。"捷度指了指木箱对凯瑟琳说道，"还等着让我邀请你吗？"

凯瑟琳迟疑了一会儿，便跳入箱子中，带着惊恐的眼神楚楚可怜地望着捷度。

"怎么？现在后悔了，害怕了？"捷度调侃道，"我还忘了告诉你，你知道吗？你搭乘的飞空艇名为摩尔斯号，可是很有名的哦。"

凯瑟琳一脸狐疑地问道："有名？"

"你想知道为什么吗？"捷度神秘地说，"因为这是一条幽灵艇哦。传说每天晚上都会有幽灵在船舱里飘来飘去。哦哦哦……"

凯瑟琳看着扮作幽灵的捷度冷笑道："你就吹吧，我们海贼可不是被吓大的。"

捷度见凯瑟琳并不害怕，只得无趣地将木箱盖上。

"享受你的浪漫旅程吧，精灵小姐。"捷度拍了拍木箱的盖板。这个动作让木箱里的凯瑟琳吃了一鼻子灰。

捷度将魔迪拉到一边交代道："魔迪，从此刻起你记住了。我今晚就住在你家，明天我便要和你爷爷一道去比萨林郡玩，其他的可别说漏嘴了。"

魔迪有些不解地问道："捷度，你说的是什么意思？难道你不和我一起走吗？"

"我昨晚已经和我妈妈说好了。她现在一定以为我在帮你爷爷收拾东西呢。"捷度点了点头，水润的双眼在皎洁的月光下显得更加动人，"放心吧，我妈妈和费其拉不会想到，我竟然会搭上这艘去屠龙的飞空艇。"

"我们的任务不是已经完成了吗？凯瑟琳要去送死难道你也要去吗？"

捷度摇了摇头，摆出一副不可一世的样子说道："我可不是去送死，而是去干掉那个该死的家伙。"

魔迪不禁退后了几步，战战兢兢地说："捷度……你别吓我……如果最后你真的没有回来，我怎么和你妈妈交代？"

这时，不远处有一道光芒闪过。捷度忙将魔迪拉到一旁："该死，已经有人来了！"

"捷度！我们快走吧，你别开玩笑了！"

"魔迪！我是空贼！沃克兰多最聪明的空贼，对不对？"

看着捷度那自信的微笑，魔迪颤抖地点了点头。

"那么，我是不会将一个女孩子给丢下的，你知道我不会的！"

面对魔迪那不安的眼神，捷度接着说："所以，现在你赶快离开。按我的计划，你应该会和看门的那个矮人碰个正着。到时候你就告诉他，我和凯瑟琳已经先走一步了。"

"捷度！"

捷度不由分说地将魔迪推出飞空艇："好了，别再磨蹭了！记住我告诉你的，千万别说漏嘴了让我妈妈知道。放心吧，我一定会安全地回来，到时候再告诉你这次的探险故事。"

第五十二章

战前特训

周三,距离阿呆的生日还有三天;距离冒充Tellnow的第一战还有一天。结束早读后,我在抽屉中摸到刘子墨传来的纸条。

我下意识地看了他一眼,随即展开纸条,一行歪歪扭扭的字迹映入眼帘。

班花大人,中午放学可别急着走哦,我和初夏为你准备了战前特训。

看完纸条后我回过头看了眼初夏,她对我点了点头,似乎知道我那无奈眼神背后的含义。

好吧……看来为了明天能够成功伪装成那个传奇女战士Tellnow,我真得任凭这两个"经纪人"折磨了!

中午的时候,刘乌龟和初夏带着我,来到市中心一家中世纪海军风格的豪华网络咖啡屋。

留着一撇小胡子、穿着海盗COS的老板见到我的那一刻可以用"惊喜万分"来形容,至少他和我握手就握了三次,嘴里一直念叨着:"太不可思议了!竟然是你!竟然是这样一位漂亮可爱的女生!"

初夏见他这副猥琐样有占我便宜的嫌疑,便站到中间成了我的"防火墙"。老板极其殷勤地将我们带到二楼一间套房内,并吩咐服务员给我们送饮料和零食。

"初夏……我从来没有来过这种地方耶……如果我爸妈知道估计会杀了我的!"

"你别老土了好不好,现在的网络咖啡屋遍地都是,你以为是过去的黑网吧啊！"

我坐在沙发上还是有些局促不安。

"好了，班花大人，你坐到这边试试。"刘子墨从进门起就坐在了两台电脑中的一台前，捣鼓着我看不懂的程序，"快点，我们时间有限，你不想下午迟到吧？"

我走到刘子墨身后，他随即让开座位，我顺势坐下，看着屏幕上面一个好像是视频聊天的窗口。

"明天游戏直播时你就坐在这里。这个摄像头会录制你在玩游戏的画面，但实际由坐在你旁边的初夏负责操作。"刘子墨解释道。

我点了点头说："那很简单啊，我只要对着摄像头装模作样就好了啊？"

"还得要装得像才行。"

"怎么装？"我不耐烦地问道，"反正又用不着我亲自玩。"

"你得表情紧张。电脑屏幕上面显示的是本场游戏的实况转播。你要记得，Tellnow如果得了人头，也就是说杀死了敌人或者被敌人杀死，你的表情要随之或欣喜，或失望。而且在比赛过程中，你也要配合着操纵鼠标和键盘。虽然没有粉丝能够进到这间屋子，但还是要有手部的动作才行。"

初夏插嘴道："因为我们也不清楚到时候是否会有我的粉丝来观战。万一有，你可不要露馅啊！"

"初夏，"我其实还在为冒用朋友身份的事情而纠结，"原本这是你的荣誉啊……"

"大小姐，都到这个时候怎么你还想不通啊？反正……反正被那些家伙知道Tellnow是个大美女也不是什么坏事。"

"可我还是觉得心里难受，感觉自己抢了你的荣耀。"

"你错了，"初夏拉起了我的手，"Tellnow现在是我们俩人的名字。她需要你这样的女神，也需要我这样的战士。所以，你别再犹豫了，我们一起努力。"

刘子墨也补充道："对啊，初夏说得太好了，我们的目标可是要获得竞选胜利啊。如果计划成功，明日一战至少会让你吸粉一千。"

"好吧。"我低下了头。

接下来的时间中，我用五分钟就学会了如何操纵直播视频和游戏转播的画面。此后，我便被初夏和刘子墨这两个家伙彻底遗弃在沙发上（他们一人一台电脑开始玩起游戏）。

我看了一眼时间，差一刻一点。既然还早，那我也在这张沙发上舒舒服服地看一章阿呆的小说吧。

31

《沃克兰多大陆——未起航的空贼》第三十一卷　第一次起航

精灵女孩凯瑟琳不知道自己在这原本用来装食物的木箱中躲了多久，终于忍受不住困倦的折磨沉沉地睡去。

在梦里，她一个人飘在夜空中，父亲的笑脸出现在一颗遥远的星星上。凯瑟琳感觉无比的孤独，自幼就没有母亲，现在连父亲也逝去了……在这个世界上，她究竟还有什么可以依靠，生活的残酷把这个年幼的孩子逼得无路可走了。

唯有复仇！必须要复仇，必须要让那头杀死了父亲的火龙付出代价！

梦境愈发光怪陆离起来。熊熊的火焰升腾而起，凯瑟琳手握利剑刺向凶猛的火龙。那怪物巨大的眼睛甚至比她的个头还高！

"呜呜呜……"一阵哭声将凯瑟琳从噩梦中唤醒。她的脸上挂着泪水，这才想起自己正躲在一个木箱里。

什么声音？凯瑟琳细细地听着木箱外的哭声。

"呜呜呜……呜呜呜……"

哭声越来越凄惨。凯瑟琳紧紧地抱住自己的膝盖，脑海中响起捷度的声音："这是一条幽灵艇哦。传说每天晚上都会有幽灵在船舱里飘来飘去……"

"咚咚咚……"

就在这个时候，木箱旁响起一阵敲击声。凯瑟琳吓得打了个寒战。

"呜呜呜呜……我好饿啊……"

"咚咚咚……呜呜呜……我好饿啊！"

凯瑟琳听着木箱外阴森恐怖的声音，想着自己可怜巴巴地被困在里面，如果真是幽灵，他们会不会吸光自己的血肉，让自己还没来得及报仇就死在这里？

虽然她小时候就听父亲说过亡灵族的故事，但是她可从来没有见过这些怪物啊。说起来，不知道捷度所说的幽灵会不会就是亡灵呢？

"咚咚咚！"

又一阵剧烈的敲击声打断了凯瑟琳的思路。紧张的女孩只得用力抓住自己那把防身用的短剑，准备好随时出去和这个幽灵拼命了！

"我想要吃人！我想要喝干你的血！"

木箱外那嘶哑的声音还在继续恐吓着凯瑟琳。更可怕的是，木箱的盖子正在一点点地被移动开。

"该死的幽灵！"凯瑟琳突然站起身用短剑乱舞一通。

"喂喂……开个玩笑而已。"慌忙躲开的捷度捂着手臂上被凯瑟琳划破的伤口说道，"你也太玩不起了吧？还真想用刀杀了我啊？"

凯瑟琳站定一看，银发长尾的少年不正是先前帮自己潜进来的那个孩子吗？

"你干吗这样瞪着我看啊，"捷度见凯瑟琳站在木箱中瑟瑟发抖，而大滴大滴的眼泪又开始止不住地流淌下来。

"你这个混蛋！"凯瑟琳虽然嘴里骂着，身子却不由自主地扑向捷度。

捷度被凯瑟琳这一抱弄得不知所措起来。他能够感觉到这个女孩正在用力地捶打着自己的胸，温暖的眼泪又将他的衣服给弄湿了。

捷度慢慢扶住凯瑟琳的双肩说："我们的海贼女士怎么天天都哭鼻子啊，你这样要丢海贼的脸了哦！"

凯瑟琳吸了吸鼻子回道："你为什么还没有走？"

捷度歪着脑袋微微一笑说道："你想要去报仇，难道我不能去凑个热闹吗？"

"可是，你明知道这是去送死。"

"我可没这样觉得。"捷度走到一扇窗户前，"我一定要亲手杀了那条龙。"

"可是……为什么你要这样帮我……"

"因为我最讨厌那种没有完成的任务。"捷度的脸上露出一种让凯瑟琳无法理解的表情，"其实……我还真有些羡慕你。"

"羡慕我？"凯瑟琳一只手捂着前胸，低头道，"我有什么好让你羡慕的？"

"因为，你至少还知道要去找谁报仇。"

凯瑟琳一瞬间就理解了捷度的心理。捷度用异常坚毅的眼神望着窗外的夜空："我……我却连自己的父亲是被谁杀死的都不知道。"

凯瑟琳低头不语。她走到捷度面前想说什么，但还是没能说出口。

捷度转过身对她微微一笑说道："本盗的佣金可不便宜，你愿意加点价的话，我是可以陪你跑一趟的。"

凯瑟琳无奈地笑了笑说道："我什么都没有，你大可回家去睡觉。"

捷度无奈地耸了耸肩膀说："算了……谁叫我天生就好管闲事呢。总之这一次你就先欠着吧，等我帮你杀了那条龙后，你想办法还我就是了。"

"切！你这个唯利是图的空贼！如果你这次也死掉的话，可与我没有关系！"

捷度哈哈一笑，随即开始将他们的木箱朝船舱推去。

"你要做什么？"凯瑟琳不解地看着捷度。

"你傻呀，启明星都已经出来了，天快要亮了。"捷度一边回话，一边用力地推着箱子，"必须将我们的头等舱推到最里面，然后再伪装一些其他东西在上面，否则明天飞空艇一启航，他们就会来拿食物了！"

凯瑟琳觉得有道理，忙上前帮忙。他们将木箱推到飞空艇仓库最里面，一个靠着小窗户的角落。

"你先进去，我在外面伪装点布袋和木桶。"捷度将木箱的盖子打开，凯瑟琳跳了进去。

"你的意思是要和我待在同一个木箱里吗？"凯瑟琳低下头，试图藏起那张灿若红霞的脸。

"废话，"捷度一边将一个木桶费力地抬到木箱前，一边又将两个大大的亚麻布口袋胡乱地遮盖在木箱上，"难道我们还有另外一个箱子吗？"

凯瑟琳只好坐下，有些害羞地不敢看捷度。捷度将伪装工作完成后，一跃跳入箱子中，接着将箱子的盖板盖上。瞬间，两人就沉浸在一片黑暗之中。

"我警告你，不要挤来挤去，更不准乱摸我！"

"我可没有，主要还是箱子太小了……"

"臭空贼，你这个小流氓。"

几个小时后，捷度和凯瑟琳听见外面传来了码头工人们收拉绳索的声音。而在飞空艇外人群中那些刺耳的抱怨声和稀稀拉拉欢呼声也让这两个孩子知道，这艘讨伐火山龙王的飞空艇即将出航了！

随着一阵剧烈的震动，就算身在木箱中，捷度仍然能够敏锐地感受飞空艇已经开始慢慢地移动升高了。

"你想干什么？他们会发现我们的！"凯瑟琳拉住正在偷偷顶起盖子的捷度。

捷度此刻哪里还管得了这么多。他激动地撑起盖板，两只眼睛激动地盯着外面："哇喔！你快看！你快看！我们正在上升！我就知道昨天把这箱子推到窗户下面是最明智的决定！"

凯瑟琳见捷度这么激动，脸上也泛起会意的微笑："你这个空贼怎么这么兴奋，难道你原来没有坐过飞空艇吗？"

"那当然！没有哪个魔导二年级的学生坐过这么酷的飞空艇！"捷度依旧满脸兴奋地望着窗外那稀稀薄薄的白云。

就在这个时候，这架巨大的木质帆船式飞空艇升到一定的高度；接着在一阵剧烈的燃烧轰鸣声中，这架头顶着一道利剑雕像的飞空艇跃上云霄驰骋在天空之中。

"快点下来啦，要不我们会被发现的。"凯瑟琳似乎听见不远处有人说话。

捷度不理会她，反倒更加激动地伸长了脖子。

"有什么好稀奇的。我觉得除了能飞以外和我们的海船也没有什么区别嘛，况且长得也差不多！"

凯瑟琳觉得飞空艇在云海中飞行就如同船在海中航行一般，实在想不通捷度怎么会这么激动。

"你不会懂的！"捷度的眼珠泛着天空般纯净的蓝色，"天空就是自由的象征……我们现在可是翱翔在最广阔的天空中！"

"那又怎样！"凯瑟琳有些迷茫地看着捷度。而从窗外突然射入的光线不难得知，此刻飞空艇已经穿过了那厚厚的云层。

"每一个空贼都向往着蓝天。"捷度的脸庞被窗外的云层洗涤的阳光划过，先前的疲惫一扫而光，"我是一名空贼！将来会是整个沃克兰多最厉害的空贼！"

第五十三章

竞技游戏"Ruse"的规则

不知道我们今天是中了什么诅咒，各科老师通通爆发，不约而同地布置了一大堆作业。虽然离期末只剩下不到两周了，但也用不着这么狠吧？数学两张试卷，英语一张试卷加抄写前三个单元的单词，就连好心的老王也将语文作业给弄了三篇文言文翻译。可都这样了，我们的副科老师也没闲着，物理试卷一张，历史、生物、政治都是一大堆提纲补充题目。

就连我这种优等生都吃不消了。但初夏却表示，这种作业量突然爆棚真没什么，反正每个月都会来这么几次。

当我呼哧呼哧地拼尽全力，将堆成小山的作业全部做完的时候，已经快午夜了。估计诸如初夏和刘子墨这样基础不算太好的同学要熬通宵了吧。说起来，我还真有些羡慕阿呆，他可是从来都不做作业呢！

我推开门，像只老鼠似的看着爸妈卧室的门缝，一丝光线都没有。我甚至隐约听到爸爸的呼噜声。我放心地关上门，不由自主地拿出手机，希望将捷度和凯瑟琳的冒险给看完。

可是这时我才发现，初夏给我发了至少五十条信息。

信息的内容倒也简单，除了无数个"在吗"和数不清的生气抓狂的表情外，就是一个网页链接。她希望我能在今晚睡觉前，把明天要玩的Ruse游戏入门介绍给看完。

初夏：大小姐，你倒是回个信啊。我之前让你查阅Ruse的资料，不过我猜你这懒鬼一定没有查吧？现在我把链接都给你找好了，就麻烦你抽空看一下下。

好吧，我无奈地撇了撇嘴。虽然我现在非常想看阿呆的小说，但是为了明天的伪装不要露馅，那我就如初夏所说的，勉为其难地看一下下吧。

我点击打开链接，标题为：入门君必看，Ruse新手教程。
文章节选如下：

作为新生代的电竞游戏之王，Ruse现在已经是家喻户晓、拥有千万玩家的主流电竞游戏。此游戏因为有着入门简单、深入复杂的特点，再加上其注重策略、操作、团队合作三者并存的玩法，故而深受各国玩家的好评。现在，就让小编来带你领略这款游戏的魅力。

首先，我们先来介绍一下Ruse游戏的基本规则。

虽然作为一款构筑为现在最流行的"推塔"游戏，Ruse的特点还是非常分明，但是胜负的规则却和普通的推塔游戏基本相同，那就是双方玩家中不论哪一方的大本营中的主塔被击破，就算输掉比赛。

但是，但是，但是，重要的事情说三遍！如果仅仅只是如此的话，那么Ruse凭什么能够成为这个季度最火爆的游戏呢？它当然得有自己的特点。

Ruse特点之一：自由组合英雄的技能！

Ruse中英雄的选择并非如其他普通推塔游戏那般是固定的，在你自定义你英雄的种族、外形和皮肤之后，它成了你的一个分身，当然种族的不同将会影响你各个战斗防御属性以及可以装备的技能和武器防具，并且，假如你选择一个矮人的话，那么他的背包栏绝对比蜥蜴人或者兽族这样的大汉要少一半的容积（背包栏就是可以携带装备和道具的数量），当然，矮人的移动速度也要比那些大块头快许多。

最重要的一点那就是技能组合了，每一个种族和职业都可以有非常自由的技能组合搭配。比如说你可以将AOE（范围伤害和控制系角色）的角色装备从至少一百种AOE特效技能中选择三种，而且还可以在其他职业系的技能中选择两种技能作为辅助。举个例子，如果你选择了一个兽人，并且将他设定为一个T（坦克职业）的话，你便可以在T的一百多种技能中选择三项为主要T技能，比如你可以挑选吸引敌方小兵的嘲讽技能，加上造成群伤流血的技能，再加上一个非常贱的群体晕眩技能。在此之后，你还可以根据兽族士兵的特长天赋选择其他职业中的两个副技能，比如说增加一个AD（物理攻击）中的斩杀技能（将血量不足百分之十的敌方瞬间杀死）和增加一个AP（远程法术技能）角色的抓取技能。

也就是说，每一个角色对于玩家而言都将是独一无二的存在，竞技和养成都是有意思的玩点。那么如何在这千变万化的组合中一边培养自己心爱的角色一边搭配出符合各种战斗的组合就是最考验玩家头脑和谋略的事情了。

Ruse特点之二：游戏中，每位玩家都有一个兵营！

相较于其他推塔游戏中小兵都是由电脑控制而言，Ruse在游戏中将分配给每一名玩家一人一个兵营，如果你走上单的话，那么在上位的兵营将由你控制，而出什么小兵也全由你来决定，这样的话，各个小兵组合对于配合你英雄的战斗也显得至关重要，当然，对于一些高级的小兵你们必须要将对手的防御塔给摧毁一些后才能够解锁。

Ruse特点之三：顶级的AI将作为独立势力参与战斗

普通推塔游戏中的专门打野的职业在Ruse中是几乎不存在的设定。Ruse的每一块地图中都将会有至少一个由AI控制的第三方势力作为土著加入到玩家的战斗中，他们将全部由顶级的AI来控制（当然，除了正式的比赛外，这些AI的强度都是可以调节的），他们似乎真的有自己的思想，一边发展资源，一边会选择骚扰或者是联盟其中一方的玩家。那么作为一个第三方不稳定的势力，土著的出现将让整个游戏变得复杂有趣很多。

最后，和其他推塔游戏一样的野外BOSS也将在不同的地图中出现，为你提供大量的经验和财富。

Ruse特点之四：卧底加入，内鬼的有趣设定

新种特定技能巫师的加入的确是让人眼前一亮，每一个职业都能够在一局游戏中发动一次巫师之眼的技能（巫师之眼：可以将你的视角放在对方任何一名玩家或者是AI之上，并且可以在三十秒的时间中选择发动傀儡技能，所谓的傀儡技能就是暂时获得敌对玩家的操控权三十秒）。这样的设定增加了游戏的刺激度和太多的可变性，也就是说，你得随时担心埋伏在你身旁草丛中的队友是否已被敌人控制，他会冷不丁地在你身后狠狠劈上一刀，而如果你将队友不小心杀死的话，对方玩家将获得英雄经验！天啊，这个设定很是太BT了，但不可否认，真的很有意思。

Ruse特点之五：单方玩家首领的城堡建造系统

在复杂比赛模式中，队友中将有一名极具谋划天赋的玩家扮演国王的角色。

这名角色不仅仅有机会在地图中做出特有的战术标注，还能够操纵己方玩家中唯一一个可以自行在地图中修建的城堡和围墙。虽然资源有限，修建的花费将从各个玩家的金库中扣除，但是却是加固己方塔防和大本营的不二选择，国王甚至能够选择每种塔防的火炮，比如专门对付T的炸裂炮或者对付法师的远程防御炮等。

也就是说，你在Ruse中既可以扮演骁勇善战的战士，又可以成为老谋深算的国王。不可否认，这样的设定真是太有意思了！

Ruse的特点之六：召唤道具，让对手的屏幕被墨汁染黑！

……

"真是太有意思了，真是太有意思了！"真讨厌，几乎每一条他都这样说。作者真是的，我可没看出来这复杂的游戏有什么好玩的。

我真的是看不下去了，这个游戏到底在说些什么东西，感觉乱七八糟的。哎……看来我真不适合玩游戏。

我将手机无力地丢到桌上，脑子里面还被刚才的这篇游戏说明给搞得晕头转向。完蛋了，我竟然完全搞不懂这游戏在说些什么，明天如果初夏的那些粉丝问起来，我要怎么回答啊？不行啊，我得加把劲再看看，要不明天真得露馅。

我再次无奈地拿起手机，快速跳过这些无聊的规则说明，之后的资料却更加让我崩溃。整个页面都是一些诸如英雄的名字和图片，还有一大堆我完全搞不懂的所谓技能的名字。

我学习这么多年都没觉得困难，如今竟然在一个游戏面前深感自己智商不够。这样下去，明天我到底要怎么办才好啊？

第五十四章

无眠之夜

我躺在床上跟睡魔斗争了半天，依旧清醒如常，看来今夜注定要失眠了。

只要一闭上眼睛，我的脑海中就浮现出最近发生的种种事情。首先是和全班最怪的人成了同桌；之后迷上了这个家伙创作的小说；现在还要异想天开地去参加校花竞选，最关键的是，我明天还得冒充自己好友在游戏中的身份来拉取选票。

不知道从什么时候开始，我原本单纯的学习生活开始变得复杂起来。我的周围充斥着欺骗，而我自己也开始学会欺骗……我欺骗了爸妈，隐瞒着初夏自己的目的，利用着初夏的游戏分身。可是反之，我似乎也处在一个巨大的且被人主宰和利用的漩涡中。

或许我现在的这些种种烦恼在日后看来会非常可笑，但不可否认的是，现在这些真是我成长中的烦恼。

我觉得自己就像喝了十杯咖啡，大脑的运转根本就停不下来，总觉得差了些什么。我承认了，我现在已经养成了一个坏习惯——每天睡觉前都得看一篇同桌写的故事。否则，否则我就会失眠。

这样说吧！总是想到阿呆那个家伙就是本姑娘现在最坏的习惯！真是好讨厌的习惯！

《沃克兰多大陆——未起航的空贼》第三十二卷　两封急件

正如云游诗人们常弹着竖琴吟唱的那般——克兰多斯城的早晨永远都是雾蒙蒙的，雾里的小伙子们永远都认不出自己的姑娘……

今日，克兰多斯的晨雾却比往常要更浓厚一些。空贼魔导学院的校长基姆·布莱巴尔早早地就起床了，此刻，这位戴着单边金框眼镜的精灵老人正凝视着窗外的那一股徐徐上升的烟气。

克兰多斯城中央的王国城堡上空布满了阴霾，基姆就站在这城堡中的一间专门接待外使的高级宾房里，而这位已经年过六百零七岁的精灵正对的方向是充斥着蒸汽机器轰鸣声的工厂区。就在十年前那流经主城的卡斯帕湖泊可是美丽而宁静的居住区，但是席博朗姆十三世国王大力支持和发动的机器革命已经将这大自然的馈赠给无情地破坏殆尽了，虽然克兰多斯王国现在是沃克兰多的重工业中心，也是大陆中唯一能够生产新型离魔式蒸汽飞空艇（不需要魔法石的魔力来驱动的飞空艇）的国家，但是那被污染的恶臭湖水以及快被砍伐殆尽的森林便是其付出的代价。

克兰多斯的人民倒并没有不乐意，反正这个国家是标榜着自由和民主的土地，那么也就意味着这些各类种族的人物并没有一个人将克兰多斯真正地看作是自己的祖国，在他们眼中，克兰多斯作为名誉上的贸易之都能给他们带来无尽的财富那就够了，如同可怜的妓女那般，谁还管它到底被污染糟蹋成什么样呢？

基姆在等待着国王侍者的答复，他在清晨就已经三次派人去禀告国王希望能够得到求见了。

可是，这位博学的精灵导师却都得到了同样的回复：国王陛下还在休息。

基姆回想起昨夜席博朗姆十三世专门为自己设下的欢迎宴，国王在宴会上可谓是轻车熟路大放异彩，不用打听基姆也能够猜到，曾经自己的这位尊贵的学生一定经常享受和参加这样豪华奢侈的宴会！

说起来，对于基姆曾经是席博朗姆十三世国王的皇家私人老师这一点，也应该重视和说明。要知道，这位激进的国王曾经可是基姆最头疼的学生，而在四十年前，基姆代表空贼集团出使至此，他为了获得克兰多斯王国的支持答应了席博朗姆十二世国王在小王子还没有成年前暂居克兰多斯王国中专职担任王子的导师。

不过至少有一点可以肯定，现在的这位国王并没有把基姆那博学的知识和精湛的治国之道给学会，倒是成了一位精明而狂野的改革发动者。

在受人爱戴的席博朗姆十二世国王去世后，他的儿子席博朗姆十三世上台了，新国王的信念简单而坚定——无坚不摧的帝国必然建立在强大的军事和工业力量之上。

原本这样的理念是无可厚非的，但是此刻大陆上各国的情势却发生着微妙的变化。各种族王国的冲突以及奥克斯尔帝国的政变带来的分裂，已经开始影响到近二十年来难得的和平局面。更加令人不安的是伽曼帝国的国王，那个疯狂的种族歧视者洛兰格斯三世，已经蠢蠢欲动，希望能够彻底将他那愚蠢的种族主义给进行到底。

而基姆这一次出访克兰多斯正是为了伽曼帝国的联盟之事而来，基姆深知此事关系重大，如果此事处理不妥的话会给克兰多斯带来巨大的灾难，甚至是灭顶之灾！

可是，现在已经快要中午了，国王陛下还没有从昨夜的酒梦中醒来，真是让基姆对自己曾经的这名聪明的学生感到失望了。

"基姆校长，我看您就别着急了吧。我们国王陛下的时间您或许不熟悉，他总是在下午才处理国事。"跑腿回来给基姆送信的侍者说道，"需要我为您通知厨房准备午饭吗？"

"你们国王总是从晚上开始吃喝玩乐一直到第二天下午才起床吗？"基姆不怀好意地问道。

"请您原谅，我可不敢回答这个对国王不敬的问题。"

"哼！"基姆转过身朝这位侍者挥了挥手，"告诉你们国王，我就等着他，他什么时候酒醒了我要第一时间见他！"

侍者鞠躬之后退出了房间，基姆叹了口气再次拿起了那封伽曼帝国国王写给席博朗姆十三世的亲笔信看了起来。

自从这位博学多识的精灵校长在昨天清晨到达克兰多斯拿到这封信件起，他已经读了不下十遍了。

以下是伽曼帝国洛兰格斯三世给克兰多斯王国的席博朗姆十三世的信件：

尊敬的席博朗姆十三世国王陛下：

当您收到我的这封来信时，相信克兰多斯的那些恶心的外族虫子们应该开始胆战心惊了吧。

您知道，我是一个直来直去的人，而伽曼帝国也从来都不喜欢婆婆妈妈。在此，请容许我再次提醒您作为人类皇室血统的身份，请您不要再玷污您祖先的荣誉了。

我们都是人类，是沃克兰多大陆上最优秀且勤奋的种族，不管是那些自认为高贵的精灵抑或是如下水道中老鼠般的矮人，他们都是劣等的生物，更别提那些畜生般思维的兽人了！作为同样的种族，我们两国应该联合起来，将这些劣等的生物给通通消灭，让人类能够彻底地统治这片大陆。

请恕我直言，在您高贵的国家中寄居着如此多的劣等种族难道不会使您感到恶心吗？我希望您能够尽快地驱逐这些肮脏的种族，如果您能够将他们囚禁起来并且趁机将他们给铲除的话，我将致予您最深切的敬意，你应该还记得去年我坑杀了三万兽人的事情吧，那真是举国欢腾大得民心，相信这样的处理方法也能让您获得更多民众的支持！

当然，如果您再将我的好心提醒当成驴肝肺的话，那么我便只能换种方法来提醒您了。敬告作为人类国王的您，接此信后的两个月内请表示您的态度（不管是驱逐它们或者处死它们也好），否则，伽曼帝国将改变对克兰多斯的立场，正式将克兰多斯视作敌国，不日将发兵征讨！虽然克兰多斯的蒸汽机器听说战斗力不错，但是伽曼帝国的魔导飞空艇舰队可是沃克兰多第一战舰队，您如果不希望我将克兰多斯夷为平地的话，请您认真考虑我的建议。

让我成为您的伙伴抑或是敌人，请您自行斟酌。

洛兰格斯三世

每看一遍这封信件，基姆心里的乌云就更厚重一些，这位老人的嘴角总是时不时地抽搐几下，而对于伽曼帝国那个种族主义疯子，沃克兰多大陆中除了人类外都将其视为恶魔！基姆希望能够尽快和席博朗姆十三世商讨对策。虽然昨天的宴会中，席博朗姆十三世国王已经表态说自己绝对不会背叛克兰多斯，并且也对本国的军力抱以绝对的自信，但是基姆觉得作为军事大国的伽曼帝国应该引起足够的重视。

就在这个时候，基姆心里的第二件烦心事也有了消息，一个驾驶小型蒸汽飞空摩托的信使从窗外的平台上降落，他匆匆忙忙地将一封急件送到了基姆的手中。

基姆将急件打开，看见了是刚博那熟悉的字迹，他忙将眼镜给扶正了一些，借着窗外射进来的阳光仔细阅读起来：

基姆校长：

望您见信安好！

作为第二次讨伐火山龙王的领队，我现向您报告本次出征的具体事宜。

月编年179年4月1日，我已率领空贼岛第三空艇队出征，随行副将为火魔导师托尼和侏儒猎手卡迪亚那，随征空贼组为第三梯队，随征猎人组为第五梯队（组中成员矮人库克因为上次任务受伤还未痊愈，故而没有参加此次行动）。

战略部详细地制定了此次的讨伐方案，在此，请容我向您呈上详细的行动报告：

当到达摩卡里火山之后，我将带领十名身手敏捷的空贼组成敢死队去龙穴中将火山龙王诱引出洞，而火山口旁会有两艘空艇进行俯冲攻击进行掩护，最终我会带着敢死队们安全返回飞空艇，并利用飞空艇的速度将那条龙尽可能地带离火山。当那只火龙被引出巢穴一段距离之后，我们将派出第二空贼小队潜入飞龙的洞穴中安放四箱光火炸弹陷阱（因为战术参谋拖布斯特认为炸药超过这个量的话整座摩卡里火山都会崩塌的），此后，等飞龙回巢之后我们就用这些炸弹好好给它开个餐！随后在杀死火山龙王后我会派遣人员进去搜集这只怪物的尸体以及委托人需要的飞龙胃里的火石。

以上就是本次讨伐任务的部署，希望您能够做出最后的批阅。

当然，还有一件事托尼希望我告诉您，但是其实我觉得这也没有要紧的，但是您知道，托尼这家伙逼着我一定也将此事写进这张报告里。

事情是这样的，在我们启程的几天之后，空贼们就传言说飞空艇里出现了"幽灵"，当然，我觉得这是那些胆小鬼太神经质了，不过就是丢失了或者是漏算了一些食物和武器而已，当然，一个低阶空贼哈尔那坚信自己在晚上上厕所的时候和一个白发幽灵擦肩而过。虽然我之后给了这个胆小的哈尔那一个警告，但是这小子还是坚称他没有看错。还有一点，托尼每日统计食物的时候他总是计算出少了几份的量，但是您知道，托尼就是太过于谨慎了，毕竟我们这般空贼中还是有几人食量较大，当然，如果我捉到有谁敢去仓库偷食的话我一定严惩不贷！

好了，基姆校长，您知道的，一切都在掌握中，只要有我在就一定不会出什么岔子,您就放心地处理克兰多斯的国事吧。

您忠实的部下刚博·布莱巴尔

基姆看完信后马上坐到了屋子的写字台前,将一支鹅毛笔浇上了墨水写道:讨伐任务行动方案我表示赞同。另,详查所谓的幽灵事件,搞清楚飞空艇仓库中究竟发生了什么。谨慎行事,此番行动不允许再有人员伤亡,最后,望你们凯旋。

基姆·布莱巴尔

看到这里,我不由得打了一个大大的哈欠——阿呆的这一章故事好无聊哦,竟然也是写一些长篇大论。不过,本姑娘的睡意现在总算是被阿呆这家伙给逼出来了,现在应该可以睡个好觉了吧,真希望今晚别做噩梦!因为,明天的那场游戏比赛对于我来说才是噩梦啊!

第五十五章

大战在即

如果不是看见来捧场的粉丝队伍已经排到了距离举办表演赛的那家咖啡网咖大门之外十米的十字路口,初夏也不敢相信自己的分身Tellnow的影响力竟然能够达到此等地步!

"Tellnow!Tellnow!"

我甚至都不敢抬头看这些穿着印有TellnowT袖衫或者直接将Tellnow的字样图画在脸上的支持者们。

"哇!真人比照片上还要好看!"

"没想到这样的美女竟然玩游戏玩得这么好!世界有救了!"

"女神!女神!给我签个名吧!"

"求求你让我加入你们的战队吧！我什么位置都可以打，哪怕是不玩游戏帮你端茶送水也行！"

刘子墨还真如一个经纪人那般帮我阻拦着人群："大家让一让啊，让一让，否则表演赛的时间要错过了！"

"谢谢大家，谢谢大家的支持，我们Tellnow战队一定会给大家一场精彩的比赛的！"初夏愉快地和粉丝们挥手致意。

我低着头，脸已经烧得快红成了猴屁股，每当经过这些Tellnow的粉丝身边，听着他们的呼喊声、赞美声，我都有种想要挖个洞钻下去的冲动。

更让人难以置信的是，竟然还出现了几名声称是某游戏网站的专题记者，他们不依不饶地缠着我，想要让我接受他们的专访。

说实话，我的内心已经快要崩溃了，一种极度的羞耻感盘旋在我的每一寸肌肤中，而看着身旁的初夏那一脸兴奋的表情，我更加的局促不安起来。

荣誉！这是初夏的荣誉啊！可是我却自私地将此占为己有。该死！我从来没有像今天这样讨厌过自己！

"大小姐，拜托你笑一笑好不好，你不看看多少人拿着手机想要拍你啊，别老低着头，还有啊，趁机拉拉选票啊！"初夏挤到我耳旁埋怨道。

初夏或许不知道，此刻的我已经快要哭了……但是脑子中那最后一丝理智还是在控制着这犹如火山爆发前般的情绪。最终，在我迈进咖啡屋的那一刻，还是被刘子墨和初夏像具木偶一般地给架到了人群前。

"谢……谢……大家的支持……请……请大家支持……"真是见鬼了，我的局促不安和语无伦次却赢得了更多的喝彩，我最终支支吾吾地丢下一句'请大家给我投票'之后，就如逃命般冲向了先前那间二楼的所谓的战队包间。

进到包间，我就一屁股坐在沙发上大哭起来，而我这种神经质的举动瞬间让初夏和刘子墨慌了手脚。

"大小姐！大小姐！"初夏蹲下身扶着我的肩膀，"你这是怎么了？不要紧张，别怕啊，反正操纵都是我来，你只要像计划那般就好，别哭了，喂喂，乖乖，别哭了！"

我选择了沉默，依旧将脑袋藏在手臂中嘤嘤地哭着。

"哎哟，我的祖宗呀，"刘子墨在一旁急得干跺脚，"你倒是说说看到底是为什么哭鼻子啊,你也不看看底下这么多的粉丝,而且还有许多的粉丝就在直播厅里等着呢!你可不能半路尥蹶子啊,赶快坐到电脑前来,否则我们的计划可就功亏一篑了!"

"得啦,你别老催她了,"初夏狠狠瞪了刘乌龟一眼,"否则她更急了。"

我稳了稳自己的情绪,吸着鼻子对初夏边哭边说:"初夏……对不起……真的对不起!"

"都说了没关系了,我真的不在乎的,"初夏对我微微一笑,"你如果真的这样想的话,那就一定要赢得那个校花竞选,然后成为大名人大明星!"

"可是……可是我真的好讨厌自己!"

"得了吧大小姐,"初夏重重地拍了拍我的后背,"你别婆婆妈妈的了,反正事已至此,你上了这条贼船可就别想下去了,快点起来吧,我们一起战斗!"

看着初夏的阳光的笑容依旧是如此的熟悉,我含着泪水感动地点了点头。

坐到了电脑前,刘子墨将他为我准备的一个口罩递给了我:"待会直播的时候戴上口罩,一般来说游戏大神都会带一个,为的是不希望别人看出自己的情绪,而现在你正好可以以此当借口来遮掩一下。"

我点了点头,接过了刘子墨给我的口罩,但是心里却埋怨道:这家伙竟然给我弄个粉红色爱心图案的,还能再装嫩点恶心点吗?!

看着身旁一脸激动的初夏,我知道,这片战场中真正的主角其实是她。此刻,这个留着齐刘海短发的女孩正摩拳擦掌地准备迎接她的战斗呢!

这么精神的初夏我还是第一次见到。

看着电脑屏幕上直播间的人气,我不禁再次叹服了初夏的影响力,就在刘子墨开启的这间小小的直播间中竟然关注度超过了一万,而且还有增加的趋势。旁边的初夏捏了我一下,接着翘起鼻子指了指摄像头,我只得木讷地对着摄像头摇了摇手露出了个僵硬的笑容。

就在这个时候,刘乌龟安排的本场Ruse表演赛的主持人也已经进入了直播间,他们的ID名称是红色的字符,分别是:红色战神和夏日毛毛的Ice cream。之前听刘乌龟说这两位主持人可是电玩界的人气主播,他们这次也是特意赏光前来捧场的。

这次不用初夏提醒,我已经很主动地和两位主持人打了招呼,毕竟今天的装蒜表演还是希望他们不要察觉，如果被揭了老底的话，那我可真是要挖洞走地道回家了。

红色战神：各位玩家好，我是今天这场表演赛的主持人红色战神。

夏日毛毛的Ice cream：大家好，大家好，喂喂，大家能听见吗……好的，好的，红色战神好，各位玩家好，我是毛毛，今天很荣幸为大家主持解说这场表演赛。

接下来，两位主持人便叽叽喳喳地开始了关于今天这场表演赛的赛前讲解，而他们一边和粉丝们做着互动，一边逐渐将整个房间的氛围不断地拉高，我已经能够感觉到大家的人气开始燃烧了！

夏日毛毛的Ice cream：大家都知道，这一次是Tellnow公开身份后的第一次表演赛啊，而我和众多粉丝们也都被Tellnow竟然是一个可爱的初中女生这一劲爆消息惊讶到了。

红色战神：是啊，是啊，之前我一直都认为以Tellnow这种敢打敢拼的操作风格应该是一个很彪悍的女汉子，只是没有想到会是一个颜值超高的长发美眉。

夏日毛毛的Ice cream：呵呵，刚才一位ID叫作小金刚的粉丝问"Tellnow是不是有整容啊，感觉好像明星脸哦"，我觉得吧，人家一初中小女生整什么容，你们别瞎说哈。

红色战神：哈哈，我觉得这一次的表演赛真是难为主持了，大家的问题也都集中在Tellnow的长相上面，你们这些萝莉控，我建议各位怪叔叔们，希望大家把注意力转回到游戏比赛本身上面，别再纠结美女了……呵呵……喂喂，季节童鞋，你不介意报几张你写真的照片吗？哈哈……开个玩笑啊。

夏日毛毛的Ice cream：对对，你们可别把人家给教坏了，不管人家小女生长什么样，关键还是她是那传奇女战士这一点才是我们今天的主题哦。

说实话，我现在真想找个洞钻下去……唉……为什么我今天老想找洞钻呢，估计我上辈子一定是一只辛苦打洞的鼹鼠吧。

夏日毛毛的Ice cream：好了好了，大家的弹幕先停停哈，你们太热情了，红色战神，我们现在为大家介绍一下本次比赛的一些相关情况吧。

红色战神：好的毛毛，大家集中下注意力哈，咳咳……本次表演赛为了让大家能够尽兴，我们在之前就发布了获得参与表演赛的资格竞选，而从报名的七百多个……哦，对，准确的数字就是七百三十一名玩家，通过数轮自定义排位赛的车轮战后，我们最终将这些玩家中的前三名高手邀请进入了今天的表演赛，以期能够带给大家最佳的比赛观赏性。

夏日毛毛的Ice cream：对，也就是说，Tellnow所率领的队伍将要面对的是这三名脱颖而出的玩家代表队，我觉得这五名玩家也绝非等闲之辈，如果Tellnow不做好准备的话，应该会有苦战哦。

红色战神：嗯，我也觉得，所以我们现在来关注下Tellnow带来的战队。

就在这个时候，屏幕的界面上出现了我、初夏和刘乌龟的照片（之前刘乌龟就告诉我，他在场外安排了一个号称很牛的高手代替初夏的身份参战，而初夏控制的角色就是自己的ID：Tellnow）。

红色战神：这次Tellnow的队友分别是ID为流氓小Q（刘子墨）和ID为粉红背刺（名义上初夏的操纵角色，其实是刘子墨安排在场外的朋友）。虽然之前没有关注过这两名玩家的战斗，但是似乎这个流氓小Q的天梯等级还不错，达到了中上，而粉红背刺是一个新的ID号，具体实力就不得而知了。

夏日毛毛的Ice cream：好的，我们这边的玩家代表队的名单也出来了，这三名幸运的玩家天梯等级都在高位赛中，而且其中一位竟然还是个才建号刚满一周时间的新的ID。

红色战神：是啊，这个新ID竟然只用了一个星期就冲到了天梯高位，看来实力不容小觑啊！

夏日毛毛的Ice cream：而且从这个ID号的名字上看的话应该是铁杆粉丝才对，他的ID取名叫Season，也就是中文中"季节"的意思哈，看来这位粉丝知道Tellnow的真实身份是季节同学后才有心抢注了这个ID呢。

红色战神：嗯嗯，看来是很有心计哦……估计是个心机婊也不好说哦……哈哈，开个玩笑。好的，我们再来了解下另外两位玩家队伍的角色，他们分别是一个很帅的男生ID为木偶操纵者和一个ID为专杀青蛙的身材火热的辣妹。

Season！怎么看见自己中文名字的英文翻译我会有一种说不出的古怪呢！

我的目光死死地盯在了这个ID的名字上面，和另外两个都将自己真人的视频同步播放在首页的玩家不同，这个Season的头像旁边竟然是一个系统默认的问号图标。

我看着Season旁边的这个大大的问号竟然突然间在脑海中也闪过了一个巨大的问号——我这样做真的对吗？冒充别人，让自己接受这份受之有愧的荣誉，这真的是我想要的吗？我看着这个白色问号后的漆黑背景，我自己迷茫的表情反射在电脑的屏幕上，而位置正好就在那个问号之中！

"Season"这几个字符旁边的黑色底幕好似一个无底洞般的牢笼，它囚禁了我真实的本性。

而那个被囚禁在其中的"季节"好似在对着屏幕外面的我发出了歇斯底里的质问！

第五十六章

First blood

说实话，从小到大在父母的灌输和影响下，我对游戏的定义基本就是——一个既伤眼睛又浪费时间的"坏东西"。家族中几个年长的哥哥经常因为去网吧或者游戏室玩，而被家长狠狠地棍棒伺候。因此，周围孩子因为玩游戏而被父母揍的残酷画面也就这样深深地印在了我幼小的脑海里。

虽然从内心深处来讲，我也并不是很排斥这个于我而言比较陌生的娱乐活动，但是此刻如此受欢迎的状况是我怎么也没有想到的。

一个游戏竟然能够让这么多的人关注和痴迷？！我看着直播间屏幕上那数量疯狂的弹幕，虽然没有玩过这个游戏，但却也被这热闹的氛围给渲染得紧张起来。

身旁的初夏神情严肃，她一只手托着下巴，嘴里咬着指尖，另一只手握着鼠标，对着耳麦正叽叽咕咕地说着一些我听不懂的游戏术语。

而刘乌龟也仿佛变成了另外一个人，就算在考试的时候我也没有见过他这么专注的样子！

屏幕上面的游戏界面已经换了好几个，可无奈的是，我都看不懂是什么意思。所以，我只能按照原计划随意晃着鼠标装装样子。然后我发现，我的鼠标其实无法干涉游戏中的任何选项。果然像刘乌龟之前和我说的那样，我只是一个观战者，又或者说只是一个局外人。

看看电脑屏幕前的玩家，以及那些在主厅里围着大屏幕观战的粉丝们，我竟然有了一种更为可悲的感觉——此刻的我就是一个傀儡，一个卑微的傀儡。

耳机里突然传来了声音，直播间的两位主持人开始播放摇滚乐，估计是比赛即将开始了（屏幕上面已经出现了好多游戏人物的贴图和一个倒计时的图标）。

夏日毛毛的Ice cream：大家好，欢迎大家继续关注我们这一场关于Ruse的表演赛。

红色战神：欢迎回来。

夏日毛毛的Ice cream：红色战神，从资料上看你曾经有过三年的Ruse职业生涯对吧？

红色战神：是这样，毛毛原来还在私底下调查过我吗？

夏日毛毛的Ice cream：怎么会，你是电竞界的先驱和前辈，对你了解也不奇怪啦哈哈。不过说实话，我刚才的确做了下功课。

红色战神：你这个滑头啊，你应该好好做做Tellnow的功课，毕竟人家才是今天的主角。

夏日毛毛的Ice cream：是，我当然有啰。好了，现在就请曾经是职业选手的红色战神为大家介绍一下双方出场的人物。

红色战神：好的，如大家所见，现在游戏已经进入了倒计时界面，我们基本已经看到了六名玩家选择出战的游戏角色了。首先，Tellnow依旧选择了自己最常用的精灵族女射手。要知道，就是因为这个游戏角色和她那犀利而行云流水的操作，才获得了网友赋予的"传奇女战士"的称号。接下来我们再看一下Tellnow的两名队友，他们分别是流氓小Q选择的巨盾战士和粉红背刺选择的地精投弹手。从组合上看，这的确是围绕Tellnow所定制的传统战术。巨盾可以Tank（游戏中一种专门用来抗怪的角色或职业），投弹手既可以独自行动、远程推塔，也可以作为辅助，在Tellnow周围埋下各类陷阱。因为精灵女射手是远程AOE职业，所以和地精投弹手诱敌打陷阱战的话是很不错的选择。

夏日毛毛的Ice cream：嗯，红色战神的分析确实很专业，那么请前辈再为大家解读一下玩家队伍的情况。

红色战神：好的毛毛。玩家队这边首先说下超级粉丝Season吧，他的游戏角色是亡灵族的盗贼。亡灵族的天赋，即对隐形时间的加成，的确是盗贼职业很不错的选择。但是因为HP和血量不高，防御加成也只能够装备皮甲和布甲，所以给人感觉是一个比较脆弱的职业，因此对于操作技巧要求很高。

夏日毛毛的Ice cream：嗯，的确是这样。不过说起亡灵盗贼，圈子里面的人一定都会想到一个人——Ghost。

红色战神：Ghost。

两名解说竟然同时说出Ghost这个词，看起来这家伙应该也是一个高级玩家。

夏日毛毛的Ice cream：红色战神前辈也想到了Ghost。

红色战神：当然，作为Ruse中神一般的存在，Ghost的亡灵盗贼可谓是人气非常高，而且据说他的这个ID已经价值十万以上了哦。

夏日毛毛的Ice cream：才十万吗？可能不止吧，只要他愿意卖的话应该会有许多土豪接手吧。不过说起来，这个Ghost也是一个谜一般的玩家，因为他上线的时间总是凌晨三点，所以还有玩家传言说他其实就是一个鬼哦。

红色战神：哈哈，那是瞎传的谣言，不过Ghost的游戏操作的确和鬼魅一般哦，我和他曾经在战场中相遇过……好了好了，扯远了，让我们回到主题。我们今天就来看看这名新玩家Season的亡灵盗贼玩得怎么样……接着是另外两名玩家，木偶操纵者的游戏角色是可防可攻圣骑士，而小辣妹专杀青蛙的游戏角色是能够飞行的布加迪长矛手（这游戏角色长相为人型鹰面背后有翅膀）。这个组合看起来有些奇怪，好像就是各打各的组合，现在我还看不出他们有什么战术安排。

夏日毛毛的Ice cream：嗯，玩家队伍的话就算是没有太充分的准备也是能够理解的，不过从视频上看，木偶和青蛙二人的颜值都蛮高的，也算是对帅哥美女组合。

红色战神：嗯，的确是这样。而且看他们的表情，很轻松的样子嘛……呵呵，你看，他们都在笑哦，被夸得不好意思了吧……而另一方，小美女Tellnow

美眉的神情倒好像有些紧张哦。

夏日毛毛的Ice cream：好了，比赛已经进入了十秒倒计时，激动人心的战斗即将开始了！

红色战神：毛毛，我能提个意见吗？

夏日毛毛的Ice cream：前辈请说。

红色战神：能把主播的音乐权限让给我吗？或者拜托你关掉这种广场舞音乐。

夏日毛毛的Ice cream：对不起……我只是想让现场的气氛热烈一些……

红色战神：滚粗，你让我想起了我奶奶！

不一会儿，那销魂的动感音乐总算是结束了，取而代之的是一首我从没有听过的非常劲爆的英文摇滚乐曲。

5！

4！

3！

2！

1！

比赛开始！

夏日毛毛的Ice cream：比赛开始了！我们来看一下，双方控制国王身份的玩家分别是——Tellnow和专杀青蛙，他们都选择先升级主要的防御塔。

红色战神：嗯，难不成都想要速战速决吗？

不知为何，我的神经也开始紧绷起来。看着倒计时的结束，正式游戏的画面总算是映入了眼帘。虽然这是我第一次"参与"到游戏中，但是内心却有一种莫名的激动。听着初夏和刘子墨二人叽叽喳喳的语音，我来回拖动鼠标在游戏中看起来。

这个游戏的画面做得挺精致，主持人刚才说的那些角色的人物建模好像也很有特点。不知不觉中，我竟然也开始期待起来……可是，我也仅仅是一名场外的普通"观众"而已。

夏日毛毛的Ice cream：比赛开始了，我们可以看见双方的出装（战斗前购买的第一次道具或者装备）都很简洁，都买了药水或是初级武器，唯有Season

带了一双加速度的鞋子。

红色战神：嗯，这个出装和Ghost的打法一样，看来应该在下面有研究过哦。

夏日毛毛的Ice cream：Tellnow这边的出装倒很整齐，除了Tellnow出了武器，另外两名队友基本都是辅助药水。

红色战神：毕竟这场战斗的主角是Tellnow嘛。

虽然我完全听不懂主持人在说些什么，但是却越来越被他们激情的讲解和观众们热情的互动吸引到游戏之中。

弹幕：Tellnow加油，拿下第一滴血哦！

弹幕：小美女加油！我看好你！

弹幕：季节加油，我是同班的谢强，我和班里的大志以及老高也在看你比赛，加油！

弹幕：加油校花，一定要赢哦！

弹幕：季节，你要拿下MVP哦！

弹幕：玩家队也加油，给那个小贱人点颜色看看！

弹幕：我觉得应该先升级兵场会更好吧！

弹幕：……

"初夏……你到底是哪一个呀？"我拖着鼠标在游戏战场中想要找到初夏的游戏角色。

可是专注游戏的初夏根本就没有听见我的问题，我只得轻轻拉了拉她的衣袖。

初夏的眼睛直勾勾地盯着屏幕，好像旁边的我根本就不存在一般，这样认真的初夏还真是让人觉得有些可怕。

"大小姐，你能不能自己一边玩去，别来添乱。"

哼，我对着冷漠的初夏吐了吐舌头，接着回到自己屏幕前。不告诉人家就算了，我才不稀罕呢，我靠自己也能研究懂。费了好一番工夫，我总算摸清了一些门路。至少，我在屏幕上找到了"Tellnow"这名精灵猎手的游戏档案。

此时此刻，初夏操纵的精灵猎手来来回回地往返于一片草丛中，射杀攻击刘子墨的敌人。

"不好！"身旁的初夏突然大喊一声，"哇靠！这鬼东西怎么会在这里出现？"

看着冷汗直冒的初夏我顿时也惊慌起来，盯着屏幕紧张地搜寻。只见在初夏的游戏角色旁边突然浮现一个名叫"Season"的黑色身影。他正在以极快的速度攻击着初夏，而Tellnow的血量也开始快速下降。

红色战神：啊哈，Tellnow被Season偷袭了，而且似乎掉了很多血……

夏日毛毛的Ice cream：是啊，这个家伙突然埋伏在一旁的草丛里还真让人没有想到，可是他怎么能预料到Tellnow会在这里出现呢？

红色战神：两种可能，其一就是靠运气。

夏日毛毛的Ice cream：前辈快说吧，别掉我们的胃口了！

红色战神：其二嘛……除非Season一直待在那块草丛中……因为，他笃定Tellnow一定会出现在那里，应该是对Tellnow的操作风格很了解。

夏日毛毛的Ice cream：呵呵……说得好像很厉害似的。我们接着看，不知道Tellnow能不能脱身。

红色战神：应该没问题，毕竟有巨盾在顶着。

初夏大声叫道："刘乌龟，你在干什么！快过来帮我！"

刘子墨应了一声后叫苦道："老大，我被那盗贼晕眩了，接着还中了陷阱！"

"可恶！"初夏以极快的速度点击着鼠标。我看着屏幕上被追杀的Tellnow似乎显示了使用道具的图标，血量稍稍恢复了些。

在这千钧一发的时刻，虽然Tellnow及时回到防御塔后面，但血量已经见底了。

夏日毛毛的Ice cream：Tellnow总算安全了，刚才还真是个出其不意的进攻呢！

红色战神：不见得呢！你仔细看下路的小兵！Season自己补充的小兵全部都是速度最快血量最低的冲锋军！

夏日毛毛的Ice cream：可是那又怎么样呢？

红色战神：小子，你还嫩着呢，等着看吧。

我寻着主持人的声音朝这个Season的兵营望去，只见一排速度极快的小兵朝着初夏的防御塔冲去。他们纷纷吸引了防御塔的火炮，可是通通在瞬间被干掉了。我马上提醒道:"初夏!小心点!来了好多敌人哦!"

初夏冷冷地回道:"放心吧大小姐,我已经安全了,虽然才出来就要回去有些不甘心,但是只能先回城补充。"

"我觉得这个人有阴谋!"

"那个混蛋太卑鄙了,刚才他的确是想要阴我,但是他也太小看……啊!什么东西,他从哪里冒出来的!真讨厌!"在草丛中及时回城的Tellnow突然被身后名为Season的黑影给杀死了,初夏几乎发出了和她的角色一样的惨叫。

"First blood!"游戏中响起提示音。

"第一滴血!第一滴血!"几乎在同一时刻,我听见来自四面八方的欢呼声。

夏日毛毛的Ice cream:天啊,真是让人没有想到的结果,"第一滴血"竟然落在了今天的主角Tellnow身上。说起来,刚才的快速进攻还真是杀得漂亮。

红色战神:是啊,这个结果还真是让人意外呢……这下局面不好办了。不过从视频上看,小美女Tellnow的情绪还不错,并不是很激动。反倒是她的副手粉红背刺显得有些气愤(主持人误以为初夏控制的是粉红背刺)。

夏日毛毛的Ice cream:可是,我没有想通,刚才Season用这种冲锋军吸引火力难道也是凑巧?

红色战神:我觉得不是这样,运气不可能接连两次落在同一个人身上。

夏日毛毛的Ice cream::前辈的意思是?

红色战神:呵呵……有意思,我觉得这个Season在比赛开始的时候就已经预见到现在的情况……真是太有意思了,这种运筹帷幄的感觉让人很熟悉啊!

"初夏……你没事吧,"我看着被气得浑身颤抖的初夏,轻轻拉了拉她,"请问……是不是我们已经输了?"

"大小姐,你别开玩笑了!"前一秒还低着头让人看不见表情的初夏竟然瞬间恢复了精神,她猛地昂起头对着我微微一笑,"游戏才开始呢!看来今天这个对手很有意思呢!"

"是吗?"我苦涩地笑了笑,接着看了下时间,一点整,"不过,你们玩得快一点哦,否则我们下午上课会迟到。"

"别啰嗦,滚一边去!"初夏狠狠地甩下这一句便恢复了之前的专注,继续盯着电脑，"今天老娘可是正在兴头上呢！"

夏日毛毛的Ice cream：好啊，看来这位粉丝一点不给季节小姐面子，上来就从她人头上拿下了第一滴血。

红色战神：嗯，的确如此，被和自己相同英文名字的粉丝虐杀应该会激起Tellnow的战意吧，接下来的比赛肯定会越来越精彩！

第五十七章

精彩绝伦的战斗

我感觉到身旁的初夏完全变成了另外一个人，她的呼吸频率很快，那齐刘海下的大眼睛专注有神。这个动作干净利索的女孩拖动着鼠标，以极快的速度点击着，而左手则护在键盘上面不时地敲击几下。看她这副样子，我竟然在恍惚间见到一名握着弓箭骁勇善战的精灵猎手。

夏日毛毛的Ice cream：看来我们必须要好好关注下这位名叫Season的选手呢，他拿下了首杀之后很快就消失了身影……我们看看哈，他在地图的六点钟方向再次出现了，哦，似乎是要去帮助队友木偶操纵者。

"Double！"耳机里传来了一声游戏音效，我虽然不知道是什么意思，但是从主持人激动的话语中不难看出，一定又是那个Season的杰作！

红色战神：漂亮！双杀！Season这个走位真是太让人意想不到了！他很轻松地利用圣骑士的光环技能作为掩护，直接渗透到了流氓小Q背后，先是撕裂斩杀，接着似乎是下了个毒药拖慢对方的速度，最后一下破甲！

夏日毛毛的Ice cream：嗯，这一连串的套路真是令人眼花缭乱啊，不过这么短的时间把一个满血的T给杀掉，的确是很精彩的操作！

初夏抱怨道："刘乌龟你在搞什么，一个T被人家几下就做掉了！"

刘子墨用纸巾擦了擦额头的汗水说道："那个混蛋不知道从什么地方冒出来

的，而且我还在追着骑士，被他偷袭了！"

我紧张地盯着屏幕，虽然对于这个游戏的很多方面我还不是非常理解，但是也能够感受到那个亡灵盗贼身上散发出来的一种强烈的压迫感。对于游戏中的大部分玩家来说，他就像一个真正的幽灵，随时都可能出现，将敌人神不知鬼不觉地杀死。

反观初夏，抱怨过后便很快投入了战斗，紧接着她的嘴角露出了一种自信的笑容："哼，总算是见血开张了！"

红色战神：Tellnow这边也击杀了一个英雄，骑士木偶操纵者被收了人头。

夏日毛毛的Ice cream：还是可以看得出传奇女战士那犀利的操作哈，杀敌时的走位也非常风骚。

红色战神：嗯，不错，观看这样的比赛简直就是一种享受！Tellnow的操作总是出其不意。毛毛和各位观众，大家注意看，Tellnow在击杀完成后并没有急着继续进攻推塔，反倒隐藏在了一旁的草丛中。而她兵营中的补充兵力除了三只能够自爆的山犬外，其余大部分都是血极厚的盾牌兵，不出我所料的话她是准备在这里守株待兔哦。

夏日毛毛的Ice cream：守株待兔？很有意思哈，不知道会不会有兔子撞上来呢？

红色战神：一定有……啊哈！你看，这不是来了嘛！

我看见初夏冷静地将她的人物控制在刚才击杀那名圣骑士的草丛中，她一动不动地似乎在耐心等待什么。突然，一个长着翅膀、名字显示为"专杀青蛙"的玩家从天而降，虽然我是外行，但还是认出了这个玩家控制的角色就是叫作布加迪长矛手的可飞行人物。

初夏的小兵冲了上去将布加迪长矛手给团团围住。

红色战神：放网！漂亮！Tellnow果然很有对空经验，她装备的一个技能是撒网（可以让对手在三十秒能无法飞翔，行动速度减慢百分之八十）。

夏日毛毛的Ice cream：天啊，布加迪长矛手被盾牌兵死死围住了，根本就跑不出去！还真是长见识，原来盾牌兵是这样用的！

红色战神：的确是很巧妙的战术。

初夏脸上露出了兴奋的神采："刘乌龟，在21、43的坐标等一下，我估计还有鱼会上钩！"

"老大，你说了算！"刘子墨忙应和道。

初夏的精灵猎手攻击速度很快，不出十秒钟，那个布加迪长矛手就被击杀了，可是随即，在刘子墨的巨盾战士处又出现了那个圣骑士的身影。

初夏激动地叫道："牵制住那个骑士，我要报仇！"

红色战神：呵呵，圣骑士原本想去支援，现在可好了，又要牺牲了！

夏日毛毛的Ice cream：是啊，看来还是经验不够，这种时候不应该去救的。

随着屏幕中圣骑士血量的急速下降，初夏已经露出了胜利者的微笑，她自言自语地说道："那个家伙该来了吧！"

"那个家伙？"我忙用鼠标搜寻着地图，我知道，初夏所指的那个家伙就是阴魂不散的亡灵盗贼Season！

果不其然，初夏身后再次出现了Season的身影，但是这一次初夏显然有所准备，她的精灵猎手以极快的速度布置了一个陷阱，接着发动了一个跳跃技能，和亡灵盗贼拉开了距离。

"刘乌龟，你那边怎么回事？为什么血掉得这么厉害！"初夏问道。

"该死的亡灵在我这边，又给了我一个套餐！"

红色战神：虽然Tellnow的反应速度很快，但是她不知道，出现在她身后的只是亡灵盗贼释放技能所制造出的幻影，也就是说，真正的亡灵盗贼正在刺杀巨盾。

夏日毛毛的Ice cream：啊哈，声东击西的战术，这样看来，精灵猎手因为应急技能反倒自己脱离了战场，如果巨盾战士孤军奋战的话，即便拼死操作应该也没有胜算了。

随着刘子墨的巨盾战士倒下，那个被Season所控制的亡灵盗贼再次消失了身影。

"初夏当心，我觉得这个家伙还有企图！"我忙提醒初夏道。

"大小姐，你就等着看好戏吧，接下来是我和他的决战！"

红色战神：毛毛，你觉得Season这个时候会做出怎样的选择呢？

夏日毛毛的Ice cream：当然是和精灵猎手决斗啦，双方的血量都差不多，应该可以一战吧。

红色战神：你还是太嫩了，你可忽略了三个重要的东西哦！

夏日毛毛的Ice cream：三个？啊！我想起来了，就是Tellnow准备的三个自爆兵！其实她在局部战场战斗开始就想到了Season会过来搅和，所以那个三个自爆兵是为Season准备的！

红色战神：不错，如果Season中计的话，那么一定跑不掉的，而Tellnow就可以报了首杀之仇了！所以说毛毛，作为职业选手，除了要有顶级的操作外最重要的就是竞技的大局观。我看这个Season的来头可不简单，他根本就没有理会Tellnow。

我拖动着鼠标在地图上寻找着亡灵盗贼，的确是没有发现那个鬼魅的踪影。

"该死，这个胆小鬼竟然跑了！"初夏愤愤地说道。

可是，就在这个时候，Tellnow中路的一个防御塔被人推掉了，而屏幕上显示的名字正是Season！

红色战神：毛毛，我说得不错吧，这个Season真的很有意思，战斗非常务实，并且竞技心理也很不错，这个感觉……很像那个家伙！

夏日毛毛的Ice cream：前辈所说的是Ghost？

初夏死死地盯着屏幕冷言说道："不可能？这个操作和这种打法，简直就和Ghost一模一样！"

我不禁好奇地问道："你们说的那个Ghost很厉害吗？"

"嗯，"初夏点了点头，"这个家伙是Ruse里每一个盗贼玩家的偶像，也是每一个对手的噩梦！我和他曾经交手过几次，而眼前这个叫Season的家伙简直和Ghost的操作和想法完全一样！"

"会是这个人吗？"

"呵呵，如果是他的话，那这场战斗就太有意思了，可惜的是我不怕神一样的对手，而怕猪一样的队友！"说到这里，初夏以极其埋怨和不屑的眼神瞪了刘子墨一眼。

红色战神：精彩的比赛还在继续，而Season所体现出的操作让大家都有了微妙的猜测哈，从弹幕上看，许多观众都觉得Season就是Ghost的马甲，当然也有人认为这只是一个Ghost的模仿者。

夏日毛毛的Ice cream：不过这个Season所携带的技能，以及他补充道具和小兵的手法完全就和Ghost别无二致，该不会真的是G神临场了吧。

红色战神：姑且不管这个，至少这名玩家绝对是和Tellnow棋逢对手的顶级玩家。

就这样，在接下来的比赛中，由Tellnow率领的战队，和以Season为主力的玩家队伍展开了激烈的攻防。虽然争夺中双方各有胜负，但是没有人能够杀掉犹如幽灵的Season，哪怕一次。反倒是初夏的化身Tellnow，虽然保持着场内第二名的击杀量，但她又一次被Season给击杀了，另外一次也是虎口脱险。

通过两位主持人非常专业的解说，让我这个外行也慢慢地领略了Ruse这款策略游戏的魅力。

随着双方的战斗越发激烈，游戏也快接近了尾声。可是就在Season站在Tellnow的大本营面前，马上就能决定胜负的时刻，他却停下了动作。

夏日毛毛的Ice cream：咦？奇怪，为什么Season没有了反应，难道是断线了吗？如果他继续输出的话这场比赛的胜负马上就要见分晓了！

红色战神：断线的话我看不像，因为我们这边还是可以看见Season正在输入框里打字。

夏日毛毛的Ice cream：这种时候为什么要打字呢？队员之间不是可以语音吗？如果为此而错过了胜利不是太可惜了吗？

我也好奇地看着这个亡灵盗贼，他面前敌方的大本营只剩下很少的血量了，但是他手中的匕首却停了下来。

"这个混蛋在想什么呀？"初夏咬牙切齿地说，"既然赢了就赢吧，难道他想要挑衅我们或者是侮辱我吗？"

游戏界面的对话框里突然显示了这样一行字——不要被虚妄冲昏头脑，不要迷失在不属于自我的荣耀中，直面谎言最简单的方法就是拿出勇气！你不需要任何的虚假修饰，就是失败亦是如此，否则卑微的你最终失去的东西将远远超过你所获得的。

初夏和刘子墨都目瞪口呆地看着对话框里的文字，而我更是如遭雷击。

我可能要窒息了，甚至感觉整个世界里只有自己的呼吸声。这个名叫"Season"玩家的名字显然是"季节"的英文翻译。看着这个游戏角色，我仿佛看到了另一个自己，而他对话框中的话语分明就是对我说的！

红色战神：真是奇怪了，Season说的这一串莫名其妙的话是什么意思？

夏日毛毛的Ice cream：网友们似乎也不太理解，还有人说他是不是得了精神分裂症之类的……啊！红色战神前辈，我这边显示Season下线了？难道他真的断出服务器了吗？

红色战神：嗯，看起来是这样，我这边也显示Season已经离线了！不知道他是不是故意的，难道放弃了眼前的胜利直接离开了比赛吗？

令人胆战心惊的幽灵真的离开了……

随着这个名叫Season的陌生人名称变成灰色，他也消失在了我们的眼前。但是他对话框中的话语却如刀刻般刺在了我的心头。

随后的比赛已经没有了悬念，在3V2的优势和初夏这名传奇女战士的踩躏下，剩下来孤军奋战的两位玩家根本就不是对手。最终，虽然Tellnow队的大本营只剩下一丁点的血量，但是失去了Season的玩家队伍还是被惨烈地掀翻了。

初夏明显不服气，她虽然臭骂了刘子墨一顿，说他拖了自己后腿，否则怎么可能会被Season给打成这样。但初夏似乎是那种遇强则强的女孩，以我对她的了解，我知道，其实她今天能够这样和势均力敌的对手战斗是非常高兴的。

夏日毛毛的Ice cream：这场比赛还真是出人意料啊，虽然后来Season的离开让最终的胜负留下了遗憾。但是不得不说的是，双方的队员都非常出色，也为大家来了一场精彩绝伦的表演。

红色战神：嗯，我们这一场本来就是以交流为主的表演赛，所以胜负之事就无关紧要啦，关键是大家都能够开心。

夏日毛毛的Ice cream：好了，现在的时间我们就让给今天的主角，我们美丽的季节妹妹，让她在离开前对粉丝们说些什么吧。

就在主持人邀请我在直播间里和Tellnow的粉丝们进行互动的时候，我的心里已经做出了一个重要的决定！

初夏用鼓励的眼神看着我。我对她浅浅一笑，微微颤动的嘴唇对这位我最好的闺蜜吐出了一个词：谢谢。

虽然我不知道初夏是否理解我的意思，但是接下来我拿着麦克风对着直播间的第一句话就让在场的所有人都目瞪口呆了。

"大家好……我是季节，感谢大家今天前来观看Tellnow的比赛，在结束的时刻，我要向所有人道歉，因为我卑鄙地隐藏了一个秘密，现在，我就要把这个秘密告诉大家……其实……其实……我并不是Tellnow本人！"

初夏急忙扯了扯我的衣袖，可是我却反手拉住了初夏的手，接着将她拽到了摄像头前说道："你们真正喜欢的传奇女战士Tellnow其实就是我身边的这位女孩，她的名字叫作初夏，是我最好的朋友！"

第五十八章

直面错误的代价

"哎哟！姑奶奶，你在想什么呀？到底是怎么回事，求求你别再乱说了……否则我们就真的前功尽弃啦！"

见我竟然在这个时候揭了大家的老底，刘子墨着急得就快给我跪下磕头了。初夏已经从先前的震惊中冷静下来。我从屏幕的摄像头窗口看到她的眉毛稍稍地挑动了一下，那有些迷茫的眼神中透露出了太多我无法理解的情绪。

"这是属于初夏的，也就是我身旁这位可爱坚强的女孩的荣耀，她才是真正的Tellnow，她才是真正的传奇女战士……所以……所以对不起，大家，对于冒充Tellnow的事情我感到万分抱歉……"

一时间，拥有五万人的直播室竟然没有再出现一个弹幕，就连两个主持人也被我突如其来的爆料惊得哑口无言。这尴尬的一刻还真是安静得出奇。

我低下头，不愿意让初夏和摄像头对面的网友看见自己的泪水，但是两行眼泪已经顺着脸颊流到了我的嘴角。

"所以……所以……这个发言的机会不是属于我的……现在，我要把这个舞台还给初夏，还给你们真正喜欢的Tellnow！"

说完这句话后，我转过身抱起桌旁的书包准备离开。初夏的手在这一瞬间拉住了我，但我只是背对着她，淡淡地说了句"对不起"。初夏还没有来得及说话，就被我狠狠地甩开了。我用尽所有力气，撒腿逃出这个几乎令我窒息的包间。

我强忍着憋屈的泪水，低着头从咖啡网咖主厅的人群中穿过，努力不让自己去听周围人们的那些议论声。

可是祸不单行，不知道是怎么回事，要么是一个偷偷伸出的靴子，要么就是不争气的自己没有把握好身体的重心，就在我要冲出咖啡屋大门的那一刻我被什么东西给狠狠地绊倒在地。

"哈哈……真是笨死了，我就说啦，她这个样子怎么可能会是Tellnow！"

"冒牌货！冒牌货！"

"女孩子家这样子不要脸真是有够丢人的！"

"……"

可想而知此刻的我是多么的狼狈不堪，我身后的人群中发出了阵阵笑声和叽叽喳喳的挖苦之语。委屈的我再也克制不住自己的情绪，脆弱的眼泪不争气地流了出来。

我真的觉得，此时此刻定是我这辈子最艰难的时光了！季节啊季节，从小到大，你可曾想过自己会有今日这落水狗般的下场？

就在这个时候，一双手将我从地上拖了起来，不断涌出的泪水早已让我视线模糊。我无法看清楚这个牵着我的手、将我拖出人群，并且带着我在大街上狂奔的人究竟是谁，但是，我发自内心地感谢他，感谢他带着我逃离了眼前的一切。

就这样，我被眼前的这双手拽着不知道奔跑了多久，直到我的呼吸已经无法再配合眼泪流淌的时候，前面的那个身影才缓缓停下了脚步。

这个时候，我才发现，自己的脸颊上面只剩下了被风吹干的泪痕，而前面的那个人也已经松开了我的手。我不知道现在自己站在哪一条街道上面，但是周围熙熙攘攘的人群已经淹没了我的存在，这里……总算没有人认识我了……这时，我前面的这个人缓缓地转过身来，正午的阳光太过刺眼，我只能够依稀地看见他修长的轮廓。

"想哭的时候就奔跑吧，风会帮你擦干眼泪的，这样的话，就没有人知道你曾经哭过了。"

这个声音怎么那么熟悉，突然间，我感到了一种莫名的亲切："你是……阿呆？"

当我用力揉了揉红肿的眼睛想要看清楚这个带我逃到这里的人，他却已经消失了，我的眼前除了陌生的人流，仿佛只有如老旧相片里那黑白色的街道。

我拖着疲倦的身子坐上计程车回到家中，打了个电话给妈妈，告诉她我病了，身子很不舒服，希望她能够帮我向老班请个假。

妈妈当然不会怀疑自己的乖乖女儿。她让我在家好好休息、多喝水，她会早一些下班回家照顾我，还说如果实在不舒服就给爸爸打电话，让他带我去医院，而学校那边妈妈说她去请假。

给妈妈打完电话后，我倒在床上，脑子里如缠绕了无数根毛线般乱成一团……我又撒谎了……为什么自己总是要撒谎呢？我现在这样是在逃避吗？为什么最近的我总是在不断地逃避呢？我真的很讨厌自己变得和那个家伙一样，最后在不知不觉中习惯了逃避这个世界。

《沃克兰多大陆——未起航的空贼》第三十三卷　火山中的惊喜

空贼岛的第三飞空艇讨伐舰队已经在一望无际的海洋上空航行了整整半个月了，虽然刚博不断叫嚣、催促着负责指挥飞空艇的卜妮尔船长快些："该死的，你能快些吗，再快些！"但是这位乌比森族的女空贼似乎并不买这位兽族总指挥的账，依旧是我行我素地按照风尺（飞空艇中用来衡量助风力的仪器）的强度来决定航速。

终于，今日破晓时分，空贼团的飞空艇首舰"银剑美人鱼"号已经能够看见西摩尔火山那不时吐出的浓烟了，而在这艘空艇尾端的一个窗户中，捷度和凯瑟琳两个孩子也激动地望着这两座高高隆起的火山兴奋地庆祝起来，毕竟半个月的货箱"头等舱"生活已经快将这两个孩子给逼疯了。

昨天半夜凯瑟琳偷偷跑去空艇的澡堂洗完澡后，没有干掉的头发上还沾着水滴，经风一吹划过了捷度的脸庞，他能够清楚地闻见一股玫瑰的清香。

"喂喂！你昨晚上偷偷去洗澡的时候是不是用了香精？"捷度凑到凯瑟琳面

前轻轻托起她那金黄的秀发仔细地闻了闻。

凯瑟琳见捷度这般动作,急忙红着脸将自己的头发撩到一边回道:"你这不是废话吗?洗澡的话不用香精那还叫洗澡吗?"

捷度埋怨道:"说你笨你还不相信,你现在身上的这股香味如果等会被看守仓库的那个矮人闻见的话,我俩可就惨了!"

凯瑟琳见捷度原来是抱怨自己,便不服气地朝他吐了吐舌头:"你真讨厌!难道像你这样臭烘烘的就好吗?和你这只臭鼬挤在木箱里真让人难受!"

"精灵小姐,请注意你的形容词。"捷度扬起了自己的尾巴接着在凯瑟琳面前晃了晃,"我是狼好不好,难道你分不清狼尾巴和臭鼬的尾巴吗?"

"在我看来反正都一样!"凯瑟琳朝捷度翻了个白眼。

就在捷度准备反驳这位倔强的精灵女孩的时候,整个飞空艇突然剧烈地被惯性拖着前后晃动了一下!

"怎么回事?"凯瑟琳忙趴到窗前。

"这你都看不出来吗?真笨!我们的飞空艇已经停下来啦。"

"切,不会好好说话呀!"

不难看出,通过这段时间在飞空艇仓库中的相处,两个孩子的关系已经亲近了不少,从他们这种孩子间特有的拌嘴吵闹中不难看出,他俩已经有了一种特别的默契。

银剑美人鱼号的甲板上,十面空贼岛的战旗被这呼啸而过的狂风吹得呼呼作响,在这战旗之下的是本次讨伐任务的领队,空贼岛的第一武学大师刚博。

刚博双手叠在前胸,坚毅的眼神扫过甲板上每一位他挑选出来的敢死队队员。

"这一次任务的关键就在于诱敌,而这一环节也是最危险的行动!我们必须将那头该死的畜生给引出巢穴,然后第二小组的人才能够潜入巢穴中布置炸药!"

甲板上依旧只有风声,这些空贼的眼神都非常的专注,而加入敢死队的成员都是上一批牺牲了的同伴的家属或者是好友。

"你们站在这里的目的只有一个,忘记那个该死的任务吧!我们的目的很简单,那就是宰了那头畜生,屠龙血寝龙皮,为死去的弟兄们报仇!"

"报仇!"侏儒猎手卡迪亚那举起了手中的弓箭大吼了一声!

"报仇——!"十名敢死队队员齐声吼叫道。

空贼们的喊叫之声震破苍穹,看见兄弟们这样浓烈的杀意,刚博也热血沸腾起来。他高高举起了自己手中的战矛吼叫道:"现在,按照计划行事,狩猎行动开始执行!兄弟们,报仇的时刻到了!"

"报仇!报仇!"

"报仇!报仇!"

这一阵阵的叫喊声传到了仓库里的两个孩子耳中,凯瑟琳已经热泪盈眶了,不自觉地,她也情不自禁地跟着叫喊起来,捷度忙捂住了她的嘴。

捷度从窗户里清楚地看见了这些勇敢的空贼们一个个从飞空艇上方一跃而下,接着纷纷撑开了巨大的翅膀如一只只大鸟从自己眼前飞快地划过!

"哇唬!"捷度看见眼前这一幕有些激动地叫了出来。

刚博带领这批诱敌敢死队的成员们披着兽皮做成的滑翔伞翱翔在天空之中,接着这列整齐的队列瞄准了火山口俯冲而下。

"他们会成功吗?"凯瑟琳眼神中那复仇的火焰已经燃烧了。

"有刚博老师在的话一定没有问题的。"捷度自信地答道。

"那就好,"凯瑟琳自言自语道,"等到他们将那条龙杀得差不多的时候,我一定要上去亲手宰了它!"

"但愿你有这样的机会吧!"

凯瑟琳看着窗外已经渐渐滑翔到火山口的十几个空贼,突然说道:"难道这次行动他们就只有这几个人吗?这样的话根本就不是那头龙的对手啊!"

捷度若有所思地想了想回道:"你还真是笨得连魔迪都不如,难道你不记得这些天里面刚博带着这些空贼每天做滑翔训练吗?他们一定是有计划的!"

凯瑟琳不服气地对着捷度吐了吐舌头:"你这只讨厌的臭鼬,如果你这么聪明的话,你说说看他们的计划是什么。"

"我可是沃克兰多第一聪明人,当然知道!"

"那你说呀,自恋狂!"

"就不告诉你!你现在去把我前几天偷来的那个望远镜给我拿过来……我说你瞪着我干什么,让你去就去!"

凯瑟琳从木窗的扶手处跳下身来叽叽咕咕地回道:"只会命令别人,真讨厌!还有,你把那个望远镜放哪里了?"

"你好好找找,上次看完后我就丢在木箱里了,"捷度两眼盯着窗外,却急不可耐地朝身后的凯瑟琳挥舞着手臂,"快点呀,我已经看不到他们了!"

"真烦人,用了东西就乱扔!习惯差劲!"凯瑟琳翻找着她们"居住"的木箱,好不容易才在一堆空罐头中发现了捷度从一个飞空艇哨兵那里偷来的单孔望远镜。

还没等凯瑟琳递给他,捷度就一把将望远镜夺了过来,透过圆筒镜片,捷度总算又能够清楚地看见刚博和他的敢死队了。

"你也给我看一下嘛!"凯瑟琳够着头凑到了捷度旁边,"喂喂,你别只顾着一个人看!"

"一边去!给你看有什么用,你又看不懂!"

凯瑟琳嘟着嘴说道:"就你能,就你聪明!自私鬼!"

"奇怪……"捷度闭着一只眼睛,另外一只眼睛盯着镜片聚精会神地看着,他自言自语道,"真是奇怪,他们一直盘旋在火山上空也不下去啊!"

凯瑟琳的好奇心已经忍不住了,她猛地抢过捷度手中的望远镜。

透过望远镜,凯瑟琳发现了这些盘旋在火山口的空贼们。

"他们在干什么啊?难不成是不敢下去?看来空贼不如我们海贼勇敢啊!"

捷度不屑地回道:"空贼可不仅仅靠勇敢,还要有智慧呢!"

凯瑟琳问道:"那么他们像些苍蝇一样飞在那里就是智慧吗?"

捷度突然恍然大悟,他激动地指着火山口说:"我明白了,我明白了!刚博他们是在引诱火龙!"

"引诱?"凯瑟琳还是不解。

"真笨!"捷度再次抢过了望远镜,"这还想不通,我告诉你,刚博老师的目的是将火山龙王给引出巢穴!"

凯瑟琳撇了撇嘴说:"难道又像上次一样,引诱战术不是已经失败了吗?"

捷度回道:"上次的任务因为全军覆没所以没有人知道失败的原因到底是什么,而且你要相信刚博老师,他可是空贼岛最厉害的空贼呢!"

"但愿吧,只希望他们最后不要变成那条龙的烤肉!"

就在捷度和凯瑟琳说话的工夫，一道耀眼的光柱从火山口闪现出来！

"哇！快看！出来了！那条龙已经出来了！"捷度忍不住大叫起来！

凯瑟琳忙抬头朝窗外望去——虽然银剑美人鱼号和火山的距离至少有三百米，但依旧能够看到那条背脊燃烧着火焰，腹部黑如灰烬的飞龙。就算从这么远的地方望去，这怪物还是巨大得让人生畏，而火山龙王的确比那张黑白照片上的样子更加威武骇人。此刻，这只愤怒而狂野的飞龙正扇动着它那强劲的翅膀从火山口中一飞冲天，紧接着朝着几名滑翔中的空贼俯冲而下，张开的巨口中喷出了一道伴着浓烟的火焰！

凯瑟琳看见飞空艇的甲板上面出现了第二支空贼队伍，这支队伍和刚才出动的敢死队所携带的装备不同，他们每人都背着一个大大的布兜，凯瑟琳当然猜不出这些布兜里放的可是一颗颗威力巨大的炸弹。

这些投弹手们见火山龙王已经被成功地诱引出了巢穴，便按照计划从飞空艇的另一侧鱼贯而下，他们迂回到火山的背面，偷偷地朝火山口，也就是火山龙王的巢穴逼近。

捷度从望远镜里看了敢死队的空贼们正奋力地躲避着火山龙王喷射出的火焰，他们的滑翔伞借助着火山喷发时产生的上升气流惊险地躲避着这只飞龙的一次次进攻，接着缓缓地朝银剑美人鱼号这边滑翔而来。

但是捷度也注意到了刚博并不在这些敢死队员中，捷度飞快地用望远镜寻找着他的老师。

"刚博老师他独自降落在火山口了？他在干什么？"好不容易捷度才找到了刚博，他不禁自言自语道。

"捷度，他们把那条龙引到飞空艇这边来了！"凯瑟琳紧张地抓住了捷度的粗尾巴。

"放手啦，大惊小怪什么！"捷度厌恶地推开凯瑟琳，"他们当然要把那条龙给引过来，只有飞空艇的速度才能够和龙一较高下！"

"可是奇怪的是刚博老师，"捷度继续用望远镜盯着站在火山口的刚博，有些担忧地说，"为什么他要在那种地方降落呢？"

就在这个时候，捷度看见了刚博的脸上露出了一种极度吃惊的表情，而这种表情是他从未在这位勇敢的老师脸上看见的！

"刚博老师,他究竟看见什么了?"

捷度的话音刚落,刚博已经从火山的山顶一跃而下,就在他撑开滑翔伞的那一瞬间,一道剧烈的火焰从火山口喷射而出,若是他慢了分毫,刚博定会在刚才的那瞬间被活活烧死,真是千钧一发惊险万分啊!

"老天啊!怎么可能!"

"啊!不可能,不可能!见鬼了!怎么会还有一只!"

"该死!"

"大事不妙了,拉动警报!快拉警报!"

一阵惊叫从飞空艇的空贼当中传出,而凯瑟琳也在瞬间被窗外的景象吓呆了!

捷度从望远镜里清楚地看到,第二条红色的飞龙从火山口冲了出来,而且这头火山龙王的体型比先前的那一头还要大上许多!

第五十九章

面对自我

我昏昏沉沉地躺在床上用手机翻看着阿呆的小说。不知道过去了多长时间,但我依旧心乱如麻。

现在的我只要一遇到烦恼就喜欢逃到沃克兰多,至少在这个不存在的世界里面没有我必须要去面对的种种问题和羁绊。

之前把我带离人群的那个人会是阿呆吗?不可能吧,这个傻瓜什么时候这么贴心过?那只呆河马怎么可能会出现在那种地方?一定又是我出现幻觉了!

我试图努力地回想先前的每一个细节,但是只要一回忆到今天的自己成了众矢之的,我便心如刀割!不行,我不能再去纠结关于Tellnow的事情,对于我来说这就是个不折不扣的噩梦。

我真是太傻了，如果自己能够脸皮再厚一点的话，那么我现在的结局一定会好很多。初夏总是说我想法太单纯，应该多看些她最爱的宫斗剧。但是，游戏中Season的那句话就像一把刀深深地插入了我正渐渐麻木了的心脏。

"不要被虚妄冲昏头脑，不要迷失在不属于自我的荣耀中，直面谎言最简单的方法就是拿出勇气。你不需要任何的虚假修饰，就是失败亦是如此，否则卑微的你最终失去的东西将远远超过你所获得的。"

Season的中文翻译是季节，也就是我的名字，无论这个人是谁，至少他知道真相，知道我是个冒牌货。

但不可否认的是，正是因为游戏中的这个Season，才让我下定决心，绝对不再继续欺骗自己，从此勇敢面对自我。我从未否认过自己有颗追求荣耀、追求别人目光的骄傲之心。但是通过今天这个深刻的教训让我明白了一个道理：所谓的荣耀，永远都应靠自己真正的实力去赢取。

虽然这种傻瓜的做法让我名声扫地、狼狈不堪，但是不得不说，我却轻松了许多。一种内心不用再背负沉重包袱的愉悦感，开始渐渐出现在我那还在隐隐作痛的心里。

至少我结束了一个噩梦！

《沃克兰多大陆——未起航的空贼》第三十四卷　被丢弃的食物

"那火山里竟然住着两头龙？"慌乱之中的凯瑟琳能够感到飞空艇已经再次起锚，而驱动引擎的魔核也发出了轰隆隆的巨响，随即，银剑美人鱼号以最快的马力开始加速飞行。捷度抓住窗户边的木栏稳住重心，他的目光依旧充满诧异地盯着窗外那两头朝着飞空艇舰队俯冲而来的火山龙王。

"这就是为什么上次任务失败的原因，"捷度为了让自己的声音能够超过魔核的巨响而让凯瑟琳听见，他大声喊道，"情报根本就没有说这次讨伐任务的地点有两头飞龙！"

"现在怎么办？"凯瑟琳用同样的声调问道。

捷度耸了耸肩膀说："我猜现在应该是要逃命了吧！"

就在捷度说完这句话后，凯瑟琳因为银剑美人鱼号的突然转向而失去重心跌倒了，捷度赶忙一把扶住她，并借着这股力道顺势将凯瑟琳拉到了自己身前。

可是还没有等两个孩子站稳身板，飞空艇再次来了个角度极大的调头转弯。

"掌舵的那个兽人一定是喝酒了！"凯瑟琳抱怨道。

捷度一只手揽住凯瑟琳的细腰，另一只手奋力地拉着一道木梁："别瞎抱怨了，如果我们不这样躲避的话，那两头火龙会将飞空艇烧成灰烬的！"

几轮耀眼的光晕下，湛蓝的天空和碧绿的海水之间一场飞空艇和巨龙的战斗一触即发。

两头鼻子冒着黑烟的火龙扇动着巨大的翅膀俯冲过来，它们嘴里的长舌不时地卷起火星，而他们的翅膀在俯冲之后又借着上升气流舒展开来，紧接着又再次加速直线俯冲，这两头愤怒飞龙的目光紧紧锁定住了和它们同等大小的飞空艇舰队。

银剑美人鱼号的发射台上喷出了两道绿色的光柱，这是飞空艇舰队变换阵型的信号。紧接着，原本排列为三角形的五架飞空艇在同一时间分散开来，而领头的银剑美人鱼号舰身两侧的一排火炮舱门已然打开，黑色的炮管已经伸了出来。

"发射，发射！给我狠狠地打！"火魔导师托尼挥舞着手中的魔法剑吼叫道。

"轰隆——"

"轰隆——"

火炮发出的震天巨响回荡在海洋的上空。然而，除了一颗弹头击中了一头飞龙的脚踝之外，其他的弹头都掉落在大海里，激起了阵阵浪圈。

中弹的飞龙惨叫了一声，身体在空中挣扎了几下，便再次张开了双翼，愤怒地撞向银剑美人鱼号。

这架还算坚固的飞空艇被飞龙冲撞之后虽然没有散架，但是前甲板和一侧舰身上的护盾已经全部碎裂，更可怕的是，包裹着魔核的防御壁已然露出了一半。

"啊！"

在飞龙的第二次冲击下，捷度和凯瑟琳再次跌倒在地，两个孩子像他们身前的朗姆酒桶一般在木板上滚来滚去。

"听好了，我们现在必须回到木箱里去！"捷度望了一眼窗外那头愤怒的火龙，然后一把抱起了凯瑟琳，"否则，我们会被这些箱子给活活砸死的。"

"好的……你说了算。"凯瑟琳用尽全力地挣扎起身，捷度用脚踹开一个拦在他们面前的放着武器的木箱。

两个孩子好不容易才从倾斜的空艇仓库中爬回到他们的箱子前，捷度先将凯瑟琳扶进了木箱中。但是就在这个时候，和飞空艇并驾齐驱的那头火龙第三次用自己的侧身撞上了银色美人鱼号。

"捷度！"凯瑟琳眼睁睁地看着捷度被弹飞到空中，而木箱的盖子也应声盖下。

捷度在失重的船舱中颠簸滚动，脑袋和身子被杂七杂八的货物给狠狠撞了几下，疼得他不住地抽搐起来。

"该死的家伙！"捷度一手扶着旁边的木箱吃力地站起身，就在这个时候，他注意到木箱上方的一个降落伞标识。

在木箱中的凯瑟琳凭自己的力气根本就不能打开盖子，她听见外面的捷度疼得嗷嗷叫，也只能在里面干着急，可是就在这精灵女孩那大大的眼睛里又被晶莹的泪水浸满之时，木箱的盖子再次被打开了。

看着箱子外面鼻青脸肿的捷度，凯瑟琳一把就抱住他，接着将他拖进木箱中。捷度塞给凯瑟琳一个亚麻布包说："好了，好了，你想要把我勒死呀……回去以后你应该多加些佣金给我。"

"你这个笨蛋，为什么总是要让别人担心！"

"别啰啰嗦嗦了，诺，拿着这个，转过身来，我帮你系在背后。"

"这是什么东西？"

"降落伞。"捷度一边说一边将这个布包系在凯瑟琳身上，"你也帮我系一下，说不定最后我们得靠它活命呢！"

"可是我没有用过啊！"

"你以为我用过吗？反正看着不难，到时候你我就自求多福吧！"

"但愿我们不要这样干！"

很明显，凯瑟琳的这个愿望肯定实现不了了——因为在烈日之下，那头巨大的火山龙王已经死死地跟住了银剑美人鱼号，这头龙已经决定非将这木头玩具给搞散架不可。

也就在这个时候，刚博一行人已经趁着空中的气流重新返回，并降落到了银剑美人鱼号的甲板上，看着领队的归来，舰队的士气有所恢复，大家都期待刚博这个救世主能有些反击的办法。

"我们必须给布置炸弹的小队赢得更多的时间！"刚博走到侏儒猎手卡迪亚那身边，接着扶住一旁的木桩大叫道："火炮手，瞄准了再打！别浪费弹药！"

"轰隆隆——"

另外三艘飞空艇正在支援末尾那艘已经被稍小的火龙烧得快要坠落的飞空艇——森林矮人号！

"轰隆隆——"

天地之间全是火炮和喷火夹杂的巨响，很明显，飞龙已经成功地干掉了一艘飞空艇。

"该死的畜生！"火魔导师托尼看着熊熊燃烧的森林矮人号，愤怒地挥舞着手中的魔法剑，"我要杀了你！"

"别傻了，省点力气吧！"卡迪亚那走到托尼身旁，"这么远的距离你的魔法根本就不可能摸得到那条龙！"

"轰隆——"

伴随着一声巨响，森林矮人号爆炸了，在碧蓝的天空中如一颗被点燃的烟火。

刚博知道自己没有时间去悲愤和难过，必须赶在其他战舰被这两头怪物蹂躏成碎片之前想出办法。

"挂钩枪准备！"刚博大吼道，"快，把船尾的挂钩枪给架出去！"

"你疯了吗？难不成你想要拖住这头龙？要知道，它已经离我们够近了！"正在掌舵的卜妮尔船长对着他咆哮道。

刚博冷静地回道："这是命令。快，动起来！"

空贼们纷纷挤到甲板前，他们奋力地将一个巨大的三角弩推到了甲板的前沿。

"你最好知道自己在做什么！"卜妮尔船长愤怒地盯着刚博。

"瞄准这头畜生发射！"刚博没有丝毫的犹豫。

三角弩随即发射出一根缠绕着坚韧钢索的刺勾炮弹，这"猎龙勾"正好刺中了俯冲向银剑美人鱼号的那头飞龙的尾巴。

这头火山龙王的惨叫声顿时响彻苍穹，燃烧着滚滚火焰的血液从它的尾部流淌而出，它拼尽全力地挣扎着。

另外一头飞龙听见自己同伴的惨叫便收拢翅膀，放弃了正在撕扯的比基尔号飞空艇，转而朝着银剑美人鱼号而来。

刚博冷冷一笑说："乖，乖，你这丑八怪，就这样，来吧，来吧！"

"你疯了，你真的是疯了！"望着愤怒吼叫的受伤火龙和那头正拼命追上来的飞龙，卜妮尔船长的眼中只剩下了恐惧。

"加速！加速！"刚博大吼道。

"老大，现在的速度已经是最快的了。"

"什么！"刚博一把揪起了前来报告的空贼，"我们的速度不够，还要更快些！"

"可是，这已经是我们的极限了。"

刚博一把将这个惊慌失措的空贼丢到了甲板上，随即大吼道："全部人都去仓库！快！别在这儿傻愣着！快去仓库把所有东西都丢下船！快，所有……对对，你们没有听错，该死的！别想着省下这些没用的，通通给我抛下去，否则我们都得死！"

甲板上的空贼们见跟在后面的那头火龙已经喷着火焰靠了过来，他们通通站起身朝着仓库跑去。

在银剑美人鱼号底部的货仓中，空贼们将飞空艇背部的大门打开，瞬间天空中呼啸的狂风差点让这些空贼窒息了。

这些经验老到的空贼虽然在这呼呼的风声中听不见对方的话语，但都毫不犹豫地顶着风力将一箱箱珍贵的货物从大门处或丢或推地扔了出去。

一个身材高大的猫面兽人和一个人类空贼一起搬动了那个原本应该装满食物的木箱，而里面的捷度和凯瑟琳根本不知道他们为什么会突然"漂浮"起来。

"一、二、三！丢，嚯！"

塞满了食物和两个孩子的木箱应声而出，在这云海之中笔直地坠落。

"啊——"

"伙计，你听到什么声音吗？"人类空贼扶了扶自己戴在眼眶上的空镜问道。

"啥？你说什么？大声点！"兽人空贼顶着狂烈的大风大叫道。

"我说！你刚才有听到小孩的大叫声吗？"

"什么？老兄！你能大点声说吗？我说你们人类为什么总是小嗓门？"

"你个白痴！忘掉我说了什么吧，快点去干活！"人类空贼不再理会这个一脸迷茫的兽族伙伴，转过身继续去扔他的下一个箱子了。

第六十章

闺　蜜

我一连看完了两章沃克兰多大陆的故事后，心情稍稍平复了一些，而旁边放着妈妈为我熬的小米粥和我最爱的酸奶水果沙拉，这也让我内心中的踌躇和失落慢慢地融化了。

不去想这无比糟糕的一天就好了，就当什么都没发生过吧。正如英国哲学家约翰·洛克所说的那句话：人生的磨难是很多的，所以我们不可对于每一件轻微的伤害都过于敏感。在生活磨难面前，精神上的坚强和无动于衷是我们抵抗罪恶和人生意外的最好武器。

嗯，季节，今天这点事算不得什么，无非就是丢了面子失了里子，在众人面前出尽洋相罢了！

天啊！为什么我想到最后还是难以释怀，以后我该怎么面对这个世界呀？真是太不幸了！原本漂亮上进的完美女生如今却成了人人喊打的过街老鼠。

"滴滴——"

我手机的QQ响了起来，我看了一眼，是初夏。

初夏：大小姐……今天的事情对不起。

我没有回复她，而是直接将对话框给关掉了。说实话，我的心里并不埋怨初夏，或者说，这件事情原本就是我对不住她的……可是事情闹成了今天这个样子，我也不知道应该怎么面对初夏，至少现在的我还不知道应该怎么办。

"滴滴——"

过了一会儿，QQ又响了，果然还是初夏。

初夏：大小姐，今天下午你就翘课了哦，明天你会来吧？我想和你好好解释（后面跟了初夏好几个讨好的表情）。

我无奈地撇了撇嘴，简单地回复了一句：初夏，让我好好地静一静吧，有什么明天说。

初夏：啊哈，大小姐回我信息了，那就说明你还不是太讨厌初夏。

我：我为什么要讨厌你呀？都说了，你就让我静静吧，今天的糗事我总需要些时间来消化消化嘛。

初夏：你该不会想不通做傻事吧。

我：我还不至于这么脆弱呢！

初夏：那么也说明我们大小姐长大了，脸皮也变厚了，嘻嘻。

我：再厚也差你十万八千里。

初夏：好了……总之，我这一次是真心实意地和你道歉……我知道自己这一次做得很过分，你这么好强的女生怎么会愿意戴着冒充欺骗而得来的光环呢？况且，这个所谓的荣誉还是关于游戏的……作为朋友，我不应该逼着你做你不愿意的事情，求求你原谅人家，好不好？

我：初夏，看来你是理解我的，可是有一点我要澄清，我一点都不讨厌游戏，而且经过这件事后我真的认为你在游戏的舞台上很厉害。

初夏：真的吗？这么说你原谅我了？

我：咱们本来就两不相欠，以后有机会的话你要好好教我玩玩Ruse呢！

初夏：当然没问题，我可以免费当你的私人教练，哦，或者叫陪玩更贴切啊……嘻嘻，那么，我还能继续当你的经纪人吗？

我：呵呵，我就呵呵了，现在还有竞选的必要吗？我都不敢去看自己的那个网页，估计已经被人黑得登不上了吧！

初夏：哪里有，你自己去看看，虽然掉了一些粉，但是大部分的同学们都很支持你这种实事求是的精神，况且我也有帮你澄清哦。

我：你帮我澄清？

初夏：大小姐，拜托你不要总是这样，一出事情就躲到别人找不到的地方让他人帮你擦屁股（羞羞），你自己看看吧！

我打开了初夏对话框里附上的网页链接。手机浏览器上面，我的竞选网页依旧有四千左右的支持票，而在网站的显眼处是一个标题为Tellnow事件道歉的视频。

我眯着眼睛犹豫了一会儿，接着打开了视频。

视频中那一脸无辜可怜相的女孩就是初夏，从视频的背景上来看，她录制的地点还在今天中午的那家咖啡网咖包间里。

"大家好，我是初夏，也就是今天参与这场表演赛的Tellnow本人。对于这一次让季节同学冒充Tellnow身份比赛的事情我必须要负首要责任。首先，我要澄清的是，此事是我和我身旁这个男生（说这话的时候我看见初夏狠狠地将刘子墨给拉到了镜头中）一起策划的，而并非季节同学所为。而且我发誓，在这一事件的操作过程中季节同学都有强烈地反对过，所以，请大家原谅我的任性，不要再去责怪季节同学……她……她真的是一个很优秀的女孩子，也请大家继续支持她的竞选活动……而我，只是一个很普通的喜欢玩游戏的女孩，原本希望自己也能够出力帮助好闺蜜，结果却弄巧成拙了……所以，对于这次的冒充事件，我向大家道歉（说完后，初夏对着摄像头弯腰鞠了个躬）。"

看完了初夏的自白视频后，我感动得眼泪又流出来了。是啊，的确如初夏所说，每次遇到事情我就会选择躲起来，为什么现在的我会令自己这样讨厌呢？难道逃避已经成了我的一种习惯了吗？

我打开QQ好友中初夏的对话框，写道：初夏，谢谢你！

初夏：好啦……人家都已经和你认错了，我们和好如初吧！

我：嗯，我们和好如初了。

初夏：嗯嗯，你觉得我的那段独白怎么样？

我：如果你没有在那种时候还趁机拉选票的话，泪点会更高的！

初夏：这么说的话，大小姐你哭了？

我：要你管呀（我微笑地擦去眼泪），我觉得美国总统选举不请你去真是浪费人才了。

初夏：那当然，说不定我天生就是一个优秀的经纪人呢！

我：得，看又把你美的，好啦，我还想求你一件事情，把今天的作业发给我吧，一会儿我还得把作业给搞定了。

初夏：用不着这么敬业吧，大小姐，既然请了病假就应该好好享受人生啊。

我：做作业于我而言就是享受人生。

初夏：你这个变态。

我：好了，你就把作业发过来吧。

看着手机里初夏发来的成堆作业，我钻出被窝准备去洗个舒服的热水澡，然后满血复活，将这些作业给通通完成。

初夏，你不会知道，直到今天我才发现自己并不是想象中的那般完美无缺。我也有着自卑的一面……不论是和聪明的你比，还是和那只原本我以为一无是处的呆河马比，又或者是和那个看似没品却充满了奇思妙想的刘乌龟比，我都觉得自己好笨好笨，如果再丢了学习成绩的话，那么我真的就什么骄傲都没有了。

所以今天，我做出了一个决定，从现在开始我要努力去开阔自己的见识和视野，要去尝试更多未知而精彩的东西，我要去体会这个广大世界所赋予我们的自由！嗯，就像沃克兰多的空贼一样，用自由来见证自我的成长！

第六十一章

回归正常

今天是周五，明天就是我同桌阿呆的生日，算起来，这或许是被阴霾困扰许久后的我能够稍稍期待的事情了。去这个奇葩家参加生日派对，究竟会发生什么呢？不经意地，我竟然想象出了阿呆对着自己的生日蛋糕酣睡流着口水的恐怖画面。

总之，能够重新回到自己正常生活中的感觉非常棒，而初夏的生活却开始变得"不正常"起来了（毕竟Tellnow在学生玩家群体中的影响力非常大），但是她面对这"一夜成名"倒是明显比我游刃有余。只不过课间时间，初夏都被她的那些粉丝给层层围住。这些Tellnow的支持者们，总是拖着初夏讨论Ruse中的种种战术打法或者是英雄技能什么的。就这样，我又被初夏这个家伙给冷落了。

身旁的这只呆河马还是老样子，整天不是发呆就是呼呼大睡，虽然已经临近期末了，但是在这个家伙的时间轴里面似乎没有考试这一件事。毕竟，他大部分的时间都"活"在另一个叫作沃克兰多的世界里。

中午的时候，初夏总算是良心发现重新和我混在了一起，我们同往常一样在学校附近的小吃店里填饱肚子后就回到了体育场的"老地方"。

沐浴在温暖的阳光下，初夏拿着手机一脸认真地玩游戏或者看视频，而我则抱着手机继续看《沃克兰多大陆——未起航的空贼》。

当我点进阿呆主页后，我竟然诧异地发现了一件令我有些害怕的事情——阿呆小说的现有更新部分只剩下最后的两个章节了。

《沃克兰多大陆——未起航的空贼》第三十五卷　坠落的精灵

失重状态下的凯瑟琳恐惧地望着捷度："我们在下落啊！难不成飞空艇被飞龙摧毁了？我们真的要粉身碎骨了吗？！"

捷度背部贴着箱子底用力伸开双脚试图将箱子盖给打开，可他努力了几次都没有成功。"快来帮忙，一起使劲，我们必须踢开盖子，否则就真的死定了！"

"一、二、三！"

"一、二、三！"

"扑通！"木箱的盖子总算被两个孩子给合力踢开了，可是接下来的一幕却让他们吓掉了魂。

木箱在空中以越来越快的速度朝着下方的大海落去，捷度艰难地支起身体朝木箱外望了一眼，那不断从身边掠过的狂风似乎要将他的脸给撕碎一般。

"啊！"这个时候凯瑟琳也壮着胆子朝外面望了一眼，而当这个精灵女孩知道自己处在怎样一种状况下之后，她又恢复了女孩子面对危险的本能——尖叫！

"时间不够了！"捷度咬紧牙关，"喂喂，你不要再叫了！"说罢，捷度用力地摇了摇凯瑟琳的肩膀，"我们必须跳出去……喂喂，都说了，让你不要再叫了，冷静点听我说！"

但是凯瑟琳明显是冷静不下来的，一个十几岁的女孩，谁能够在面对粉身碎骨时还保持冷静呢？

捷度只好一把抱住凯瑟琳，随即用力跃出了木箱。

"你们女孩子真是个大包袱！"

"啊！"

失重状态下的两个孩子背朝大海面朝天。就在这一瞬间，捷度看见了那头恐怖而巨大的火山龙王再次朝着银剑美人鱼号喷射出一道熊熊火焰，随即，几乎支离破碎的飞空艇上腾起了黑烟。

在这般飞快的坠落速度下，捷度甚至感觉自己的尾巴都快要被逆着的烈风给掰断了！眼看着海面离自己越来越近，捷度朝着凯瑟琳大喊道："准备好拉开锁扣！"

"锁扣？"凯瑟琳颤抖地大声叫道，"什么锁扣？"

"当然是降落伞的锁扣啊！"

"我不知道！我不知道在哪里！"

"你这个笨蛋！那你就抱紧我！"捷度抱怨了一句，便着急地使劲拉开了身后降落伞的开伞锁扣。

"砰——"

一顶巨大的白色帆布降落伞在捷度身后展开，这股乘着上升气流而突然出现的风力将两个正在坠落的孩子猛地向上拉扯，捷度感觉到自己的身子好似被人猛地向后拽了一把，而捆绑着降落伞的绳索将自己的肩膀给勒得生疼。

不过，好在他们不再如之前自由落体般地坠落。虽然只有一顶降落伞，但是因为两个孩子的体重大大小于成年人，所以，他们在海面上空的滑翔还不赖，至少正在以安全的速度下降着。

"你们空贼真是太坏了！"凯瑟琳将头紧紧地埋在捷度的胸前，"为了逃命，将小孩子都丢到海里。"

"前提是，他们认为你是装在木箱里的一块咧嘴鸟肉排！"捷度在凶险之后马上就恢复了那副玩世不恭的样子,"哦,不对,你这身段顶多算一块野猪排骨!"

"你才是野猪排骨呢!"凯瑟琳用力地捶了捷度一下。

"喂喂,你最好别乱动,否则掉下去我可救不了你哦!"捷度一边说一边占便宜地抱住了凯瑟琳的细腰。

"你这个小流氓,就知道占我的便宜!"

在这片蓝色的海洋和稀疏的白云间,捷度眯着眼睛,看见凯瑟琳的脸微微红了起来,便打趣道:"还好意思说,刚才是谁吓得只会乱叫的!"

"哼!又没有人教过我怎么用降落伞,我是海贼不是空贼。大不了下次你掉海里换我救你!"面对捷度那调戏的目光,凯瑟琳红着脸故意撇过头。

可殊不知在女孩扭过头之后,她羞涩的目光却和一个可怕的视线相遇了——那是一个如噩梦般燃烧着火焰的目光!

"捷——度!捷度——"凯瑟琳不禁失声叫道。

"又叫个什么劲!你别打扰我操纵哦,否则等会我们落在海里就真得靠你了。"捷度努力拉扯着降落伞的绳索,试图让降落伞朝着火山岛屿的方向飞去。

"快……快看啊!"凯瑟琳已经感受到了那用力扇动着的羽翼中透出的火星,"是火龙!是火龙啊!"

"什么!"捷度忙尽力转过身,而迎面而来的正是那一头个头稍小一些的火山龙王。

和一头火山龙王有如此近距离的接触可不是一件容易发生的事情,捷度甚至能够看清楚它脑袋上那一根根满是刮痕的犄角和因干裂而破损的龙皮。

"一定是降落伞引起了这头畜生的注意。"捷度拼命地拉住降落伞的一根绳索试图让它降落的速度能够更加快一些,"别担心,我已经会摆弄这玩意了。"

"可是它朝着我们飞过来了!"凯瑟琳担忧地说。

凯瑟琳的话音刚落,火山龙王嘴中的火焰便喷向了降落伞。瞬间,捷度背上的降落伞布就燃烧了起来。

"捷度,我们必须赶快下降,否则就死定了!"凯瑟琳的语调颤抖,而泪水又不争气地流了出来。

"我知道。"捷度咽了口口水,他的心里当然也知道接下来可能发生什么样的事情："喂喂，你不要哭了，整天就知道哭！你之前不是说要报仇吗？现在面对仇人怎么就吓成这副德行了？"

捷度这开涮的一句话的确是冲击到了凯瑟琳的灵魂，这个女孩在一瞬间恢复了那仇恨的记忆。于是她不再胆怯地躲在捷度怀中，而是勇敢地用一种愤怒的眼神死死地盯住这头来势汹汹的飞龙。

接下来，凯瑟琳闭眼挤去了眼角的泪珠，她淡淡地在捷度耳边说了句："不管怎么说，还是谢谢你。"

"喂，你想要干什么！"

凯瑟琳对着捷度微微一笑。几乎没有丝毫犹豫，这个女孩做出了一个极其大胆而危险的决定！

就在那头火山龙王一个纵身收拢翅膀，准备靠近降落伞的时候（这头怪物一定是想要一口吞掉两个孩子），凯瑟琳勇敢地推开了捷度，她双手拔出了腰间的短剑朝着飞龙刺去。

"这个白痴！"捷度真是后悔死刚才自己说出那句话。

火山龙王大概没有想到，已经到嘴边的猎物竟然会突然反击，而凯瑟琳这出其不意的攻击也的确让这头巨大的飞龙有些措手不及。更不可思议的是，混乱中凯瑟琳的短剑偏偏正好刺中那头龙的左眼。

火山龙王在空中惨叫一声口中吐出一道火焰，但是这火焰当然烧不到那刺瞎它眼睛的精灵。随即，这头瞎了眼的怪物身体失去了平衡。因为这阵剧痛，它的身体挣扎起来，而那雄健的翅膀却在胡乱地扑腾了几下后，彻底失去了对风力的控制——这头天空中的霸主竟然开始坠落了。

捷度看见凯瑟琳那纤细的胳膊拼命地拉住插在龙眼上的短剑，而坠落中的火龙已经超过了自己的下降速度。

"女人还真是麻烦！"捷度解开了自己的降落伞背包，随即再次以失重的状态朝着下方的大海落下。

就在靠近这头失重火龙的那瞬间，捷度拔出了匕首狠狠地朝着它的翅膀刺去。锋利的刃很轻松就割破了火龙的翅膀，然后朝着下方划去，捷度灵活地借着这股缓冲之力加大手中的力气，最终靠着这把匕首深深地刺入了飞龙翅膀最下方的一块骨关节处。

抬眼望去，凯瑟琳还勉强地挂在那把刺在火龙眼睛里的短剑上。

"爸爸……对不起……最终，我还是没有保护好自己……但是，至少我为你报仇了。"凯瑟琳闭上眼睛，在这凛冽的狂风中，她想起了父亲临别时对自己说的那句话——凯瑟琳，答应我，在我回来前要保护好自己！

再见了这个世界——爸爸等着我，我马上就来了。凯瑟琳那双纯净的，如同身下深蓝色大海一般的眼中一片宁静。她轻轻地闭上了眼睛。这个勇敢的精灵女孩已经做好准备要与这头巨龙一同葬身在大海之中了。

这头火山龙王虽说眼睛受了伤，但是"火焰之中的王者"这个头衔可不是凭空冒出来的。就在它坠落着快要逼近海面的那一刻，它本能地翻转了身体。它的羽翼划过海面，在上面留下一丝涟漪之后，再次腾空而起！

"该死！"凯瑟琳见火山龙王竟然重新平衡了身体，接着一个俯冲之后再次飞向云霄，她咬牙切齿地想要拔出短剑再进行下一轮的搏命攻击。但是火山龙王当然不会让这只讨厌的"苍蝇"得逞。它紧绷着身体在天空中完成了一个难度极高的凌空旋转。

在一阵剧烈晃动之后，坐在龙脊上的捷度好不容易稳住重心，却看见凯瑟琳已经被甩下龙身。

"这个笨蛋！"捷度拔出匕首，借力一跃朝凯瑟琳飞去。

正在坠落的凯瑟琳犹如一个折翼的天使。她望着天空中重新恢复了活力的"仇人"，心里虽有不甘但也无能为力。

可是就在这个时候，一个熟悉的面孔出现在她的眼前，耳边是那个玩世不恭的声音"笨蛋，要活下去啊！"凯瑟琳不由自主地朝着那个背光的轮廓伸出了手。

在这碧空之下，海天之间，一个"飞翔"的男孩一把抱住了正在坠落的女孩。

"你这个笨蛋！有降落伞都不会用吗？"捷度随即将凯瑟琳身后的降落伞扣环用力打开！

"你又没有教过我！"

"真是笨蛋！"

"你老这样说我，所以我才会真的变笨的！"

"可恶，来不及了！"

虽然捷度拉了降落伞的扣环，但是因为两个孩子已经距离海面太近了，所以，受到海面上扬起的海风影响，降落伞在半空中颠簸了几下后就朝着海面坠去。

"哎呀……这下好了，真要成落汤鸡了。"捷度努力地抬起脚，试图让降落伞飘得更远一些，"凯瑟琳，你刚才是不是说掉海里就靠你了？"

凯瑟琳还没有来得及回捷度这句话，两人便"扑通"一声掉入了这一望无垠的茫茫大海之中，其实，凯瑟琳想告诉捷度，她根本就不会游泳啊！

第六十二章

期待与不安

明天就是阿呆那家伙的生日了，为了匀出时间来把期末复习计划完成，我手中的笔一刻都不停歇地在本子上书写着，我必须在今晚就把周末的作业全部完成才行。

三心二意的确是一种坏习惯，比如说我现在吧，一边算着分式的计算题，一边却设想着无数种明天那只呆河马生日时候会出现的状况。

幻想画面1：今早时候我就已经构思完成的那个画面，应该也是出现概率最大的——阿呆那个白痴对着自己的生日蛋糕酣睡着流口水，完全就不会注意到我的存在。

幻想画面2：阿呆进入疯癫的中二状态，嘴里面不是念咒语就是说一些只有沃克兰多的人才能听懂的话语，还有那只大黄狗，估计它又要被阿呆当成龙兽格罗瑞亚而被摆弄了。

幻想画面3：在阿呆家中，这只呆河马会继续把我当空气，我会遇到极为尴尬的场面，如果真发生这样的事情，那么我就选择马上离开！

……

好了,晚上时间二十二点整,本姑娘的家庭作业全部ok了。接下来只要明天白天将文科的背诵资料再巩固一遍,估计下周的期末考一定没有问题。

我站起身伸了一个舒服的懒腰,接着便从书柜中拿出了一个盒子准备将那副送给阿呆的耳机用礼物包装纸包裹起来。

不过看见这副耳机我心里就来气,阿呆这个家伙竟然让我花光了几乎所有的积蓄。哼!如果明天他还是那一副呆瓜样,没有丝毫长进的话,我就……我就……我就要出绝招把他彻底干掉!

将阿呆的礼物包装完后,我躺在床上拿出了手机,看着屏幕上阿呆小说更新的最后一个章节,心里竟然有了一丝不舍之情,就像是这个故事已经快要结束一般……真希望那个家伙能够继续把沃克兰多的故事写下去,就算我知道没有几个读者陪着它,但是,我发自内心地喜欢那个世界,喜欢阿呆的沃克兰多。

36

《沃克兰多大陆——未起航的空贼》第三十六卷 鼹鼠猎人

在这片翻腾的海水中,凯瑟琳恍惚中发现自己回到了布拉奇海岛(海贼在西大陆的大本营),对面是金黄的沙滩和碧蓝的大海,她甚至还闻见了空气中弥漫着的那股海贼们最爱的朗姆酒的香味。

精灵女孩站在自家木屋的栅栏前眺望着不远处的酒屋,而在酒屋前的露天吧台边,父亲和蜥蜴人波克叔叔正在一边喝酒一边玩战魂牌呢!

"爸爸!"凯瑟琳撒开脚丫子朝酒屋跑去,惊喜和幸福顿时填满了女孩的内心,温柔的海风撩起她那比沙粒还金黄的秀发。她不顾一切地朝着父亲跑去,那个宽阔而坚实的肩膀似乎又重新回到了她的生命中。

凯瑟琳才不管自己脚丫上沾满的沙子,她惊喜地跑到父亲身边,可是父亲竟然完全看不见自己。

"爸爸!爸爸!"凯瑟琳拼命地呼唤着父亲,但是,父亲那英俊的侧脸竟然没有朝她转过来,哪怕看上一眼。

"爸爸——"

此刻的凯瑟琳在父亲的眼中就像空气一般。这时，凯瑟琳已经知道自己在做梦了。

"吉奥尔斯，我说你难道就由着凯瑟琳不去学校吗？"

"嗯，她说想要在家休息几天。"凯瑟琳看着爸爸一边悠闲地喝着手中的啤酒一边思索着如何运筹棋盘上的那张战魂牌，"就让她在家里开开心心地玩几天吧。"

"可是，难道你不觉得这样宠她，对她而言并不是什么好事吗？她现在连游泳都不会呀，你要知道，她未来可是要成为海贼的啊！"

"好了波克，你能不能让我好好玩一局牌！"

"老兄，我不是正和你商量嘛，你这样惯着你女儿，以后她怎么能够成为……"

"波克……你知道的……我欠凯瑟琳太多了……所以说，我会把自己能给她的都给她……毕竟她从小就没有了妈妈……"

"正是因为这样，你才应该对她更加严厉，因为，总有一天，我们也会离开她的！"

凯瑟琳发现父亲的眼神突然黯淡下来，他甚至都不再看手中的牌了。

"希望我能够多陪她一些日子吧，直到找到下一个能够帮我守护她的人……"

"爸爸……"凯瑟琳站在原地，突然间一种莫名的孤独感席卷了她的内心。

整个梦境在瞬间变成了一片熊熊的火焰，而一头凶恶的火龙从天而降，它狂啸着划过凯瑟琳的头顶，那张血盆大口已经朝着父亲吞噬而去。

"爸爸！爸爸！爸爸！"

凯瑟琳猛地坐起身，刚才的那个噩梦让她心有余悸。

"姑娘，你醒了吗？"

凯瑟琳看到旁边有一个长相酷似鼹鼠的兽人，她使劲回想着什么，突然间她慌张地问道："捷度呢！捷度！"

"你说的是躺在那边的那个男孩？"

凯瑟琳忙站起身朝着一旁看似奄奄一息的捷度跑去，她蹲下身用力地摇晃着捷度："捷度，你怎么了？"

鼹鼠人说道:"别摇晃了,估计没有救了!"

"怎么会这样!"凯瑟琳的眼泪又要掉下来了。

"不过,如果你愿意给他做人工呼吸的话,估计还有点希望。"鼹鼠人尽量捂住自己的嘴,不让笑容被凯瑟琳看出来。

"人工呼吸?"凯瑟琳的脸全红了,但是她顾不得许多,抱起捷度的脑袋,深深吸了口气……

"好了,姑娘!"鼹鼠人哈哈大笑起来,"臭小子!我决定不赚你那十个金币了。让这么漂亮的姑娘被你占便宜我还真是于心不忍呢!"

"什么!"捷度一跃而起看着一脸诧异的凯瑟琳,他对着鼹鼠人吵闹道,"你这个不守信用的兽人!"

"小鬼,我都说过了,我不是兽人!"

"捷度!"凯瑟琳知道自己又被捷度耍了,便生气地叉着腰叫道,"到底……是……怎么回事?"

"你总算是醒了,"捷度装模作样地坐到篝火边拿了一串烤鱼,他一边啃着手里的烤鱼一边挖苦道,"刚才是哪个说如果掉进海里的话可以靠她来救的?一个海贼竟然都不会游泳!"

凯瑟琳忙环顾四周,发现自己身在一片草丛中,而在篝火前除了啃着烤鱼的捷度外就是刚才的那个鼹鼠人。

凯瑟琳想要说话,但是发现自己竟然有些发不出声音,好不容易,她才哑着嗓子说道:"我……到底在……哪里啊?"

捷度递了一串烤鱼给凯瑟琳说道:"省省力气吧,你刚才可吐了不少的海水,如果不是我给你人工呼吸的话……"

"什么!"凯瑟琳忙捂着自己的嘴一脸惊恐,"你说什么,你给我做人工呼吸了?你这个臭流氓!"

捷度哈哈一笑,将递给凯瑟琳的烤鱼塞到了她的嘴里。

"好了,你别听这家伙瞎胡扯了!我告诉你,我救起你们的时候,这个家伙也不省人事呢!是我给你们俩做的人工呼吸!"

捷度苦冈地吐了一口口水在地上,不屑地说道:"切,我一世英名,竟然被一只鼹鼠给救了,你还趁机占我的便宜。"

"不知好歹的家伙,早知道你这样没良心,就应该让你死在海里喂鱼……还有,你的嘴真是臭死了!哦,姑娘,你没事吧?"

凯瑟琳这个时候才好好打量起面前这个"不起眼"的陌生人。这个人从样子上看,似乎是一个兽族,但是凯瑟琳从小到大可从来没有见过长成这种黄褐色鼹鼠样的兽族。这只鼹鼠的身高很矮,大概比魔迪还要低半个头。它背着一把骨刺做成的猎弓,身上长满了棕色的长毛,穿着一身由甲龙皮缝纫而成的衣甲,而黑色的脚趾和爪子裸露在外。

"是你救了我们吗?"凯瑟琳依旧有些迷惑地看着鼹鼠人,显然,她还是不太能够相信是眼前这个矮小而滑稽的家伙救了自己。

"嗯,难道你还指望你旁边这只旱鸭子救你吗?"鼹鼠人一边磨着手头的箭头一边答道,"若不是看见你们和那头龙这般英勇地战斗,我才不会冒着被鲨鱼吃掉的危险下海救你们呢!"

"对不起……我不是怀疑你……只是我还是有些看不出……你还会游泳。"凯瑟琳支支吾吾地说。

鼹鼠人的脸色唰地一下变得难看起来,它愤愤不平地说:"你和那个家伙一样小看我!实话告诉你,我是坐着自己的充气皮筏去救你们的。"

凯瑟琳顺着鼹鼠人所指的方向看了一眼,这个海贼女孩一眼就认出了那艘晾在一棵椰榕树下由鲸龙内胆制作而成的充气皮筏。

"嗯,谢谢你。"凯瑟琳忙红着脸说,"真的,非常感谢。"

鼹鼠人伸出了手说:"别客气,反正都是女人,理应互相照顾的,我叫托妮尔斯·坎普勒。"

凯瑟琳握了握鼹鼠人有些冰凉的黑色爪子回道:"凯瑟琳·萝尔芙娅。"

"嗯,你比这个叫捷度的要讨人喜欢一些。"托妮尔斯递给了凯瑟琳一条烤熟了的虎眼鱼。

凯瑟琳和捷度二人默契地对视一眼,而这个举动让托妮尔斯注意到了,她支支吾吾地说:"哦,看来你挺信任这个家伙吧。"

凯瑟琳没有回答,只是接过烤鱼小心地吃了起来。

捷度插嘴道:"话说,鼹鼠大姐,你刚才对我说什么来着?你也是来这里狩猎火山龙王的?"

"嗯，当然！"托妮尔斯继续磨着她的箭答道，"我们坎普勒一族都是最优秀的猎手，而我这一次来也是为了完成讨伐火山龙王的委托。"

"就你一个人？"凯瑟琳有些不敢相信。

经这一问，托妮尔斯的脸色突然黯淡下来，她冷冷地答道："嗯，托妮尔斯从来都是单独行动！"

"可那是一头龙耶！一头火龙，哦不，是两头火龙！"凯瑟琳觉得不可思议。

"那又怎么样，我再重申一遍，反正一直以来我都是一个人行动！"

捷度突然捂着肚子哈哈大笑起来："得了吧，鼹鼠大姐，你就接着搞笑吧，还真别说我看不起你，就连我们空贼和海贼都被那两头怪物给干掉了不少，而就你这小不点，我估计你连飞龙爪子上的指甲壳都爬不上去！"

托妮尔斯撇着嘴狠狠瞪了捷度一眼说道："如果不是看你年纪小，我早就狠狠收拾你了！"

凯瑟琳忙圆场道："那么托妮尔斯，请问你的族人呢？"

"不知道……"托妮尔斯淡淡地回道，"我一直在这片大陆中寻找他们。"

"你不是兽族吗？"

"当然不是！我怎么可能和那些臭烘烘的家伙一路呢！"

"谁臭烘烘了？"捷度抱怨道。

托妮尔斯白了捷度一眼，接着对凯瑟琳说："为了筹备旅途中需要的资金，所以我需要完成这些讨伐任务来获得佣金。"

"原来是这样啊。"凯瑟琳见眼前这矮小的鼹鼠人竟然如此坚强，突然觉得相比之下自己真的很差劲，"托妮尔斯，你真的很厉害呢！"

"那当然！"

捷度站起身将自己的后背靠近篝火，想要以此来烤一烤身后那潮湿黏糊的衣服："那么这样吧，鼹鼠大姐，我们来组个队怎样，反正大家的目的都一样。"

"和你们两个小孩子？"

"那当然，你可别小看我们哦，我可是沃克兰多第一空贼，而这个女生虽然笨点，但是好歹还有些色相（凯瑟琳狠狠地捶了捷度一下），我们三人合力应该能够把那头该死的龙给做掉！"

"我觉得不需要,反正现在只有一头龙了,另外那一头因为受伤跑掉了。"

"可是剩下的这一头可比跑掉的那一头大许多!"

托妮尔斯沉思了一会儿,接着拿出一本老旧的兽皮本子,一边在上面记着什么一边回道:"好吧,但是话得说好,最后的佣金我要占八成!"

"这没有道理啊,怎么也得五五分吧,况且我们还有两个人。"

"八成,否则别谈,反正我从来都不和别人合作。"

"哼,抠门鬼,我看是没有人愿意和你这小不点合作吧!"捷度不屑地说。

"小鬼!你说什么?"

凯瑟琳忙拉起了托妮尔斯的手说:"鼹鼠姐姐,你别和这个讨厌的空贼计较,我答应你,只要你愿意带上我,佣金我们一分都不要!"

"为什么?"托妮尔斯有些不解。

"因为我要报仇,那条龙杀了我父亲。"

"凯瑟琳,你白痴呀!"捷度拉了凯瑟琳一把,"哪里有不分佣金的道理!"

"你是我雇佣来的佣军,对吧?所以,这件事情由我做主!"

"你真是笨蛋,哪有这样做生意的!"捷度生气地站到了一边。

"好吧,念在你这么懂事的份上我就带上你们。"托妮尔斯边说边背上弓箭袋,然后将手里的笔记本塞进腰间的口袋中,"好了,趁着那头受伤的龙还没有回来,我们继续前进吧,争取能够抢在那些空贼动手前先下手为强。"

"那么鼹鼠大姐,你有什么作战计划吗?"捷度挑衅地问道。

"当然有。"

"说来听听,否则我们为什么要跟你去送命!"

"不好意思,我的计划中没有你们出场的份,但是我可以保证,最后让凯瑟琳去结束那头畜生的命。"

"切,自大的鼹鼠最令人讨厌!"

就这样,鼹鼠猎人托妮尔斯带着两个孩子上路了,他们离火山口只有几百米,所以在太阳还没有下山前就已经赶到了火山脚下。

在这段不算太长的旅途中,托妮尔斯找了个机会稍微展现了一下自己不俗的身手,而捷度从此再也不敢小觑这只鼹鼠了。

当时一只健壮的潜行巨鳄正埋伏在一棵棕榈树下,准备对前来送死的猎物发动进攻，而这只猎手还没有行动就被一个速度极快的影子攻击了，她从地下一窜而出，可怜的鳄鱼在瞬间就被开膛破肚了。

捷度和凯瑟琳根本就没有发现托妮尔斯是什么时候遁入地下的。

"这只鼹鼠果然是打洞的好手！"捷度目瞪口呆地说。

托妮尔斯将巨鳄的尸体丢到一旁，轻松地擦了擦自己匕首上的血迹说道："别站着发愣，继续前进！"

当三人爬到火山顶部的时候，眼前的一幕让托妮尔斯也惊呆了。

"炸弹！全部都是炸弹！"凯瑟琳不禁捂住了嘴，"那些空贼想要炸了这座火山？"

捷度皱着眉头想了想说道："原来如此，看来这就是刚博老师的作战计划。"

"小鬼，你知道什么就快点说！"托妮尔斯一脸严肃，她或许觉得事情已经超出了自己的预料。

捷度解释道："刚博老师原本的计划就是先吸引火山龙王离开巢穴，接着再趁机将炸弹布置在火山中，最后给这畜生来个超级爆破。真是绝妙的战术！"

"哼，如此粗鲁的举动若是引起这座火山喷发，那么周围的村寨岂不都要遭殃！"托妮尔斯担忧地说。

"放心吧，刚博老师一定早已派人转移附近的居民了。"捷度自信地说。可是说实话，他心里的确也在犯嘀咕，而且也不太相信刚博真会这样干，但是至少还是要维护一下空贼那本来就不太好的名声吧。

"看那里！"托妮尔斯突然大喊道，"天啊，我想我知道为什么那头龙这么拼命了！"

"又怎么了，鼹鼠大姐，你别大惊小怪的！"捷度回道，"我们现在最好赶快下山，否则待会那头龙回巢后，外面的飞空艇只要一个火药桶就能够引爆这个火山。"

凯瑟琳似乎也发现了托妮尔斯所惊讶的东西，她不确定地问道："那颗石头……哦，不，那该不会是颗蛋吧！"

"对，那一定是颗蛋，一颗火山龙王的蛋！"托妮尔斯说罢已经一跃而下，朝着火山中央那滚烫的岩浆冲去！

第六十三章

阿呆的生日

周六一大早,我准时起床,按照计划进行期末考的冲刺复习,就这样一鼓作气努力到了中午,终于,我这学期的所有学习计划已经提前全部搞定了!

孔叔在午饭时给我发了一条信息,他希望我今天能够稍早一些到阿呆家与他们共进晚餐。

阿呆那家伙的小说一直没有更新的章节,所以我只得乖乖地睡了个午觉。彻底放松的下午,那就舒舒服服泡个澡,然后把自己打扮得漂漂亮亮的,去参加那只呆河马的生日派对吧。说实话,这可是本姑娘第一次去参加男生的生日派对哦。

估计连老妈都发现我今天这打了鸡血般的状态有些特别,她故意装作不经意地打听关于我今晚同学过生日的事情。

"宝贝女儿,今天是你们班哪个同学过生日啊?"

"男生还是女生呀?初夏和你一起去吗?还有谁在呢?"

面对这样唠叨的老妈,我至少已经重复了三遍同一个答案——今晚过生日的是我们班一女同学,我和初夏的好朋友,今晚初夏会和我一起去,一定会在晚上十一点之前回家的。

好吧,我承认自己对老妈撒谎了,而且是脸不红心不跳的那种。如果让妈妈知道我今天是去一个男生家过生日,而且还是单独一个人的话,哼哼,我估计家里面就要爆发世界大战了。

"哟,我家宝贝今天穿得这么漂亮啊,我觉得你要多穿点,当心晚上起风,别着凉了!"

"妈,我知道,你就别瞎操心了!"我自恋地欣赏着镜子中的自己,白色晚礼服样式的连衣裙配上别致的蝴蝶结，真是越看自己心里越是美滋滋的。嗯，这件衣服配上本姑娘白皙的肤质还真是不错的选择！

"我总觉得你今天有些古怪。这么用心地打扮是为什么呀？"妈妈帮我拉扯着衣服，有些狐疑地看着我。

"妈！你女儿长得好看，穿漂亮点怎么了？难得周末可以放松下，否则天天都得穿那身校服。"

"好了，好了！晚上要你爸爸去接你吧，否则我还有些不放心呢！"

"你就不用担心啦，初夏已经和我说好了，晚上她爸爸会来接我们的。"

"好吧，既然如此的话，我就不说了。"妈妈无奈地叹了口气，"但是你可得保证手机二十四小时开机，我必须要能随时找到你！"

"妈！人家只是去同学生日派对，你要不要这么紧张！而且我就是去那么几个小时，别夸张好不好。"

老妈撇了撇嘴，接着似乎是报复我一般，用力地将我衣裙的系带给狠狠扎了起来。

"妈，你弄疼我了！"

"十一点啊，晚一分钟都不行！"

"我走了啊，再说一遍，你就别瞎操心了！"

总算是摆脱家里唠叨的妈咪，下一站目的地——阿呆的家，出发！

当我乘着出租车来到阿呆家小区门口的时候，心里突然有些紧张起来。虽然我和这个男生每天都要见面，但是这般不请自来会不会被那只呆河马嘲笑和鄙视呢？如此的话，本姑娘的脸还往哪搁呀。

不管了，反正都已经答应孔叔了，就算是龙潭虎穴也要闯一闯！

决心已下，我按响了阿呆家别墅前院的门铃。

"是季节小姐吗？"

"嗯，孔叔，我来了。"

孔叔很快就从屋子里走了出来，他依旧穿着那件黑色的燕尾礼服，只不过多了一条白色的围裙扎在身前，看得出，他正在准备晚餐呢。

"你今天可真漂亮。"孔叔打量了我一番微笑地夸奖道。

"谢谢孔叔！"我有些不好意思地红着脸，边往里走边朝屋子里望了一眼，问道,"阿呆呢?"

"少爷啊,他在里面等着你呢。"

刚跨进大门,我就听见了舒缓的钢琴声,正在弹奏的曲子是肖邦的《第20号夜曲》,从曲子的音色来看还真不错,优雅而动人。

"谁在弹琴?该不会是阿呆吧?"我有些好奇地问道。

孔叔对我眨了眨眼睛说:"还能有谁呢……你们先聊着,我去准备晚餐,最多再给我半小时就好,我可是准备了许多美味佳肴呢!"

"好的……"我的话还没有说完,孔叔就朝着一楼的厨房走去了。

我站在客厅里稍稍感到一丝尴尬和不知所措,但是最终还是决定寻着这首曲子去看看,难不成这家伙真的能弹出这么好的乐曲?

事实确实如此,阿呆的确是个令人惊讶的家伙!

我小心翼翼地在二楼一间法国古典主义风格房间里找到了阿呆。我定睛一看,真是了不得了,还真是同桌那只呆河马。他此刻竟然极绅士地坐在一架白色的钢琴前,专注地弹奏着手下的乐曲。

感觉这个家伙今天怎么怪怪的,他穿了一身和白色钢琴同一色调的白色礼装,表情跟随着悠扬的乐曲时而舒展时而沉醉,之前都没有注意到他的手指,的确是修长有力,难怪这么有天赋。

天啊!那个家伙是阿呆吗?他那原本如鸟巢一般的头发此刻梳得很飘逸,额头的刘海随着他弹奏的节奏不时地飞扬在眉心之间,再加上这家伙的侧脸本来就棱角分明,此刻没有了那份呆气和困意,竟然恍如新生。

平日里的那个白痴真的有这么帅吗?

就在我目瞪口呆之时,阿呆一曲弹毕,他优雅地站起身,然后对我微微鞠躬,这个原本应该别扭的动作在此刻看来竟然这般得体自然。

"阿呆?真的是你吗?"

阿呆绕过钢琴走过来,对我微微一笑,他的背挺得非常直,和平时那副弓腰驼背的样子相比,完全就是判若两人。

我第一次觉得这个家伙挺高的。

"季节,你为我弹一曲吧。"

这个家伙竟然还说了句人话,最关键的是,这可是自我认识他以来,他第一次叫我的名字。我是不是该热泪盈眶呢？

我迟疑了片刻，待在原地无所适从，或者说，我还无法这么快就接受这个和平常画风完全不同的阿呆。

天啊！阿呆竟然有两副面孔，平时是令人厌恶又邋遢到极点的屌丝，现在竟然是这般风度翩翩的英俊少年。

阿呆见我不知所措地站在原地（谁能接受得了一个人这么大的反差呀，更何况是世界第一大奇葩阿呆），便走上前牵起了我的手，将我带到了钢琴前。最重要的是，对于他这有些唐突和无礼的举动，我竟然没有丝毫的反感。要知道，本姑娘可从来没有和男生牵过手呢！

钢琴是我最熟悉的乐器，毕竟从小学时候起我就在老妈严格的管教下学习着这门高雅的技艺，虽说从没有想过未来要成为钢琴家什么的，但是我对于自己的钢琴技巧还是有自信的。

我坐在钢琴前，有些迷茫地看了眼正对着我微笑的阿呆，这个家伙突然变得这么温柔，还真是让人有些不习惯呢。

"你想让我弹什么？"

"想弹什么都可以。"

"好吧……"说罢，我选择了自己最喜欢的贝多芬《月光奏鸣曲第三乐章》。但是弹奏开始之后，我不知为何却感到些许不自然和紧张，我甚至察觉到心脏正在猛烈地"扑通扑通"直跳。

的确，我的弹奏和阿呆这家伙先前的相比差了一截，还真是有些不甘心呢！

就在这个时候，我的手机响了起来，我只得歉意地看了一眼阿呆，停下了手中的动作，掏出电话。

不出所料，果然是妈妈的电话。

"喂，妈。"

"宝贝，你到同学家了吗？"

"已经到了。"我捂着电话站起身走到一旁的窗前，而身后又传来阿呆的钢琴声，他竟然接着我刚才弹的部分继续弹奏了下去。

"初夏也在吗？"

"那当然！"

"好吧，你让她和我说几句话。"

"妈——"我无奈地对着电话叫了几声，"你不用这么不相信我吧。"

"我哪有不相信你，只是想要和初夏说几句话而已，我有事情要交代她。"

"她去上厕所了，现在不在我身边啊！"

"哦，这样啊，那么你们的生日派对开心吗？"

"嗯，还不错。"

"我听见有人弹钢琴？"

"对……一个同学。"

"弹得不错嘛，对了，你用微信传个图片给我看看嘛，给我也分享下。"

"妈——你别无聊了……好吧，待会我会发图的。"

挂断电话后，我的内心真是纠结万分，果然是母女连心啊，爸爸之前就说过，妈妈的第六感超级准的，难道说她真的怀疑我在男生家吗？

真是令人讨厌呀！就算是在男生家和他过生日那又怎样，老妈她也太封建了吧！

就在这个时候，孔叔站在房间前轻轻地敲敲门："季节小姐，小萌少爷，我们可以开饭了哦！"

就这样，阿呆的生日派对以这样一个我万万没有想到的情节开始了……而阿呆那更加离奇的大变身即将接踵而来！

第六十四章

不一样的同桌

听见了孔叔的开饭通知，阿呆停下了手中的弹奏对我微微颔首，接着我们三人便一同下了楼。

孔叔的法式餐桌布置得还真不赖，点燃的高台蜡烛透着淡淡的光晕，桌上的每一盘美味佳肴都是我从未见过的品种，但是无不别致而典雅，而席位旁边的红酒杯里已经倒上了深红色的葡萄酒。

"好浪漫呀，孔叔！"我拍着手一脸惊喜。

"让你见笑了，还请慢慢用餐吧。"

"你不和我们一起吗？"我看着这长长的餐桌上竟然只有桌头和桌尾放着两个席位便问道。

"当然，烛光晚餐可没有第三个座位呢。"

"为什么呢？我们吃着，怎么好意思让你在旁边忙活呢！"

阿呆对着孔叔招了招手，随即孔叔将耳朵凑上前，阿呆不知道和孔叔说了什么，孔叔便微微一笑说："好吧，今天我就依少爷吩咐的办，等一下，我也为自己添上套餐具。"

就这样，浪漫的法式烛光晚宴开始了。虽然本姑娘不是没吃过西餐的土妞，但是如此正宗的法式料理还真是让我大开眼界。

晚餐间，阿呆显然比平时那副呆河马的样子要健谈许多，而孔叔则优雅地一边用餐一边时不时微笑地望着我们。

阿呆不断地和我说着各个国家的风土人情，其中有许多是我闻所未闻的有趣故事，想不到这个家伙除了故事写得不错，竟然还这么能说会道。我对国外的事情完全就找不到话题，虽然我很感兴趣，但是我除了听之外真的不知道该怎么和他探讨呢。

阿呆见我插不上话便转移了话头，开始讲述一些诸如他小学时候的搞笑故事。而其中一件我印象深刻，因为这个故事情节里的阿呆才是他的常态。

阿呆一边切着他面前的牛排一边说道："你知道吗？你让我想起一个人，一个小学时候的同桌。"

"是吗？难得你这只呆河马还记得自己的小学同桌。"

"当然记得，她可是一个有趣的家伙呢！"

"哦，怎么个有趣法？"

"嗯……记得当时我就习惯在上课的时候睡觉，所以吴晓燕，哦，对了，我们班主任叫吴晓燕，她是一个非常讨厌的家伙……这个以后再和你详说吧，反正这个吴晓燕就对我那位同桌说：'苏小梅，下次福小萌上课睡觉的时候你就提醒他一下'！"

"然后呢？"我还真有些好奇起来，心想，难道还真有人能够叫醒阿呆吗？

"然后呢？哈哈，结果第二天，我的同桌竟然真的提醒我，她说：'福小萌，时间差不多了，老师让我提醒你该睡觉了'！"

听阿呆讲完这个故事，我差点就笑得喷饭："不至吧，你那位同桌也真是太有趣了！"

"是啊，从那以后，我也觉得这个女孩很有意思，还特意观察了她很长时间呢！"

"这样吗？"不知为何，我心里突然觉得有些酸酸的，"我也是你的同桌，该不会你也在背后这样取笑我吧！"

"你比她有趣多了！"阿呆抬起头看着我神秘地一笑，接着继续嚼着他的牛排。

我还真不敢想象，阿呆这家伙竟然这么健谈，要知道，这只呆河马曾经的口头禅可是那千年不变的"喔"啊！

晚餐结束后，阿呆神秘地带我来到了厨房中，他指了指一个烤箱说道："我的蛋糕已经差不多烤好了，我们来一起给它涂奶油吧！"

"什么？！这个是你自己烤的蛋糕吗？"我吃惊地看着阿呆戴着手套从烤箱中取出那个香喷喷的蛋糕，有些不可思议地说。

"当然，正宗的苏格兰调酒蛋糕哦，我还加了提拉米苏和葡萄干呢！"

我惊讶地望着眼前的一切，阿呆熟练地将自己调制的奶油挤到一个编花器中，接着准备手把手地教我怎么给蛋糕上奶油。

"阿呆……"面对着阿呆殷勤的邀请，我忍不住问出了自己脑海中的疑惑。

"什么？"阿呆继续捣鼓着他的奶油。

"你该不会有精神分裂症吧？"我说话的声音很小，但是身旁的阿呆一定能够听见。

经我这一问，阿呆突然愣住了，接着他转过身用一种怪异的眼神盯着我。

"对不起……你别生气啊……"我支支吾吾地说。

阿呆像是在强忍着什么情绪，接着竟然哈哈大笑起来："哈哈……哈哈……"

我看着阿呆这家伙竟然捂着肚子笑得这么开心，有些不高兴地噘起了嘴："喂喂，你笑什么嘛？你本来就是个怪咖啊，在学校里面像个哑巴似的，现在又活跃得不得了！"

"对不起……对不起，"阿呆好不容易才控制住了自己，"所以我才说嘛，你真的太有意思了！"

"哼！你这话是什么意思嘛！"

"精神分裂？"阿呆突然严肃起来，"或许，我还真的有这种毛病呢！"

"无聊的家伙！"我撇了撇嘴，接过了阿呆递给我的奶油瓶说，"是你让我涂的哈，如果弄得不好看，你可别怪我！"

就这样，我将阿呆的那个烤蛋糕用奶油弄得一塌糊涂，但是阿呆这个家伙却还觉得不赖。

"我估计才吃完晚饭的你一定不会现在就饿吧？"阿呆看着我的杰作，用一种抱歉的语调说。

"当然，我肚子好饱呢！"

"那么，在吃蛋糕前就让你看一些我是精神分裂的证据吧？"

"什么意思啊？"我话音刚落，阿呆就拉起我的手，穿过厨房朝二楼走去。

"喂喂，你能不能不要牵着我……好不习惯呢。"我吃力地跟在他身后抱怨道。

阿呆突然停下了脚步，接着转过头故意将脸凑到我面前，说实话，我的脸在瞬间就红成了苹果："不行，因为我担心你会迷路的。"

"迷路？有这么夸张吗？"

阿呆神秘地对我笑了笑，接着不由分说拉着我继续朝二楼走去。走廊上灯光明亮，但是走道还真可以用错综复杂来形容，我甚至都不敢相信一座房子的格局竟然真的如迷宫一般。

我也不知道在这些走廊中穿插了几个房间，当阿呆将目的地大门打开的一刹那，我彻底惊呆了！

一个至少有一百平方米的房间中竟然排满了老旧的书架，而这个房间中除了能勉强挤过一个人的过道外，竟然全部都是书！

"欢迎你来到我的世界！"阿呆背对着我伸开双臂，"相信在这里，你能够找到刚才那个问题的答案。"

简直不可思议！我跟着阿呆挤进了他这间大到有些离奇的书房中，不觉地，我想起了孔叔之前告诉我的那句话"少爷非常喜欢读书，他买的书把房间塞得满满的，完全就是一个私人图书馆呢！"

我注意到这间房间弥漫的味道有些特别，便仔细地嗅了嗅。阿呆注意到了我的这个举动便说道："这是一种极其稀有的香，我非常喜欢，名叫木檀香。"

"嗯……这个味道的确很特别……嗯，闻着很舒服。"我深深地吸了口气。

"我每天晚上都会点上一支，如果没有这股味道我是无法进入那些世界中的！"

"这个味道……"我恍然大悟，怪不得阿呆的身上总是弥漫着一股香火的味道，原来就是因为这种名叫木檀的熏香。

"可惜的是，这种香的味道在驱散后就没那么迷人了。"阿呆有些遗憾地说。

"我知道，毕竟我每天闻见的都是它被驱散后的味道吧。"我无奈地附和道。

"好了，跟我来这边吧。"阿呆将我带到了屋子中间的一张书桌前，我这才发现，原来这间屋子上面还搭建了一层，第二层上面也放着塞满了书籍的木架。

"你就是在这里创作小说的？"我好奇地四处打量，"你的书房还真棒，我的书比你的少多了！"

"创作小说？我可没有这样说。"

"什么？难道你不是在这里写小说吗？"我看着书桌上面那些密密麻麻的手卷和那台还在待机中的笔记本电脑问道。

"注意，我只是将发生的事情给记述下来而已，并非是在创作。"

"什么意思？难道说沃克兰多还有别的作者？"阿呆的话语让我十分迷惑。

"沃克兰多不需要所谓的作者。"阿呆那琥珀色的眼珠中突然泛起了一种莫名激动的情绪，他看着窗外的星空说，"因为，这个世界是真实存在的！"

第六十五章

交换的礼物

"真的吗？"这一刻，我竟然有一种前所未有的震撼，"你的意思是说，真的有沃克兰多吗？"

"嗯，当然……我和你一样，只是这个世界的一个观众而已！"突然间，阿呆的眼神有些黯淡下来，"每天晚上我都会将那个世界里发生的事情给写下来。"

"那么……那么，阿呆，你是怎么去到那个世界的呢！"

阿呆没有说话，他对着我微微一笑说："因为我可能会成为那个被选中的人。"

"什么嘛，这算什么答案！你别敷衍我。"

阿呆转过身从他书桌的抽屉里拿出了一个木盒递给我说："等你有一天能够打开这个盒子，我就带着你一起去沃克兰多。"

我接过阿呆手中这个刻着奇怪符号的木盒好奇地摸索了一番，果真是找不到可以开启这个木盒的地方："你别卖关子了，这个东西真的是个木盒吗？根本就找不到盖子呀。"

"好了，你先收着吧，我刚才已经说了，沃克兰多只对合适的人开放，你现在只能作为观众的身份来享受那个世界的故事。"

"好吧，反正我也习惯你这神神道道的家伙了。"我将木盒拿在手中，接着走到一个书架前随手翻阅着上面的图书，"我不管你的中二病有多严重，但是至少请你把接下去的故事给讲完好吗？到底鼹鼠猎人和捷度他们有没有成功地战胜火山龙王呢？"

"你已经经历到了……哦，不，是你已经看到那里了吗？"

"当然，可是故事突然就断了，好不过瘾呢！"

窗外的月亮和书房里的灯光让阿呆的眼睛再次变得明亮起来，他自言自语道："何谓战胜呢，不过只是自私地杀戮罢了……不过你真的想知道的话，我马上就可以把结局告诉你。"

"没关系，我可以等你慢慢写。"我对着他微微一笑，"不管你是不是那个世界的创作者，至少你有责任带给你的读者一个用心完成的故事。"

这一刻，我感到阿呆彻底地呆住了。不过他此刻的表情并不同于平时他在学校的那种呆滞的傻愣，而是一种激动，那是一种充满激情和热血的激动！

就在这个时候，我的手机再次响了起来，还是妈妈，不过不是电话，而是微信。

妈妈：宝贝，你的照片呢？我好想看看你们的生日聚会呢！

我无奈地想，老妈呀，你终究还是不相信我，好吧，我就让你看看。

"阿呆……请问，我能够给你书房拍张照片吗……我妈妈想要知道我在哪里……而且，我也很喜欢你的书房呢。"

阿呆点了点头，接着很贴心地站到了一边。

我拿出手机拍了一张阿呆这可谓独一无二的藏书阁，接着传了张图片给妈妈，备注道：同学家的书房，一会儿给你看我们亲自做的蛋糕。

老妈很快就回复了一个惊讶万分的表情过来，我自顾自地乐了。

"阿呆，"我将手机装在包里继续浏览着阿呆书架上的书籍，"请问，我能和你借几本书吗？"

"当然，找你喜欢的吧。"

"哪些是你没有看过的呢？"

说实话，我真的很爱看书，虽然平时都只看一些名著或者学术方面的书籍，但是我发现阿呆的藏书真可谓是丰富至极，不论是各国的古典名著还是畅销书籍，甚至是新版动漫全部都有！

"没关系的，你喜欢什么书就拿吧，反正这些书我都至少看过一遍了。"

"什么！"我惊讶地看着阿呆，"你说你都看过一遍了？"

"对……"

"你别吹牛了！"我随手拿出一本书，接着果然发现书页中有阿呆的笔记，接着我又翻找了几本书——阿呆果然没有说谎,至少我随机翻看的每一本书中都能找到阿呆的笔记!

"你什么时候看了这么多书呢?"我觉得很吃惊,或者说简直是不可思议。

"晚上。"

"晚上?"

"对,每天的晚上……于我而言,真正属于我自己的时间只有晚上。"

"也就是说,其实你的学习时间是在晚上……这样说来的话,我总算是知道你为什么白天都无精打采的了!"

"你算是说对一半吧,"阿呆对我神秘地眨了眨眼睛,"不过仅仅说对了一半哦。"

"你这个家伙,竟然这么任性,可是,你为什么非要在学校里面让同学们都不喜欢你呢?"

"我没有啊……只是不喜欢在不值得的事情上面浪费精力而已。"

"浪费精力?这是什么理由呀!"

阿呆对我耸了耸肩说:"我今天不想谈论这个话题好吗?你肚子饿了吧,我们去吃蛋糕吧,估计孔叔已经帮我们加工好了!"

"可是……"我还想不依不饶地给阿呆灌输接下来的"讲义",但是这个家伙竟然再次牵起我的手走出了房间。

"阿呆,我还没有找到想看的书呢。"我抱怨说。

"只要你愿意,你可以随时来,反正这里只对你开放。"阿呆没有停下脚步,继续带着我往前走。

"只对我开放?"我有些迷惑,但是心里却突然涌出了一种莫名的感动。

当我们从那如迷宫般的二楼重新回到一楼的餐厅时,孔叔果然已经将"加工"了的蛋糕放在了餐桌上。

孔叔很聪明地在我那涂得乱七八糟的奶油上面淋上了一层厚厚的巧克力,接着,一根写着"15"的蜡烛已经点燃了。

我望着这个造型还算独特的蛋糕,便拿出手机拍了照片,接着给妈妈发了条微信——妈妈,这个是蛋糕,非常棒吧!

我见阿呆对着自己的蛋糕皱了皱眉,忙问:"需要我为你唱生日歌吗?"

阿呆狡猾地笑了笑说："好啊！"他朝孔叔点了点头，孔叔会意地从客厅里拿出了一把小提琴。

阿呆很熟练地试了试小提琴的琴弦说道："好吧，我给你伴奏！"

"你还会拉小提琴？"面对眼前的一幕，我再次觉得不可思议了：阿呆，你的身上到底还有多少的惊喜在等着我呢？

孔叔将餐厅的灯一关，整个房间里只有那两根火苗在不断地跳动，映衬在这火光之下的是阿呆那张架着小提琴微笑的脸。

生日歌那快乐的节奏从阿呆的小提琴中传出，我拍着双手和着节拍开始为我的同桌唱起了歌：祝你生日快乐，祝你生日快乐……

谁知我这边才唱了两句，阿呆那边的旋律突然急转直下，曲调竟然变得异常深沉而悲伤，随后我马上就认出了这个调子——竟然是哀乐或者说葬礼曲！

"阿呆！你这个家伙究竟是在搞什么啊？"我不高兴地瞪了他一眼，"为什么要演奏这样的曲子呢？"

阿呆没有理会我，而是继续着手中小提琴的乐曲，这首异常悲伤而凄凉的曲子让我不自觉地有一种毛骨悚然的感觉。

一曲结束后，阿呆兴致高昂地准备吹蜡烛，虽说我的脸色很难看，但是这个家伙的解释却更加不可理喻："哀乐很适合生日用的，至少我们离死神又进了一步，难道不是一件悲哀的事情吗？"

"讨厌！生日可是一年中最开心的时光，只有你这种怪咖才会在自己的生日蛋糕前演奏哀乐。大笨蛋！"

"难道你不觉得这种极其矛盾的氛围很棒吗？说不定以后我会告诉你一些关于鬼的故事哦！"

"这个世界上根本就没有鬼！"我发自内心认真地告诉阿呆。

"我有个朋友可是知道好多关于鬼的故事哦。"

"谁呀？"

"他的名字叫罗刹。"

"无聊！"我脸上挂着一副超级厌恶阿呆的表情，但是心里却有些好奇，"你能不能正常那么一秒钟，至少在这个生日蛋糕前也让我留下一些美好的回忆吧。"

"好吧，等以后有机会我再告诉你关于他的故事吧，现在，我要许愿了！"

孔叔忙围到桌前说："少爷，这个愿望你要好好想哦，一定能够实现的！"

阿呆随即闭上了眼睛，跳动的烛光映在他那安静的脸上。此刻的阿呆呼吸平静，英挺俊俏的眉宇间透露着那份神秘和调皮，而他那柔顺的头发被淡淡的光晕描画了一层金黄色，显得整个人温柔而恬静。

"我的愿望是希望这个女孩能够一直陪在我身边！"冷不丁地，阿呆突然说了这句让我诧异甚至脸红发热的话，接着他不由分说地拉起我的手说，"来，一起吹！"

蜡烛熄灭了，整个房间遁入了黑暗之中，我从没有这样喜欢过黑暗，毕竟在这如夜一般的背景下没有人能够看见窘迫而害羞的我。

孔叔打开灯后，我忙甩开了阿呆的手，尴尬地找借口去自己的包里拿出准备送给阿呆的礼物。

阿呆接过我用粉红礼物纸精心包装而成的盒子竟然很开心，他急不可待地撕开了包装，可是当他发现里面是一副大红色耳机的时候，我明显看见他的脸上闪现了一种古怪的神情。

"怎么，你不喜欢吗？"我忙问道。

阿呆将耳机拿在手中把玩了一番，说："酷魔Z5I型耳机，出厂时候的震频铜线还不错，但是如果能够在磁力方面再加强的话，重低音效果会更好，可以将原本的sono的那个双接线给换一下，那样的话我还能够勉强接受！"

"阿呆？你在说些什么呀，我都听不懂！你到底是喜不喜欢呀！"

"哦……没什么，只不过第一次收到女生的礼物有些不习惯罢了。"阿呆淡淡地说，"谢谢你，我会一直戴着的。"

面对阿呆的回答，我突然不知道该怎么接下去，便支支吾吾地说："用不着这么夸张吧……反正也就是一副耳机罢了。"

"你知道吗？"阿呆的目光突然闪动了一下，"真的……很谢谢你愿意来到我的世界。"

"额……阿呆，你用不着这么客气的……其实，你原本应该很优秀的……我实在搞不懂为什么你在学校里面要故意将自己伪装成……"

"好了，时间不早了，我觉得你应该回家了。"阿呆突然转过身，和他之前的热情相比，此刻那冰冷的气息似乎重新回到了这个男孩的身上，"抱歉，我晚上还有许多事情要忙。"

"你这算什么态度啊！"我不服气地叉着腰质问道，"一说起你的缺点就这样！"

"孔叔，请帮我把她送回家吧，否则阿狼会更生气的。"

阿狼？对呀，阿呆的那只大黄狗呢？我忙问孔叔："孔叔，为什么今天没有看见阿狼呢？"

"哦，少爷害怕阿狼吓到你，所以特意让它待在自己的房间里了。"说着孔叔调皮地凑近我的耳边说，"如果那家伙看见你和少爷在一起的话会吃醋的！"

"呵呵，"我无奈地笑了笑，"看来阿狼还真是一只有趣的狗呢！"

"所以说，以后有机会的话我再介绍你和阿狼好好认识吧。"孔叔有些歉意地说。

突然，阿呆停下脚步转过身说道："哦，差点忘记了一件事情。"

"你这个讨厌鬼！"我鼓着腮帮看着这只呆河马，心想，哪里有刚才还牵着人家女孩的手，转身就要赶人家走的男生呀。

"这个是我送你的礼物。"阿呆从口袋里拿出了一个装首饰的小盒子递给我。

我没有接下他的礼物，只是有些迷惑地问道："这个是什么东西？"

阿呆不由分说地将我的手拉起，将这个首饰盒塞到了我的手中："作为上次事件的表扬，这个算是我送你的第二个身份吧。"

我打开盒子看了一眼，原来里面是一串坠着一颗橘黄色宝石的项链。

"阿呆！干吗突然送人家这种东西呀，我不能收的！"

"放心吧，不是什么值钱的钻石，是我自己亲手做的琥珀。"阿呆转过身朝着楼梯走去，随后又补充了一句，"明天将这块琥珀对着阳光看的话，你就能够知道其中的秘密了！"

看着阿呆恢复如常的冷漠背影，我心里再次涌起了好奇心，对呀，这个家伙总是能够让我的生活中一直充满着惊喜呢！

随后，孔叔开车将我送回了家，而这辆车是一款我从来没有见过的黑色老爷车，感觉似乎是有一定的年月了，坐在里面就跟在拍电影似的。一路上我望着窗外城市里的点点灯火，忽然觉得刚才在阿呆家的种种情景只能用不可思议来形容。

"季节小姐，今天真的谢谢你。"

"孔叔，你别这么客气啦，是我要谢谢你的款待才对。"

"你不知道，我已经好久没有见过少爷这么开心了。"

"他今天很开心吗？不过也是啊，和他平时在学校里那副昏昏欲睡的样子比起来，的确算是很有精神了。"

"你知道吗？自从我们回国之后，一直以来都没有同龄人愿意关注少爷，大家都把他当成是怪咖，而你是第一个真正愿意去探究他的生活，探究他的世界的人……所以，我知道，少爷的内心其实是很感动的。"

"孔叔，你别把我说得这么伟大，其实……对于阿呆，我也有愧疚的……甚至到了现在，我也不知道闯入这个家伙的世界到底对还是不对。"

"先不论对错，我想问问你，你愿意继续去了解这个男孩和他所迷恋的世界吗？"

我对着孔叔微微一笑，接着点了点头。

"这就是所谓的羁绊吧。"孔叔握着方向盘对着旁边的我露出了神秘的笑容。

第六十六章

琥珀里的秘密

当周日早晨的阳光洒进卧室的时候，我很自然地醒了。回想起昨天阿呆生日派对上的种种情景，一时间恍如梦中。

如果不是书桌上面放着阿呆送我的那个盒子，那么我还真的以为自己只是做了一个离奇的梦呢。对呀，谁能相信班里的那个怪咖竟然会变成一个如此有魅力的钢琴王子呢?

我下意识地拿起床头柜上的手机想要看一看时间,而手机QQ上面竟然有一条阿呆的信息,信息发送的时间是凌晨四点钟。

阿呆:《沃克兰多——未起航的空贼》已经完成了。

我整个人愣住了,如果我没猜错的话,阿呆那个家伙应该是昨天夜里为了我而专门将这个章节给写完的吧,想到这里,我的心里竟然感到一丝温暖。

我熟练地打开他的空间点进了沃克兰多的世界之中,看着最新一章的文字,我好似能够感觉到这些文字的主人手上的余温。

其实,在不知不觉中,我已经习惯了与阿呆的世界为伴,习惯了安静地看他写下的每一篇故事,习惯了就这样对着他的空间会心一笑。

《沃克兰多大陆——未起航的空贼》第三十七卷　混蛋

"那个家伙是不是疯了!"捷度惊讶地望着不顾一切冲向火龙蛋的托妮尔斯叫道,"就算龙蛋值钱也不用这么卖命吧!"

"我们得去帮帮她,她也许搬不动那东西。"凯瑟琳拉了一把捷度说道。

"别开玩笑了,我们现在必须马上离开,否则等那头母龙一回巢咱们都得被炸得粉身碎骨!"

"胆小鬼!"凯瑟琳对着捷度愤怒地说,"要跑你自己跑吧,我要去帮托妮尔斯!"

说罢,凯瑟琳不再理会捷度,也跟着巨石下的鼹鼠猎人冲向了龙巢。

"可恶!我就知道,女人都是麻烦!"无可奈何之下,捷度也只得跟着她们冲了过去。

当接近火龙巢的时候,捷度已经能够感觉到那不时溢出岩浆的龙蛋所喷出的滚滚热气。

"你觉得我们能够将这火球给运出去吗,传奇猎人?"捷度挖苦地说。

"我们必须想办法,"托妮尔斯边来回走动,边思考着,"如果待会炸弹爆炸的话,这些幼龙都会死的!"

"这些怪物杀了这么多的人,难道不该死吗?"捷度愤愤不平地说,"如果你想要陪葬的话,我不反对,凯瑟琳,你不要任性了!如果你也跟着这个白痴死在这里,我回去找谁拿佣金呢!"

"捷度,你能不能安静一下。"凯瑟琳突然变得严肃起来,"难道你还不明白吗?"

"明白什么?现在这般紧要的关头请不要再讲那些没用的大道理了,我知道你想要报仇,但是一会儿那头龙回来后它一定会被炸死的,到时候不也一样嘛!"

"不是那样的!"凯瑟琳看着眼前这颗不断涌出岩浆的火红色龙蛋深深地吸了口气,"那两头龙,它们也是为了要保护自己的孩子才和我们战斗的!"

"对,凯瑟琳和我想的一样,"托妮尔斯将自己的那本老旧本子拿出来,接着在上面不断地翻找着什么内容,"火山龙王是无辜的,它们生活在这里没有招惹任何人,是我们为了物欲而来讨伐它们。为了保护自己的孩子,它们当然要反击!"

捷度看着眼前这两个女人沉沉地叹了口气:"鼹鼠大姐,你不是传奇猎人吗?还有,凯瑟琳,难道你不想要报仇了吗?这就是强者生存的自然法则,哪来这么多的多愁善感啊!"

凯瑟琳沉默了,她的内心在挣扎,托妮尔斯却果断地回道:"猎不杀幼,这是我族的传统!所以说,我必须要在炸弹爆炸前带走这些龙蛋!"

"看吧,这就是所谓的妇人之仁!"捷度生气地踢了一脚身旁的石子。

"我找到办法了!"托妮尔斯忙将自己的手记摊开在凯瑟琳面前,捷度也凑了过去问道:"你这是什么破书,都烂成这样了!"

"这是我族代代相传的狩猎笔记,上面记载着许多知识呢!"

"不用管他,你快说吧。"凯瑟琳白了捷度一眼。

"看这儿,"托妮尔斯指着本子上的一句话念道,"如果想要搬运火龙蛋,必须将蛋在岩浆中浸泡五分钟。这样的话,龙蛋就会冷却下来。"

"好吧,那么如果你把龙蛋推下岩浆,试问你怎么把它重新拉出来呢?你要知道,这颗蛋的大小可和你这只鼹鼠差不多呀!"

"不管了,事到如今总得试试!"托妮尔斯说罢将身后背着的战矛拿了出来,接着跑到龙蛋的一侧开始撬动起来,可是每撬动一下,战矛上就窜出一片火苗。

"捷度,你快来帮忙呀!"凯瑟琳一边帮着托妮尔斯撬动龙蛋,一边对站在旁边闲着的捷度大叫道。

捷度一直抬着头观望火山口的上空,他的脑海中飞快地思索着等会逃离的种种办法,但是遗憾的是,这个男孩竟然也没有了注意!

"一、二、三!"

"一、二、三!"

"扑通——"

龙蛋在两个女孩的努力下总算掉进岩浆中。

说来也奇怪,这颗闪烁着鲜红火焰的龙蛋在滚烫的岩浆中竟然迅速地冷却下来,没过几分钟就变成了蓝色。

"一定是因为龙蛋的外部温度突然升高,所以它就自然地冷却下来了!"托妮尔斯自言自语道,"我得把这个现象和猜想给记在手札上!"

可也就在这个时候,捷度最担忧的事情发生了——火山上空传来了一阵狂风的呼啸声,接着火龙的羽翼划过圆形的天空,盘旋了一圈后,它狂叫着降落下来!

"鼹鼠大姐,这下可好,你现在真的可以和它妈妈好好聊聊了,看看这头龙相不相信你这愚蠢的善举!"捷度忙护住凯瑟琳。

"不!"托妮尔斯对着火龙大叫了一声,"我们在试着帮你,你必须带着你的孩子离开这里!"

快接近地面的时候火龙缓缓地降落下来,或许它也发现了自己巢穴中那几箱多出来的东西(炸药)。

"或许这家伙没有你想的这么聪明!"捷度狐疑地看着眼前这头正凝视着他们的巨龙。

但当这头火龙看见自己的龙蛋泡在岩浆中时,它彻底暴怒了。它将眼前的三人当作是来抢它孩子的窃贼,瞬间,熊熊的火焰再次覆盖了它的羽翼!

"不要!你不能够喷火,否则这里会爆炸的!"

"完了!你们看那里!一切都晚了!"捷度指着天空中正在降落的一颗炸弹

喊道,"空贼已经发射炮弹了!"

"轰隆——"

"轰隆——"

随着引爆弹的剧烈爆炸,整个火山口地动山摇起来!火山龙王见自己的巢穴发生了这般大的爆炸,慌张之中竟然伸展开了巨大的翅膀将龙蛋和三个孩子给护在其中。

"它在保护我们!"托妮尔斯说。

"你这个笨蛋,只是因为我们恰巧站在她的蛋旁边,待会它一定会将我们烤成肉串的!"

"捷度!你能不能别说这么丧气的话!"凯瑟琳扶着捷度的胳膊才勉强能够站稳脚步。

托妮尔斯不管捷度的忠告,她盯着地面,蹒跚地来到火龙那巨大的眼睛前:"火龙,不论你是否相信我所说的话,但是你现在必须离开。这座火山马上就要喷发了!"

这头雌性火山龙王明显是在刚才的爆炸中受伤了,几块炸落下来的巨大岩石压断了它的一根翅膀和双脚。这头火山中的霸王此刻竟发出了无比凄惨的悲鸣。

捷度挤到托妮尔斯身前说:"鼹鼠大姐,你靠边点,难道你以为你说得煽情一些,这家伙就能明白吗?让我试试吧!"

"捷度……"凯瑟琳担心地拉了捷度一下。

捷度对着身后的凯瑟琳说道:"你们等着看吧,但愿这头龙愿意和我对话!"

随即,捷度对着火龙发动了兽心之术,希望能够和火龙进行心灵之间的交谈。

火龙的眼睛突然闪烁出了和捷度眼珠相同的金黄色,接着,捷度对着它说道:"喂,伙计,你别冲动,我告诉你,旁边的这只鼹鼠愿意帮你把龙蛋给救出去!我说了,是旁边的那只鼹鼠哦,如果你想要烤肉串的话,可以先朝她下手。"

火龙凝视着捷度片刻,捷度转身问托妮尔斯道:"它问你,你真的愿意救它的孩子吗?"

"告诉它,我当然愿意!"

火龙转而凝视着托妮尔斯说："可是你太小了，根本就照顾不了它。"

"它说什么？"托妮尔斯急切地问。

"它说你是个小不点，根本就不可能照顾一头火龙的！"

"你告诉它，我会想办法的！"

捷度转而对着火龙说："我想，你现在除了相信这只鼹鼠外没有其他选择了。"

火龙迟疑了片刻，它缓缓地将头伸进了岩浆之中，接着温柔地衔出了这枚火龙蛋，它将自己的孩子放到了托妮尔斯的面前。

捷度看着眼前的这一幕撇了撇嘴，而凯瑟琳则早已目瞪口呆了。

"看起来，它选择相信你了。"

火龙最后眷恋地望了一眼自己的龙蛋，接着抬起头对着火山的洞壁积蓄起自己最后的力量。

"退后！"捷度托起龙蛋，"它要为我们打开一条通道！"

就在三人诧异之时，一股剧烈的漩涡状火焰从火龙的嘴中喷出，火龙对面的石壁在这电光火石之间被开了一个大洞。

"趁着现在，快来帮我搬呀！"捷度咬牙切齿地抬起了龙蛋，托妮尔斯也忙帮他拖住了蛋的下方。

可是地震还在继续，滚烫的岩浆已经开始蔓延开来。火龙用尽最后的力气顶到了那个巨洞的下方，筋疲力尽的躯体再次承受了无数巨石的压迫，但也是因为这位母亲的拼死付出，这个唯一的逃生之洞才得以幸免，不被落下的石块封堵住。

面对着眼前的一幕，凯瑟琳彻底僵住了。她的内心被这头火龙深深震撼了——它是为了保护自己的孩子呀！

"走啊！别发呆！"捷度对着凯瑟琳喊道。

凯瑟琳站在原地，手中拿出了一把匕首，此时此刻，杀死父亲的仇人就在眼前，但是自己的双手却在颤抖。

"走啊！"捷度再次对着她叫道。

凯瑟琳颤抖地和火龙对视着，她眼中的泪水滴在了匕首的刀刃上，这位精灵女孩最终还是放下了手中的匕首，她对着火龙说："我知道，这把小小的匕首也伤不了你的……你马上就要死了……但是……我却无法再继续恨你……虽然你杀了爸爸……但是……"

"快点走啊！你这个笨蛋，在那里叽叽咕咕什么呀！"捷度一边用力地搬着龙蛋，一边声嘶力竭地对着凯瑟琳喊道。

"对不起！"凯瑟琳擦干了眼角的泪水对着火龙深深地鞠了个躬，她朝着捷度和托妮尔斯跑去。

就在三个孩子好不容易将龙蛋搬出火山洞口的时候，他们听见洞中传来了一声沉重的叹息，捷度告诉托妮尔斯说，这头龙最后的话是让她好好照顾自己的孩子。

三人在火山脚下一棵巨大的椰树下沉默地坐了片刻，捷度看见天空中的银剑美人鱼号已经降落在火山口的上方，估计刚博老师的空贼队伍现在已经开始回收作业了。

"我们以后还会见面吧？"临别前，站在龙蛋旁边的托妮尔斯对着凯瑟琳微笑道。

捷度恢复了他那一贯嘲讽的语气："前提是，你没有被你的新'儿子'给烧死。"

"我觉得它一定是头和它妈妈一样大的姑娘！"托妮尔斯不再理会捷度，她走到凯瑟琳面前对她低声说："我建议你离这个小子远一点，他可不是什么好东西！"

凯瑟琳对她用力地点了点头，捷度狐疑地问道："喂喂，你们刚才说我什么了？"

托妮尔斯白了捷度一眼，而凯瑟琳则对他吐了吐舌头，做了个鬼脸。

"托妮尔斯，以后我可以给你写信吗？"

"当然可以。"托妮尔斯微微一笑，她从包里掏出了一张有些破旧泛白的卡片递给凯瑟琳，"这个是我的工会卡片，你记一下我的编号吧，直接在工会寄信给我就行，他们总有办法找到我的。"

"嗯，好的。"凯瑟琳高兴地点了点头，她仔细看了看这张卡片，上面写着：托妮尔斯·坎普勒；职业：赏金猎人；等级：S，编号：H880632。

和托妮尔斯告别之后，捷度和凯瑟琳趁着夜色偷偷潜回了银剑美人鱼号中，他们依旧将一个装满了食物的木箱给腾空，算是作为回程的客舱吧。

"真不敢相信，我们还能够活着回去。"捷度背靠木箱望着窗外的星空说。

凯瑟琳却没有说话，这个美丽的精灵女孩已经全身疲惫面色憔悴了，此时此刻，没有人知道她沉默的心里究竟在想些什么。

就在这时，凯瑟琳看见火山的方向似乎划过了一道带着火光的身影，紧接着便传来了一声沉重的悲鸣。

"是那头雄性家伙吧。"捷度玩弄着手中的匕首，"估计它现在应该去找鼹鼠大姐要孩子了吧。"

"捷度，你说托妮尔斯没问题吧？"

"谁知道，反正是那只自大的鼹鼠自找的，说不定她正在和某个龙贩子给那颗蛋谈了个好价钱呢！"

"你别胡说，我觉得托妮尔斯不是那样的人，她答应过那头火龙的！"

捷度耸了耸肩膀不再说话。

飞空艇启程的那一夜，捷度带着凯瑟琳偷偷地前往存放战利品的仓库中，两个孩子面对被肢解的火龙尸体，心里多多少少都有些说不出的酸楚。

这头龙曾经是他们的仇人，可是却在最后为了自己的孩子救了他们。

捷度走到仓库中一个被铁链包裹的箱子前，熟练地撬开了箱子上的锁。

"看吧……这就是任务的缴纳品！"捷度指着箱子里的一块金黄中透着火红色的魔石说。

"他们就是为了这东西而杀了这头龙吗？而且……为此还死了这么多的人！"凯瑟琳冷冷地说。

"嗯，但是我敢说，这宝贝一定很值钱，火龙能够喷火应该就是靠这个魔石。"

"哼！该死的委托人！"凯瑟琳说罢，突然拔出了捷度腰间的匕首，而她的这个举动也让捷度大为吃惊。

"你要干什么！"

凯瑟琳不由分说地用匕首对着这块魔石刻上了一道道的痕迹。

在捷度目瞪口呆之下，凯瑟琳花了一番功夫，总算完成了第一步报复计划。这块昂贵的魔石，被愤怒的精灵女孩重重地刻下"混蛋"二字。

"混蛋！"捷度微微一笑，"写得好，委托这个任务的家伙的确是个混蛋。"

凯瑟琳将匕首重新插入捷度的腰间，接着冷冷地说："不论这个家伙是谁，他都必须要为此付出代价！所以，我刻上这两个字是为了以后能够找对人！"

"呵呵！"捷度歪着嘴挠了挠后脑勺说，"你该不会忘记讨伐准则了吧？一切的伤亡都和任务发布人无关，否则的话，以后还有谁敢给我们活干呢？"

"我才不管这么多，总之，必须有人为此付出代价！"

捷度拍了拍凯瑟琳的肩膀，接着对这颗刻上了"混蛋"二字的魔石说道："好吧，至少那个家伙看见这块魔石的时候，心情一定不会好了……还有，我们还得提醒另一个人，她最好记得去看看和这石头相似的东西，也应该好好地记下石头里发生的事情！"

《沃克兰多大陆——未起航的空贼》（完）

不得不说，阿呆这个故事最后给出的结局的确让我没有想到，可是当我意犹未尽地将故事看完后，目光却集中到文章的最后一句话上。

我怎么总觉得这句话是阿呆有意写给我的呢——"还有，我们还得提醒另一个人，她最好记得去看看和这石头相似的东西，也应该好好地记下石头里发生的事情！"

啊！对了，这句话指的是阿呆昨晚送我的吊坠。

我忙起身走到书桌前，将阿呆昨晚送我的首饰盒打开。

看着手中阿呆亲手制作的琥珀，我真心觉得这只呆河马的确有才。好，现在就对着阳光看看这琥珀里究竟藏着什么秘密吧。

我将琥珀举到窗前，映着窗外的阳光，我清楚地看见这块漂亮的琥珀中慢慢地浮现出以下几个字符——Ruse for Season。

哼！阿呆，那个家伙果然是你！